VILLIERS DE L'ISLE-ADAM

Du même auteur
dans la même collection

CLAIRE LENOIR ET AUTRES RÉCITS INSOLITES
L'ÈVE FUTURE

VILLIERS DE L'ISLE-ADAM

CONTES CRUELS

Introduction, notices et notes
par
Pierre CITRON

GF Flammarion

© 1980, GARNIER-FLAMMARION, Paris
ISBN 978-2-0807-0340-8

CHRONOLOGIE

1838 : Naissance à Saint-Brieuc, le 7 novembre, de Jean-Marie-Mathias-Philippe-Auguste de Villiers de l'Isle-Adam, fils du marquis Joseph-Toussaint.

1843 : Sa mère, devant les extravagances financières du marquis, demande une séparation de biens qui sera prononcée en 1846.

1846 : Mlle de Kérinou, grand-tante maternelle de Villiers, et sa grand-mère adoptive, s'installe à Lannion, où toute la famille va vivre à ses dépens.

1847-1851 : Études dispersées et intermittentes comme interne dans divers établissements, à Tréguier, Rennes, Laval, Vannes et Saint-Brieuc, et avec des précepteurs ecclésiastiques.

1852-1855 : Externe dans plusieurs écoles de Rennes, sans arriver au baccalauréat.

1855-1858 : Séjours à Paris. Fréquentation des milieux des cafés et du théâtre.

1858-1859 : Publication à compte d'auteur d'une plaquette et d'un livre de poésie.

1859 : Installation de la famille à Paris. Villiers, introduit dans les milieux littéraires, fait la connaissance de Baudelaire, et publie des articles dans de petites revues.

1862 : *Isis*, roman publié à cent exemplaires, à compte d'auteur. Une suite y est prévue, mais ne sera pas écrite.

1862, 1866, 1867, 1873 : Publication en revue des poèmes qui formeront le *« Conte d'amour »* [1].

1862-1863 : Deux brefs séjours à l'abbaye de Solesmes, imposés par sa famille.

1864 : Villiers fait la connaissance de Mallarmé.

1865 : *Elën,* drame en 3 actes, en prose, publié hors commerce.

1866 : *Morgane,* drame en 5 actes, en prose, publié hors commerce. Espoirs de mariage avec Estelle, fille cadette de Théophile Gautier; échec de ce projet.

1867 :*« El Desdichado »*, première version de *« Souvenirs occultes »*.

1867-1868 : *« L'Intersigne »* ; « Claire Lenoir » (repris plus tard dans *Tribulat Bonhomet*).

1869 : Voyage en Allemagne avec Catulle Mendès; séjour chez Wagner. *« L'Annonciateur. »*

1870 : Représentation de *La Révolte,* drame en un acte, en prose. Nouveau voyage en Allemagne. Séjour chez Mallarmé en Avignon.

1871 : Collaboration sous un pseudonyme à un périodique favorable à la Commune. Mort de Mlle de Kérinou. Début d'une période de dénuement.

1872 : Publication en revue de la première partie d'*Axël,* drame en prose.

1873 : Espoirs de mariage avec une jeune Anglaise, Anna Eyre Powells; nouvel échec.

1874 : *« La Machine à gloire »* ; *« Virginie et Paul »* ; *« Les Demoiselles de Bienfilâtre »* ; *« Véra »* ; *« L'Appareil pour l'analyse chimique du dernier soupir »* ; *« Le Plus Beau Dîner du monde »* ; *« Antonie »* ; *« Le Convive des dernières fêtes. »*

1875 : Rédaction d'un drame, *Le Nouveau Monde,* non représenté alors, et qui sera publié en 1880; *« A s'y méprendre. »*

---

1. Les textes qui composeront les *Contes cruels* sont désignés ici, par un astérisque, à la date de leur publication en périodique.

1876 : *« L'Inconnue » ; *« Sentimentalisme » ; *« L'Affichage céleste » ; *« Impatience de la foule. »

1877 : *« Le Traitement du docteur Tristan » ; *« Sombre récit, conteur plus sombre » ; projet de publication d'un recueil de contes.

1878 : *« Souvenirs occultes » ; *« Le Secret de l'ancienne musique. »

1880 : Publication en feuilleton du début du roman *L'Ève nouvelle,* qui deviendra *L'Ève future ;* puis, dans un autre journal, publication presque intégrale de la même œuvre. *« La Reine Ysabeau » ; *« Fleurs des ténèbres. »

1881 : Villiers est candidat légitimiste, à Paris, aux élections municipales. Il n'est pas élu. Naissance du fils de Villiers et de Marie Dantine.

1882 : Mort de la mère de Villiers. *« Le désir d'être un homme » ; *« Les Brigands. »

1883 : En février, publication des *Contes cruels.* Les seuls textes inédits sont « Deux Augures », « Duke of Portland » et « Maryelle ». Première représentation du *Nouveau Monde.*

1884 : Villiers est célébré par Huysmans dans *A rebours.* Début de l'amitié entre Villiers, Huysmans et Léon Bloy.

1885 : Publication complète en périodique de *L'Ève future* et d'*Axël,* drame en 4 parties, en prose. Mort du père de Villiers.

1886 : Publication en volumes de *L'Ève future,* d'*Akëdysséril* (conte) et de *L'Amour suprême* (recueil de contes).

1887 : Publication de *Tribulat Bonhomet.* Représentation de *L'Évasion,* drame en un acte, en prose.

1888 : Tournée de conférences en Belgique. Publication d'*Histoires insolites* et des *Nouveaux Contes cruels* (tous parus auparavant en périodique la même année).

1889 : Villiers est atteint d'un cancer des voies digesti-
ves. Il épouse *in extremis* Marie Dantine et légitime
son fils. Il meurt quatre jours plus tard, le 18 août.

1890 : Publication posthume, en volumes, d'*Axël,* et d'un
recueil de contes et de textes divers, *Chez les passants*.

INTRODUCTION

Villiers de l'Isle-Adam est l'auteur de trois chefs-d'œuvre, *Tribulat Bonhomet*, *L'Ève future* et, le plus connu, les *Contes cruels,* tous trois publiés en volumes dans les dernières années de sa vie, mais écrits, pour l'essentiel, bien antérieurement. Il y a déjà là le signe d'un destin adverse. Pourtant, l'existence de Villiers s'annonçait magnifique. Porteur d'un grand nom, se croyant d'ailleurs de bonne foi plus noble encore qu'il ne l'était en fait, enfant doué, musicien, choyé par une riche grand-mère adoptive, il semblait dès son adolescence, malgré un père mégalomane, extravagant et dissipateur, malgré des études dispersées et fragmentaires, malgré des amours de jeunesse malheureuses, promis à une réussite éclatante. Venu à dix-sept ans de sa Bretagne à Paris, reçu dans les milieux de théâtre, salué comme un génie naissant dans l'avant-garde littéraire, publiant à vingt ans ses premiers vers, à vingt-quatre un roman, trois et quatre ans plus tard deux drames — grâce aux générosités de sa grand-mère adoptive — il prenait un essor rayonnant. Son œuvre jusque-là est orientée vers l'idéal, vers la noblesse et la pureté poétique. Elle affirme, avec une assurance un peu hautaine, des préoccupations philosophiques et esthétiques. Mais la chance va cesser de sourire à Villiers. Faute d'argent, il ne peut épouser Estelle, une des filles de Théophile Gautier. Sa protectrice familiale meurt. Pendant douze ans, de 1871 à 1882, il ne parviendra ni à faire jouer une pièce, ni à faire éditer un livre (il lui faudra six ans de démarches pour obtenir la publication des *Contes cruels* et presque aucun critique n'en rendra compte). Ses textes ne paraissent à peu près que dans des revues ou journaux obscurs. Le grand public l'ignore. La vie qu'il mène est celle de la misère, de mansardes en chambres d'hôtel. Ses amis le rencontrent sur les boulevards, où, les poches débordantes de feuillets manuscrits épars, il parle ses contes pour des auditeurs émerveillés, du même coup les mettant au point. Mais le portrait que nous a laissé de lui Anatole France est celui d'un clochard. La société moderne a été dure pour lui : il la prend en haine, et la fustigera avec une ironie vengeresse qui fait songer à celles de Swift et de Daumier. D'où une seconde veine, parallèle à celle de l'idéal qui pourtant persiste : celle de la satire. Les deux veines se conjuguent dans les *Contes cruels,* dont les textes datent en presque totalité de cette période « maudite » (Verlaine fera figurer Villiers parmi ses « Poètes maudits ») ; douze ans pendant lesquels, en outre, se produisent deux épisodes poignants, les fiançailles rompues avec une jeune Anglaise, et la venue au monde d'un fils né de sa liaison avec une voisine illettrée qui lui tenait son ménage — humiliation pour un homme qui croyait descendre d'un maréchal de France au XIVe siècle, d'un grand-maître de l'ordre de Malte au XVIe, qui se disait de sang plus que royal, et fut peut-être en 1863 prétendant au trône de Grèce. Échec dans la gloire, échec dans l'amour, échec dans la noblesse... Voilà ce qui va transparaître dans l'œuvre de ce génie malheureux, que la maladie emportera à cinquante ans.

*
* *

La période des *Contes cruels* est celle qui voit en France, dans le domaine de la fiction, la fin et l'apothéose du romantisme avec les grands romans de Victor Hugo, le triomphe de Flaubert avec *L'Éducation sentimentale* et les *Trois Contes,* et surtout la montée du groupe des naturalistes. A tous ceux-là, Villiers ne se rattache presque à aucun degré. Aristocrate, il aurait pu être proche de

Gobineau; catholique, de Barbey d'Aurevilly; en fait, il
reste à l'écart de tous, et échappe à toute étiquette, se
définissant lui-même dans une lettre comme parnassien,
romantique et symboliste à la fois. Certes, quelques-uns
des *Contes cruels* rendent un son parnassien, comme
L'Annonciateur, ou *Impatience de la foule* (jusqu'à
l'avant-dernière phrase incluse); et *Le Convive des dernières fêtes* est surtout romantique; mais ces trois textes,
avec tout le recueil, relèvent aussi du symbolisme. Plutôt
qu'à des écoles, Villiers porte un culte à quelques grands
écrivains, auxquels il empruntera certains éléments de
son art. Ce sont les poètes de l'imaginaire, Gautier, Poe,
et surtout Baudelaire, qui a eu comme lui une existence
matérielle presque constamment difficile, et avec qui il
partage le culte de la perfection, l'ironie parfois amère et
glacée, la sensibilité à vif, les aspirations mystiques.
Mais il y a entre eux une génération de différence. La
période où Villiers écrit la plupart des textes recueillis
dans les *Contes cruels* est celle qui, après la défaite
de 1871, voit se former lentement l'atmosphère qui sera
celle des décadents; mais le recueil est publié avant que
ne paraissent ces livres-clés du décadentisme que sont *A
rebours* de Huysmans et les œuvres de Jules Laforgue; et
Villiers, hors certaines recherches de style et de vocabulaire, n'a pas grand-chose de commun avec les décadents,
ne serait-ce que parce qu'il est porté et soutenu par sa
conviction religieuse d'aristocrate breton. Sa situation est
celle d'un écrivain qui n'adhère à aucun groupe, tout en
se sentant attiré par plusieurs de ceux qui coexistent à
cette époque, et qui parfois se réclameront de lui. Quand
on est tout, on n'est rien; ou plutôt, comme Villiers, on
n'est que soi-même.

*
* *

En 1865, une lettre de Lefébure à Mallarmé annonce:
« Villiers va se mettre à la manière d'Edgar Poe. » C'est
là, sans que l'auteur de ce propos le sache, car il songeait
à des poèmes, l'acte de naissance du recueil. Si l'on

néglige les trois premiers poèmes du *Conte d'amour*, les deux premiers contes cruels voient le jour de 1867 à 1869 ; ce sont, il est vrai, deux des plus longs du volume, *L'Intersigne* et *L'Annonciateur*. Puis, après un intervalle de cinq ans consacré en partie au théâtre, les autres contes paraissent entre 1874 et 1883, cette dernière date étant celle de la publication en librairie.

Ces vingt-sept textes en prose, auxquels s'ajoute le *Conte d'amour*, sont d'une grande diversité ; et l'on comprend que Villiers ait hésité sur le choix d'un titre qui pût les recouvrir tous. Il a songé successivement à *Histoires moroses*, à *Histoires philosophiques*, à *Histoires énigmatiques*, à *Histoires mystérieuses* (tous ces titres, sans doute, se plaçant dans le sillage des *Histoires extraordinaires* de Poe), à *Contes au fer rouge ;* et il s'est arrêté finalement au titre actuel, auquel il avait pensé dès 1876.

Ces contes résistent à toute classification. On pourrait être tenté de dégager les histoires prosaïques et satiriques, en y distinguant celles qui s'attaquent aux bourgeois et à leur dieu l'argent, de celles qui prennent pour cible la technique moderne ou les artifices de la publicité. En face se placeraient les contes poétiques et graves, poèmes en prose, histoires d'amour véritable, et textes où intervient la religion. On aurait ainsi, sur le modèle de Flaubert écrivant *Madame Bovary* et *Salammbô*, un Villiers biface que son horreur du monde moderne pousserait tantôt à l'attaquer, tantôt à le fuir. Ce serait schématique et inexact. Où classer ainsi *Sombre récit, conteur plus sombre, Le désir d'être un homme* ou *Impatience de la foule ?* De plus, dans les contes les plus tragiques perce toujours au moins une note ironique, comme le « Puisqu'elle se croit morte » de *Véra*, la confusion volontaire entre les talents d'or et d'argent de *L'Annonciateur*, ou la dernière phrase de *L'Inconnue*. A l'inverse, les contes les plus burlesques font intervenir, comme chez des marionnettes mais non sans trace de macabre, des morts comme celle d'Olympe des *Demoiselles de Bienfilâtre* ou de Maître Percenoix dans *Le Plus Beau Dîner du monde*, et même des massacres comme celui des bourgeois dans *Les Bri-*

gands ; et, plus généralement, une vue de l'univers qui ε
tragique sous la grimace.

De même, il serait futile de distribuer ces textes en
contes du passé et histoires du présent : si l'on excepte les
textes qui visent des aspects précis de la civilisation
moderne, beaucoup des contes de Villiers sont essentiellement intemporels, et pourraient, avec quelques modifi-
cations de détail, se situer à n'importe quelle époque.
C'est qu'ils sont résolument irréels. Il n'est pas un d'entre
eux dont l'action puisse se dérouler avec vraisemblance
dans le monde que nous connaissons. C'est naturel dans
les contes fantastiques, *Véra, L'Intersigne* ou *L'Annonciateur.* Mais les autres ne sont pas plus plausibles, bien
que leur irréalisme se manifeste dans des domaines très
différents : accélération du cours des choses dans *Duke of
Portland* où la lèpre se manifeste en un éclair, ou dans
Impatience de la foule où en une nuit des corbeaux font
d'un mourant des os dispersés ; désinvolture vis-à-vis de
l'histoire (la soirée d'adieu de la Malibran dans *L'Inconnue*), des textes bibliques *(L'Annonciateur),* et, dans les
contes satiriques, retournements burlesques, symétries
poussées à l'absurde, généralisation du quiproquo. Villiers conteur ne cherche jamais à apparaître comme un
transcripteur, mais comme un inventeur. C'est par là
notamment qu'il est un symboliste : au-delà de ce qu'il dit
se trouve toujours autre chose, encore que, sauf erreur, le
mot « symbolique » ne figure qu'une fois dans le recueil,
pour désigner le mendiant de *Vox populi,* et le mot « symbole » cinq fois seulement. Il s'agit de proclamer un idéal
souvent trop haut pour être nommé, et que Villiers aurait
peut-être trouvé malaisé de définir rigoureusement : il
trouvait une de ses bases dans le catholicisme de son
éducation, l'autre dans la métaphysique hégélienne.
Mais, à coup sûr, le matérialisme, et la matière telle
qu'elle se révèle dans le monde de son temps, étaient
pour lui objets d'horreur. Ses critiques l'ont appelé
l'« exorciste du réel et le portier de l'idéal » (Remy de
Gourmont), le « martyr de l'absolu » (J.-H. Bornecque),
le « révélateur du Verbe » (A. Lebois), « mieux qu'un
témoin : un prophète » (P.-G. Castex). Par des voies di-

erses, ils ont ainsi salué un homme dont les visées esthétiques et les certitudes spirituelles furent toujours d'une incontestable élévation : ce qu'il défendait, c'était — et je mets les majuscules qu'il aurait lui-même employées — l'Amour, l'Esprit, la Noblesse, l'Art, la Poésie, tout ce qui comptait à ses yeux.

*
* *

Au premier abord, Villiers lui-même n'apparaît guère dans ses contes : ni son existence solitaire d'écrivain-journaliste déchiré entre l'aristocratie et la misère, ni sa famille avec le père délirant et la grand-mère adoptive providentielle, n'émergent ici. Chez ce catholique, la religion n'apparaît que dans les deux premiers contes, *L'Intersigne* et *L'Annonciateur*. Alors qu'il eut des intérêts idéologiques marqués, parfois à gauche (il a manifesté de la sympathie pour le peuple qui soutenait la Commune), plus souvent à droite (il fut en 1881 candidat légitimiste aux élections municipales de Paris), la politique n'est présente dans ses contes que comme cible du scepticisme sardonique ou amer de *Deux augures*, de *L'Affichage céleste* ou de *Vox populi*. Il arrive qu'il y ait dans les *Contes cruels* un narrateur qui parle à la première personne et qui pourrait faire songer à l'auteur. C'est le cas dans *Le Convive des dernières fêtes*, dans *A s'y méprendre*, dans *Sombre récit, conteur plus sombre* ; et ce narrateur est même quelquefois un écrivain, un dramaturge ; mais sa personnalité reste discrète, volontairement estompée. Surtout, on voit se dégager une série de personnages qui sont moins Villiers lui-même que l'image qu'il se faisait de ce qu'il aurait pu ou dû être — « tel qu'en lui-même » aurait dit son ami Mallarmé. Ils sont ou nobles ou artistes (en esprit ou par de véritables œuvres), ou les deux : ce sont le comte Félicien de la Vierge, « poète », dans *L'Inconnue*, le comte Maximilien de W., « poète d'un talent merveilleux », dans *Sentimentalisme*, le baron Xavier de la V. dans *L'Intersigne*, le comte d'Athol dans *Véra*. Trois comtes comme Villiers, et trois noms en V. ou W. comme le sien. Ces sortes de princes ont la fierté d'appartenir à une race à part, d'être séparés des autres par un infini (p. 186). D'autres encore se rattachent à leurs ancêtres bretons (dans *Souvenirs occultes*, et aussi burlesquement, dans *Le désir d'être un homme*). Au-delà de ces traits généraux de la personnalité, se profilent dans tel ou tel conte des éléments autobiographiques largement transposés : les cafés des boulevards, souvent hantés par le noctambule Villiers, dans une dizaine de contes ; Villiers victime, en littérature et au théâtre, du règne de la médiocrité et du profit, dans *Deux augures* et dans *La Machine à gloire ;* Villiers prophète incompris dans *Vox populi ;* Villiers dans sa misère physique, transposée en celle du mendiant aveugle du même conte et en celle du grand seigneur lépreux de *Duke of Portland*. Ces deux derniers personnages sont particulièrement importants : à leur propos est évoqué le nom de Lazare (il le sera encore dans les *Nouveaux Contes cruels* avec le vieux Juif supplicié par l'Inquisition de *La Torture par l'espérance*), Lazare double personnage de l'Évangile — le lépreux et le ressuscité : or, dans un texte à la gloire de Villiers (« Projet d'oraison funèbre » dans *Histoires désobligeantes*), Léon Bloy l'appellera précisément Lazare. Qu'il y ait là l'écho d'un nom que se donnait lui-même Villiers, ou d'une image qu'il offrait de lui à d'autres, la signification reste la même : le nom évoque à la fois le fond de la souffrance matérielle, l'isolement parmi les hommes, et le triomphe dans un autre monde, comme âme sauvée ou comme artiste dont l'œuvre est appelée à survivre.

*
* *

L'univers de Villiers dans les *Contes cruels* présente à d'autres niveaux encore une profonde unité. C'est celle de la narration, qui est d'un conteur virtuose, quasi professionnel : les effets de surprise, parfois dès le début comme dans *Deux augures*, souvent dans le corps du récit après une longue introduction qui crée l'atmosphère (la lèpre du duc de Portland, la décision du crime de Chaudval dans *Le désir d'être un homme*), souvent aussi au dénouement, et même dans les derniers mots du texte : « la clef du tombeau » dans *Véra*, « par esprit de fidélité » dans *Antonie*, l'« envoyé de Léonidas » dans *Impatience de la foule*. Mais le style de Villiers conteur lui appartient, étant révélateur de ses deux pôles : c'est celui d'un texte parlé, ou plutôt comme annoté pour être dit ou joué, avec des mots dont l'intensité sonore est amplifiée par les italiques ou les majuscules, avec les incidentes, les parenthèses, les ponctuations tendant à marquer un effet plutôt encore qu'à souligner la logique ; et c'est en même temps un style étudié, plein de mots rares, d'archaïsmes, de néologismes, de mallarméismes, à la syntaxe parfois oratoire ; bref, le style non d'un homme de dialogue naturel, mais de conteur qui veut suspendre à ses lèvres, et surprendre en même temps, ceux qui l'entourent attentifs, un style travaillé pour la voix autant au moins que pour l'esprit. D'où peut-être, dans le titre du recueil, le choix final du terme de « contes », évoquant la parole, plutôt que de celui d'« histoires », plus neutre.

Au-delà des procédés narratifs, on peut tenter d'appréhender l'univers de Villiers à travers son vocabulaire. De relevés artisanaux que j'ai établis, et qui peuvent n'être pas exhaustifs, mais dont les proportions ne sauraient se révéler gravement inexactes, il se dégage tout d'abord une fréquence très significative des termes de *nuit, ombre, ténèbres, sombre,* etc., qui reviennent près de cent vingt fois ; puis viennent les termes qui évoquent la mort (plus de soixante-dix). Ces deux groupes établissent une première dominante de l'univers de Villiers. Une seconde serait l'importance du *divin* (en y incluant les occurrences de *Dieu religieux, sacré, mystique, saint*) : près de quatre-vingts exemples (alors que, comme on l'a vu, la religion n'est au cœur du sujet que dans deux contes) ; il faudrait y joindre *mystère* (ou *secret*) qu'on rencontre une cinquantaine de fois ; l'idéalisme et le mysticisme de Villiers s'y expriment assez clairement. La fréquence du *silence* (plus de soixante cas en y comprenant *silencieux*, *muet,* etc.) est plus ambiguë : pouvant être aussi bien celui de la mort ou de la nuit que celui du mystère, il est difficile à interpréter. Un autre point est peut-être l'importance des contrastes : Villiers, dans la tradition romantique, va vers les extrêmes dans le domaine de la sensation et des sentiments. La fréquence des mots qui expriment l'extraordinaire, le bizarre, est assez frappante, ainsi que le rapprochement de ceux qui disent l'amour et de ceux qui disent la torture. Ce qui est également spécifique de Villiers, c'est l'insistance mise sur ce qui, dans ses récits, est rare et unique, ce qui n'a pas encore été et se crée, le *premier* (la « première faute » d'Olympe p. 9, les « premières paroles » p. 18, l'« extase où se mêlaient pour la première fois la terre et le ciel » p. 26, le «*premier* [soupir] du sommeil de la mort» p. 183, le « premier soir de la jeunesse » et les « premières notes » p. 240, le « premier et inoubliable amour » p. 242); ou au contraire le *dernier,* mot qui figure dans le titre de deux contes, et qu'on retrouverait près de vingt fois dans le volume, qu'il s'agisse du duc de Portland, dernier lépreux du monde (ce qui n'a manifestement qu'une valeur poétique), ou du dernier bourgeois survivant dans *Les Brigands,* du dernier Gaël de *Souvenirs occultes,* des dernières forces du coureur dans *Impatience de la foule,* des dernières paroles et du dernier soupir de l'abbé Maucombe dans *L'Intersigne.* Et parfois les deux mots sont accolés : Maryelle est aimée noblement « pour la première — et la dernière fois, sans doute ». C'est ici une valeur particulière qui est accordée à l'instant — instant unique qui est parfois le symbole d'une éternité noble et comme divine; cet instant tranche sur la durée quotidienne et répétitive du monde réel.

Une opposition du même ordre éclate dans les atmosphères qui prédominent chez Villiers. Les saisons ou les heures choisies par lui sont celles du déclin : l'automne y est présent à lui seul autant que les trois autres saisons réunies, et, sur l'ensemble des *Contes cruels,* l'on trouve trois fois plus de scènes situées au crépuscule, le soir ou la nuit, qu'à l'aube ou durant le jour. En cela il ne se distingue guère de la plupart des symbolistes. Mais sur ce

fond sombre se détachent des couleurs éclatantes, le noir,
l'or, le rouge avant tout. Et tout ce qui peut matérielle-
ment représenter ces précieuses îles de bonheur ou de
lumière dans l'océan de la triste existence humaine est
pour Villiers objet de prédilection. Comme chez Mallarmé d'ailleurs, dont l'esthétique est sur bien des points
voisine, on est frappé par la fréquence de l'apparition des
fleurs, belles mais fragiles, condamnées à une mort rapide : on en compte plus de soixante occurrences dans le
recueil. Plus de cinquante exemples aussi de pierreries :
objets quasi éternels, cette fois, mais infiniment rares,
denses, condensation pure de matière précieuse. Et les
étoiles — concentrations de lumière isolées dans le noir
infini, beaucoup plus souvent évoquées que la lune ou le
soleil — sont en ce sens les pierreries du ciel. Dans son
œuvre comme dans sa vie, l'espoir, la joie, l'ivresse de
Villiers sont des instants intenses et fugitifs : les éclairs
d'espoir d'un désespéré.

Mais c'est le désespoir qui l'emporte, en prenant l'aspect de la cruauté. Sans doute y avait-il en Villiers,
comme en tout être, une veine cruelle. Certes, nul n'a
relevé dans sa vie d'acte de cruauté ou de méchanceté
active. Il n'en était pas moins fasciné par la guillotine : il
allait assister aux décapitations, et on en trouve la trace
dans *Le Convive des dernières fêtes,* ainsi que dans plusieurs autres nouvelles recueillies ailleurs que dans les
Contes cruels, comme *Le Secret de l'échafaud* et
L'Étrange couple Moutonnet, et même dans des articles
où, s'inspirant de la tradition de Joseph de Maistre trans-
mise par Baudelaire, il insiste sur la dignité éminente de
l'exécution capitale. Malgré tout, la cruauté chez Villiers
est avant tout affaire d'imagination ; l'attention qu'il lui
porte accroît sa lucidité sur la férocité qu'il constate dans
l'univers autour de lui, et lui permet d'en déceler les
sources profondes.

Elle prend chez lui des formes spécifiques. Contrairement à l'étymologie (*cruor* est en latin le sang versé), ce n'est pas une cruauté de sang ; Villiers s'écarte ici des romantiques — du Balzac d'*El Verdugo*, du Stendhal des *Chroniques italiennes*, du Victor Hugo de la *Légende des siècles*, de l'Alexandre Dumas des *Mille et un fantômes* — comme du Leconte de Lisle des *Poèmes barbares* ; d'ailleurs le diable, qui incarne si souvent la cruauté chez les romantiques, ne se manifeste jamais chez Villiers. Lorsqu'il y a du sang chez lui, il est lointain et discret ; il se situe dans le passé ou est évoqué allusivement, et ne vient que rarement sous les yeux du lecteur : il s'agit de provoquer l'angoisse, non la nausée. Quand apparaît l'unique bourreau du recueil, le baron Saturne du *Convive des dernières fêtes*, c'est dans un salon, et seuls les rideaux rouges ont des teintes sanglantes. On ne voit pas ruisseler le sang du messager spartiate avant la dernière phrase d'*Impatience de la foule*, on n'aperçoit pas les corps des victimes de l'incendie dans *Le désir d'être un homme* ; l'hémoptysie mortelle de l'héroïne de *Véra* ne laisse qu'une tache sur un mouchoir. La cruauté de Villiers n'a pas non plus, extérieurement au moins — car qui dira ses racines profondes ? — de caractère érotique, sauf dans *La Reine Ysabeau*, où il est clair, sans que ce soit expressément dit, que la reine se délecte jusqu'au paroxysme de la certitude où elle est de faire prochainement torturer et exécuter son amant, et de le lui annoncer dans le plaisir même. Villiers s'écarte en général du sadisme de Baudelaire et de la nécrophilie de Poe. Sa cruauté présente souvent des caractéristiques en quelque sorte négatives : de même qu'il y a peu de sang, il y a dans les *Contes cruels* peu de fantastique terrifiant, et peu de haine. Ils sont sur ce point d'une grande discrétion ; et, en additionnant les occurrences des mots *cruel*, *cruauté*, *féroce*, *bourreau*, *supplice*, *torture* et *tortionnaire*, on ne dépasserait guère le nombre de vingt-cinq, ce qui est bien peu pour trois cent vingt pages de contes cruels. La cruauté est celle du silence, beaucoup plus fréquent que le bruit, celle du froid, beaucoup plus présent que la brûlure. Le froid physique a d'ailleurs sa correspondance au niveau de la narration, avec cet instrument stylistique essentiellement coupant et glacé qu'est l'ironie, dont Villiers est un des maîtres incontestés ; quand la cruauté n'est pas la destruction de l'idéal, c'est son doublement par une parodie, comme dans *L'Inconnue* où le désespoir de l'amour impossible a pour parallèle la dérision des propos d'amour mécaniques, ou dans *Sombre récit, conteur plus sombre,* où le drame réel est constamment accompagné par la bouffonnerie involontaire du fabricant de mélodrames qui le raconte. Il s'agit là d'une cruauté essentiellement morale.

Bien des personnages, chez Villiers, sont moralement cruels, de façon plus ou moins volontaire et plus ou moins consciente. Les hommes le sont pour d'autres hommes, rarement pour des femmes ; les femmes le sont toujours pour les hommes (la cruauté sexuelle chez Villiers est à peu près à sens unique) : ce sont l'héroïne anonyme des poèmes de *Conte d'amour,* vénale, perfide et perverse, la Susannah Jackson du *Convive des dernières fêtes,* qui rêve d'aller s'enfermer en Écosse « avec un bel enfant qu'elle s'y distraira, languissamment, à tuer à son aise » ; Lucienne Émery de *Sentimentalisme,* qui annonce tranquillement à son amant Maximilien le rendez-vous qu'elle a donné à un autre ; Antonie et Maryelle, charmantes femmes légères, qui laissent avec dédain percer leur indifférence hautaine pour les naïfs auxquels elles se vendent.

Plus souvent, il est impossible de dire qui précisément est cruel : la cruauté est ressentie par les victimes, mais elle est exercée par la société, et découle de la nature même de celle-ci, et de son matérialisme sous deux aspects primordiaux, le culte de l'argent et celui de la technique. C'est le premier qui amène la perte d'Olympe dans *Les Demoiselles de Bienfilâtre,* qui rend grotesques ou odieux les jeunes amoureux de *Virginie et Paul,* les bourgeois du *Plus beau dîner du monde,* les pilleurs de cimetières de *Fleurs de ténèbres* ou les hommes d'affaires d'*A s'y méprendre.* C'est le second qui éclate dans *L'Affichage céleste,* dans *La Machine à gloire,* dans *L'Appareil pour l'analyse chimique du dernier soupir,* dans *Le Traitement du docteur Tristan ;* il est d'ailleurs étroitement lié au premier, car, pour Villiers, peut-être prophète en cela, la science se pervertit dès qu'elle est employée à des fins utilitaires. Il est à noter que ceux qui pâtissent de cette cruauté collective et inconsciente, ce sont dans plusieurs cas les artistes véritables, comme dans *Deux augures* ou dans *La Machine à gloire*.

Enfin, autant que par les individus et par la société, la souffrance est provoquée par la cruauté du sort — mais Villiers était trop croyant pour ne pas l'appeler destin. Qui est responsable de la mort de Véra, de celle du duc de Portland, de celle de l'abbé Maucombe dans *L'Intersigne*, de celle d'Helcias dans *L'Annonciateur*, de la surdité de l'héroïne dans *L'Inconnue*, de la mélancolie du narrateur dans *Souvenirs occultes*? Qui est responsable de l'impossibilité de communiquer réellement en amour, qu'illustre notamment *Sentimentalisme*? Les êtres, la société, le destin, se partagent donc l'exercice de la cruauté, et convergent parfois pour la pousser à l'extrême. C'est l'univers qui est cruel.

Et, par une sombre revanche, l'écrivain se fait cruel à son tour. Cruel pour lui-même dans la mesure où il a inséré dans ses héros de larges parts de son être. Cruel aussi pour le lecteur, qu'il blesse parce qu'il exprime sardoniquement la vérité du monde où il vit. Cette vérité est triste : pour de rares figures nobles, des milliers de fantoches bornés, égoïstes et cupides, de pseudo-savants exploiteurs de leurs semblables et démolisseurs de toute dignité humaine. Si la cruauté de la vie pour les premiers est amère, la férocité de l'écrivain pour les seconds est féroce et véritablement vengeresse : Villiers est fasciné par la cruauté parce qu'elle est pour lui une victoire, un signe de liberté et de hauteur d'esprit. Contes de bourreaux, contes de victimes. Comment les séparer? L'artiste est toujours «L'Héautontimorouménos» de Baudelaire, qui se châtie lui-même, qui est «la plaie et le couteau». Villiers a éprouvé les plaies dans son être durant toute sa vie, et sa revanche sur la vie est de l'avoir dit dans son œuvre avec cette plume acérée qui est le couteau du génie.

Pierre CITRON.

BIBLIOGRAPHIE SOMMAIRE

VILLIERS DE L'ISLE-ADAM

Contes Cruels et Nouveaux Contes cruels, éd.
P.-G. Castex, Classiques Garnier, 1968. Édition critique, contenant de nombreuses variantes et notes, elle
est fondamentale. Son texte est celui que nous avons
suivi, nous contentant de rares et infimes corrections
typographiques. Elle incorpore tout ce qui avait été dit
sur les *Contes cruels* par les précédents commentateurs.

Autres œuvres.

Les *Œuvres complètes* éditées en 11 volumes au Mercure
de France, de 1914 à 1931, sont épuisées, ainsi que la
Correspondance générale en 2 volumes, par Joseph
BOLLERY, chez le même éditeur (1962). Une édition
des Œuvres est en préparation dans la Bibliothèque de
la Pléiade (Gallimard) par les soins de P.-G. CASTEX
et A. W. RAITT.

Disponibles dans le commerce actuellement :

Tribulat Bonhomet, introd. de P.-G. CASTEX et
J.-M. BELLEFROID, J. Corti, 1967.

L'Ève future, introd. et notes de P. CITRON, Coll. « Romantiques », éd. L'Age d'homme, 1979.

Nouveaux contes cruels, suivis de *L'Amour suprême,*
J. CORTI, 1962.

Études récentes.

E. DROUGARD, *Villiers de l'Isle-Adam, les trois premiers contes,* éd. critique, 2 vol., Les Belles Lettres, 1931.
M. DAIREAUX, *Villiers de l'Isle-Adam,* Desclée de Brouwer, 1936.
A. LEBOIS, *Villiers de l'Isle-Adam, révélateur du Verbe,* Neuchâtel, Messeiller, 1952.
P.-G. CASTEX et J. BOLLERY, *Les « Contes cruels »,* étude historique et littéraire, J. Corti, 1956.
Mais seuls sont disponibles actuellement:
J.-H. BORNECQUE, *Villiers de l'Isle-Adam,* Nizet, 1974 (reprise d'un texte de 1957).
A. W. RAITT, *Villiers de l'Isle-Adam et le mouvement symboliste,* J. Corti, 1965.

CONTES CRUELS

LES DEMOISELLES DE BIENFILATRE

Intitulé sur manuscrit *L'Innocente* ; paru dans *La Semaine parisienne,* mars 1874. Rien ne permettant de supposer que le nom des héroïnes soit précédé d'une particule, il faut, semble-t-il, comprendre le titre comme « Les filles de M. Bienfilâtre » — le mot « demoiselles » faisant partie tantôt d'un certain langage populaire qui se voudrait bourgeois pour désigner les filles de quelqu'un, tantôt d'un vocabulaire familier où il désignait ironiquement les prostituées. Sous la forme d'une fable précédée d'une ironique dissertation morale, le conte est le retournement d'une situation traditionnelle, celle de la prostituée que l'amour régénère : Marion de Lorme chez Hugo, Esther dans *Splendeurs et Misères des courtisanes* de Balzac, Marguerite Duval dans *La Dame aux camélias* d'Alexandre Dumas fils. Mais la source d'inspiration la plus directe est peut-être *Madame Cardinal* de Ludovic Halévy (1870), comme l'a signalé P.-G. Castex dans sa belle édition critique des *Contes cruels* (à laquelle je ferai tant d'emprunts que je renonce à les signaler tous, et y renvoie le lecteur). A la thèse : « L'amour peut racheter la vénalité », Villiers substitue : « L'amour peut être la perte de la vertu de vénalité », et, à la fin : « La vénalité peut racheter l'amour », cela dans la logique bourgeoise où l'amour est suspect et où seul compte l'argent.

LES DEMOISELLES
DE BIENFILATRE

A Monsieur Théodore de Banville.

De la lumière !...
Dernières Paroles de Goethe.

Pascal nous dit qu'au point de vue des faits, le Bien et
le Mal sont une question de « latitude ». En effet, tel acte
humain s'appelle crime, ici, bonne action, là-bas, et
réciproquement. — Ainsi, en Europe, l'on chérit, généralement, ses vieux parents ; — en certaines tribus de
l'Amérique, on leur persuade de monter sur un arbre ;
puis on secoue cet arbre. S'ils tombent, le devoir sacré de
tout bon fils est, comme autrefois chez les Messéniens,
de les assommer sur-le-champ à grands coups de toma-
hawk, pour leur épargner les soucis de la décrépitude.
S'ils trouvent la force de se cramponner à quelque branche, c'est qu'alors ils sont encore bons à la chasse ou à la
pêche, et alors on sursoit à leur immolation. Autre exemple : chez les peuples du Nord, on aime à boire le vin, flot
rayonnant où dort le cher soleil. Notre religion nationale
nous avertit même que « le bon vin réjouit le cœur ». Chez
le mahométan voisin, au sud, le fait est regardé comme
un grave délit. — A Sparte, le vol était pratiqué et ho-
noré : c'était une institution hiératique, un complément
indispensable à l'éducation de tout Lacédémonien sérieux. De là, sans doute, les grecs [1]. — En Laponie, le
père de famille tient à honneur que sa fille soit l'objet de
toutes les gracieusetés dont peut disposer le voyageur
admis à son foyer. En Bessarabie aussi. — Au nord de la
Perse, et chez les peuplades du Caboul [2], qui vivent dans

de très anciens tombeaux, si, ayant reçu, dans quelque
sépulcre confortable, un accueil hospitalier et cordial,
vous n'êtes pas, au bout de vingt-quatre heures, du dernier mieux[3] avec toute la progéniture de votre hôte,
guèbre, parsi ou wahabite, il y a lieu d'espérer qu'on
vous arrachera tout bonnement la tête, — supplice en
vogue dans ces climats. Les actes sont donc indifférents
en tant que physiques : la conscience de chacun les fait,
seule, bons ou mauvais. Le point mystérieux qui gît au
fond de cet immense malentendu est cette nécessité native
où se trouve l'Homme de se créer des distinctions et des
scrupules, de s'interdire telle action plutôt que telle autre,
selon que le vent de son pays lui aura soufflé celle-ci ou
celle-là : l'on dirait, enfin, que l'Humanité tout entière a
oublié et cherche à se rappeler, à tâtons, on ne sait quelle
Loi perdue.

Il y a quelques années, florissait, orgueil de nos boulevards, certain vaste et lumineux café, situé presque en
face d'un de nos théâtres de genre, dont le fronton rappelle celui d'un temple païen[4]. Là, se réunissait quotidiennement l'élite de ces jeunes gens qui se sont distin-
gués depuis, soit par leur valeur artistique, soit par leur
incapacité, soit par leur attitude dans les jours troubles
que nous avons traversés.

Parmi ces derniers, il en est même qui ont tenu les
rênes du char de l'État[5]. Comme on le voit, ce n'était pas
de la petite bière que l'on trouvait dans ce café des Mille
et une nuits. Le bourgeois de Paris ne parlait de ce
pandémonium qu'en baissant le ton. Souventes fois, le
préfet de la ville y jetait négligemment, en manière de
carte de visite, une touffe choisie, un bouquet inopiné de
sergents de ville ; ceux-ci, de cet air distrait et souriant
qui les distingue, y époussetaient alors, en se jouant,
du bout de leurs sorties-de-bal, les têtes espiègles
et mutines. C'était une attention qui, pour être délicate,
n'en n'était pas moins sensible. Le lendemain, il n'y
paraissait plus.

Sur la terrasse, entre la rangée de fiacres et le vitrage,
une pelouse de femmes, une floraison de chignons
échappés du crayon de Guys, attifées de toilettes invrai-

semblables, se prélassaient sur les chaises, auprès des
guéridons de fer battu peints en vert espérance. Sur ces
guéridons étaient délivrés des breuvages. Les yeux tenaient de l'émerillon et de la volaille. Les unes conser-
vaient sur leurs genoux un gros bouquet, les autres un
petit chien, les autres rien. Vous eussiez dit qu'elles
attendaient quelqu'un.

Parmi ces jeunes femmes, deux se faisaient remarquer
par leur assiduité; les habitués de la salle célèbre les
nommaient, tout court, Olympe et Henriette. Celles-là
venaient dès le crépuscule, s'installaient dans une an-
fractuosité bien éclairée, réclamaient, plutôt par contenance que par besoin réel, un petit verre de vespetro ou
un « mazagran », puis surveillaient le passant d'un œil
méticuleux.

Et c'étaient les demoiselles de Bienfilâtre[6]!

Leurs parents, gens intègres, élevés à l'école du malheur, n'avaient pas eu le moyen de leur faire goûter les
joies d'un apprentissage: le métier de ce couple austère
consistant, principalement, à se suspendre, à chaque instant, avec des attitudes désespérées, à cette longue torsade qui correspond à la serrure d'une porte cochère. Dur
métier! et pour recueillir, à peine et clairsemés, quelques
deniers à Dieu!!! Jamais un terne n'était sorti pour eux à
la loterie! Aussi Bienfilâtre maugréait-il, en se faisant, le
matin, son petit caramel. Olympe et Henriette, en pieuses
filles, comprirent, de bonne heure, qu'il fallait intervenir.
Sœurs de joie depuis leur plus tendre enfance, elles
consacrèrent le prix de leurs veilles et de leurs sueurs à
entretenir une aisance modeste, il est vrai, mais honorable dans la loge. — «Dieu bénit nos efforts», disaient-
elles parfois, car on leur avait inculqué de bons principes
et, tôt ou tard, une première éducation, basée sur des
principes solides, porte ses fruits. Lorsqu'on s'inquiétait
de savoir si leurs labeurs, excessifs quelquefois, n'alté-
raient pas leur santé, elles répondaient, évasivement,
avec cet air doux et embarrassé de la modestie et en
baissant les yeux: «Il y a des grâces d'état...»

Les demoiselles de Bienfilâtre étaient, comme on dit,
de ces ouvrières «qui vont en journée la nuit». Elles

accomplissaient, aussi dignement que possible, (vu certains préjugés du monde), une tâche ingrate, souvent pénible. Elles n'étaient pas de ces désœuvrées qui proscrivent, comme déshonorant, le saint calus du travail, et n'en rougissaient point. On citait d'elles plusieurs beaux traits dont la cendre de Monthyon avait dû tressaillir dans son beau cénotaphe [7]. — Un soir, entre autres, elles avaient rivalisé d'émulation et s'étaient surpassées elles-mêmes pour solder la sépulture d'un vieux oncle, lequel ne leur avait cependant légué que le souvenir de taloches variées dont la distribution avait eu lieu naguère, aux jours de leur enfance. Aussi étaient-elles vues d'un bon œil par tous les habitués de la salle estimable, parmi lesquels se trouvaient des gens qui ne transigeaient pas. Un signe amical, un bonsoir de la main répondaient toujours à leur regard et à leur sourire. Jamais personne ne leur avait adressé un reproche ni une plainte. Chacun reconnaissait que leur commerce était doux, affable. Bref, elles ne devaient rien à personne, faisaient honneur à tous leurs engagements et pouvaient, par conséquent, porter haut la tête. Exemplaires, elles mettaient de côté pour l'imprévu, pour «quand les temps seraient durs», pour se retirer honorablement des affaires un jour. — Rangées, elles fermaient le dimanche. En filles sages, elles ne prêtaient point l'oreille aux propos des jeunes muguets, qui ne sont bons qu'à détourner les jeunes filles de la voie rigide du devoir et du travail. Elles pensaient qu'aujourd'hui la lune seule est gratuite en amour. Leur devise était : «Célérité, Sécurité, Discrétion» ; et, sur leurs cartes de visite, elles ajoutaient : «Spécialités.»

Un jour, la plus jeune, Olympe, tourna mal. Jusqu'alors irréprochable, cette malheureuse enfant écouta les tentations auxquelles l'exposait plus que d'autres (qui la blâmeront trop vite peut-être) le milieu où son état la contraignait de vivre. Bref, elle fit une faute : — elle aima.

Ce fut sa première faute ; mais qui donc a sondé l'abîme où peut nous entraîner une première faute ? Un jeune étudiant, candide, beau, doué d'un âme artiste et passionnée, mais pauvre comme Job, un nommé

Maxime, dont nous taisons le nom de famille, lui conta
des douceurs et la mit à mal.

Il inspira la passion céleste à cette pauvre enfant qui,
vu sa position, n'avait pas plus de droits à l'éprouver
qu'Ève à manger le fruit divin de l'Arbre de la Vie. De ce
jour, tous ses devoirs furent oubliés. Tout alla sans ordre
et à la débandade. Lorsqu'une fillette a l'amour en tête,
va te faire lanlaire!

Et sa sœur, hélas! cette noble Henriette, qui maintenant pliait, comme on dit, sous le fardeau! Parfois, elle se
prenait la tête dans les mains, doutant de tout, de la
famille, des principes, de la Société même! — «Ce sont
des mots!» criait-elle. Un jour, elle avait rencontré
Olympe vêtue d'une petite robe noire, en cheveux, et une
petite jatte de fer-blanc à la main. Henriette, en passant,
sans faire semblant de la reconnaître, lui avait dit très
bas : «Ma sœur, votre conduite est inqualifiable! Res-
pectez, au moins, les apparences!»

Peut-être, par ces paroles, espérait-elle un retour vers
le bien.

Tout fut inutile. Henriette sentit qu'Olympe était perdue; elle rougit et passa.

Le fait est qu'on avait jasé dans la salle honorable. Le
soir, lorsque Henriette arrivait seule, ce n'était plus le
même accueil. Il y a des solidarités. Elle s'apercevait de
certaines nuances, humiliantes. On lui marquait plus de
froideur depuis la nouvelle de la malversation d'Olympe.
Fière, elle souriait comme le jeune Spartiate dont un
renard déchirait la poitrine, mais, en ce cœur sensible et
droit, tous ces coups portaient. Pour la vraie délicatesse,
un rien fait plus de mal souvent que l'outrage grossier, et,
sur ce point, Henriette était d'une sensibilité de sensitive.
Comme elle dut souffrir!

Et le soir donc, au souper de la famille! Le père et la
mère, baissant la tête, mangeaient en silence. On ne
parlait point de l'absente. Au dessert, au moment de la
liqueur, Henriette et sa mère, après s'être jeté un regard,
à la dérobée, et avoir essuyé une larme respective,
avaient un muet serrement de main sous la table. Et le
vieux portier, désaccordé, tirait alors le cordon, sans

motif, pour dissimuler quelque pleur. Parfois, brusque et
en détournant la tête, il portait la main à sa boutonnière
comme pour en arracher de vagues décorations.

Une fois, même, le suisse tenta de recouvrer sa fille.
Morne, il prit sur lui de gravir les quelques étages du
jeune homme. Là : — « Je désirerais ma pauvre enfant !
sanglota-t-il. — Monsieur, répondit Maxime, je l'aime,
et vous prie de m'accorder sa main. — Misérable ! »
s'était exclamé Bienfilâtre en s'enfuyant, révolté de ce
« cynisme ».

Henriette avait épuisé le calice. Il fallait une dernière
tentative ; elle se résigna donc à risquer tout, même le
scandale. Un soir, elle apprit que la déplorable Olympe
devait venir au café régler une ancienne petite dette : elle
prévint sa famille, et l'on se dirigea vers le café lumineux.

Pareille à la Mallonia déshonorée par Tibère et se
présentant devant le Sénat romain pour accuser son violateur, avant de se poignarder en son désespoir, Henriette
entra dans la salle des austères. Le père et la mère, par
dignité, restèrent à la porte. On prenait le café. A la vue
d'Henriette, les physionomies s'aggravèrent d'une certaine sévérité ; mais comme on s'aperçut qu'elle voulait
parler, les longues plaquettes des journaux s'abaissèrent
sur les tables de marbre et il se fit un religieux silence : il
s'agissait de juger.

L'on distinguait dans un coin, honteuse et se faisant
presque invisible, Olympe et sa petite robe noire, à une
petite table isolée.

Henriette parla. Pendant son discours, on entrevoyait,
à travers le vitrage, les Bienfilâtre inquiets, qui regardaient sans entendre. A la fin, le père n'y put tenir ; il
entrebâilla la porte, et, penché, l'oreille au guet, la main
sur le bouton de la serrure, il écoutait.

Et des lambeaux de phrases lui arrivaient lorsque Henriette élevait un peu la voix : — « L'on se devait à ses
semblables !... Une telle conduite... C'était se mettre à
dos tous les gens sérieux... Un galopin qui ne lui donne
pas un radis !... Un vaurien !... — L'ostracisme qui pesait sur elle... Dégager sa responsabilité... Une fille qui a

jeté son bonnet par-dessus les moulins!... qui baye aux
grues..., qui, naguère encore... tenait le haut du pavé...
Elle espérait que la voix de ces messieurs, plus autorisée
que la sienne, que les conseils de leur vieille expérience
éclairée... ramèneraient à des idées plus saines et plus
pratiques... On n'est pas sur la terre pour s'amuser!...
Elle les suppliait de s'entremettre... Elle avait fait appel à
des souvenirs d'enfance!... à la voix du sang! Tout avait
été vain... Rien ne vibrait plus en elle. Une fille perdue!
— Et quelle aberration!... Hélas!»

A ce moment, le père entra, courbé, dans la salle
honorable. A l'aspect du malheur immérité, tout le
monde se leva. Il est de certaines douleurs qu'on ne
cherche pas à consoler. Chacun vint, en silence, serrer la
main du digne vieillard, pour lui témoigner, discrètement, de la part qu'on prenait à son infortune.

Olympe se retira, honteuse et pâle. Elle avait hésité un
instant, se sentant coupable, à se jeter dans les bras de la
famille et de l'amitié, toujours ouverts au repentir. Mais
la passion l'avait emporté. Un premier amour jette dans le
cœur de profondes racines qui étouffent jusqu'aux germes
des sentiments antérieurs.

Toutefois l'esclandre avait eu, dans l'organisme
d'Olympe, un retentissement fatal. Sa conscience, bour-
relée, se révoltait. La fièvre la prit le lendemain. Elle se
mit au lit. Elle *mourait de honte,* littéralement. Le moral
tuait le physique : la lame usait le fourreau.

Couchée dans sa petite chambrette, et sentant les approches du trépas, elle appela. De bonnes âmes voisines
lui amenèrent un ministre du ciel. L'une d'entre elles
émit cette remarque qu'Olympe était faible et avait besoin
de prendre des *fortifications.* Une fille à tout faire lui
monta donc un potage.

Le prêtre parut.

Le vieil ecclésiastique s'efforça de la calmer par des
paroles de paix, d'oubli et de miséricorde.

— J'ai eu un amant!... murmurait Olympe, s'accusant
ainsi de son déshonneur.

Elle omettait toutes les peccadilles, les murmures, les
impatiences de sa vie. Cela, seulement, lui venait à l'es-

prit: c'était l'obsession. «Un amant! Pour le plaisir!
Sans rien gagner!» Là était le crime.

Elle ne voulait pas atténuer sa faute en parlant de sa vie
antérieure, jusque-là toujours pure et toute d'abnégation.
Elle sentait bien que là elle était irréprochable. Mais cette
honte, où elle succombait, d'avoir fidèlement gardé de
l'amour à un jeune homme sans position et qui, suivant
l'expression exacte et vengeresse de sa sœur, ne lui donnait pas un radis! Henriette, qui n'avait jamais failli, lui
apparaissait comme dans une gloire. Elle se sentait
condamnée et redoutait les foudres du souverain juge,
vis-à-vis duquel elle pouvait se trouver face à face, d'un
moment à l'autre.

L'ecclésiastique, habitué à toutes les misères humaines, attribuait au délire certains points qui lui paraissaient
inexplicables, — diffus même —, dans la confession
d'Olympe. Il y eut là, peut-être, un quiproquo, certaines
expressions de la pauvre enfant ayant rendu l'abbé rêveur, deux ou trois fois. Mais le repentir, le remords,
étant le point unique dont il devait se préoccuper, peu
importait le *détail* de la faute; la bonne volonté de la
pénitente, sa douleur sincère suffisaient. Au moment
donc où il allait élever la main pour absoudre, la porte
s'ouvrit bruyamment: c'était Maxime, splendide, l'air
heureux et rayonnant, la main pleine de quelques écus et
de trois ou quatre napoléons qu'il faisait danser et sonner
triomphalement. Sa famille s'était exécutée à l'occasion
de ses examens: c'était pour ses inscriptions.

Olympe, sans remarquer d'abord cette significative
circonstance atténuante, étendit, avec horreur, ses bras
vers lui.

Maxime s'était arrêté, stupéfait de ce tableau.

— Courage, mon enfant!... murmura le prêtre, qui
crut voir, dans le mouvement d'Olympe, un adieu définitif à l'objet d'une joie coupable et immodeste.

En réalité, c'était seulement le *crime* de ce jeune
homme qu'elle repoussait, — et ce crime était de n'être
pas «sérieux».

Mais au moment où l'auguste pardon descendait sur
elle, un sourire céleste illumina ses traits innocents; le

prêtre pensa qu'elle se sentait sauvée et que d'obscures visions séraphiques transparaissaient pour elle sur les mortelles ténèbres de la dernière heure. — Olympe, en effet, venait de voir, vaguement, les pièces du métal sacré reluire entre les doigts transfigurés de Maxime. Ce fut, seulement, *alors,* qu'elle sentit les effets salutaires des miséricordes suprêmes! Un voile se déchira. C'était le miracle! Par ce signe évident, elle se voyait pardonnée d'en haut, et rachetée.

Éblouie, la conscience apaisée, elle ferma les paupières comme pour se recueillir avant d'ouvrir ses ailes vers les bleus infinis. Puis ses lèvres s'entrouvrirent et son dernier souffle s'exhala, comme le parfum d'un lis, en murmurant ces paroles d'espérance : — « Il a éclairé ! »

VÉRA

Paru dans *La Semaine parisienne,* mai 1874. Bien
qu'on puisse déceler sous cette admirable nouvelle fantastique une inspiration hégélienne, je doute qu'il faille
voir autre chose qu'une coïncidence dans le fait qu'un
traducteur de Hegel se soit appelé M. Véra. L'héroïne de
Villiers, même si ce n'est pas dit expressément, est d'origine slave, comme l'attestent plusieurs détails dont le
plus frappant est l'icône familiale. Véra, c'est en outre,
en latin, « la vraie », l'héroïne incarnant l'amour véritable, c'est-à-dire immatériellement idéal. Le thème de la
morte ressuscitée par amour peut venir de Gautier, qui est
avec Poe un des grands inspirateurs de Villiers : sa dernière longue nouvelle, *Spirite* (1868) raconte l'amour
dont Guy de Malivert est l'objet de la part d'un être de
l'au-delà, jeune fille morte qui de son vivant l'avait vu
sans faire sa connaissance ; devenue esprit, elle se révèle
à lui et conquiert son amour ; ils seront unis dans la mort.
L'atmosphère évoquée par Villiers rappelle par moments
de façon frappante celle de « La Mort des amants » de
Baudelaire. L'amour d'un homme pour un être qui n'est
pas réel — mais peut-être plus que réel — sera repris de
façon différente par Villiers dans *L'Ève future,* où lord
Ewald aimera Hadaly, une andréide (robot à forme féminine) fabriquée pour lui par Edison. — Très admiré par
des Esseintes, le héros de Huysmans dans *A rebours,* ce
conte peut aussi avoir laissé des traces dans le sonnet de
Mallarmé, « Sur les bois oubliés ».

VÉRA

A Madame la comtesse d'Osmoy [8].

> La forme du corps lui est plus
> *essentielle* que sa substance.
> *La Physiologie moderne* [9].

L'Amour est plus fort que la Mort, a dit Salomon [10] : oui, son mystérieux pouvoir est illimité.

C'était à la tombée d'un soir d'automne, en ces dernières années, à Paris. Vers le sombre faubourg Saint-Germain, des voitures, allumées déjà, roulaient, attardées, après l'heure du Bois. L'une d'elles s'arrêta devant le portail d'un vaste hôtel seigneurial, entouré de jardins séculaires ; le cintre était surmonté de l'écusson de pierre, aux armes de l'antique famille des comtes d'Athol, savoir : *d'azur, à l'étoile abîmée d'argent*, avec la devise « PALLIDA VICTRIX », sous la couronne retroussée d'hermine au bonnet princier. Les lourds battants s'écartèrent. Un homme de trente-cinq ans, en deuil, au visage mortellement pâle, descendit. Sur le perron, de taciturnes serviteurs élevaient des flambeaux. Sans les voir, il gravit les marches et entra. C'était le comte d'Athol [11].

Chancelant, il monta les blancs escaliers qui conduisaient à cette chambre où, le matin même, il avait couché dans un cercueil de velours et enveloppé de violettes, en des flots de batiste, sa dame de volupté, sa pâlissante épousée, Véra, son désespoir.

En haut, la douce porte tourna sur le tapis ; il souleva la tenture.

Tous les objets étaient à la place où la comtesse les avait laissés la veille. La Mort, subite, avait foudroyé. La

nuit dernière, sa bien-aimée s'était évanouie en des joies
si profondes, s'était perdue en de si exquises étreintes,
que son cœur, brisé de délices, avait défailli : ses lèvres
s'étaient brusquement mouillées d'une pourpre mortelle.
A peine avait-elle eu le temps de donner à son époux un
baiser d'adieu, en souriant, sans une parole : puis ses
longs cils, comme des voiles de deuil, s'étaient abaissés
sur la belle nuit de ses yeux.

La journée sans nom était passée.

Vers midi, le comte d'Athol, après l'affreuse cérémonie du caveau familial, avait congédié au cimetière la
noire escorte. Puis, se renfermant, seul, avec l'ensevelie,
entre les quatre murs de marbre, il avait tiré sur lui la
porte de fer du mausolée. — De l'encens brûlait sur un
trépied, devant le cercueil ; une couronne lumineuse de
lampes, au chevet de la jeune défunte, l'étoilait.

Lui, debout, songeur, avec l'unique sentiment d'une
tendresse sans espérance, était demeuré là, tout le jour.
Sur les six heures, au crépuscule, il était sorti du lieu
sacré. En refermant le sépulcre, il avait arraché de la
serrure la clef d'argent, et, se haussant sur la dernière
marche du seuil, il l'avait jetée doucement dans l'intérieur du tombeau. Il l'avait lancée sur les dalles intérieu-
res par le trèfle qui surmontait le portail. — Pourquoi
ceci ?... A coup sûr d'après quelque résolution mystérieuse de ne plus revenir.

Et maintenant il revoyait la chambre veuve.

La croisée, sous les vastes draperies de cachemire
mauve broché d'or, était ouverte : un dernier rayon du
soir illuminait, dans un cadre de bois ancien, le grand
portrait de la trépassée. Le comte regarda, autour de lui,
la robe jetée, la veille, sur un fauteuil ; sur la cheminée,
les bijoux, le collier de perles, l'éventail à demi fermé,
les lourds flacons de parfums qu'*Elle* ne respirerait plus.
Sur le lit d'ébène aux colonnes tordues, resté défait,
auprès de l'oreiller où la place de la tête adorée et divine
était visible encore au milieu des dentelles, il aperçut le
mouchoir rougi de gouttes de sang où sa jeune âme avait
battu de l'aile un instant ; le piano ouvert, supportant une
mélodie inachevée à jamais ; les fleurs indiennes cueillies

par elle, dans la serre, et qui se mouraient dans de vieux
vases de Saxe; et, au pied du lit, sur une fourrure noire,
les petites mules de velours oriental, sur lesquelles une
devise rieuse de Véra brillait, brodée en perles : *Qui verra
Véra l'aimera.* Les pieds nus de la bien-aimée y jouaient
hier matin, baisés, à chaque pas, par le duvet des cygnes!
— Et là, là, dans l'ombre, la pendule, dont il avait brisé
le ressort pour qu'elle ne sonnât plus d'autres heures.

Ainsi elle était partie!... *Où* donc!... Vivre maintenant? — Pour quoi faire?... C'était impossible, absurde.

Et le comte s'abîmait en des pensées inconnues.

Il songeait à toute l'existence passée. — Six mois
s'étaient écoulés depuis ce mariage. N'était-ce pas à
l'étranger, au bal d'une ambassade qu'il l'avait vue pour
le première fois?... Oui. Cet instant ressuscitait devant
ses yeux, très distincts. Elle lui apparaissait là, radieuse.
Ce soir-là, leurs regards s'étaient rencontrés. Ils s'étaient
reconnus, intimement, de pareille nature, et devant s'aimer à jamais.

Les propos décevants, les sourires qui observent, les
insinuations, toutes les difficultés que suscite le monde
pour retarder l'inévitable félicité de ceux qui s'appartien-
nent, s'étaient évanouis devant la tranquille certitude
qu'ils eurent, à l'instant même, l'un de l'autre.

Véra, lassée des fadeurs cérémonieuses de son entou-
rage, était venue vers lui dès la première circonstance
contrariante, simplifiant ainsi, d'auguste façon, les démarches banales où se perd le temps précieux de la vie.

Oh! comme, aux premières paroles, les vaines appré-
ciations des indifférents à leur égard leur semblèrent une
volée d'oiseaux de nuit rentrant dans les ténèbres! Quel
sourire ils échangèrent! Quel ineffable embrassement!

Cependant leur nature était des plus étranges, en vérité! — C'étaient deux être doués de sens merveilleux,
mais exclusivement terrestres. Les sensations se prolon-
geaient en eux avec une intensité inquiétante. Ils s'y
oubliaient eux-mêmes à force de les éprouver. Par contre,
certaines idées, celles de l'âme, par exemple, de l'Infini,
de *Dieu même,* étaient comme voilées à leur entendement. La foi d'un grand nombre de vivants aux choses

surnaturelles n'était pour eux qu'un sujet de vagues éton-
nements : lettre close dont ils ne se préoccupaient pas,
n'ayant pas qualité pour condamner ou justifier.
— Aussi, reconnaissant bien que le monde leur était
étranger, ils s'étaient isolés, aussitôt leur union, dans ce
vieux et sombre hôtel, où l'épaisseur des jardins amortis-
sait les bruits du dehors.

Là, les deux amants s'ensevelirent dans l'océan de ces
joies languides et perverses où l'esprit se mêle à la chair
mystérieuse ! Ils épuisèrent la violence des désirs, les
frémissements et les tendresses éperdues. Ils devinrent le
battement de l'être l'un de l'autre. En eux, l'esprit pénétrait si bien le corps, que leurs formes leur semblaient
intellectuelles, et que les baisers, mailles brûlantes, les
enchaînaient dans une fusion idéale. Long éblouissement ! Tout à coup, le charme se rompait ; l'accident
terrible les désunissait ; leurs bras s'étaient désenlacés.
Quelle ombre lui avait pris sa chère morte ? Morte ! non.
Est-ce que l'âme des violoncelles est emportée dans le cri
d'une corde qui se brise ?

Les heures passèrent.

Il regardait, par la croisée, la nuit qui s'avançait dans
les cieux : et la Nuit lui apparaissait *personnelle ;* elle lui
semblait une reine marchant [12], avec mélancolie, dans
l'exil, et l'agrafe de diamant de sa tunique de deuil,
Vénus, seule, brillait, au-dessus des arbres, perdue au
fond de l'azur.

— C'est Véra, pensa-t-il.

A ce nom, prononcé tout bas, il tressaillit en homme
qui s'éveille ; puis, se dressant, regarda autour de lui.

Les objets, dans la chambre, étaient maintenant éclairés par une lueur jusqu'alors imprécise, celle d'une veilleuse, bleuissant les ténèbres, et que la nuit, montée au
firmament, faisait apparaître ici comme une autre étoile.
C'était la veilleuse, aux senteurs d'encens, d'un iconostase, reliquaire familial de Véra. Le triptyque, d'un vieux
bois précieux, était suspendu, par sa sparterie russe, entre
la glace et le tableau. Un reflet des ors de l'intérieur
tombait, vacillant, sur le collier, parmi les joyaux de la
cheminée.

Le plein-nimbe de la Madone en habits de ciel brillait, rosacé de la croix byzantine dont les fins et rouges linéaments, fondus dans le reflet, ombraient d'une teinte de sang l'orient ainsi allumé des perles. Depuis l'enfance, Véra plaignait, de ses grands yeux, le visage maternel et si pur de l'héréditaire madone, et, de sa nature, hélas ! ne pouvant lui consacrer qu'un *superstitieux* amour, le lui offrait parfois, naïve, pensivement, lorsqu'elle passait devant la veilleuse.

Le comte, à cette vue, touché de rappels douloureux jusqu'au plus secret de l'âme, se dressa, souffla vite la lueur sainte, et, à tâtons, dans l'ombre, étendant la main vers une torsade, sonna.

Un serviteur parut : c'était un vieillard vêtu de noir ; il tenait une lampe, qu'il posa devant le portrait de la comtesse. Lorsqu'il se retourna, ce fut avec un frisson de superstitieuse terreur qu'il vit son maître debout et souriant comme si rien ne se fût passé.

— Raymond, dit tranquillement le comte, *ce soir, nous sommes accablés de fatigue, la comtesse et moi ;* tu serviras le souper vers dix heures. — A propos, nous avons résolu de nous isoler davantage, ici, dès demain. Aucun de mes serviteurs, hors toi, ne doit passer la nuit dans l'hôtel. Tu leur remettras les gages de trois années, et qu'ils se retirent. — Puis, tu fermeras la barre du portail ; tu allumeras les flambeaux en bas, dans la salle à manger ; tu nous suffiras. — Nous ne recevrons personne à l'avenir [13].

Le vieillard tremblait et le regardait attentivement.

Le comte alluma un cigare et descendit aux jardins.

Le serviteur pensa d'abord que la douleur trop lourde, trop désespérée, avait égaré l'esprit de son maître. Il le connaissait depuis l'enfance ; il comprit, à l'instant, que le heurt d'un réveil trop soudain pouvait être fatal à ce somnambule. Son devoir, d'abord, était le respect d'un tel secret.

Il baissa la tête. Une complicité dévouée à ce religieux rêve ? Obéir ?... Continuer de *les* servir sans tenir compte de la Mort ? — Quelle étrange idée !... Tiendrait-elle une nuit ?... Demain, demain hélas !... Ah ! qui savait ?...

Peut-être !... — Projet sacré, après tout ! — De quel droit réfléchissait-il ?...

Il sortit de la chambre, exécuta les ordres à la lettre et, le soir même, l'insolite existence commença.

Il s'agissait de créer un mirage terrible.

La gêne des premiers jours s'effaça vite. Raymond, d'abord avec stupeur, puis par une sorte de déférence et de tendresse, s'était ingénié si bien à être naturel, que trois semaines ne s'étaient pas écoulées qu'il se sentit, par moments, presque dupe lui-même de sa bonne volonté. L'arrière-pensée pâlissait ! Parfois, éprouvant une sorte de vertige, il eut besoin de se dire que la comtesse était positivement défunte. Il se prenait à ce jeu funèbre et oubliait à chaque instant la réalité. Bientôt il lui fallut plus d'une réflexion pour se convaincre et se ressaisir. Il vit bien qu'il finirait par s'abandonner tout entier au magnétisme effrayant dont le comte pénétrait peu à peu l'atmosphère autour d'eux. Il avait peur, une peur indécise, douce.

D'Athol, en effet, vivait absolument dans l'inconscience de la mort de sa bien-aimée ! Il ne pouvait que la trouver toujours présente, tant la forme de la jeune femme était mêlée à la sienne. Tantôt, sur un banc du jardin, les jours de soleil, il lisait, à haute voix, les poésies qu'elle aimait ; tantôt, le soir, auprès du feu, les deux tasses de thé sur un guéridon, il causait avec l'*Illusion* souriante, assise, à ses yeux, sur l'autre fauteuil.

Les jours, les nuits, les semaines s'envolèrent. Ni l'un ni l'autre ne savait ce qu'ils accomplissaient. Et des phénomènes singuliers se passaient maintenant, où il devenait difficile de distinguer le point où l'imaginaire et le réel étaient identiques. Une présence flottait dans l'air : une forme s'efforçait de transparaître, de se tramer sur l'espace devenu indéfinissable.

D'Athol vivait double, en illuminé. Un visage doux et pâle, entrevu comme l'éclair, entre deux clins d'yeux ; un faible accord frappé au piano, tout à coup ; un baiser qui lui fermait la bouche au moment où il allait parler, des affinités de pensées *féminines* qui s'éveillaient en lui en réponse à ce qu'il disait, un dédoublement de lui-même tel, qu'il sentait, comme en un brouillard fluide, le parfum vertigineusement doux de sa bien-aimée auprès de lui, et, la nuit, entre la veille et le sommeil, des paroles entendues très bas : tout l'avertissait. C'était une négation de la Mort élevée, enfin, à une puissance inconnue !

Une fois, d'Athol la sentit et la vit si bien auprès de lui, qu'il la prit dans ses bras : mais ce mouvement la dissipa.

— Enfant ! murmura-t-il en souriant.

Et il se rendormit comme un amant boudé par sa maîtresse rieuse et ensommeillée.

Le jour de *sa* fête, il plaça, par plaisanterie, une immortelle dans le bouquet qu'il jeta sur l'oreiller de Véra.

— Puisqu'elle se croit morte, dit-il.

Grâce à la profonde et toute-puissante volonté de M. d'Athol, qui, à force d'amour, forgeait la vie et la présence de sa femme dans l'hôtel solitaire, cette existence avait fini par devenir d'un charme sombre et persuadeur. — Raymond, lui-même, n'éprouvait plus aucune épouvante, s'étant graduellement habitué à ces impressions.

Une robe de velours noir aperçue au détour d'une allée ; une voix rieuse qui l'appelait dans le salon ; un coup de sonnette le matin à son réveil, comme autrefois ; tout cela lui était devenu familier : on eût dit que la morte jouait à l'invisible, comme une enfant. Elle se sentait aimée tellement ! C'était bien *naturel*.

Une année s'était écoulée.

Le soir de l'Anniversaire, le comte, assis auprès du feu, dans la chambre de Véra, venait de *lui* lire un fabliau florentin : *Callimaque* [14]. Il ferma le livre ; puis en se servant du thé :

— *Douschka* [15], dit-il, te souviens-tu de la Vallée-des-Roses, des bords de la Lahn, du château des Quatre-Tours ?... Cette histoire te les a rappelés, n'est-ce pas ?

Il se leva, et, dans la glace bleuâtre, il se vit plus pâle qu'à l'ordinaire. Il prit un bracelet de perles dans une coupe et regarda les perles attentivement. Véra ne les avait-elle pas ôtées de son bras, tout à l'heure, avant de se dévêtir ? Les perles étaient encore tièdes et leur orient plus adouci, comme par la chaleur de sa chair. Et l'opale

de ce collier sibérien, qui aimait aussi le beau sein de
Véra jusqu'à pâlir, maladivement, dans son treillis d'or,
lorsque la jeune femme l'oubliait pendant quelque temps !
autrefois, la comtesse aimait pour cela cette pierrerie
fidèle !... Ce soir l'opale brillait comme si elle venait
d'être quittée et comme si le magnétisme exquis de la
belle morte la pénétrait encore. En reposant le collier et la
pierre précieuse, le comte toucha par hasard le mouchoir
de batiste dont les gouttes de sang étaient humides et
rouges comme des œillets sur de la neige !... Là, sur le
piano, qui donc avait tourné la page finale de la mélodie
d'autrefois ? Quoi ! la veilleuse sacrée s'était rallumée,
dans le reliquaire ! Oui, sa flamme dorée éclairait mysti-
quement le visage, aux yeux fermés, de la Madone ! Et
ces fleurs orientales, nouvellement cueillies, qui s'épa-
nouissaient là, dans les vieux vases de Saxe, quelle main
venait de les y placer ? La chambre semblait joyeuse et
douée de vie, d'une façon plus significative et plus intense que d'habitude. Mais rien ne pouvait surprendre le
comte ! Cela lui semblait tellement normal, qu'il ne fit
même pas attention que l'heure sonnait à cette pendule
arrêtée depuis une année.

Ce soir-là, cependant, on eût dit que, du fond des
ténèbres, la comtesse Véra s'efforçait adorablement de
revenir dans cette chambre tout embaumée d'elle ! Elle y
avait laissé tant de sa personne ! Tout ce qui avait consti-
tué son existence l'y attirait. Son charme y flottait ; les
longues violences faites par la volonté passionnée de son
époux y devaient avoir desserré les vagues liens de l'Invisible autour d'elle !...

Elle y était *nécessitée*. Tout ce qu'elle aimait, c'était
là.

Elle devait avoir envie de venir se sourire encore en
cette glace mystérieuse où elle avait tant de fois admiré
son lilial visage ! La douce morte, là-bas, avait tressailli,
certes, dans ses violettes, sous les lampes éteintes ; la
divine morte avait frémi, dans le caveau, toute seule, en
regardant la clef d'argent jetée sur les dalles. Elle voulait
s'en venir vers lui, aussi ! Et sa volonté se perdait dans
l'idée de l'encens et de l'isolement. La Mort n'est une

circonstance définitive que pour ceux qui espèrent des cieux; mais la Mort, et les Cieux, et la Vie, pour elle, n'était-ce pas leur embrassement? Et le baiser solitaire de son époux attirait ses lèvres, dans l'ombre. Et le son passé des mélodies, les paroles enivrées de jadis, les étoffes qui couvraient son corps et en gardaient le parfum, ces pierreries magiques qui la *voulaient*, dans leur obscure sympathie, — et surtout l'immense et absolue impression de sa présence, opinion partagée à la fin par les choses elles-mêmes, tout l'appelait là, l'attirait là depuis si longtemps, et si insensiblement, que, guérie enfin de la dormante Mort, il ne manquait plus qu'*Elle seule!*

Ah! les Idées sont des êtres vivants!... Le comte avait creusé dans l'air la forme de son amour, et il fallait bien que ce vide fût comblé par le seul être qui lui était homogène, autrement l'Univers aurait croulé. L'impression passa, en ce moment, définitive, simple, absolue, qu'*Elle devait être là, dans la chambre!* Il en était aussi tranquillement certain que de sa propre existence, et toutes les choses, autour de lui, étaient saturées de cette conviction. On l'y voyait! Et, *comme il ne manquait plus que Véra elle-même*, tangible, extérieure, *il fallut bien qu'elle s'y trouvât* et que le grand Songe de la Vie et de la Mort entrouvrît un moment ses portes infinies! Le chemin de résurrection était envoyé par la foi jusqu'à elle! Un frais éclat de rire musical éclaira de sa joie le lit nuptial; le comte se retourna. Et là, devant ses yeux, faite de volonté et de souvenir, accoudée, fluide, sur l'oreiller de dentelles, sa main soutenant ses lourds cheveux noirs, sa bouche délicieusement entrouverte en un sourire tout emparadisé de voluptés, belle à en mourir, enfin! la comtesse Véra le regardait un peu endormie encore.

— Roger!... dit-elle d'une voix lointaine.

Il vint auprès d'elle. Leurs lèvres s'unirent dans une joie divine, — oublieuse, — immortelle!

Et ils s'aperçurent, *alors*, qu'ils n'étaient, réellement, qu'un seul être [16].

Les heures effleurèrent d'un vol étranger cette extase où se mêlaient, pour la première fois, la terre et le ciel.

Tout à coup, le comte d'Athol tressaillit, comme frappé d'une réminiscence fatale.

— Ah! maintenant, je me rappelle!... dit-il. Qu'ai-je donc? Mais tu es morte!

A l'instant même, à cette parole, la mystique veilleuse de l'iconostase s'éteignit. Le pâle petit jour du matin, — d'un matin banal, grisâtre et pluvieux —, filtra dans la chambre par les interstices des rideaux. Les bougies blêmirent et s'éteignirent, laissant fumer âcrement leurs mèches rouges; le feu disparut sous une couche de cendres tièdes; les fleurs se fanèrent et se desséchèrent en quelques moments; le balancier de la pendule reprit graduellement son immobilité. La *certitude* de tous les objets s'envola subitement. L'opale, morte, ne brillait plus; les taches de sang s'étaient fanées aussi, sur la batiste, auprès d'elle; et s'effaçant entre les bras désespérés qui voulaient en vain l'étreindre encore, l'ardente et blanche vision rentra dans l'air et s'y perdit. Un faible soupir d'adieu, distinct, lointain, parvint jusqu'à l'âme de Roger. Le comte se dressa; il venait de s'apercevoir qu'il était seul. Son rêve venait de se dissoudre d'un seul coup; il avait brisé le magnétique fil de sa trame radieuse avec une seule parole. L'atmosphère était, maintenant, celle des défunts.

Comme ces larmes de verre, agrégées illogiquement, et cependant si solides qu'un coup de maillet sur leur partie épaisse ne les briserait pas, mais qui tombent en une subite et impalpable poussière si l'on en casse l'extrémité plus fine que la pointe d'une aiguille, tout s'était évanoui.

— Oh! murmura-t-il, c'est donc fini! — Perdue!... Toute seule! — Quelle est la route, maintenant, pour parvenir jusqu'à toi? Indique-moi le chemin qui peut me conduire vers toi!...

Soudain, comme une réponse, un objet brillant tomba du lit nuptial, sur la noire fourrure, avec un bruit métallique: un rayon de l'affreux jour terrestre l'éclaira!... L'abandonné se baissa, le saisit, et un sourire sublime illumina son visage en reconnaissant cet objet: c'était la clef du tombeau.

VOX POPULI

Paru dans *L'Étoile française*, décembre 1880. Le titre vient de l'adage latin « Vox populi, vox Dei » : « Voix du peuple, voix de Dieu ». Le refrain « Ayez pitié d'un pauvre aveugle, s'il vous plaît » aurait, selon un témoin, été entendu par Villiers dans la bouche d'un mendiant, et qualifié par lui de « plus beau vers de la langue française ». L'anecdote est douteuse. Dans ce texte à la fois méprisant pour les fluctuations de l'opinion devant la politique, et plein de compassion pour ceux qui en sont les victimes, la figure dominante est celle du Mendiant, incarnation du peuple, et en même temps du poète qui, sans être entendu de quiconque, parle pour tous et au nom de tous. Il est appelé Lazare, et Lazare était le peuple dans les *Châtiments* de V. Hugo (II, 2, « Au peuple »). Et Lazare, on l'a vu, est en même temps une incarnation de Villiers. Le poète aristocrate s'identifie au peuple et, selon la conception romantique du poète, cherche à jouer le rôle de mage ou de phare pour le guider. Mais à l'optimisme romantique a succédé l'amertume de Villiers, tout au moins pour ici-bas. L'opposition entre la joie de la foule et la douleur du solitaire est d'une tonalité très baudelairienne : on songe à deux des poèmes du *Spleen de Paris*, « Les Veuves » et « Le Vieux Saltimbanque ». Huysmans plaça *Vox populi* dans le recueil de poèmes en prose rassemblé par des Esseintes.

VOX POPULI

A Monsieur Leconte de Lisle.

> Le soldat prussien fait son café
> lans une lanterne sourde [17].
>
> Le sergent Hoff.

Grande revue aux Champs-Élysées, ce jour-là [18] !

Voici douze ans de subis depuis cette vision. — Un soleil d'été brisait ses longues flèches d'or sur les toits et les dômes de la vieille capitale. Des myriades de vitres se renvoyaient des éblouissements : le peuple, baigné d'une poudreuse lumière, encombrait les rues pour voir l'armée.

Assis, devant la grille du parvis Notre-Dame, sur un haut pliant de bois, — et les genoux croisés en de noirs haillons —, le centenaire Mendiant, doyen de la Misère de Paris, — face de deuil au teint de cendre, peau sillonnée de rides couleur de terre —, mains jointes sous l'écriteau qui consacrait légalement sa cécité, offrait son aspect d'ombre au *Te Deum* de la fête environnante.

Tout ce monde, n'était-ce pas son prochain ? Les passants en joie, n'étaient-ce pas ses frères ? A coup sûr, Espèce humaine ! D'ailleurs, cet hôte du souverain portail n'était pas dénué de tout bien : l'État lui avait reconnu le droit d'être aveugle.

Propriétaire de ce titre et de la respectabilité inhérente à ce lieu des aumônes sûres qu'officiellement il occupait, possédant enfin qualité d'électeur, c'était notre égal, — à la Lumière près.

Et cet homme, sorte d'attardé chez les vivants. articu-

lait, de temps à autre, une plainte monotone, — syllabi-
sation évidente du profond soupir de toute sa vie :

— « Prenez pitié d'un pauvre aveugle, s'il vous
plaît ! »

Autour de lui, sous les puissantes vibrations tombées
du beffroi, — *dehors*, là-bas, au-delà du mur de ses
yeux —, des piétinements de cavalerie, et, par éclats, des
sonneries aux champs, des acclamations mêlées aux salves des Invalides, aux cris fiers des commandements, des
bruissements d'acier, des tonnerres de tambours scandant
des défilés interminables d'infanterie, toute une rumeur
de gloire lui arrivait ! Son ouïe suraiguë percevait jusqu'à
des flottements d'étendards aux lourdes franges frôlant
des cuirasses. Dans l'entendement du vieux captif de
l'obscurité, mille éclairs de sensations, pressenties et
indistinctes, s'évoquaient ! Une divination l'avertissait de
ce qui enfiévrait les cœurs et les pensées dans la Ville.

Et le peuple, fasciné, comme toujours, par le prestige
qui sort, pour lui, des coups d'audace et de fortune,
proférait, en clameur, ce vœu du moment :

— « Vive l'Empereur ! »

Mais, entre les accalmies de toute cette triomphale
tempête, une voix perdue s'élevait du côté de la grille
mystique. Le vieux homme, la nuque renversée contre le
pilori de ses barreaux, roulant ses prunelles mortes vers le
ciel, oublié de ce peuple dont il semblait, seul, exprimer
le vœu véritable, le vœu caché sous les hurrahs, le vœu
secret et personnel, psalmodiait, augural intercesseur, sa
phrase maintenant mystérieuse :

— « Prenez pitié d'un pauvre aveugle, s'il vous
plaît ! »

Grande revue aux Champs-Élysées, ce jour-là !

Voici *dix* ans d'envolés depuis le soleil de cette fête !
Mêmes bruits, mêmes voix, même fumée ! Une sourdine,
toutefois, tempérait alors le tumulte de l'allégresse publique. Une ombre aggravait les regards. Les salves convenues de la plate-forme du Prytanée se compliquaient,
cette fois, du grondement éloigné des batteries de nos
forts. Et, tendant l'oreille, le peuple cherchait à discerner

déjà, dans l'écho, la réponse des pièces ennemies qui s'approchaient.

Le gouverneur passait, adressant à tous maints sourires et guidé par l'amble-trotteur de son fin cheval. Le peuple, rassuré par cette confiance que lui inspire toujours une tenue irréprochable, alternait de chants patriotiques les applaudissements tout militaires dont il honorait la présence de ce soldat.

Mais les syllabes de l'ancien vivat furieux s'étaient modifiées : le peuple, éperdu, proférait ce vœu du moment :

— « Vive la République ! »

Et, là-bas, du côté du seuil sublime, on distinguait toujours la voix solitaire de Lazare. Le Diseur de l'arrière-pensée populaire ne modifiait pas, lui, la rigidité de sa fixe plainte.

Ame sincère de la fête, levant au ciel ses yeux éteints, il s'écriait, entre des silences, et avec l'accent d'une constatation :

— « Prenez pitié d'un pauvre aveugle, s'il vous plaît ! »

Grande revue aux Champs-Élysées, ce jour-là !

Voici *neuf* ans de supportés depuis ce soleil trouble !

Oh ! mêmes rumeurs ! mêmes fracas d'armes ! mêmes hennissements ! Plus assourdis encore, toutefois, que l'année précédente ; criards, pourtant.

— « Vive la Commune ! » clamait le peuple au vent qui passe.

Et la voix du séculaire Élu de l'Infortune redisait, toujours, là-bas, au seuil sacré, son refrain rectificateur de l'unique pensée de ce peuple. Hochant la tête vers le ciel, il gémissait dans l'ombre :

— « Prenez pitié d'un pauvre aveugle, s'il vous plaît ! »

Et, deux lunes plus tard, alors qu'aux dernières vibrations du tocsin, le Généralissime des forces régulières de l'État passait en revue ses deux cent mille fusils, hélas ! encore fumants de la triste guerre civile, le peuple, terrifié, criait, en regardant brûler, au loin, les édifices :

— « Vive le Maréchal ! »

Là-bas, du côté de la salubre [19] enceinte, l'immuable Voix, la voix du vétéran de l'humaine Misère, répétait sa machinalement douloureuse et impitoyable obsécration :

— « Prenez pitié d'un pauvre aveugle, s'il vous plaît ! »

Et, depuis, d'année en année, de revues en revues, de vociférations en vociférations, quel que fût le nom jeté aux hasards de l'espace par le peuple en ses *vivats*, ceux qui écoutent, attentivement, les bruits de la terre, ont toujours distingué, au plus fort des révolutionnaires clameurs et des fêtes belliqueuses qui s'ensuivent, la Voix lointaine, la Voix *vraie*, l'intime Voix du symbolique Mendiant terrible ! — du Veilleur de nuit criant l'heure exacte du Peuple, — de l'incorruptible factionnaire de la conscience des citoyens, de celui qui restitue intégralement la prière occulte de la Foule et en résume le soupir.

Pontife inflexible de la Fraternité, ce Titulaire autorisé de la cécité physique n'a jamais cessé d'implorer, en médiateur inconscient, la charité divine, pour ses frères de l'intelligence.

Et, lorsque enivré de fanfares, de cloches et d'artillerie, le Peuple, troublé par ces vacarmes flatteurs, essaye en vain de se masquer à lui-même son vœu véritable, sous n'importe quelles syllabes mensongèrement enthousiastes, le Mendiant, lui, la face au Ciel, les bras levés, à tâtons, dans ses grandes ténèbres, se dresse au seuil éternel de l'Église, — et, d'une voix de plus en plus lamentable, mais qui semble porter au-delà des étoiles, continue de crier sa rectification de prophète :

— « Prenez pitié d'un pauvre aveugle, s'il vous plaît ! »

DEUX AUGURES

Paru pour la première fois dans l'édition en volume. Les rapports de Villiers avec la grande presse furent toujours mauvais. P.-G. Castex rapproche le directeur de journal de Villemessant, d'Arthur Meyer, de Francis Magnard, qui tous eurent maille à partir avec Villiers, et surtout d'Émile de Girardin, magnat ambitieux dont la brutalité envers son personnel était légendaire. Le jeune farceur, pseudo-journaliste, n'est que très partiellement une image de Villiers, bien qu'il soit accusé d'être un génie — accusation dont Villiers avait subi la malédiction; mais le texte n'en contient pas moins des allusions aux échecs répétés du conteur au théâtre, ainsi qu'à ses dons d'escrimeur. Les attaques contre la Presse étaient déjà chez E. Poe («Les Débuts littéraires de Thingum Bob», «Comment s'écrit un article à la Blackwood»); mais on les trouverait partout au XIXᵉ siècle, depuis Balzac. Barbey d'Aurevilly écrivait par exemple: «Les journaux! les chemins de fer du mensonge.» Le conte est un nouvel exemple de ce retournement des idées reçues par lequel se manifeste souvent l'humour de Villiers.

DEUX AUGURES [20]

Surtout, pas de génie !
Devise moderne.

Jeunes gens de France, âmes de penseurs et d'écrivains, maîtres d'un Art futur, jeunes créateurs qui venez, l'éclair au front, confiants en votre foi nouvelle, déterminés à prendre, s'il le faut, cette devise, par exemple, que je vous offre : « ENDURER, POUR DURER ! » vous qui, perdus encore, sous votre lampe d'étude, en quelque froide chambre de la capitale, vous êtes dit, tout bas : « O presse puissante, à moi tes milliers de feuilles, où j'écrirai des pensées d'une beauté nouvelle ! » vous avez le légitime espoir qu'il vous sera permis d'y parler selon ce que vous avez mission de dire, et non d'y ressasser ce que la cohue en démence veut qu'on lui dise, — vous pensez, humbles et pauvres, que vos pages de lumière, jetées à l'Humanité, payeront, au moins, le prix de votre pain quotidien et l'huile de vos veilles ?

Eh bien, écoutez le colloque bizarre et d'apparence paradoxale — (quoique du plus incontestable des réalismes) — qui s'est établi, récemment, entre un directeur certain de l'une de ces gazettes et l'un de nos amis, lequel s'était déguisé un jour, par curiosité, en aspirant journaliste.

Cette scène ayant l'air, en mon esprit, *de se passer toujours,* — et toutes autres, de ce genre, ne devant être, au fond, — tacites ou parlées, — que la monnaie de celle-là (l'éternelle !) — je me vois contraint, ô vous qui êtes prédestinés à la rénover vous-mêmes, de la placer au présent de l'indicatif.

Pénétrons en ce cabinet, presque toujours d'un si beau vert, où le directeur, — un de ces hommes qui traitent les honnêtes bourgeois de «matière abonnable[21]», — est assis devant la table, un coude appuyé sur le bras de son fauteuil, le menton dans la main, paraissant méditer et jouant négligemment de l'autre main avec le traditionnel couteau d'ivoire.

Apparaît un garçon de salle : il remet une carte à ce penseur.

Celui-ci la prend, y jette un coup d'œil distrait, puis hausse d'inquiets sourcils et, après un tressaillement léger, se remettant :

— Un «*Inconnu*» ? murmure-t-il ; — peuh ! quelque Gascon, se vantant pour arriver jusqu'à moi. Tout le monde est connu, aujourd'hui, percé à jour. — Et quelle mine a ce monsieur ?

— C'est un jeune homme, monsieur.

— Diable ! Faites entrer.

L'instant d'après apparaît notre jeune ami.

Le directeur se lève et de sa voix la plus engageante :

— C'est bien à un inconnu que j'ai l'honneur de parler ? murmure-t-il.

— Jamais je n'eusse osé me présenter sans ce titre, répond le soi-disant plumitif.

— Veuillez bien prendre la peine de vous asseoir.

— Je viens vous offrir une petite chronique d'actualité, — un peu leste, naturellement...

— Cela va sans dire. Venons au fait. Votre prix serait de combien la ligne ?

— Mais, de trois francs à trois francs cinquante ? N'est-ce pas ? répond, gravement, le néophyte.

(Soubresaut du directeur.)

— Permettez : le «Montépin», le «Hugo», même, le «du Terrail» enfin[22], ne se payent pas ce taux-là ! réplique-t-il.

Le jeune homme se lève et, d'un ton froid :

— Je vois que monsieur le directeur oublie que je suis *to-ta-le-ment* inconnu ! dit-il.

Un silence.

— Rasseyez-vous, je vous prie. Les affaires ne se

traitent pas comme cela. Je ne disconviens pas que, par le temps qui court, un inconnu ne soit, en effet, un oiseau rare ; toutefois...

— J'ajouterai, monsieur, — interrompt, d'un ton dégagé, l'aspirant écrivain —, que je suis, oh ! mais sans l'ombre de talent, d'une absence de talent... magistrale ! Ce qu'on appelle un « crétin » dans le langage du monde. Mon seul talent, c'est d'être rompu aux arcanes des boxes anglaise et irlandaise [23], un peu serrées. — Quant à la Littérature, je vous le déclare, c'est pour moi lettre close et scellée de sept cachets.

— Hein ? s'écrie le directeur tremblant de joie, — vous vous prétendez sans talent littéraire, jeune présomptueux [24] !

— Je suis en mesure de prouver, séance tenante, mon impéritie en la matière.

— Impossible, hélas ! — Vous vous vantez !... balbutie le directeur, évidemment remué au plus secret de ses plus vieux espoirs.

— Je suis, continue l'étranger avec un doux sourire, ce qui s'appelle un terne et suffisant grimaud, doué d'une niaiserie d'idées et d'une trivialité de style de premier ordre, une plume banale par excellence.

— Vous ? Allons donc ! — Ah ! si c'était vrai !

— Monsieur, je vous jure...

— A d'autres ! reprend le directeur, les yeux humectés et avec un mélancolique sourire.

Puis, regardant le jeune homme avec attendrissement :

— Oui, voilà bien la Jeunesse, qui ne doute de rien ! le feu sacré ! les illusions ! Du premier coup, l'on se croit arrivé !... — Aucun talent, dites-vous ? Mais, savez-vous bien, monsieur, qu'il faut, de nos jours, être un homme des plus remarquables pour n'avoir aucun talent ? un homme considérable ?... que, souvent, ce n'est qu'au prix d'une cinquantaine d'années de luttes, de travaux, d'humiliations et de misère que l'on y arrive et que l'on n'est, alors, qu'un parvenu ? O jeunesse ! printemps de la vie ! *Primavera della vita* [25] ! Mais moi, monsieur, — moi, qui vous parle —, voici vingt ans que je cherche un homme QUI N'AIT PAS DE TALENT !... Entendez-

vous ?... Jamais je n'ai pu en trouver un. J'ai dépensé
plus d'un demi-million à cette chasse au merle blanc : je
me suis «emballé» dans cette folle entreprise ! Que voulez-vous ! J'étais jeune, candide, je me suis ruiné.
— Tout le monde a du talent, aujourd'hui, mon cher
monsieur ; vous tout comme les autres. Ne nous surfai-
sons pas. Croyez-moi, c'est inutile. C'est vieux jeu, c'est
ficelle, cela ne prend plus. Soyons sérieux.
    — Monsieur, de tels soupçons... Si j'avais du talent,
je ne serais pas ici !
    — Et où seriez-vous donc ?
    — A me soigner, je vous prie de le croire.
    — Le fait est, gazouille, alors, le directeur en se
radoucissant et toujours avec son fin sourire, le fait est
que mon garçon de salle, — tenez le gracieux qui m'a
remis votre carte (un licencié ès lettres, s'il vous plaît, et
palmé comme tel — hein ! comme c'est beau la Science !
De nos jours cela mène à tout !) — n'est rien moins que
l'auteur de trois ou quatre magnifiques ouvrages dramatiques et, passez-moi le mot, «littéraires», couronnés,
enfin, dans maints concours de l'Institut de France sur
des centaines d'autres, représentés de préférence, naturellement, aux siens. Eh bien, le malheureux n'a voulu
suivre aucun traitement ! Aussi, de l'aveu de ses meilleurs
amis, n'est-ce, en réalité, qu'un fol qui ne saurait arriver
à rien. Ils le déclarent, avec des larmes dans la voix, un
ivrogne, un bohème, un proxénète, un filou et un *raté,* en
ajoutant, les yeux au ciel : «Quel dommage !» — Mon
Dieu, je sais bien qu'à Paris, — où il est convenu que
tout le monde est déshonoré le matin et réhabilité le soir,
— cela ne tire pas à conséquence ; — au fond, c'est
même une réclame ; — mais sa maladroite insouciance
n'en sachant pas extraire une fortune, avouez qu'il est
légitime qu'on lui en veuille. C'est donc par pure humanité que je daigne le soustraire, momentanément, à l'hospice. Revenons à vous. — *Inconnu et sans l'ombre de
talent,* disons-nous ? — Non, je ne puis y croire. Votre
fortune serait faite et la mienne aussi. C'est six francs la
ligne que je vous offrirais ! — Voyons, entre nous, qui
me garantit la nullité de cet article ?

— Lisez, monsieur! articule, avec fierté, le jeune
tentateur.

— On voit que vous échappez de l'Adolescence d'hier
à peine, monsieur! — répond, en riant, le directeur : nous
ne lisons que ce que nous sommes décidés à ne jamais
publier. On n'imprime que la copie dûment illisible. Et,
tenez, la vôtre semble, à vue de pince-nez, entachée
d'une certaine calligraphie, — ce qui est déjà d'assez
mauvais augure. Cela pourrait vous faire soupçonner de
soigner ce que vous faites. Or, tout journaliste vraiment
digne de ce grand titre doit n'écrire qu'au trait de la
plume, n'importe ce qui lui passe par la tête, — et,
surtout, sans se relire! Va comme je te pousse! Et avec
des convictions dues seulement à l'humeur du moment et
à la couleur du journal. Et marche!... Il est évident qu'un
bon journal quotidien, sans cela, ne paraîtrait jamais! On
n'a pas le loisir, cher monsieur, de perdre du temps à
réfléchir à ce que l'on dit, lorsque le train de la province
attend nos ballots de papier; enfin, c'est évident cela! Il
faut bien que l'abonné se figure qu'il lit quelque chose,
vous comprenez. Et si vous saviez comme le reste, au
fond, lui est égal!

— Rassurez-vous, monsieur : c'est le copiste...

— Vous faites copier! — Malheureux! Plaisantez-
vous?

— Ma copie était non seulement illisible, mais sur-
chargée de telles fautes d'orthographe et de français...
que, ma foi... pour le premier article... j'ai pensé...

— Raisons de plus, au contraire, pour me l'apporter
telle quelle! — Le diamant ne saura donc jamais sa
valeur? — Les fautes d'orthographe, de français!...
Ignorez-vous que l'on ne peut obtenir des protes qu'ils ne
les corrigent pas, — ce qui enlève, souvent, tout le sel
d'un article? Mais c'est précisément là ce naturel, ce
montant, ce primesautier que prisent si fort les vrais
connaisseurs! Le citadin aime les coquilles, monsieur!
Cela le flatte de les apercevoir. Surtout en province. Vous
avez eu le plus grand tort. Enfin! — Et... l'avez-vous
soumise à quelque expert, cette chronique?

— Vous l'avouerai-je, monsieur le directeur? Doutant

de moi-même, car je n'ai pas de génie, Dieu merci...

— Peste! je l'espère bien! interrompt le directeur après un coup d'œil furtif sur un revolver placé à côté de lui.

— Après avoir cherché le type devant représenter la bonne moyenne des intelligences publiques pour cette grande épreuve, mon choix s'est arrêté sur mon — (tant pis, je dis le mot!) — sur mon «pipelet», — lequel est un vieux commissionnaire auvergnat, blanchi le long des rampes, surmené par les sursauts nocturnes et qu'une trop exclusive lecture d'enveloppes de lettres a rendu, littéralement, hagard.

— Hé! hé! grommelle, alors, le directeur, devenu très attentif, — le choix était, en effet, aussi subtil que pratique et judicieux. Car le public raffole, remarquez ceci, de l'Extraordinaire! Mais, comme il ne sait pas très bien *en quoi* consiste, en littérature (passez-moi toujours le mot), ce même Extraordinaire dont il raffole, il s'ensuit, à mes yeux, que l'appréciation d'un portier doit sembler préférable, en bon journalisme, à celle du Dante. — Et... quel verdict a rendu l'homme du cordon, s'il vous plaît?

— Transporté! Ravi! Aux anges! Au point de m'arracher ma copie des mains pour la relire lui-même, craignant d'avoir été dupe de mon débit. C'est lui qui m'a fourni le mot de la fin.

— L'écervelé! Au lieu de me l'adresser directement! Voyez-vous, un penseur l'a dit, — ou aurait dû le dire —, l'idéal du journaliste, c'est, d'abord, le *Reporter,* ensuite le Fruit sec, à sourcils froncés (j'entends froncés naturellement, comme on frise), qui insulte d'une façon grossière et au hasard, — et qui se bat de même, avec les naïfs qui n'en lèvent pas les épaules —, pour faire consacrer, par la lâcheté publique, sa rageuse médiocrité. Ce duo du chanteur et du danseur est la vie de tout journal qui se respecte un peu. En dehors des «articles» de ces deux Colonnes, tous autres ne devraient se composer que de «mots de la fin» enfilés, comme des perles, au hasard du petit bonheur. Le public ne lit pas un journal pour penser ou réfléchir, que diable! — On lit comme on mange. — Allons, je me décide à parcourir

votre affaire : — oui, voyons, si la valeur n'attend point
chez vous (comme l'a si bien dit je ne sais plus quel
auteur latin) le nombre des années...

— Voici le manuscrit ! dit l'écrivain rayonnant et en
tendant son œuvre avec un air de fatuité juvénile.

Au bout de trois minutes, le directeur tressaille, puis
rejette, avec dédain, les feuilles volantes sur la table.

— Là ! gémit-il avec un profond soupir ; j'en étais sûr !
Encore une déception : mais je ne les compte plus.

— Hein ? murmure, comme effrayé, le jeune héros.

— Hélas ! mon noble ami, mais c'est plein de talent,
ça ! Je suis fâché de vous le dire ! Ça vaut trois sous la
ligne, — et encore parce que êtes inconnu. Dans huit
jours, si je l'insère, ce sera gratis, et, dans quinze, ce sera
vous qui me payerez, — à moins que vous ne preniez un
pseudonyme. Mais oui, mais oui ; soyons sérieux, à la
fin ! Vous n'êtes pas sérieux, et, je le vois, vous ne
pourrez que bien difficilement le devenir, ayant, par
malheur, cette qualité de talent qui fait que vous êtes
(pardon de l'expression) un écrivain... et non pas un
impudent malvat [26] sans conscience ni pensée, ainsi que
vous vous vantiez tout à l'heure de l'être, pour surprendre
ma religion, ma bienveillance, ma caisse et mon estime.

— Non !... balbutie, d'un visage atterré, le prétendu
aspirant de la plume quotidienne, vous devez commettre
une erreur... Il y a malentendu. Vous n'avez pas lu...
avec attention...

— Mais cela empeste la Littérature à faire baisser le
tirage de cinq mille en vingt-quatre heures ! s'écrie le
directeur. La *qualité* seule du style, vous dis-je, constitue
le talent ! Un million de plumitifs peuvent, *dans un journal,* tracer l'exposé d'une soi-disant idée... Ah ! *black
upon white* [27] ! Un seul écrivain s'avise-t-il de l'énoncer,
à son tour et à sa manière, cette idée, dans un *livre ?* tout
le reste est oublié. Plus personne ! L'on dirait un coup de
vent sur du sable. — Certes, c'est fort énigmatique ;
mais, qu'y faire ? c'est ainsi. — Donc, si vous êtes un
écrivain, vous êtes l'ennemi-né de tout journal.

« Si encore vous n'aviez que de l'esprit : ça se vend
toujours un peu ça. Mais le pire, c'est que vous laissez

pressentir dans l'*on ne sait quoi* de votre phrase que vous
cherchez à dissimuler votre intelligence pour ne pas ef-
faroucher le lecteur ! Que diable, les gens n'aiment pas
qu'on les humilie ! La puissance impressionnante de votre
style naturel transparaît, encore un coup, sous cet effort
même, attendu qu'il n'y a pas d'orthopédie capable de
guérir d'un vice aussi essentiel, aussi rédhibitoire !
— Vous imprimer ? Mais j'aimerais mieux copier le Bot-
tin ! Ce serait plus pratique. En un mot, vous avez l'air,
là-dedans, d'un monsieur qui, sachant que telle femme,
dont il convoite la dot, a le goût des bancroches, affecte
une claudication mensongère pour se bien faire venir de
la dame, — ou d'un étrange collégien qui, pour s'attirer
l'estime et le respect de ses professeurs, de ses camarades, se ferait teindre les cheveux en blanc. — Monsieur,
les quelques pages que je viens de parcourir me suffisent
pour savoir *très bien* à qui j'ai affaire. — Personne n'est
dupe aujourd'hui ! Le public a son instinct, son flair,
aussi sûr que celui d'un animal. Il connaît les siens et ne
se trompe jamais. Il vous devine. Il pressent que, sachant
au mieux la valeur, la signification réelle et sombre de
vos écrits, vous regardez son appréciation, éloge ou
blâme, comme la poudre de vos bottines ; qu'enfin ses
vagues et insoucieux propos à votre égard sont, pour
vous, comme le gloussement d'un dindon ou le bruit du
vent dans une serrure. Le visible effort que, — poussé
par quelque détresse financière, sans doute —, vous avez
commis ici pour vous niveler à ses « idées » l'insulte
horriblement. La gaucherie de votre humilité de
commande a des hésitations meurtrières pour les bouffis-
sures de son apathique suffisance. Votre épouvantable
coup de chapeau lui écrase le nez en paraissant lui demander l'aumône : cela ne se pardonne pas, cela, de
lecteur à auteur. Les hommes de génie peuvent seuls se
permettre, dans leurs *livres,* de ces familiarités alors
tolérables, car s'ils prennent quelquefois leur lecteur aux
cheveux et lui secouent la boîte osseuse d'un poing calme
et souverain, ce n'est que pour le contraindre à relever la
tête ! — Mais, dans un *journal,* monsieur, ces façons-là
sont, au moins, déplacées : elles compromettent l'avenir

de la feuille aux yeux du Conseil d'administration. En effet, voici l'inconvénient de pareils articles.

« Le bourgeois, en les parcourant d'un cerveau brouillé par les affaires, écarquille les yeux, vous traite, tout bas, de « poète », sourit *in petto* et se désabonne, — en déclarant, tout haut, que vous avez BEAUCOUP de talent ! — Il montre ainsi, d'une part, que vos écrits *ne l'ont pas atteint ;* de l'autre, il vous assassine aux yeux de ses confrères qui le devinent, prennent ce diapason, vous embaument dans les louanges et, de confiance ou d'instinct, *ne vous lisent jamais,* car ils ont flairé, en vous, une âme, c'est-à-dire la chose qu'ils haïssent le plus au monde. — Et c'est moi qui paye !

(Ici le directeur se croise les bras en regardant son interlocuteur avec des yeux ternes :)

— Ah çà ! est-ce que vous prenez le public pour un imbécile, par hasard ? Vous êtes étonnant, ma parole d'honneur ! Il est doué d'un autre genre... d'intelligence que vous, voilà tout.

— Cependant, répond, en souriant, le littérateur démasqué, il semblerait, en vous écoutant, que, de nous deux, celui qui outrage le plus sincèrement le public... ce n'est pas moi ?

— Sans aucun doute, mon jeune ami ! Seulement, je le bafoue, moi, d'une manière pratique et qui me rapporte. En effet, le bourgeois (qui est l'ennemi de tout et de lui-même) me rétribuera toujours, individuellement, pour flatter sa vilenie, mais à une condition ! c'est que je lui laisse croire que c'est à son voisin que je parle. Qu'importe le style en cette affaire ? La seule devise qu'un homme de lettres sérieux doive adopter de nos jours est celle-ci : SOIS MÉDIOCRE [28] ! C'est celle que j'ai choisie. De là, ma notoriété. — Ah ! c'est qu'en fait de bourgeoisie française, nous ne sommes plus au temps d'Eustache de Saint-Pierre [29], voyez-vous ! — Nous avons progressé. L'Esprit humain marche ! Aujourd'hui le tiers état, tout entier, ne désire plus, et avec raison, qu'expulser en paix et à son gré ses flatuosités, acarus et borborygmes. Et comme il a, par l'or et par le nombre, la force des taureaux révoltés contre le berger, le mieux est de se *naturaliser* en lui. — Or vous arrivez, vous, prétendant lui faire ingurgiter des bonbonnes d'aloès liquide dans des coquemards d'or ciselé. Naturellement il regimbera, non sans une grimace, ne tenant pas à ce qu'on lui purge, de force, l'intellect ! Et il me reviendra, tout de suite, à moi, préférant, après tout, reboire mon gros vin frelaté dans mon vieux gobelet sale, vu l'habitude, cette seconde nature. Non, poète ! aujourd'hui la mode n'est pas au génie ! — Les rois, tout ennuyeux qu'ils soient, approuvent et honorent Shakespeare, Molière, Wagner, Hugo, etc. ; les républiques bannissent Eschyle, proscrivent le Dante, décapitent André Chénier. En république, voyez-vous, on a bien autre chose à faire que d'avoir du génie ! On a tant d'affaires sur les bras, vous comprenez. Mais cela n'empêche pas les sentiments. Concluons. Mon jeune ami, c'est triste à dire, mais vous êtes atteint de beaucoup, d'énormement de talent. Pardonnez-moi ma rude franchise. Mon intention n'est pas de vous blesser. Certaines vérités sont dures à entendre, à votre âge, je le sais, mais... du courage ! Je comprends, j'approuve même l'effort inouï que vous avez, dis-je, commis dans la répréhensible action de cet article ; mais, que voulez-vous ! cet effort est stérile : il est impossible de *devenir* une canaille sincère ; il faut le don ! il faut... l'onction ! c'est de naissance. Il ne faut pas qu'un article infâme sente le haut-le-cœur, mais la sincérité, et, surtout, l'inconscience ; sinon vous serez antipathique : on vous devinera. Le mieux est de vous résigner. Toutefois, — si vous n'êtes pas un génie (comme je l'espère sans en être sûr), — votre cas n'est pas désespéré. En ne travaillant pas, vous arriverez peut-être. Par exemple, si vous vouliez vous constituer, sciemment, plagiaire, cela ferait polémique, on vendrait, et vous pourriez alors revenir me voir : sans cela, rien à faire ensemble. — Tenez, moi, moi qui vous parle, je vous le dis tout bas : j'ai du talent tout comme vous : aussi, je n'écris jamais dans mon journal ; je serais réduit, en trois jours, à la mendicité. D'ailleurs, j'ai mes raisons pour ne pas écrire le moindre livre, pour ne pas imprimer la moindre ligne qui pourrait faire peser sur mon avenir le soupçon d'une capacité quelconque!... Je ne veux, derrière moi, que le néant.

— Quoi! pas même dix lignes?... interrompt le littérateur, d'un air étonné.

— Non. Rien. — Je tiens à devenir ministre! répond,
d'un ton péremptoire, le directeur.

— Ah! c'est différent.

— Et je laisse crier au paradoxe! Et ce que je vous dis
est tellement absolu, au point de vue pratique, voyez-
vous... que si le portefeuille des Beaux-Arts, par exemple, dépendait, en France, du suffrage universel, vous
seriez le premier, tout en haussant les épaules, à voter
pour moi. Mais oui, mais oui! Soyons sérieux, que diable! Je ne plaisante jamais. Allons, laissez-moi votre
manuscrit tout de même.

Un silence.

— Permettez, monsieur, répond alors l'*Inconnu*, en
ressaisissant son travail sur la table, vous faites erreur,
ici. En politique, mes idées sont autres qu'en journalisme, et je ne comprendrais, au portefeuille en question,
qu'un homme d'une droiture, d'une capacité, d'un savoir
et d'une dignité d'esprit des plus rares. Or, en dehors de
la feuille que vous dirigez, il y a en France des journalis-
tes dont la probité défie l'entraînement vénal de l'époque,
dont le style sonne pur, dont le verbe *flambe clair* et dont
l'utile critique rectifie sans cesse les jugements inconsi-
dérés de la foule. Je vous atteste que, dans l'hypothèse
dont vous parlez, je donnerais ma voix, de préférence, à
l'un d'entre eux.

— Je crois que vous vous emballez, mon jeune ami : la
probité n'a pas d'époque!

— La sottise non plus, répond le littérateur avec un
léger sourire [30].

— Peuh! Quand vous aurez mon âge, vous rougirez
de ces phrases-là!

— Merci de me rappeler votre âge; en vous écoutant,
je vous aurais cru... plus jeune.

— Hein?... mais il me semble que vous cherchez la
petite bête en ce que je dis, monsieur?

(Ici, l'inconnu se lève.)

— M. le directeur m'a prouvé qu'en cherchant la pe-

tite on trouve parfois la grande, — répond-il distraitement.

— Dites donc?... Votre impertinence m'amuse, mais
d'où vient cette subite aigreur?

(Ici, le jeune passant regarde son vis-à-vis d'un coup
d'œil de boxeur, si froid qu'un léger frisson passe dans
les veines de l'homme au fauteuil.)

— Soit, je serai franc, répond-il. — Quoi! je viens
vous offrir une ineptie cent fois inférieure à toutes celles
que vous publiez chaque jour, une filandreuse chronique
suintant la suffisance repue, le cynisme quiet, la nullité
sentencieuse, — l'idéal du genre! une perle, enfin! Et
voici qu'au lieu de me répondre oui ou non, vous m'ac-
cablez d'injures! Vous m'affublez des épithètes les plus
ridiculisantes! Vous me traitez, à brûle-pourpoint, de
littérateur, d'écrivain, de penseur, que sais-je? J'ai vu le
moment où ... sans aucune provocation de ma part... (Ici,
notre ami baisse la voix en regardant autour de lui comme
craignant les écoutes)... où vous alliez me traiter
d' «homme de génie»! Ne niez pas: je vous voyais
venir. — Monsieur, on ne traite pas, comme cela,
d'hommes de génie des gens qui ne vous ont rien fait.
Chez vous, ce ne fut pas étourderie, mais calcul méchant.
Vous savez fort bien qu'un tel propos peut avoir pour
fatales conséquences de priver un innocent de tout gagne-
pain, de le rendre l'exploitation et la risée de tous. Vous
pouviez refuser mon article, mais non le déprécier en le
déclarant entaché de génie. Où voulez-vous que je le
porte, maintenant? Oui, j'ai sur le cœur ce procédé de
mauvaise guerre, je l'avoue! Et je vous avertis que si
vous ébruitiez sur mon compte d'aussi venimeuses ca-
lomnies, — comme je ne tiens pas à mourir de faim, de
misère et de honte sous les demi-sourires approbateurs et
les clins d'yeux encourageants du bal de domestiques où
je me trouve dans la vie, — je saurais vous amener sur le
terrain, n'en doutez pas, ou à des excuses dictées. — Bri-
sons là. Ces quelques paroles ne me paraissant présenter
qu'imparfaitement, entre nous, les prodromes d'une amitié naissante, souffrez que je prenne congé à l'anglaise,
en vous prévenant (à titre gracieux et pour votre gou-

verne) qu'à l'escrime j'ai longuement étudié l'art de ne
jamais donner ni recevoir de *coups de manchette* et qu'un
brevet de courage convenu peut coûter plus cher avec
moi. — Serviteur.

Et, remettant son chapeau, puis allumant une cigarette,
le littérateur se retire, lentement.

Une fois seul :

— Me fâcherai-je ? se demande, à voix basse, le directeur : bah ! soyons philosophe. Socrate, ayant remporté
le prix de courage à la bataille de Potidée, le fit décerner,
par dédain, au jeune Alcibiade [31] : imitons ce sage de la
Grèce. D'ailleurs, ce jeune homme est amusant, et sa
petite pique ne me déplaît pas. JADIS, J'AI EU ÇA MOI-
MÊME.

(Ici, notre homme tire sa montre.)

— Cinq heures !... Voyons, soyons sérieux. Que
mangerai-je bien ce soir, à mon dîner ?... Un turbotin ?...
oui ! — un peu truité ?... Non ! — saumoneux ?... Oui,
plutôt. — Et comme entremets ?...

Là-dessus, ressaisissant son couteau d'ivoire, le directeur de la feuille politique, littéraire, commerciale, élec-
torale, industrielle, financière et théâtrale se replonge
dans ses opimes et absconses méditations. Et il serait
impossible d'en pénétrer l'important objet, car, ainsi que
le fait remarquer, fort judicieusement, un vieux proverbe
mozarabe : « Le flambeau n'éclaire pas sa base [32]. »

L'AFFICHAGE CÉLESTE

Paru dans *La Renaissance littéraire et artistique*, novembre 1875, sous le titre *La Découverte de M. Grave*. L'envahissement du paysage urbain par la publicité avait souvent été dénoncé. Sébastien Mercier, à la fin du XVIIIᵉ siècle, flétrissait déjà la prolifération des affiches sur les murs de Paris. Mais ici c'est la science qui est visée, ou plutôt les déviations aberrantes de ses applications techniques. Comme son contemporain Jules Verne, Villiers se montre d'ailleurs prophète. Le XXᵉ siècle a fait beaucoup mieux dans ce domaine.

L'AFFICHAGE CÉLESTE

A Monsieur Henry Ghys [33].

> Eritis sicut dii.
> *Ancien Testament* [34].

Chose étrange et capable d'éveiller le sourire chez un financier : il s'agit du Ciel ! Mais entendons-nous : du ciel considéré au point de vue industriel et sérieux.

Certains événements historiques, aujourd'hui scientifiquement avérés et expliqués (ou tout comme), par exemple le *Labarum* de Constantin [35], les croix répercutées sur les nuages par des plaines de neige, les phénomènes de réfraction du mont Brocken [36] et certains effets de mirage dans les contrées boréales, ayant singulièrement intrigué et, pour ainsi dire, piqué au jeu, un savant ingénieur méridional, M. Grave, celui-ci conçut, il y a quelques années, le projet lumineux d'utiliser les vastes étendues de la nuit, et d'élever, en un mot, le ciel à la hauteur de l'époque.

A quoi bon, en effet, ces voûtes azurées qui ne servent à rien, qu'à défrayer les imaginations maladives des derniers songe-creux ? Ne serait-ce pas acquérir de légitimes droits à la reconnaissance publique, et, disons-le (pourquoi pas ?), à l'admiration de la Postérité, que de convertir ces espaces stériles en spectacles réellement et fructueusement instructifs, que de faire valoir ces landes immenses et de rendre, finalement, d'un bon rapport, ces Solognes indéfinies et transparentes ?

Il ne s'agit pas ici de faire du sentiment. Les affaires sont les affaires. Il est à propos d'appeler le concours, et,

au besoin, l'énergie des gens sérieux sur la valeur et les
résultats *pécuniaires* de la découverte inespérée dont nous
parlons.

De prime abord, le fond même de la chose paraît
confiner à l'Impossible et presque à l'Insanité. Défricher
l'azur, coter l'astre, exploiter les deux crépuscules, organiser le soir, mettre à profit le firmament jusqu'à ce jour
improductif, quel rêve ! quelle application épineuse, hé-
rissée de difficultés ! Mais, fort de l'esprit de progrès, de
quels problèmes l'Homme ne parviendrait-il pas à trouver
la solution ?

Plein de cette idée et convaincu que si Franklin, Benjamin Franklin, l'imprimeur, avait arraché la foudre au
ciel, il devait être impossible, *a fortiori,* d'employer ce
dernier à des usages humanitaires, M. Grave étudia,
voyagea, compara, dépensa, forgea, et, à la longue,
ayant perfectionné les lentilles énormes et les gigantes-
ques réflecteurs des ingénieurs américains, notamment
des appareils de Philadelphie et de Québec (tombés, faute
d'un génie tenace, dans le domaine du *Cant* et du *Puff*[37]),
M. Grave, disons-nous, se propose (nanti de brevets
préalables) d'offrir, incessamment, à nos grandes industries manufacturières et même aux petits négociants, le
secours d'une Publicité absolue.

Toute concurrence serait impossible devant le système
du grand vulgarisateur. Qu'on se figure, en effet, quelques-uns de nos grands centres de commerce, aux popu-
lations houleuses, Lyon, Bordeaux, etc., à l'heure où
tombe le soir. On voit d'ici ce mouvement, cette vie,
cette animation extraordinaire que les intérêts financiers
sont seuls capables de donner, aujourd'hui, à des villes
sérieuses. Tout à coup, de puissants jets de magésium ou
de lumière électrique, grossis cent mille fois, partent du
sommet de quelque colline fleurie, enchantement des
jeunes ménages, — d'une colline analogue, par exemple,
à notre cher Montmartre ; — ces jets lumineux, mainte-
nus par d'immenses réflecteurs versicolores, envoient,
brusquement, au fond du ciel, entre Sirius et Aldébaran,
l'Œil du taureau, sinon même au milieu des Hyades,
l'image gracieuse de ce jeune adolescent qui tient une

écharpe sur laquelle nous lisons tous les jours, avec un nouveau plaisir, ces belles paroles : *On restitue l'or de toute emplette qui a cessé de ravir !* Peut-on bien s'imaginer les expressions différentes que prennent, alors, toutes ces têtes de la foule, ces illuminations, ces bravos, cette allégresse ? — Après le premier mouvement de surprise, bien pardonnable, les anciens ennemis s'embrassent, les ressentiments domestiques les plus amers sont oubliés : l'on s'assoit sous la treille pour mieux goûter ce spectacle à la fois magnifique et instructif, — et le nom de M. Grave, emporté sur l'aile des vents, s'envole vers l'Immortalité.

Il suffit de réfléchir, un tant soit peu, pour concevoir les résultats de cette ingénieuse invention. — Ne serait-ce pas de quoi étonner la Grande-Ourse elle-même si, soudainement, surgissait, entre ses pattes sublimes, cette annonce inquiétante : *Faut-il des corsets, oui, ou non ?* Ou mieux encore : ne serait-ce pas un spectacle capable d'alarmer les esprits faibles et d'éveiller l'attention du clergé que de voir apparaître, sur le disque même de notre satellite, sur la face épanouie de la Lune, cette merveilleuse pointe-sèche que nous avons tous admirée sur les boulevards et qui a pour exergue : *A l'Hirsute* [38] ? Quel coup de génie si, dans l'un des segments tirés entre le ν de l'Atelier du Sculpteur [39], on lisait enfin : *Vénus, réduction Kaulla* [40] ! — Quel émoi si, à propos de ces liqueurs de dessert dont on recommande l'usage à plus d'un titre, on apercevait, dans le sud de Régulus, ce chef-lieu du Lion, sur la pointe même de l'Épi de la Vierge [41], un Ange tenant un flacon à la main, tandis que sortirait de sa bouche un petit papier sur lequel on lirait ces mots : *Dieu, que c'est bon !...*

Bref, on conçoit qu'il s'agit, ici, d'une entreprise d'affichage sans précédents, à responsabilité illimitée, au matériel infini : le Gouvernement pourrait même la garantir, pour la première fois de sa vie.

Il serait oiseux de s'appesantir sur les services, vraiments éminents, qu'une telle découverte est appelée à rendre à la Société et au Progrès. Se figure-t-on, par exemple, la photographie sur verre et le procédé du Lampascope [42] appliqués de cette façon, — c'est-à-dire cent mille fois grandis, — soit pour la capture des banquiers en fuite, soit pour celle des malfaiteurs célèbres? — Le coupable, désormais facile à suivre, comme dit la chanson, ne pourrait mettre le nez à la fenêtre de son wagon sans apercevoir dans les nues sa figure dénonciatrice.

Et en politique! en matière d'élections, par exemple! Quelle prépondérance! Quelle suprématie! Quelle simplification incroyable dans les moyens de propagande toujours si onéreux! — Plus de ces papiers bleus, jaunes, tricolores, qui abîment les murs et nous redisent sans cesse le même nom, avec l'obsession d'un tintouin [43]! Plus de ces photographies si dispendieuses (le plus souvent imparfaites) et qui manquent leur but, c'est-à-dire qui n'excitent point la sympathie des électeurs, soit par l'agrément des traits du visage des candidats, soit par l'air de majesté de l'ensemble! Car, enfin, la valeur d'un homme est dangereuse, nuisible et plus que secondaire, en politique; l'essentiel est qu'il ait l'air «digne» aux yeux de ses mandants.

Supposons qu'aux dernières élections, par exemple, les médaillons de MM. B... et A...[a][44] fussent apparus tous les soirs, en grandeur naturelle, juste sous l'étoile ß de la Lyre? — C'était là leur place, on en conviendra! puisque ces hommes d'État enfourchèrent jadis Pégase, si l'on doit en croire la Renommée. Tous les deux eussent été exposés là, pendant la soirée qui eût précédé le scrutin; tous deux légèrement souriants, le front voilé d'une convenable inquiétude, et, néanmoins, la mine assurée. Le procédé du Lampascope pouvait même, à l'aide d'une petite roue, modifier à tout instant l'expression des deux physionomies. On eût pu les faire sourire à l'Avenir, répandre des larmes sur nos mécomptes, ouvrir la bouche, plisser le front, gonfler les narines dans la colère, prendre l'air digne, enfin tout ce qui concerne la tribune et donne tant de valeur à la pensée chez un véritable orateur. Chaque électeur eût fait son choix, eût pu, enfin,

---

a. N. B. *Les messieurs dont l'auteur semble parler sont morts pendant que nous mettions sa nouvelle sous presse (note de l'éditeur).*

se rendre compte à l'avance, se fût fait une idée de son député et n'eût pas, comme on dit, acheté chat en poche. On peut même ajouter que, sans la découverte de M. Grave, le Suffrage universel est une espèce de dérision.

Attendons-nous, en conséquence, à ce que l'une de ces aubes, ou mieux, l'un de ces soirs, M. Grave, appuyé par le concours d'un gouvernement éclairé, commence ses importantes expériences. Les incrédules auront beau jeu d'ici là! Comme du temps où M. de Lesseps parlait de réunir des Océans (ce qu'il a fait, malgré les incrédules). La Science aura donc, ici encore, le dernier mot et M. Excessivement-Grave laissera rire. Grâce à lui, le Ciel finira par être bon à quelque chose et par acquérir, enfin, une valeur intrinsèque.

ANTONIE

Dans *La Semaine parisienne* paru en juin 1874, sous le titre *Le Médaillon*. Ce court texte est teinté de cet esprit «dix-huitième siècle», comparable à celui des anecdotes de Chamfort, qu'affectionne parfois Villiers, et que souligne l'épigraphe. L'héroïne rappelle par son nom une des aimables femmes du *Convive des dernières fêtes,* paru deux mois plus tôt, et évoquerait donc l'actrice Léonide Leblanc. La fidélité particulière qui apparaît ici était déjà dans *Les Demoiselles de Bienfilâtre,* et se retrouvera dans *Maryelle :* pour Villiers, seuls l'égoïsme et la mort sont véritablement fidèles, et sous la légèreté perce une profonde amertume. La vertu du texte est d'ailleurs beaucoup plus poétique que psychologique : lors de la seconde publication, c'était le cinquième d'une série d'*Intermèdes* parus dans *La Comédie française* en février-mars 1875, dont les quatre premiers étaient trois des poèmes du *Conte d'amour,* et le poème en prose *El Desdichado,* qu'on trouvera en appendice.

ANTONIE

Nous allions souvent chez la
Duthé [45] : nous y faisions de la mo-
rale et quelquefois pis.
LE PRINCE DE LIGNE.

Antonie se versa de l'eau glacée et mit son bouquet de
violettes de Parme dans son verre :

— Adieu les flacons de vins d'Espagne ! dit-elle.

Et, se penchant vers un candélabre, elle alluma, souriante, un *papelito* roulé sur une pincée de phëresli [46] ; ce
mouvement fit étinceler ses cheveux, noirs comme du
charbon de terre.

Nous avions bu du Jerez toute la nuit. Par la croisée,
ouverte sur les jardins de la villa, nous entendions le
bruissement des feuillages.

Nos moustaches étaient parfumées de santal — et,
aussi, de ce qu'Antonie nous laissait cueillir les roses
rouges de ses lèvres avec un charme tour à tour si sincère,
qu'il ne suscitait aucune jalousie. Rieuse, elle se regardait
ensuite dans les miroirs de la salle ; lorsqu'elle se tournait
vers nous, avec des airs de Cléopâtre, c'était pour *se* voir
encore dans nos yeux.

Sur son jeune sein sonnait un médaillon d'or mat, aux
initiales de pierreries (les siennes), attaché par un velours
noir.

— Un signe de deuil ? — Tu ne l'aimes plus.

Et, comme on l'enlaçait :

— Voyez !... dit-elle.

Elle sépara, de son ongle fin, les fermoirs du mystérieux bijou : le médaillon s'ouvrit. Une sombre fleur

d'amour, une pensée, y dormait, artistement tressée en cheveux noirs.

— Antonie !... d'après ceci, votre amant doit être quelque enfant sauvage enchaîné par vos malices ?

— Un drille ne vous baillerait point, aussi naïvement, pareils gages de tendresse !

— C'est mal de les montrer dans le plaisir !

Antonie partit d'un éclat de rire si perlé, si joyeux, qu'elle fut obligé de boire, précipitamment, parmi ses violettes, pour ne point se faire mal.

— Ne faut-il pas dés cheveux dans un médaillon ? en témoignage ?... dit-elle.

— Sans doute, sans doute !

— Hélas ! mes chers amants, après avoir consulté mes souvenirs, c'est l'une de mes boucles que j'ai choisie — et je la porte... *par esprit de fidélité.*

LA MACHINE A GLOIRE

Paru dans *La Revue littéraire et artistique* en mars 1874. Comme *L'Affichage céleste,* ce conte dénonce les applications malfaisantes de la science dans la publicité ; comme *Deux augures,* il s'en prend aux fabricateurs de l'opinion publique. Villiers a fait preuve ici de beaucoup d'imagination fantaisiste, mais n'a pas tout inventé. La claque des théâtres avait fait l'objet de nombreuses attaques indignées ou ironiques, et Émile Souvestre en avait imaginé le développement en 1846 dans *Le Monde tel qu'il sera.* Plus tôt encore, la machine à applaudissements figurait dans un écho anonyme de la *Revue et gazette musicale* du 4 décembre 1842 ; l'auteur prétend qu'elle aurait été inventée en Angleterre pour les meetings, mais qu'il serait facile de l'appliquer au théâtre « pour les bravos, les bis, les rappels, en y joignant une espèce de mortier à bombes pour les pluies de fleurs ». Quant aux gaz hilarants et lacrymogènes envoyés par tuyaux dans les salles de spectacle, ils font songer au *Docteur Ox* de Jules Verne, paru en 1872 dans *Le Musée des familles :* un savant modifie le comportement des citadins en augmentant secrètement la teneur en oxygène de l'atmosphère urbaine. Villiers se fait aussi l'écho des dernières inventions de son temps (Cros, Edison).

LA MACHINE A GLOIRE

S. G. D. G.

A Monsieur Stéphane Mallarmé.

Sic itur ad astra!... [47]

Quels chuchotements de toutes parts!... Quelle animation, mêlée d'une sorte de contrainte, sur les visages!
— De quoi s'agit-il?

— Il s'agit... ah! d'une nouvelle sans pareille dans les annales récentes de l'Humanité.

Il s'agit de la prodigieuse invention du baron Bottom, de l'ingénieur Bathybius Bottom [48]!

La Postérité se signera devant ce nom (déjà illustre de l'autre côté des mers), comme au nom du docteur Grave et de quelques autres inventeurs, véritables apôtres de l'Utile. Qu'on juge si nous exagérons le tribut d'admiration, de stupeur et de gratitude qui lui est dû! Le rendement de sa machine, c'est la GLOIRE! Elle produit de la gloire comme un rosier des roses! L'appareil de l'éminent physicien fabrique la Gloire.

Elle en fournit. Elle en fait naître, d'une façon organique et inévitable. Elle vous en couvre! n'en voulût-on pas avoir: l'on veut s'enfuir, et cela vous poursuit.

Bref, la Machine - Bottom est, spécialement, destinée à satisfaire ces personnes de l'un ou l'autre sexe, dites Auteurs dramatiques, qui, privés à leur naissance (par une fatalité inconcevable!) de cette faculté, désormais insignifiante, que les derniers littérateurs s'obstinent encore à flétrir du nom de *Génie,* sont néanmoins jalouses de s'offrir, contre espèces, les myrtes d'un Shakespeare, les acanthes d'un Scribe, les palmes d'un Goethe et les lauriers d'un Molière. Quel homme, ce Bottom! Jugeons-en par l'analyse, par la froide analyse de son procédé, — au double point de vue abstrait et concret.

Trois questions se dressent *a priori :*

1° Qu'est-ce que la Gloire ?

2° Entre une machine (moyen physique) et la Gloire (but intellectuel), peut-il être déterminé un point commun formant leur unité ?

3° Quel est ce moyen terme ?

Ces questions résolues, nous passerons à la description du Mécanisme sublime qui les enveloppe d'une solution définitive.

Commençons.

1° Qu'est-ce que la Gloire ?

Si vous adressez pareille question à l'un de ces plaisantins faisant la parade sur quelque tréteau de journal et versé dans l'art de tourner en dérision les traditions les plus sacrées, sans doute il vous répondra quelque chose comme ceci :

— Une *Machine à Gloire,* dites-vous ?... Au fait, il y a bien une machine à vapeur ? — et la gloire, elle-même, est-elle autre chose qu'une vapeur légère ? — qu'une... sorte de fumée ?... qu'une... »

Naturellement, vous tournerez le dos à ce misérable jeannin, dont les paroles ne sont qu'un bruit de la langue contre la voûte palatale.

Adressez-vous à un poète, voici, à peu près, l'allocution qui s'échappera de son noble gosier :

— « La Gloire est le resplendissement d'un nom dans la mémoire des hommes. Pour se rendre compte de la nature de la gloire littéraire, il faut prendre un exemple.

« Ainsi, nous supposerons que deux cents auditeurs sont assemblés dans une salle. Si vous prononcez, par hasard, devant eux le nom de : « SCRIBE » (prenons celui-là), l'impression électrisante que leur causera ce nom peut, d'avance, être traduite par la série d'exclamations suivantes (car tout le monde actuel connaît son SCRIBE) :

— Cerveau compliqué ! Génie séduisant ! — Fécond dramaturge — Ah! oui, l'auteur de *L'Honneur et l'Argent* [49] ?... Il a fait sourire nos pères !

— « SCRIBE ? — Uïtt !... Peste !!! Oh ! oh !

— « Mais !... Sachant tourner le couplet ! Profond, sous un aspect riant !... En voilà un qui laissait dire ! Une plume autorisée, celle-là ! Grand homme, il a gagné son pesant d'or[b] !

« — Et rompu aux ficelles du Théâtre ! etc. — »

« Bien.

« Si vous prononcez, ensuite, le nom de l'un de ses confrères, de... MILTON, par exemple, il y a lieu d'espérer que : 1° sur les deux cents personnes, cent quatre-vingt-dix-huit n'auront, certes, jamais parcouru ni même feuilleté cet écrivain, et, 2° que le Grand-Architecte de l'Univers peut, seul, savoir de quelle façon les deux autres s'imagineront l'avoir lu, puisque, selon nous, il n'y a pas, sur le globe terraqué, plus d'un cent d'individus par siècle (et encore !) capables de lire quoi que ce soit, voire des étiquettes de pots à moutarde [50].

« Cependant, au nom de MILTON, il s'éveillera, dans l'entendement des auditeurs, à la minute même, l'inévitable arrière-pensée d'une œuvre beaucoup MOINS intéressante, au point de vue *positif*, que celle de SCRIBE. — Mais cette réserve obscure sera néanmoins telle, que, tout en accordant plus d'estime *pratique* à SCRIBE, l'idée de tout parallèle entre MILTON et ce dernier semblera (d'instinct et malgré tout) comme l'idée d'un parallèle entre un sceptre et une paire de pantoufles, quelque pauvre qu'ait été MILTON, quelque argent qu'ait gagné SCRIBE, quelque inconnu que soit longtemps demeuré MILTON, quelque universellement notoire que soit, déjà, SCRIBE. En un mot, l'*impression* que laissent les vers, même inconnus, de MILTON, étant passée dans le nom même de leur auteur, ce sera, ici, pour les auditeurs, *comme s'ils avaient lu* MILTON. En effet, la Littérature proprement

---

b. SCRIBE *pesait environ cent vingt-sept livres, si nous devons en croire un vieil habitué de la foire de Neuilly, solennité pendant laquelle le poète daigna se peser aux Champs-Élysées et sans mirliton. Son œuvre étrange ayant rapporté environ seize millions, l'on voit qu'il y a une plus-value énorme, surtout en défalquant le poids des vêtements et de la canne.*

dite n'existant pas plus que l'Espace pur, ce que l'on se
rappelle d'un grand poète, c'est l'*Impression* dite de
sublimité qu'il nous a laissée, par et à travers son œuvre,
plutôt que l'œuvre elle-même, et cette impression, sous le
voile des langages humains, pénètre les traductions les
plus vulgaires. Lorsque ce phénomène est formellement
constaté à propos d'une œuvre, le résultat de la constatation s'appelle LA GLOIRE!»

Voilà ce qu'en résumé répondra notre poète; nous
pouvons l'affirmer d'avance, même au tiers état, — ayant
interrogé des gens qui se sont mis dans la Poésie.

Eh bien! nous n'hésiterons pas à répondre, nous, et
pour conclure, que cette phraséologie, où perce une vanité monstrueuse, est aussi vide que le genre de gloire
qu'elle préconise! — L'impression? — Qu'est-ce que
c'est que ça? — Sommes-nous des dupes?... Il s'agit
d'examiner, avec une simplicité sincère et par nous-mê-
mes, ce qu'est la Gloire! — Nous voulons faire l'essai
loyal de la Gloire. Celle dont on vient de nous parler,
personne, parmi les gens honorables et vraiment sérieux,
ne se soucierait de l'acquérir, ni même de la supporter!
lui offrît-on d'être rétribué pour cela! — Nous l'espé-
rons, du moins, pour la société moderne.

Nous vivons dans un siècle de progrès où, — pour
employer, précisément, l'expression d'un poète (le grand
Boileau), — un *chat* est un CHAT[51].

En conséquence, et forts de l'expérience universelle du
Théâtre moderne, nous prétendons, nous, que la Gloire se
traduit par des signes et des manifestations sensibles pour
tout le monde! Et non par des discours creux, plus ou
moins solennellement prononcés. Nous sommes de ceux
qui n'oublient jamais que tonneau vide résonne toujours
mieux que tonneau plein.

Bref, nous constatons et affirmons, nous, que plus une
œuvre dramatique secoue la torpeur publique, provoque
d'enthousiasmes, enlève d'applaudissements et fait de
bruit autour d'elle, plus les lauriers et les myrtes l'envi-
ronnent, plus elle fait répandre de larmes et pousser
d'éclats de rire, plus elle exerce, — pour ainsi dire, de
force, — une action sur la foule, plus elle s'*impose*,

enfin, — plus elle réunit, par cela même, les symptômes ordinaires du chef-d'œuvre et plus elle mérite, par conséquent, la GLOIRE. Nier cela serait nier l'évidence. Il ne s'agit pas ici d'ergoter, mais de se baser sur des faits et des choses stables; nous en appelons à la conscience du Public, lequel, Dieu merci! ne se paye plus de mots ni de phrases. Et nous sommes sûrs qu'il est, ici, de notre avis.

Cela posé, y a-t-il un accord possible entre les deux termes (en apparence incompatibles) de ce problème (de prime abord insoluble): *Une pure machine proposée comme moyen d'atteindre, infailliblement, un but purement intellectuel?*

OUI!...

L'Humanité (il faut l'avouer), antérieurement à l'absolue découverte du baron, avait, même, déjà trouvé quelque chose d'approchant; mais c'était un moyen terme à l'état rudimentaire et dérisoire: c'était l'enfance de l'art! le balbutiement! — Ce moyen terme était ce qu'on appelle encore de nos jours, en termes de théâtre, la «Claque».

En effet, la Claque est une machine faite avec de l'humanité, et, par conséquent, perfectible. Toute gloire a sa claque, c'est-à-dire son *ombre,* son côté de supercherie, de mécanisme et de néant (car le Néant est l'origine de toutes choses), que l'on pourrait nommer, en général, l'*entregent,* l'intrigue, le savoir-faire, la Réclame.

La Claque théâtrale n'en est qu'une subdivision. Et lorsque l'illustre chef de service du théâtre de la Porte-Saint-Martin [52], le jour d'une première représentation, a dit à son directeur inquiet: «Tant qu'il restera dans la salle un de ces *gredins de payants,* je ne réponds de rien!» il a prouvé qu'il comprenait la confection de la Gloire! Il a prononcé des paroles véritablement immortelles! Et sa phrase frappe comme un trait de lumière.

O miracle!... C'est sur la *Claque,* — c'est sur elle, disons-nous, et pas sur autre chose —, que Bottom a puissamment abaissé son coup d'œil d'aigle! Car le véritable grand homme n'exclut rien: il se sert de tout en dépassant le reste.

Oui! le baron l'a régénérée, sinon innové, et il la fera, enfin, sanctionner, pour nous couvrir de l'expression même des journaux.

Qui donc, surtout parmi le gros du public, a pénétré les mystères, les ressources infinies, les abîmes d'ingéniosité de ce Protée, de cette hydre, de ce Briarée[53] qu'on appelle la CLAQUE?

Il est des personnes qui, avec le sourire de la suffisance, pourront trouver à propos de nous objecter que : 1° la Claque dégoûte les auteurs; 2° qu'elle ennuie le Public; 3° qu'elle tombe en désuétude. — Nous allons, simplement, leur prouver, à l'instant même, que, si elles nous disent des choses pareilles, elles auront perdu une occasion de se taire qu'elles ne retrouveront peut-être jamais.

1° Un auteur dégoûté de la Claque?... D'abord, où est-il cet homme-là? Comme si chaque auteur, le jour d'une *première,* ne renforçait pas encore la Claque avec ses amis, autant qu'il le peut, en leur recommandant de «soigner le succès». Ce à quoi les amis, tout fiers de cette complicité (mon Dieu! bien innocente), répondent, invariablement, en clignant de l'œil et en montrant leurs bonnes grosses mains franches : «Comptez sur nos battoirs. »

2° Le Public ennuyé de la Claque?... — Oui; et de bien d'autres choses qu'il supporte, cependant! N'est-il pas destiné au perpétuel ennui de tout et de lui-même? La preuve en est sa présence même au Théâtre. Il n'est là que pour tâcher de se distraire, le malheureux! Et pour essayer de se fuir lui-même! De sorte que dire cela, c'est, au fond, ne rien dire. Qu'est-ce que cela fait à la Claque que le Public en soit ennuyé? Il la supporte, la stipendie et se persuade qu'elle est nécessaire, «au moins pour les comédiens». Passons.

3° La Claque est tombée en désuétude? — Simple question : Quand dont fut-elle jamais plus florissante? — Faut-il forcer le rire? Aux passages qui veulent être spirituels et qui vont faire long feu, on entend, tout à coup, dans la salle, le petit susurrement d'un rire étouffé et contenu, comme celui qui contracte un diaphragme surchargé par l'ivresse d'une impression comique irrésistible. Ce petit bruit suffit, parfois, pour faire partir toute une salle. C'est la goutte d'eau qui fait déborder le vase. Et comme on ne veut pas avoir ri pour rien ni s'être laissé « entraîner » par personne, on avoue que la pièce est drôle et qu'on s'y est *amusé :* ce qui est tout. Le monsieur qui a fait ce bruit coûte à peine un napoléon. — (La Claque.)

S'agit-il de pousser jusqu'à l'ovation quelque murmure approbatif échappé, par malheur, au public ? Rome [54] est toujours là. Il y a le *« Oua-Ouaou »*.

Le *Oua-Ouaou,* c'est le bravo poussé au paroxysme ; c'est un abréviatif arraché par l'enthousiasme, alors que, transporté, ravi, le larynx oppressé, on ne peut plus prononcer du mot italien « bravo » que le cri guttural *Oua-Ouaou.* Cela commence, tout doucement, par le mot *bravo* lui-même, articulé, vaguement, par deux ou trois voix : puis cela s'enfle, devient *brao,* puis grossit de tout le public trépignant et enlevé jusqu'au cri définitif de « *Brâ-oua-ouaou* » ; ce qui est presque l'aboiement. C'est là l'ovation. Coût : trois pièces d'or de la valeur de vingt francs chacune... — (Encore la Claque !)

S'agit-il, dans une partie désespérée, de détourner le taureau et de distraire sa colère ? Le *Monsieur au bouquet* se présente. Voici ce que c'est. Au milieu d'une tirade fastidieuse que récite la jeune première, épouvantée du silence de mort qui règne dans la salle, un monsieur, parfaitement bien mis, le carreau de vitre à l'œil, se penche en avant d'une loge, jette un bouquet sur la scène, puis, les deux mains étendues et longues, applaudit avec bruit et lenteur, sans se préoccuper du silence général ni de la tirade qu'il interrompt. Cette manœuvre a pour but de compromettre l'*honneur* de la comédienne, de faire sourire le Public toujours avide de l'*Égrillard !*... Le Public, en effet, cligne de l'œil. On indique la chose à son voisin, en se prétendant « au courant » ; on regarde, alternativement, le monsieur et l'actrice : on jouit de l'embarras de la jeune femme. Ensuite la foule se retire, un peu consolée, par l'incident, de la stupidité de la pièce. Et l'on accourt, derechef, au théâtre, dans l'espoir d'une confirmation de l'événement. — Somme toute :

demi-succès pour l'auteur. — Coût : quelque trente
francs, non compris les fleurs. — (Toujours la Claque.)

En finirions-nous jamais si nous voulions examiner
toutes les ressources d'une Claque bien organisée ? —
Mentionnons, toutefois, pour les pièces dites « corsées »
et les drames à émotions, les Cris de femmes effrayées,
les Sanglots étouffés, les Vraies Larmes communicatives,
les Petits Rires brusques, et aussitôt contenus, du spectateur qui comprend après les autres (un écu de six livres) — les Grincements de tabatières aux généreuses
profondeurs desquelles l'homme ému a recours, les
Hurlements, Suffocations, Bis, Rappels, Larmes silencieuses, Menaces, Rappels avec Hurlements en sus,
Marques d'approbation, Opinions émises, Couronnes,
Principes, Convictions, Tendances morales, Attaques
d'épilepsie, Accouchements, Soufflets, Suicides, Bruits
de discussions (l'Art pour l'Art, la Forme et l'Idée), etc.,
etc. Arrêtons-nous. Le spectateur finirait par s'imaginer
qu'il fait, lui-même, partie de la Claque, à son insu (ce
qui est, d'ailleurs, l'absolue et incontestable vérité) ; mais
il est bon de laisser un doute en son esprit à cet égard.

Le dernier mot de l'Art est proféré lorsque la Claque en
personne crie : « A bas la Claque !... » puis finit par avoir
l'air d'être entraînée elle-même et applaudit à la fin de la
pièce, comme si elle était le Public réel et comme si les
rôles étaient intervertis ; c'est elle, alors, qui tempère les
exaltations trop fougueuses et fait des restrictions.

Statue vivante, assise, en pleine lumière, au milieu du
public, la Claque est la constatation officielle, le symbole
avoué de l'incapacité où se trouve la foule de discerner,
par elle-même, la valeur de ce qu'elle entend. Bref, la
Claque est à la Gloire dramatique ce que les Pleureuses
étaient à la Douleur.

Maintenant, c'est le cas de s'écrier, avec le magicien
des *Mille et une nuits* : « Qui veut changer les vieilles
lampes pour des neuves [55] ? » Il s'agissait de trouver une
machine qui fût à la Claque ce que le chemin de fer est au
coche et préservât la Gloire dramatique de ces conditions
de versatilités et d'aléas dont elle relève quelquefois. Il
s'agissait, — d'abord, de remplacer les côtés imparfaits,

éventuels, hasardeux, de la Claque simplement humaine et de les perfectionner par l'absolue certitude du pur Mécanisme ; — ensuite, *et c'était, ici, la grosse difficulté !* de découvrir (en l'y réveillant à coup sûr) dans l'AME publique le *sentiment* grâce auquel les manifestations de gloire brute de la Machine se trouveraient épousées, sanctionnées et ratifiées comme *moralement* valables par l'Esprit même de la Majorité. Là, seulement, était le moyen terme.

Encore un coup, cela semblait impossible. Le baron Bottom n'a point reculé devant ce mot (qui devrait être, une bonne fois, rayé du dictionnaire), et désormais, avec sa Machine, l'acteur n'eût-il pas plus de mémoire qu'un linot, l'auteur fût-il l'Hébétude en personne et le spectateur fût-il sourd comme un pot, ce sera un véritable triomphe !

A proprement parler, la Machine, c'est la salle elle-même. Elle y est adaptée. Elle en fait partie constitutive. Elle y est répandue, de telle sorte que toute œuvre, dramatique ou non, devient, en y entrant, un chef-d'œuvre. L'économie d'une salle telle qu'on la conçoit, d'après celle des théâtres actuels, est sensiblement modifiée. Le grand ingénieur traite à forfait, se charge de toutes les avances de transformation et défalque, sur les droits des auteurs, à 10 % de rabais sur la Claque ordinaire. (Il y a brevets pris et sociétés en commandite établies à New York, à Barcelone et à Vienne.)

Le coût de la Machine, pour son adaptation à une salle moyenne, n'est pas très dispendieux ; il n'y a que les premiers frais d'assez importants, l'entretien d'un appareil bien conditionné n'étant pas onéreux. Les détails mécaniques, les moyens employés sont simples comme tout ce qui est vraiment beau. C'est la naïveté du génie. On croit rêver. On n'ose pas comprendre ! On en mord le bout de son index en baissant les yeux avec coquetterie. — Ainsi, les petits amours dorés et roses des balcons, les cariatides des avant-scènes, etc., sont multipliés et sculptés presque partout. C'est à leurs bouches, précisément, orifices de phonographes, que sont placés les petits trous à soufflets qui, mus par l'électricité, profèrent soit les

Oua-ouaou, soit les Cris, les « A la porte, la cabale ! », les Rires, les Sanglots, les Bis, les Discussions, Principes, Bruits de tabatières, etc., et tous les Bruits publics PER-FECTIONNÉS. Les Principes, surtout, dit Bottom, sont garantis.

Ici, la Machine se complique insensiblement, et la conception devient de plus en plus profonde ; les tuyaux de gaz à lumière sont alternés d'autres tuyaux, ceux des gaz hilarants et dacryphores [56]. Les balcons sont machi-nés, à l'intérieur : ils renferment d'invisibles poings en métal — destinés à réveiller, au besoin, le Public — et nantis de bouquets et de couronnes. Brusquement, ils jonchent la scène de myrtes et de lauriers, avec le nom de l'Auteur écrit en lettres d'or. Sous chacun des sièges, fauteuils d'orchestre et de balcon, désormais adhérents aux parquets, est repliée (pour ainsi dire postérieurement) une paire de mains très belles, en bois de chêne, cons-truites d'après les planches de Desbarolles [57], sculptées à l'emporte-pièce et recouvertes de gants en double cuir de veau-paille pour compléter l'illusion. Il serait superflu d'en indiquer la fonction, ici. Ces mains sont scrupuleu-sement modelées sur le fac-similé des patrons les plus célèbres, afin que la *qualité* des applaudissements en soit meilleure. Ainsi, les mains de Napoléon, de Marie-Louise, de madame de Sévigné, de Shakespeare, de du Terrail, de Goethe, de Chapelain et du Dante, décalquées sur les dessins des premiers ouvrages de chiromancie, ont été choisies, de préférence, comme étalons et types gé-néraux à confier au tourneur.

Des bouts de cannes (nerfs de bœuf et bois de fer), des talons en caoutchouc bouilli, ferrés de forts clous, sont dissimulés dans les pieds mêmes de chaque siège ; mus par des ressorts à boudin, ils sont destinés à frapper, alternativement et rapidement, le plancher dans les ova-tions, rappels et trépignements. A la moindre interruption du courant électro-aimant, la secousse mettra tout en branle avec un ensemble tel — que jamais, de mémoire de Claque, on n'aura rien entendu de pareil ; cela croulera d'applaudissements ! Et la Machine est si puissante qu'au besoin elle pourrait faire crouler, *littéralement,* la salle elle-même. L'auteur serait enseveli dans son triomphe, pareil au jeune captal de Buch après l'assaut de Ravenne et que pleurèrent toutes les femmes [58]. C'est un tonnerre, une salve, une apothéose d'acclamations, de cris, de *bravi*, d'opinions, de *Oua-ouaou*, de bruits de tout genre, même inquiétants, de spasmes, de convictions, de trépidations, d'idées et de gloire, éclatant de tous les côtés à la fois, aux passages les plus fastidieux ou les plus beaux de la pièce, sans distinction. Il n'y a plus d'aléas possibles.

Et il se passe alors, ici, le phénomène magnétique indéniable qui sanctionne ce tapage et lui donne la valeur absolue ; ce phénomène est la justification de la *Machine-à-Gloire*, qui, sans lui, serait presque une mystification. — Le voici : c'est là le grand point, le trait hors ligne, l'éclair éblouissant et génial de l'invention de Bottom.

Remémorons-nous, avant tout, pour bien saisir l'idée de ce génie, que les particuliers n'aiment pas à fronder l'opinion publique. Le propre de chacune de leurs âmes est d'être convaincue, *quand même*, de cet axiome, dès le berceau : « Cet homme RÉUSSIT : donc, en dépit des sots et des envieux, c'est un esprit glorieux et capable. Imitons-le si nous le pouvons, et soyons de son côté, à tout hasard, ne fût-ce que pour n'avoir pas l'air d'un imbécile. »

Voilà le raisonnement caché, n'est-il pas vrai, dans l'atmosphère même de la salle.

Maintenant, si la Claque enfantine dont nous jouissons suffit, aujourd'hui, pour amener les résultats d'entraînements que nous avons signalés, que sera-ce avec la Machine, étant donné ce sentiment général ? — Le Public les subissant déjà, tout en se sachant fort bien la dupe de cette machine humaine, la Claque les éprouvera ici d'autant mieux qu'ils lui seront inspirés, cette fois, par une VRAIE machine : l'Esprit du siècle, ne l'oublions pas, est aux machines.

Le spectateur, donc, si froid qu'il puisse être, en entendant ce qui se passe autour de lui, se laisse bien facilement enlever par l'enthousiasme général. C'est la

force des choses. Bientôt le voici qui applaudit à tout
rompre et de confiance. Il se sent, comme toujours, de
l'avis de la Majorité. Et il ferait, alors, plus de bruit que
la Machine elle-même, s'il le pouvait, de crainte *de se
faire remarquer*.

De sorte — et voilà la solution du problème : un moyen
physique réalisant un but intellectuel — que le succès
devient une *réalité* !... que la GLOIRE passe *véritablement*
dans la salle ! Et que le côté illusoire de l'Appareil-Bottom disparaît, en se fusionnant, positivement, dans le
resplendissement du Vrai !

Si la pièce était d'un simple agota [59], ou de quelque
cuistre tellement baveux que l'audition, même d'une
seule scène, en fût impossible, — pour parer à tout aléa
les applaudissements ne cesseraient pas du lever à la
chute du rideau.

Pas de résistance possible ! Au besoin, des fauteuils
seraient ménagés pour les poètes avérés et convaincus de
génie, pour les récalcitrants, en un mot, et la Cabale : la
pile, en envoyant son étincelle dans les bras des fauteuils
suspects, ferait applaudir *de force* leurs habitants. L'on
dirait : « Il paraît que c'est bien beau puisque *Eux-mêmes*
sont OBLIGÉS d'applaudir ! »

Inutile d'ajouter que si ceux-là faisaient jamais (grâce à
l'intempestive intervention — il faut tout prévoir — de
quelques chefs d'État malavisés) représenter aussi leurs
« ouvrages » sans coupures, collaborateurs éclairés ni
immixtions directoriales, — la Machine, par une rétro-
version due à l'inépuisable et vraiment providentielle
invention de Bottom, saurait venger les honnêtes gens.
C'est-à-dire qu'au lieu de couvrir de gloire, cette fois,
elle huerait, brairait, sifflerait, ruerait, coasserait, glapi-
rait et conspuerait tellement la « pièce », qu'il serait impossible d'en distinguer un traître mot ! — Jamais, depuis
la fameuse soirée du *Tannhäuser* à l'Opéra de Paris [60], on
n'aurait entendu chose pareille. De cette façon, la bonne
foi des personnes *bien* et surtout de la Bourgeoisie ne
serait pas surprise, comme il arrive, hélas ! trop souvent.
L'éveil serait donné, tout de suite, — comme, jadis, au
Capitole, lors de l'attaque des Gaulois [61]. — Vingt An-

dréides[c] sortis des ateliers d'Edison, à figures dignes, à sourire discret et entendu, la brochette choisie à la boutonnière, sont d'attache à la machine : en cas d'absence ou d'indisposition de leurs *modèles,* on les distribuerait dans les loges, avec des attitudes de mépris profond qui donneraient le ton aux spectateurs. Si, par extraordinaire, ces derniers essayaient de se rebeller et de vouloir entendre, les automates crieraient : « Au feu ! », ce qui enlèverait la situation dans un meurtrier tohu-bohu d'étouffement et de clameurs *réelles.* La « pièce » ne s'en relèverait pas.

Quant à la Critique, il n'y a pas à s'en préoccuper. Lorsque l'œuvre dramatique serait écrite par des gens recommandables, par des personnes sérieuses et influentes, par des notabilités conséquentes et de poids, la Critique, — à part quelques *purs* insociables et dont les voix, perdues dans le tumulte, ne feraient qu'en renforcer le vacarme, — se trouverait toute conquise : elle rivaliserait d'énergie avec l'Appareil-Bottom.

D'ailleurs, les Articles critiques, confectionnés à l'avance, sont aussi une dépendance de la Machine : la rédaction en est simplifiée par un triage de tous les vieux clichés, rhabillés et revernis à neuf, qui sont lancés par des employés-Bottom à l'instar du Moulin-à-prières des Chinois, nos précurseurs en toutes choses du Progrès[d].

L'Appareil-Bottom réduit, à peu près de la même manière, la besogne de la Critique : il épargne ainsi bien des sueurs, bien des fautes de grammaire élémentaire, bien des coq-à-l'âne et bien des phrases vides qu'emporte le vent ! — Les feuilletonistes, amateurs du doux farniente, pourront traiter avec le Baron à son arrivée. Le secret le plus inviolable est assuré, en cas d'un puéril amour-propre. Il y a prix fixe, marqué en chiffres connus, en tête des articles ; c'est tant par mot de plus de trois caractères.

---

c. *Automates électro-humains, donnant, grâce à l'ensemble des découvertes de la science moderne, l'illusion complète de l'Humanité.*

d. *Ce moulin se compose d'une petite roue que le dévot fait tourner et d'où s'échappent mille petits papiers imprimés contenant de longues prières. De sorte qu'un seul homme en dit plus, en une minute, que tout un couvent dans une année, l'intention étant tout.*

Quand l'article est glorieux pour le signataire, la gloire se
paye à part.

Comme régularité de lignes, comme *œil*, comme logique stricte et comme mécanique filiation d'idée, ces articles ont, sur les articles faits à la main, la même et
incontestable supériorité que, par exemple, les ouvrages
d'une machine à coudre ont sur ceux de l'ancienne aiguille.

Il n'y a pas de comparaison! Que sont les forces d'un
homme, aujourd'hui, devant celles d'une machine?

C'est surtout après la chute du drame d'un grand poète
que les bienfaisants effets de ces Articles-Bottom seraient
appréciables!

Là serait, comme on dit, le coup de grâce!... Comme
choix et lessivage des plus décrépites, tortueuses, nau-
séabondes, calomnieuses et baveuses platitudes, glous-
sées au sortir de l'égout natal, ces Articles ne laisseraient
vraiment plus rien à désirer au Public. Ils sont tout prêts!
Ils donnent l'illusion complète.

On croirait, d'une part, lire des articles *humains* sur les
grands hommes *vivants,* — et, d'autre part, quel fini dans
le venimeux! quelle quintessence d'abjection!

Leur apparition sera, certainement, l'un des grands
succès de ce siècle. Le Baron en a soumis quelques
spécimens à plusieurs de nos spirituels critiques: ils en
soupiraient et en laissaient tomber la plume d'admiration!
Cela exsude, à chaque virgule, cette impression de quiétude qui émane, par exemple, de ce mot délicieux, que,
— tout en s'éventant négligemment de son mouchoir de
dentelles, — le marquis de D***, directeur de la *Gazette
du Roi,* disait à Louis XIV: « Sire, si l'on envoyait un
bouillon au grand Corneille qui se meurt[62]?... »

La chambre générale du Grand-Clavier de la Machine
est installée sous l'excavation appelée, au théâtre, le *Trou
du souffleur.* Là se tient le Préposé; lequel doit être un
homme sûr, d'une honorabilité éprouvée et ayant l'extérieur digne d'un gardien de passage, par exemple. Il a
sous la main les interrupteurs et les commutateurs électri-
ques, les régulateurs, les éprouvettes, les clefs des tuyaux
des gaz proto et bioxyde d'azote, effluves ammoniacaux

et autres, les boutons de ressort des leviers, des bielles et des moufles. Le manomètre marque tant de pression, tant de kilogrammètres d'immortalité. Le compteur additionne et l'Auteur-dramatique paye sa facture, que lui présente quelque jeune beauté, en grand costume de Renommée et entourée d'une gloire de trompettes. Celle-ci remet alors à l'Auteur, en souriant, au nom de la Postérité, et aux lueurs d'un feu de Bengale olive, couleur de l'Espérance, lui remet, disons-nous, à titre d'offrande, un buste ressemblant, garanti, nimbé et lauré, le tout en béton aggloméré (Système Coignet[63]). Tout cela peut se faire à l'avance! Avant la représentation!!!

Si l'auteur tenait même à ce que sa gloire fût non seulement présente et future, mais fût même *passée*, le Baron a tout prévu: la Machine peut obtenir des résultats rétroactifs. En effet, des conduits de gaz hilarants, habilement distribués dans les cimetières de premier ordre, doivent, chaque soir, faire sourire, de force, les aïeux dans leurs tombeaux.

Pour ce qui est du côté pratique et immédiat de l'invention, les devis ont été scrupuleusement dressés. Le prix de transformation du Grand-Théâtre, à New York, en salle sérieuse, n'excède pas quinze mille dollars; celui de La Haye, le baron en répondrait moyennant seize mille krounes[64]; Moscou et Saint-Pétersbourg seraient aptes moyennant quarante mille roubles, environ. Les prix, pour les théâtres de Paris, ne sont pas encore fixés, Bottom voulant être sur les lieux pour bien s'en rendre compte.

En somme, on peut affirmer désormais que l'énigme de la Gloire dramatique moderne, — telle que la conçoivent les gens de simple bon sens, — vient d'être résolue. Elle est, maintenant, A LEUR PORTÉE. Ce Sphinx a trouvé son Œdipe[e].

---

e. *On a parlé, récemment, d'une adaptation de cette curieuse Machine à la Chambre des députés et au Sénat, mais ce n'est, encore, qu'un on-dit. Sous toutes réserves. Les Oua-ouaou seraient remplacés par des «Très bien!», des «Oui! oui!», des «Aux voix!», des «Vous en avez menti!...», des «Non, non!», des «Je demande la parole...», des «Continuez!», etc. — Enfin, le nécessaire.*

DUKE OF PORTLAND

Paru pour la première fois dans l'édition en volume. Villiers brode autour du personnage historique du cinquième duc de Portland, dont la fortune, les fantaisies, les châteaux aux salles de fête inutilisées, furent effectivement célèbres, et dont on avait dit à l'époque, sans doute à tort, que sa retraite, peu avant la cinquantaine, avait été motivée par la lèpre (recherches d'A. W. Raitt). Villiers a greffé là-dessus d'une part le thème médiéval de la générosité, ravivé par l'épisode de Bonaparte visitant les pestiférés de Jaffa et repris par Xavier de Maistre en 1811 dans *Le Lépreux de la cité d'Aoste,* et d'autre part un de ses thèmes obsessionnels, celui de l'amour impossible (sinon au-delà du tombeau) qui éclate dans plusieurs des *Contes cruels (Véra, Sentimentalisme, L'Inconnue)* ainsi que dans *L'Ève future.* Ajoutons une conjecture téméraire. Le duc, par compassion, a touché un lépreux, un « Lazare » (voir *Vox populi),* un « paria de l'humanité ». En une seconde (alors que l'incubation de la lèpre dure en fait plusieurs années), ce contact avec un déshérité lui a fait perdre « l'éclat du vieux nom », « la postérité de la race ». Ne serait-ce pas à rapprocher de la naissance, en 1881, du fils de Villiers, né d'un concubinage avec une femme du peuple ? En une seconde, celui qui se considérait comme « grand-maître de l'ordre de Malte » n'a-t-il pas alors irrémédiablement dérogé, souillant la pureté de sa noblesse ?

DUKE OF PORTLAND

A Monsieur Henry La Luberne.

> Gentlemen, you are welcome to Elsinore.
>
> SHAKESPEARE.
> *Hamlet* [65].

> Attends-moi là : je ne manquerai
> pas, certes, de te rejoindre DANS CE
> CREUX VALLON.
>
> L'ÉVÊQUE HALL [66].

Sur la fin de ces dernières années, à son retour du Levant, Richard, duc de Portland [67], le jeune lord jadis célèbre dans toute l'Angleterre pour ses fêtes de nuit, ses victorieux pur-sang, sa science de boxeur, ses chasses au renard, ses châteaux, sa fabuleuse fortune, ses aventureux voyages et ses amours, — avait disparu brusquement.

Une seule fois, un soir, on avait vu son séculaire carrosse doré traverser, stores baissés, au triple galop et entouré de cavaliers portant des flambeaux, Hyde-Park.

Puis, — réclusion aussi soudaine qu'étrange, — le duc s'était retiré dans son familial manoir; il s'était fait l'habitant solitaire de ce massif manoir à créneaux, construit en de vieux âges, au milieu de sombres jardins et de pelouses boisées, sur le cap de Portland.

Là, pour tout voisinage, un feu rouge, qui éclaire à toute heure, à travers la brume, les lourds steamers tanguant au large et entrecroisant leurs lignes de fumée sur l'horizon.

Une sorte de sentier, en pente vers la mer, une sinueuse allée, creusée entre des étendues de roches et bordée, tout au long, de pins sauvages, ouvre, en bas, ses lourdes grilles dorées sur le sable même de la plage, immergé aux heures de reflux.

Sous le règne de Henri VI[68], des légendes se dégagèrent de ce château-fort, dont l'intérieur, au jour des vitraux, resplendit de richesses féodales.

Sur la plate-forme qui en relie les sept tours veillent encore, entre chaque embrasure, ici, un groupe d'archers, là, quelque chevalier de pierre, sculptés, au temps des croisades, dans des attitudes de combat[f.]

La nuit, ces statues, — dont les figures, maintenant effacées par les lourdes pluies d'orage et les frimas de plusieurs centaines d'hivers, sont d'expressions maintes fois changées par les retouches de la foudre, — offrent un aspect vague qui se prête aux plus superstitieuses visions. Et, lorsque, soulevés en masses multiformes par une tempête, les flots se ruent, dans l'obscurité, contre le promontoire de Portland, l'imagination du passant perdu qui se hâte sur les grèves, — aidée, surtout, des flammes versées par la lune à ces ombres granitiques, — peut songer, en face de ce castel, à quelque éternel assaut soutenu par une héroïque garnison d'hommes d'armes fantômes contre une légion de mauvais esprits.

Que signifiait cet isolement de l'insoucieux seigneur anglais ? Subissait-il quelque attaque de spleen ? — Lui, ce cœur si natalement joyeux ! Impossible !... — Quelque mystique influence apportée de son voyage en Orient ? — Peut-être. — L'on s'était inquiété, à la cour, de cette disparition. Un message de Westminster[69] avait été adressé, par la Reine, au lord invisible.

Accoudée auprès d'un candélabre, la reine Victoria

---

f. *Le château de Northumberland répond beaucoup mieux à cette description que celui de Portland. — Est-il nécessaire d'ajouter que, si le fond et la plupart des détails de cette histoire sont authentiques, l'auteur a dû modifier un peu le personnage même du duc de Portland — puisqu'il écrit cette histoire telle qu'elle aurait dû se passer ?*

s'était attardée, ce soir-là, en audience extraordinaire. A côté d'elle, sur un tabouret d'ivoire, était assise une jeune liseuse, miss Héléna H***.

Une réponse, scellée de noir, arriva de la part de lord Portland.

L'enfant, ayant ouvert le pli ducal, parcourut de ses yeux bleus, souriantes lueurs du ciel, le peu de lignes qu'il contenait. Tout à coup, sans une parole, elle le présenta, paupières fermées, à Sa Majesté.

La reine lut donc, elle aussi, en silence.

Aux premiers mots, son visage, d'habitude impassible, parut s'empreindre d'un grand étonnement triste. Elle tressaillit même ; puis, muette, approcha le papier des bougies allumées. — Laissant tomber ensuite, sur les dalles, la lettre qui se consumait :

— Mylords, dit-elle à ceux des pairs qui se trouvaient présents à quelques pas, vous ne reverrez plus notre cher duc de Portland. Il ne doit plus siéger au Parlement. Nous l'en dispensons, par un privilège nécessaire. Que son secret soit gardé ! Ne vous inquiétez plus de sa personne et que nul de ses hôtes ne cherche jamais à lui adresser la parole.

Puis congédiant, d'un geste, le vieux courrier du château :

— Vous direz au duc de Portland ce que vous venez de voir et d'entendre, ajouta-t-elle après un coup d'œil sur les cendres noires de la lettre.

Sur ces paroles mystérieuses, Sa Majesté s'était levée pour se retirer en ses appartements. Toutefois, à la vue de sa liseuse demeurée immobile et comme endormie, la joue appuyée sur son jeune bras blanc posé sur les moires pourpres de la table, la reine, surprise encore, murmura doucement :

— On me suit, Héléna ?

La jeune fille persistant dans son attitude, on s'empressa auprès d'elle.

Sans qu'aucune pâleur eût décelé son émotion, — un lys, comment pâlir ? — elle s'était évanouie.

Une année après les paroles prononcées par Sa Majesté, — pendant une orageuse nuit d'automne, les navires de passage à quelques lieues du cap de Portland virent le manoir illuminé.

Oh! ce n'était pas la première des fêtes nocturnes offertes, à chaque saison, par le lord *absent!*

Et l'on en parlait, car leur sombre excentricité touchait au fantastique, le duc n'y assistant pas.

Ce n'était pas dans les appartements du château que ces fêtes étaient données. Personne n'y entrait plus; lord Richard [70], qui habitait, solitairement, le donjon même, paraissait les avoir oubliés.

Dès son retour, il avait fait recouvrir, par d'immenses glaces de Venise, les murailles et les voûtes des vastes souterrains de cette demeure. Le sol en était maintenant dallé de marbres et d'éclatantes mosaïques. — Des tentures de haute lice, entrouvertes sur des torsades, séparaient, seules, une enfilade de salles merveilleuses où, sous d'étincelants balustres d'or tout en lumières, apparaissait une installation de meubles orientaux, brodés d'arabesques précieuses, au milieu de floraisons tropicales, de jets d'eau de senteur en des vasques de porphyre et de belles statues.

Là, sur une amicale invitation du châtelain de Portland, « au regret d'être *absent*, toujours », se rassemblait une foule brillante, toute l'élite de la jeune aristocratie de l'Angleterre, des plus séduisantes artistes ou des plus belles insoucieuses de la *gentry*.

Lord Richard était représenté par l'un de ses amis d'*autrefois*. Et il se commençait alors une nuit princièrement libre.

Seul, à la place d'honneur du festin, le fauteuil du jeune lord restait vide et l'écusson ducal qui en surmontait le dossier demeurait toujours voilé d'un long crêpe de deuil.

Les regards, bientôt enjoués par l'ivresse ou le plaisir, s'en détournaient volontiers vers des présences plus charmantes.

Ainsi, à minuit, s'étouffaient, sous terre, à Portland, dans les voluptueuses salles, au milieu des capiteux arômes des exotiques fleurs, les éclats de rire, les baisers, le bruit des coupes, des chants enivrés et des musiques!

Mais, si l'un des convives, à cette heure-là, se fût levé de table et, pour respirer l'air de la mer, se fût aventuré au-dehors, dans l'obscurité, sur les grèves, à travers les rafales des désolés vents du large, il eût aperçu, peut-être, un spectacle capable de troubler sa bonne humeur, au moins pour le reste de la nuit.

Souvent, en effet, vers cette heure-là, même dans les détours de l'allée qui descendait vers l'Océan, un gentleman, enveloppé d'un manteau, le visage recouvert d'un masque d'étoffe noire auquel était adaptée une capuce circulaire qui cachait toute la tête, s'acheminait, la lueur d'un cigare à la main longuement gantée, vers la plage. Comme par une fantasmagorie d'un goût suranné, deux serviteurs aux cheveux blancs le précédaient ; deux autres le suivaient, à quelques pas, élevant de fumeuses torches rouges.

Au-devant d'eux marchait un enfant, aussi en livrée de deuil, et ce page agitait, une fois par minute, le court battement d'une cloche pour avertir au loin que l'on s'écartât sur le passage du promeneur. Et l'aspect de cette petite troupe laissait une impression aussi glaçante que le cortège d'un condamné.

Devant cet homme s'ouvrait la grille du rivage ; l'escorte le laissait seul et il s'avançait alors au bord des flots. Là, comme perdu en un pensif désespoir et s'enivrant de la désolation de l'espace, il demeurait taciturne, pareil aux spectres de pierre de la plate-forme, sous le vent, la pluie et les éclairs, devant le mugissement de l'Océan. Après une heure de songerie, le morne personnage, toujours accompagné des lumières et précédé du glas de la cloche, reprenait, vers le donjon, le sentier d'où il était descendu. Et souvent, chancelant en chemin, il s'accrochait aux aspérités des roches.

Le matin qui avait précédé cette fête d'automne, la jeune lectrice de la reine, toujours en grand deuil depuis le premier message, était en prières dans l'oratoire de Sa Majesté, lorsqu'un billet, écrit par l'un des secrétaires du duc, lui fut remis.

Il ne contenait que ces deux mots, qu'elle lut avec un frémissement : « Ce soir. »

C'est pourquoi, vers minuit, l'une des embarcations royales avait touché à Portland. Une juvénile forme féminine, en mante sombre, en était descendue, seule. La vision, après s'être orientée sur la plage crépusculaire, s'était hâtée, en courant vers les torches, du côté du tintement apporté par le vent.

Sur le sable, accoudé à une pierre et, de temps à autre, agité d'un tressaut mortel, l'homme au masque mystérieux était étendu dans son manteau.

— O malheureux ! s'écria dans un sanglot et en se cachant la face la jeune apparition lorsqu'elle arriva, tête nue, à côté de lui.

— Adieu ! adieu ! répondit-il.

On entendait, au loin, des chants et des rires, venus des souterrains de la féodale demeure dont l'illumination ondulait, reflétée, sur les flots.

— Tu es libre !... ajouta-t-il, en laissant retomber sa tête sur la pierre.

— Tu es délivré ! répondit la blanche advenue en élevant une petite croix d'or vers les cieux remplis d'étoiles, devant le regard de celui qui ne parlait plus.

Après un grand silence et comme elle demeurait ainsi devant lui, les yeux fermés et immobile, en cette attitude :

— Au *revoir,* Héléna ! murmura celui-ci dans un profond soupir.

Lorsque après une heure d'attente les serviteurs se rapprochèrent, ils aperçurent la jeune fille à genoux sur le sable et priant auprès de leur maître.

— Le duc de Portland est mort, dit-elle.

Et, s'appuyant à l'épaule de l'un de ces vieillards, elle regarda l'embarcation qui l'avait amenée.

Trois jours après, on pouvait lire cette nouvelle dans le *Journal de la Cour :*

« — Miss Héléna H ***, la fiancée du duc de Portland, convertie à la religion orthodoxe [71], a pris hier le voile aux carmélites de L ***. »

Quel était donc le secret dont le puissant lord venait de mourir ?

Un jour, dans ses lointains voyages en Orient, s'étant éloigné de sa caravane aux environs d'Antioche, le jeune duc, en causant avec les guides du pays, entendit parler d'un mendiant dont on s'écartait avec horreur et qui vivait, seul, au milieu des ruines.

L'idée le prit de visiter cet homme, car nul n'échappe à son destin.

Or, ce Lazare [72] funèbre était ici-bas le dernier dépositaire de la grande lèpre antique, de la Lèpre-sèche et sans remède, du mal inexorable dont un Dieu seul pouvait ressusciter, jadis, les Jobs de la légende.

Seul, donc, Portland, malgré les prières de ses guides éperdus, osa braver la contagion dans l'espèce de caverne où râlait ce paria de l'Humanité.

Là, même, par une forfanterie de grand gentilhomme, intrépide jusqu'à la folie, en donnant une poignée de pièces d'or à cet agonisant misérable, le pâle seigneur avait tenu *à lui serrer la main*.

A l'instant même un nuage était passé sur ses yeux. Le soir, se sentant perdu, il avait quitté la ville et l'intérieur des terres et, dès les premières atteintes, avait regagné la mer pour venir tenter une guérison dans son manoir, ou y mourir.

Mais, devant les ravages ardents qui se déclarèrent durant la traversée, le duc vit bien qu'il ne pouvait conserver d'autre espoir qu'en une prompte mort.

C'en était fait ! Adieu, jeunesse, éclat du vieux nom, fiancée aimante, postérité de la race ! — Adieu, forces, joies, fortune incalculable, beauté, avenir ! Toute espérance s'était engouffrée dans le creux de la poignée de main terrible. Le lord avait hérité du mendiant. Une seconde de bravade — un mouvement *trop* noble, plutôt ! — avait emporté cette existence lumineuse dans le secret d'une mort désespérée...

Ainsi périt le duc Richard de Portland, le dernier lépreux du monde.

VIRGINIE ET PAUL

(*La Semaine parisienne,* mars 1874.) Encore un retournement, non seulement des idées convenues sur
l'amour, mais du titre même d'un des plus célèbres romans d'amour, celui de Bernardin de Saint-Pierre. Peut-
être faut-il lire aussi, au début et à la fin du conte, le
souvenir mélancolique des amours de Villiers adolescent.

VIRGINIE ET PAUL

A Mademoiselle Augusta Holmès [73].

> Per amica silentia lunæ.
> VIRGILE [74].

C'est la grille des vieux jardins du pensionnat. Dix heures sonnent dans le lointain. Il fait une nuit d'avril, claire, bleue et profonde. Les étoiles semblent d'argent. Les vagues du vent, faibles, ont passé sur les jeunes roses ; les feuillages bruissent, le jet d'eau retombe neigeux, au bout de cette grande allée d'acacias. Au milieu du grand silence, un rossignol, âme de la nuit, fait scintiller une pluie de notes magiques.

Alors que les seize ans vous enveloppaient de leur ciel d'illusions, avez-vous aimé une toute jeune fille ? Vous souvenez-vous de ce gant oublié sur une chaise, dans la tonnelle ? Avez-vous éprouvé le trouble d'une présence inespérée, subite ? Avez-vous senti vos joues brûler, lorsque, pendant les vacances, les parents souriaient de votre timidité l'un près de l'autre ? Avez-vous connu le doux infini de deux yeux purs qui vous regardaient avec une tendresse pensive ? Avez-vous touché, de vos lèvres, les lèvres d'une enfant tremblante et brusquement pâlie, dont le sein battait contre votre cœur oppressé de joie ? Les avez-vous gardées, au fond du reliquaire, les fleurs bleues cueillies le soir, près de la rivière, en revenant ensemble ?

Caché, depuis les années séparatrices, au plus profond de votre cœur, un tel souvenir est comme une goutte d'essence de l'Orient enfermée en un flacon précieux.

Cette goutte de baume est si fine et si puissante que, si l'on jette le flacon dans votre tombeau, son parfum, vaguement immortel, durera plus que votre poussière.

Oh! s'il est une chose douce, par un soir de solitude, c'est de respirer, encore une fois, l'adieu de ce souvenir enchanté!

Voici l'heure de l'isolement: les bruits du travail se sont tus dans le faubourg; mes pas m'ont conduit jusqu'ici, au hasard. Cette bâtisse fut, autrefois, une vieille abbaye. Un rayon de lune fait voir l'escalier de pierre, derrière la grille, et illumine à demi les vieux saints sculptés qui ont fait des miracles et qui, sans doute, ont frappé contre ces dalles leurs humbles fronts éclairés par la prière. Ici les pas des chevaliers de Bretagne ont résonné autrefois, alors que l'Anglais tenait encore nos cités angevines. — A présent, des jalousies vertes et gaies rajeunissent les sombres pierres des croisées et des murs. L'abbaye est devenue une pension de jeunes filles. Le jour, elles doivent y gazouiller comme des oiseaux dans les ruines. Parmi celles qui sont endormies, il est plus d'une enfant qui, aux premières vacances de Pâques, éveillera dans le cœur d'un jeune adolescent la grande impression sacrée et peut-être que déjà... — Chut! on a parlé! Une voix très douce vient d'appeler (tout bas): «Paul!... Paul!» Une robe de mousseline blanche, une ceinture bleue ont flotté, un instant, près de ce pilier. Une jeune fille semble parfois une apparition. Celle-ci est descendue maintenant. C'est l'une d'entre elles; je vois la pèlerine du pensionnat et la croix d'argent du cou. Je vois son visage. La nuit se fond avec ses traits baignés de poésie! O cheveux si blonds d'une jeunesse mêlée d'enfance encore! O bleu regard dont l'azur est si pâle qu'il semble encore tenir de l'éther primitif!

Mais quel est ce tout jeune homme qui se glisse entre les arbres? Il se hâte; il touche le pilier de la grille.

— Virginie! Virginie! c'est moi.

— Oh! plus bas! me voici, Paul!

Ils ont quinze ans tous les deux!

C'est un premier rendez-vous! C'est une page de l'idylle éternelle! Comme ils doivent trembler de joie l'un et l'autre! Salut, innocence divine! souvenir! fleurs ravivées!

— Paul, mon cher cousin!

— Donnez-moi votre main à travers la grille, Virginie. Oh! mais est-elle jolie, au moins! Tenez, c'est un bouquet que j'ai cueilli dans le jardin de papa. Il ne coûte pas d'argent, mais c'est de cœur.

— Merci, Paul. — Mais comme il est essoufflé! Comme il a couru!

— Ah! c'est que papa a fait une affaire, aujourd'hui, une affaire très belle! Il a acheté un petit bois à moitié prix. Des gens étaient obligés de vendre vite; une bonne occasion. Alors, comme il était content de la journée, je suis resté avec lui pour qu'il me donnât un peu d'argent; et puis je me suis pressé pour arriver à l'heure.

— Nous serons mariés dans trois ans, si vous passez bien vos examens, Paul!

— Oui, je serai un avocat. Quand on est un avocat, on attend quelques mois pour être connu. Et puis, on gagne, aussi, un peu d'argent.

— Souvent beaucoup d'argent!

— Oui. Est-ce que vous êtes heureuse au pensionnat, ma cousine?

— Oh! oui, Paul. Surtout depuis que madame Pannier a pris de l'extension. D'abord, on n'était pas si bien; mais, maintenant, il y a ici des jeunes filles des châteaux. Je suis l'amie de toutes ces demoiselles. Oh! elles ont de bien jolies choses. Et alors, depuis leur arrivée, nous sommes bien mieux, bien mieux, parce que madame Pannier peut dépenser un peu plus d'argent.

— C'est égal, ces vieux murs... Ce n'est pas très gai d'être ici.

— Si! on s'habitue à ne pas les regarder. Mais, voyons, Paul, avez-vous été voir notre bonne tante? Ce sera sa fête·dans six jours; il faudra lui écrire un *compliment*. Elle est si bonne!

— Je ne l'aime pas beaucoup, moi, ma tante! Elle m'a donné, l'autre fois, de vieux bonbons du dessert, au lieu, enfin, d'un vrai cadeau: soit une jolie bourse, soit des petites pièces pour mettre dans ma tirelire.

— Paul, Paul, ce n'est pas bien. Il faut être toujours bien aimant avec elle et la ménager. Elle est vieille et elle nous laissera, aussi, un peu d'argent...

— C'est vrai. Oh! Virginie, entends-tu ce rossignol?

— Paul, prenez bien garde de me tutoyer quand nous ne serons pas seuls.

— Ma cousine, puisque nous devons nous marier! D'ailleurs, je ferai attention. Mais comme c'est joli, le rossignol! Quelle voix pure et argentine!

— Oui, c'est joli, mais ça empêche de dormir. Il fait très doux, ce soir: la lune est argentée, c'est beau.

— Je savais bien que vous aimiez la poésie, ma cousine.

— Oh! oui! la Poésie!... j'étudie le piano.

— Au collège, j'ai appris toutes sortes de beaux vers pour vous les dire, ma cousine: je sais presque tout Boileau par cœur. Si vous voulez, nous irons souvent à la campagne quand nous serons mariés, dites?

— Certainement, Paul! D'ailleurs, maman me donnera, en dot, sa petite maison de campagne où il y a une ferme: nous irons là, souvent, passer l'été. Et nous agrandirons cela un peu, si c'est possible. La ferme rapporte aussi un peu d'argent.

— Ah! tant mieux. Et puis l'on peut vivrre à la campagne pour beaucoup moins d'argent qu'à la ville. C'est mes parents qui m'ont dit cela. J'aime la chasse et je tuerai, aussi, beaucoup de gibier. Avec la chasse, on économise aussi un peu d'argent!

— Puis, c'est la campagne, mon Paul! Et j'aime tant tout ce qui est poétique!

— J'entends du bruit là-haut, hein?

— Chut! il faut que je remonte: madame Pannier pourrait s'éveiller. Au revoir, Paul.

— Virginie, vous serez chez ma tante dans six jours?... au dîner?... J'ai peur, aussi, que papa ne s'aperçoive que je me suis échappé, il ne me donnerait plus d'argent.

— Votre main, vite.

Pendant que j'écoutais, ravi, le bruit céleste d'un baiser, les deux anges se sont enfuis; l'écho attardé des

ruines vaguement répétait : « ... De l'argent ! Un peu
d'argent ! »

O jeunesse, printemps de la vie ! Soyez bénis, enfants,
dans votre extase ! vous dont l'âme est simple comme la
fleur, vous dont les paroles, évoquant d'autres souvenirs
à peu près pareils à ce premier rendez-vous, font verser
de douces larmes à un passant !

LE CONVIVE DES DERNIÈRES FÊTES

A paru dans la *Revue du monde nouveau* en mars 1874, sous le titre *Le Convive inconnu*. Ce texte, un des plus anciens des *Contes cruels,* est le plus long du recueil et un des plus parfaits. C'est aussi le seul où se manifeste, alors qu'il abonde dans d'autres recueils sous forme de récits et d'articles, le curieux goût de Villiers pour la guillotine : selon plusieurs témoignages, il allait assister aux exécutions. Le thème, fréquent depuis la Révolution, avait déjà ses lettres de noblesse avec Nodier, Vigny, Hugo, Janin, Balzac, Petrus Borel, Dumas et bien d'autres. P.-G. Castex note qu'Étienne Arago (frère de l'auteur de l'épigraphe) avait publié en 1832 dans le *Livre des Cent-et-un* « L'Amateur d'exécutions ». Le baron Saturne rappelle tout particulièrement le Monte-Cristo de Dumas : rencontré à l'Opéra et reconnu par un des assistants, c'est un riche, noble, pâle et mystérieux étranger qui se présente sous un surnom et semble surgi des *Mille et Une Nuits ;* homme du monde irréprochable, fastueux (il fait cadeau de pierres précieuses), c'est par ailleurs un sadique (Monte-Cristo a laissé couper la langue à Ali avant de le racheter) et un amateur d'exécutions (Monte-Cristo y assiste, à Rome, debout « comme un mauvais ange »). — L'histoire est ancrée dans le présent, avec les personnages de Villiers (discret), de Catulle Mendès, plus reconnaissable, de Léonide Leblanc, maîtresse du duc d'Aumale, reconnaissable à son nom d'Antonie Chantilly (le duc résidait au château de ce nom), et, moins certainement, de deux autres comédiennes, Blanche Pierson (Susannah Jackson) et Céline

Montaland (Clio la Cendrée). Le docteur Florian Les Eglisottes a des traits communs avec le docteur Tristan (voir plus loin) et même avec Tribulat Bonhomet, lui aussi professeur de physiologie.

LE CONVIVE DES DERNIÈRES FÊTES

A Madame Nina de Villard [75].

> L'Inconnu, c'est la part du lion.
> FRANÇOIS ARAGO.

Le Commandeur de pierre peut venir souper avec nous; il peut nous tendre la main! Nous la prendrons encore. Peut-être sera-ce lui qui aura froid.

Un soir de carnaval de l'année 186... [76], C***, l'un de mes amis, et moi, par une circonstance absolument due aux hasards de l'ennui «ardent et vague», nous étions seuls, dans une avant-scène, au bal de l'Opéra.

Depuis quelques instants nous admirions, à travers la poussière, la mosaïque tumultueuse des masques hurlant sous les lustres et s'agitant sous l'archet sabbatique de Strauss [77].

Tout à coup la porte de la loge s'ouvrit: trois dames, avec un froufrou de soie, s'approchèrent entre les chaises lourdes et, après avoir ôté leurs masques, nous dirent:

— Bonsoir!

C'étaient trois jeunes femmes d'un esprit et d'une beauté exceptionnels. Nous les avions parfois rencontrées dans le monde artistique de Paris. Elles s'appelaient: Clio la Cendrée, Antonie Chantilly et Annah Jackson.

— Et vous venez faire ici l'école buissonnière, mesdames? demanda C*** en les priant de s'asseoir.

— Oh! nous allions souper seules, parce que les gens de cette soirée, aussi horribles qu'ennuyeux, ont attristé notre imagination, dit Clio la Cendrée.

— Oui, nous allions nous en aller quand nous vous avons aperçus ! dit Antonie Chantilly.

— Ainsi donc, venez avec nous, si vous n'avez rien de mieux à faire, conclut Annah Jackson.

— Joie et lumière ! vivat ! répondit tranquillement C***. — Élevez-vous une objection grave contre la Maison dorée [78] ?

— Bien loin cette pensée ! dit l'éblouissante Annah Jackson en dépliant son éventail.

— Alors, mon cher, continua C*** en se tournant vers moi, prends ton carnet, retiens le salon rouge et envoie porter le billet par le chasseur de miss Jackson : — C'est, je crois, la marche à suivre, à moins d'un parti pris chez toi ?

— Monsieur, me dit miss Jackson, si vous vous sacrifiez jusqu'à bouger pour nous, vous trouverez ce personnage vêtu en oiseau phénix — ou mouche — et se prélassant au foyer. Il répond au pseudonyme transparent de Baptiste ou de Lapierre [79]. — Ayez cette complaisance ? — et revenez bien vite nous aimer sans cesse.

Depuis un moment je n'écoutais personne. Je regardais un étranger placé dans une loge en face de nous : un homme de trente-cinq ou trente-six ans, d'une pâleur orientale ; il tenait une lorgnette et m'adressait un salut.

— Eh ! c'est mon inconnu de Wiesbaden ! me dis-je tout bas, après quelque recherche.

Comme ce monsieur m'avait rendu, en Allemagne, un de ces services légers que l'usage permet d'échanger entre voyageurs (oh ! tout bonnement à propos de cigares, je crois, dont il m'avait indiqué le mérite au salon de conversation), je lui rendis le salut.

L'instant d'après, au foyer, comme je cherchais du regard le phénix en question, je vis venir l'étranger audevant de moi. Son abord ayant été des plus aimables, il me parut de bonne courtoisie de lui proposer notre assistance s'il se trouvait trop seul en ce tumulte.

— Et qui dois-je avoir l'honneur de présenter à notre gracieuse compagnie ? lui demandai-je, souriant, lorsqu'il eut accepté.

— Le baron Von H***, me dit-il. Toutefois, vu les

allures insoucieuses de ces dames, les difficultés de pro-
nonciation et ce beau soir de carnaval, laissez-moi prendre, pour une heure, un autre nom, — le premier venu,
ajouta-t-il : tenez... (il se mit à rire) : le baron *Saturne* [80],
si vous voulez.

Cette bizarrerie me surprit un peu, mais comme il
s'agissait d'une folie générale, je l'annonçai, froidement,
à nos élégantes, selon la donnée mythologique à laquelle
il acceptait de se réduire.

Sa fantaisie prévint en sa faveur : on voulut bien croire
à quelque roi des *Mille et Une Nuits* voyageant incognito.
Clio la Cendrée, joignant les mains, alla jusqu'à murmu-
rer le nom d'un nommé Jud, alors célèbre, sorte de
criminel encore introuvé et que différents meurtres
avaient, paraît-il, illustré et enrichi exceptionnelle-
ment [81].

Les compliments une fois échangés :

— Si le baron nous faisait la faveur de souper avec
nous, pour la symétrie désirable ? demanda la toujours
prévenante Annah Jackson, entre deux bâillements irrésistibles.

Il voulut se défendre.

— Susannah nous a dit cela comme don Juan à la
statue du Commandeur, répliquai-je en plaisantant : ces
Écossaises sont d'une solennité !

— Il fallait proposer à M. Saturne de venir tuer le
Temps avec nous ! dit C***, qui, froid, voulait inviter
« d'une façon régulière ».

— Je regrette beaucoup de refuser ! répondit l'interlocuteur. Plaignez-moi de ce qu'une circonstance d'un intérêt vraiment *capital* m'appelle, ce matin, d'assez bonne
heure.

— Un duel pour rire ? une variété de vermouth ? demanda Clio la Cendrée en faisant la moue.

— Non, madame, une... *rencontre,* puisque vous dai-
gnez me consulter à cet égard, dit le baron.

— Bon ! quelque mot de corridors d'Opéra, je parie !
s'écria la belle Annah Jackson. Votre tailleur, infatué
d'un costume de chevau-léger, vous aura traité d'artiste
ou de démagogue. Cher monsieur, ces remarques ne

pèsent pas le moindre fleuret : vous êtes étranger, cela se
voit.

— Je le suis même un peu partout, madame, répondit
en s'inclinant le baron Saturne.

— Allons ! vous vous faites désirer ?

— *Rarement, je vous assure !*... murmura, de son air à
la fois le plus galant et le plus équivoque, le singulier
personnage.

Nous échangeâmes un regard. C*** et moi ; nous n'y
étions plus : que voulait dire ce monsieur ? La distraction,
toutefois, nous paraissait assez amusante.

Mais, comme les enfants qui s'engouent de ce qu'on
leur refuse :

— Vous nous appartenez jusqu'à l'aurore, et je prends
votre bras ! s'écria Antonie.

Il se rendit ; nous quittâmes la salle.

Il avait donc fallu cette fusée d'inconséquences pour
entraîner ce bouquet final ; nous allions nous trouver dans
une intimité assez relative avec un homme dont nous ne
savions rien, sinon qu'il avait joué au casino de Wiesbaden et qu'il avait étudié les goûts divers des cigares de La
Havane.

Ah ! qu'importait ! le plus court, aujourd'hui, n'est-ce
pas de *serrer la main de tout le monde ?*

Sur le boulevard, Clio la Cendrée se renversa, rieuse,
au fond de la calèche, et, comme son tigre métis attendait
en esclave :

— A la Maison dorée ! dit-elle.

Puis, se penchant vers moi :

— Je ne connais pas votre ami : quel homme est-ce ? Il
m'intrigue infiniment. Il a un *drôle* de regard !

— Notre *ami ?* — répondis-je : à peine l'ai-je vu deux
fois, la saison dernière, en Allemagne.

Elle me considéra d'un air étonné :

— Quoi donc ! repris-je, il vient nous saluer dans notre
loge et vous l'invitez à souper sur la foi d'une présentation de bal masqué ! En admettant que vous ayez commis
une imprudence digne de mille morts, il est un peu tard
pour vous alarmer touchant notre convive. Si les invités
sont peu disposés demain à continuer connaissance, ils se

salueront comme la veille : voilà tout. Un souper ne signifie rien.

Rien n'est amusant comme de sembler comprendre certaines susceptibilités artificielles.

— Comment, vous ne savez pas mieux quels sont les gens ? — Et si c'était un...

— Ne vous ai-je pas décliné son nom ? le baron *Saturne ?* — Est-ce que vous craignez de le compromettre, mademoiselle ? ajoutai-je d'un ton sévère.

— Vous êtes un monsieur intolérable, vous savez !

— Il n'a pas l'air d'un grec [82] : donc notre aventure est toute simple. — Un millionnaire amusant ! N'est-ce pas l'idéal ?

— Il me paraît assez bien, ce M. Saturne, dit C***.

— Et, au moins en temps de carnaval, un homme très riche a toujours droit à l'estime, conclut, d'une voix calme, la belle Susannah.

Les chevaux partirent : le lourd carrosse de l'étranger nous suivit. Antonie Chantilly (plus connue sous le nom de guerre, un peu mièvre, d'Yseult) y avait accepté sa mystérieuse compagnie.

Une fois installés dans le salon rouge, nous enjoignîmes à Joseph de ne laisser pénétrer jusqu'à nous aucun être vivant, à l'exception des ostende, de lui, Joseph, — et de notre illustre ami le fantastique petit docteur Florian Les Églisottes, si, d'aventure, il venait sucer sa proverbiale écrevisse.

Une bûche ardente s'écrasait dans la cheminée. Autour de nous s'épandaient de fades senteurs d'étoffes, de fourrures quittées, de fleurs d'hiver. Les lueurs des candélabres étreignaient, sur une console, les seaux argentés où se gelait le triste vin d'Aï. Les camélias, dont les touffes se gonflaient au bout de leurs tiges d'archal, débordaient les cristaux sur la table.

Au-dehors, il faisait une pluie terne et fine, semée de neige ; une nuit glaciale ; — des bruits de voitures, des cris de masques, la sortie de l'Opéra. C'étaient les hallucinations de Gavarni, de Deveria, de Gustave Doré.

Pour étouffer ces rumeurs, les rideaux étaient soigneusement drapés devant les fenêtres closes.

Les convives étaient donc le baron saxon Von H***, le flave et smynthien C*** [83] et moi; puis Annah Jackson, la Cendrée et Antonie.

Pendant le souper, qui fut rehaussé de folies étincelantes, je me laissai, tout doucement, aller à mon innocente manie d'observation — et, je dois le dire, je ne fus pas sans m'apercevoir bientôt que mon vis-à-vis méritait, en effet, quelque attention.

Non, ce n'était pas un homme folâtre, ce convive de passage!... Ses traits et son maintien ne manquaient point, sans doute, de cette distinction convenue qui fait tolérer les personnes: son accent n'était point fastidieux comme celui de quelques étrangers; — seulement en vérité, sa pâleur prenait, par intervalles, des tons singulièrement blêmes — et même blafards; ses lèvres étaient plus étroites qu'un trait de pinceau; les sourcils demeuraient toujours un peu froncés, même dans le sourire.

Ayant remarqué ces points et quelques autres, avec cette inconsciente attention dont quelques écrivains sont bien obligés d'être doués, je regrettai de l'avoir introduit, tout à fait à la légère, en notre compagnie, — et je me promis de l'effacer, à l'aurore, de notre liste d'habitués. — Je parle ici de C*** et de moi, bien entendu; car le bon hasard qui nous avait octroyé, ce soir-là, nos hôtes féminins, devait les remporter, comme des visions, à la fin de la nuit.

Et puis l'étranger ne tarda pas à captiver notre attention par une bizarrerie spéciale. Sa causerie, sans être hors ligne par la valeur intrinsèque des idées, tenait en éveil par le sous-entendu très vague que le son de sa voix semblait y glisser intentionnellement.

Ce détail nous surprenait d'autant plus qu'il nous était impossible, en examinant ce qu'il disait, d'y découvrir un sens autre que celui d'une phrase mondaine. Et, deux ou trois fois, il nous fit tressaillir, C*** et moi, par la façon dont il soulignait ses paroles et par l'impression d'arrière-pensées, tout à fait imprécises, qu'elles nous laissaient.

Tout à coup, au beau milieu d'un accès de rire, dû à certaine facétie de Clio la Cendrée, — et qui était, vraiment, des plus divertissantes! — j'eus je ne sais quelle idée obscure d'avoir déjà vu ce gentilhomme dans une *toute autre circonstance* que celle de Wiesbaden.

En effet, ce visage était d'une accentuation de traits inoubliable et la lueur des yeux, au moment du clin des paupières, jetait sur ce teint comme l'idée d'une torche intérieure.

Quelle était cette circonstance? Je m'efforçais en vain de la nettifier en mon esprit. Céderai-je même à la tentation d'énoncer les confuses notions qu'elle éveillait en moi?

C'étaient celles d'un événement pareil à ceux que l'on voit dans les songes.

Où *cela pouvait-il bien* s'être passé? Comment accorder mes souvenirs habituels avec ces intenses idées lointaines de meurtre, de silence profond, de brume, de faces effarées, de flambeaux et de sang, qui surgissaient dans ma conscience, avec une sensation de *positivisme* insupportable, à la vue de ce personnage?

— Ah çà! balbutiai-je très bas, est-ce que j'ai la berlue, ce soir?

Je bus un verre de champagne.

Les ondes sonores du système nerveux ont de ces vibrations mystérieuses. Elles assourdissent, pour ainsi dire, par la diversité de leurs échos, l'analyse du coup initial qui les a produites. La mémoire distingue le milieu ambiant de la chose, et la *chose* elle-même se noie dans cette sensation générale, jusqu'à demeurer opiniâtrement indiscernable.

Il en est de cela comme de ces figures autrefois familières qui, revues à l'improviste, troublent, avec une évocation tumultueuse d'impressions encore ensommeillées, et qu'*alors* il est impossible de nommer.

Mais les hautes manières, la réserve enjouée, la dignité bizarre de l'inconnu, — sortes de voiles tendus sur la réalité à coup sûr très sombre de sa nature, — m'induisirent à traiter (pour l'instant, du moins) ce rapprochement comme un fait imaginaire, comme une sorte de perversion visuelle née de la fièvre et de la nuit.

Je résolus donc de faire bon visage au festin, selon mon devoir et mon plaisir.

On se levait de table par jeunesse, — et les fusées des éclats de rire vinrent se mêler aux boutades harmonieuses frappées, au hasard, sur le piano, par des doigts légers.

J'oubliai donc toute préoccupation. Ce furent, bientôt, des scintillements de concetti, des aveux légers, de ces baisers vagues (pareils au bruit de ces feuilles de fleurs que les belles distraites font claquer sur le dessus de leurs mains), — ce furent des feux de sourires et de diamants : la magie des profonds miroirs réfléchissait, silencieusement, à l'infini, en longues files bleuâtres, les lumières, les gestes.

C*** et moi, nous nous abandonnâmes au rêve à travers la conversation.

Les objets se transfigurent selon le magnétisme des personnes qui les approchent, toutes choses n'ayant d'autre signification, pour chacun, que celle que chacun *peut* leur prêter.

Ainsi, le moderne de ces dorures violentes, de ces meubles lourds et de ces cristaux unis était racheté par les regards de mon camarade lyrique C*** et par les miens.

Pour nous, ces candélabres *étaient,* nécessairement, d'un or vierge, et les ciselures en étaient, certes ! signées par un Quinze-Vingt authentique [84], orfèvre de naissance. Positivement, ces meubles ne pouvaient émaner que d'un tapissier luthérien devenu fou, sous Louis XIII, par terreurs religieuses. De qui ces cristaux devaient-ils provenir, sinon d'un verrier de Prague, dépravé par quelque amour penthésiléen [85] ? — Ces draperies de Damas n'étaient autres, à coup sûr, que ces pourpres anciennes, enfin retrouvées à Herculanum, dans le coffre aux *velaria* [86] sacrés des temples d'Asclépios ou de Pallas. La crudité, vraiment singulière, du tissu s'expliquait, à la rigueur, par l'action corrosive de la terre et de là lave, et, — imperfection précieuse ! — le rendait unique dans l'univers.

Quant au linge, notre âme conservait un doute sur son origine. Il y avait lieu d'y saluer des échantillons de bures lacustres. Tout au moins ne désespérions-nous pas de retrouver, dans les signes brodés sur la trame, les indices d'une provenance accade ou troglodyte. Peut-être étions-nous en présence des innombrables lés du suaire de Xisouthros[87], blanchis et débités, au détail, comme toiles de table. — Nous dûmes, toutefois, après examen, nous contenter d'y soupçonner les inscriptions cunéiformes d'un menu rédigé simplement sous Nemrod; nous jouissions déjà de la surprise et de la joie de M. Oppert[88], lorsqu'il apprendrait cette découverte enfin récente.

Puis la Nuit jetait ses ombres, ses effets étranges et ses demi-teintes sur les objets, renforçant la bonne volonté de nos convictions et de nos rêves.

Le café fumait dans les tasses transparentes : C*** consumait doucereusement un havane et s'enveloppait de flocons de fumée blanche, comme un demi-dieu dans un nuage.

Le baron de H***, les yeux demi-fermés, étendu sur un sofa, l'air un peu banal, un verre de champagne dans sa main pâle qui pendait sur le tapis, paraissait écouter, avec attention, les prestigieuses mesures du duo nocturne (dans le *Tristan et Yseult* de Wagner), que jouait Susannah en détaillant les modulations incestueuses[89] avec beaucoup de sentiment. Antonie et Clio la Cendrée, enlacées et radieuses, se taisaient, pendant les accords lentement résolus par cette bonne musicienne.

Moi, charmé jusqu'à l'insomnie, je l'écoutais aussi, auprès du piano.

Chacune de nos blanches inconstantes avait choisi le velours, ce soir-là.

La touchante Antonie, aux yeux de violettes, était en noir, sans une dentelle. Mais la ligne de velours de sa robe n'étant pas ourlée, ses épaules et son col, en véritable carrare, tranchaient durement sur l'étoffe.

Elle portait un mince anneau d'or à son petit doigt et trois bluets de saphirs resplendissaient dans ses cheveux châtains, lesquels tombaient, fort au-dessous de sa taille, en deux nattes calamistrées.

Au moral, un personnage auguste lui ayant demandé, un soir, si elle était « honnête » :

« Oui, Monseigneur, avait répondu Antonie, honnête en France, n'étant plus que le synonyme de poli. »

Clio la Cendrée, une exquise blonde aux yeux noirs, —

la déesse de l'Impertinence! — (une jeune désenchantée
que le prince Solt... [90] avait baptisée, à la russe, en lui
versant de la mousse de Rœderer sur les cheveux), —
était en robe de velours vert, bien moulée, et une rivière
de rubis lui couvrait la poitrine.

On citait cette jeune créole de vingt ans comme le
modèle de toutes les vertus répréhensibles. Elle eût enivré
les plus austères philosophes de la Grèce et les plus
profonds métaphysiciens de l'Allemagne. Des dandies
sans nombre s'en étaient épris jusqu'au coup d'épée,
jusqu'à la lettre de change, jusqu'au bouquet de violettes.

Elle revenait de Bade, ayant laissé quatre ou cinq mille
louis sur le tapis, en riant comme une enfant.

Au moral, une vieille dame germaine et d'ailleurs
squalide, pénétrée de ce spectacle, lui avait dit, au
Casino :

— Mademoiselle, prenez garde : il faut manger un peu
de pain quelquefois et vous semblez l'oublier.

— Madame, avait répondu en rougissant la belle Clio,
merci du conseil. En retour, apprenez de moi que, pour
d'aucunes, le pain ne fut jamais qu'un préjugé.

Annah, ou plutôt Susannah Jackson, la Circé écossaise [91], aux cheveux plus noirs que la nuit, aux regards de
sarisses [92], aux petites phrases acidulées, étincelait, in-
dolemment, dans le velours rouge.

Celle-là, ne la rencontrez pas, jeune étranger! L'on
vous assure qu'elle est pareille aux sables mouvants : elle
enlise le système nerveux. Elle distille le désir. Une
longue crise maladive, énervante et folle, serait votre
partage. Elle compte des deuils divers dans ses souvenirs.
Son genre de beauté, dont elle est sûre, enfièvre les
simples mortels jusqu'à la frénésie.

Son corps est comme un sombre lis, quand même
virginal! — Il justifie son nom qui, en vieil hébreu,
signifie, je crois, cette fleur.

Quelque raffiné que vous vous supposiez être (dans un
âge peut-être encore tendre, jeune étranger!), si votre
mauvaise étoile permet que vous vous trouviez sur le
chemin de Susannah Jackson, nous n'aurons qu'à nous
figurer un tout jeune homme s'étant exclusivement sus-

tenté d'œufs et de lait pendant vingt ans consécutifs et soumis, tout à coup, sans vains préambules, à un régime exaspérant — (continuel!) — d'épices extramordantes et de condiments dont la saveur ardente et fine lui convulse le goût, le brise et l'affole, pour avoir votre fidèle portrait la quinzaine suivante.

La savante charmeuse s'est amusée, parfois, à tirer des larmes de désespoir à de vieux lords blasés, car on ne la séduit que par le plaisir. Son projet, d'après quelques phrases, est d'aller s'ensevelir dans un cottage d'un million sur les bords de la Clyde, avec un bel enfant qu'elle y distraira, languissamment, à tuer à son aise.

Au moral, le sculpteur C.-B*** [93] la raillait, un jour, sur le terrible petit signe noir qu'elle possède près de l'un des yeux.

— L'artiste inconnu qui a taillé votre marbre, lui disait-il, a négligé cette petite pierre.

— Ne dites pas de mal de la petite pierre, répondit Susannah : c'est celle qui fait tomber.

C'était la correspondance d'une panthère.

Chacune de ces femmes nocturnes avait à la ceinture un loup de velours, vert, rouge ou noir, aux doubles faveurs d'acier.

Quant à moi (s'il est bien nécessaire de parler de ce convive), je portais aussi un masque; moins apparent, voilà tout.

Comme au spectacle, en une salle centrale, on assiste, pour ne pas déranger ses voisins, — par courtoisie, en un mot, — à quelque drame écrit dans un style fatigant et dont le sujet vous déplaît, ainsi je vivais par politesse.

Ce qui ne m'empêchait point d'arborer joyeusement une fleur à ma boutonnière, en vrai chevalier de l'ordre du Printemps.

Sur ces entrefaites, Susannah quitta le piano. Je cueillis un bouquet sur la table et vins le lui offrir avec des yeux railleurs.

— Vous êtes, dis-je, une *diva!* — Portez l'une de ces fleurs pour l'amour des amants inconnus.

Elle choisit un brin d'hortensia qu'elle plaça, non sans amabilité, à son corsage.

— Je ne lis pas les lettres anonymes! répondit-elle en posant le reste de mon «sélam[94]» sur le piano.

La profane et brillante créature joignit ses mains sur l'épaule de l'un d'entre nous — pour retourner à sa place sans doute.

— Ah! froide Susannah, lui dit C*** en riant, vous êtes venue, ce semble, au monde à la seule fin d'y rappeler que la neige brûle.

C'était là, je pense, un de ces compliments alambiqués, tels que les déclins de soupers en inspirent et qui, s'ils ont un sens bien réel, ont ce sens fin *comme un cheveu!* Rien n'est plus près d'une bêtise et, parfois, la différence en est absolument insensible. A ce propos élégiaque, je compris que la mèche des cerveaux menaçait de devenir charbonneuse et qu'il fallait réagir.

Comme une étincelle suffit, parfois, pour en raviver la lumière, je résolus de la faire jaillir, à tout prix, de notre convive taciturne.

En ce moment, Joseph[95] entra, nous apportant (bizarrerie!) du punch glacé, car nous avions résolu de nous griser comme des pairs.

Depuis une minute, je regardais le baron Saturne. Il paraissait impatient, inquiet. Je le vis tirer sa montre, donner un brillant à Antonie et se lever.

— Par exemple, seigneur des lointaines régions, m'écriai-je, à cheval sur une chaise et entre deux flocons de cigare, — vous ne songez pas à nous quitter avant une heure? Vous passeriez pour mystérieux, et c'est de mauvais goût, vous le savez!

— Mille regrets, me répondit-il, mais il s'agit d'un devoir qui ne peut se remettre et qui, désormais, ne souffre plus aucun retard. Veuillez bien recevoir mes actions de grâces pour les instants si agréables que je viens de passer.

— C'est donc, vraiment, un duel? demanda, comme inquiète, Antonie.

— Bah! m'écriai-je, croyant, effectivement, à quelque vague querelle de masques, — vous vous exagérez, j'en suis sûr, l'importance de cette affaire. Votre homme est sous quelque table. Avant de réaliser le pendant du tableau de Gérôme où vous auriez le rôle du vainqueur, celui d'Arlequin [96], envoyez le chasseur à votre place, au rendez-vous, savoir si l'on vous attend : en ce cas, vos chevaux sauront bien regagner le temps perdu !

— Certes ! appuya C*** tranquillement. Courtisez plutôt la belle Susannah qui se meurt à votre sujet ; vous économiserez un rhume, — et vous vous en consolerez en gaspillant un ou deux millions. Contemplez, écoutez et décidez.

— Messieurs, je vous avouerai *que je suis aveugle et sourd le plus souvent que Dieu me le permet!* dit le baron Saturne.

Et il accentua cette énormité inintelligible de manière à nous plonger dans les conjectures les plus absurdes. Ce fut au point que j'en oubliai l'étincelle en question ! Nous en étions à nous regarder, avec un sourire gêné, les uns les autres, ne sachant que penser de cette « plaisanterie », lorsque, soudain, je ne pus me défendre de jeter une exclamation : je venais de me rappeler *où* j'avais vu cet homme pour la première fois !

Et il me sembla, brusquement, que les cristaux, les figures, les draperies, que le festin de la nuit s'éclairaient d'une mauvaise lueur, d'une rouge lueur sortie de notre convive, pareille à certains effets de théâtre.

— Monsieur, chuchotai-je à son oreille, pardonnez si je fais erreur... mais — il me semble avoir eu le *plaisir* de vous rencontrer, il y a cinq ou six ans, dans une grande ville du Midi, — à Lyon, je suppose, — vers quatre heures du matin, sur une place publique.

Saturne leva lentement la tête, et, me considérant avec attention :

— Ah ! dit-il, c'est possible.

— Oui ! continuai-je en le regardant fixement aussi.

— Attendez donc ! il y avait même, sur cette place, un objet des plus mélancoliques, au spectacle duquel je m'étais laissé entraîner par deux étudiants de mes amis — et que je me promis bien de ne jamais revoir.

— Vraiment ! dit M. Saturne. Et quel était cet objet, s'il n'y a pas indiscrétion ?

— Ma foi, quelque chose comme l'échafaud, une

guillotine, monsieur ! si j'ai bonne mémoire. — Oui, c'était la guillotine. — Maintenant, j'en suis sûr !

Ces quelques paroles s'étaient échangées très bas, oh ! tout à fait bas, entre ce monsieur et moi. — C*** et les dames causaient dans l'ombre, à quelques pas de nous, près du piano.

— C'est cela ! je me souviens, ajoutai-je en élevant la voix. Hein ? qu'en pensez-vous, monsieur ?... Voilà, voilà, je l'espère, de la mémoire [97] ? — Quoique vous ayez passé très vite devant moi, votre voiture, un instant retardée par la mienne, m'a laissé vous entrevoir aux lueurs des torches. La circonstance incrusta *votre* visage dans mon esprit. Il avait, alors, justement l'expression que je remarque sur vos traits à présent.

— Ah ! ah ! — répondit M. Saturne, c'est vrai ! Ce doit être, ma foi, de la plus surprenante exactitude, je l'avoue !

Le rire strident de ce monsieur me donna l'idée d'une paire de ciseaux miraudant [98] les cheveux.

— Un détail, entre autres, continuai-je, me frappa. Je vous vis, de loin, descendre vers l'endroit où était dressée la machine... et, — à moins que je ne sois trompé par une ressemblance...

— Vous ne vous êtes pas trompé, *cher* monsieur, c'était bien moi, répondit-il.

A cette parole, je sentis que la conversation était devenue glaciale et que, par conséquent, je manquais, peut-être, de la stricte politesse qu'un bourreau de si étrange acabit était en droit d'exiger de nous. Je cherchais donc une banalité pour changer le cours des pensées qui nous enveloppaient tous les deux, lorsque la belle Antonie se détourna du piano, en disant avec un air de nonchalance :

— A propos, mesdames et messieurs, vous savez qu'il y a, ce matin, une exécution ?

— Ah !... m'écriai-je, remué d'une manière insolite par ces quelques mots.

— C'est ce pauvre docteur de la P*** [99], continua tristement Antonie ; il m'avait soignée autrefois. Pour ma part, je ne le blâme que de s'être défendu devant les juges ; je lui croyais plus d'estomac. Lorsque le sort est fixé d'avance, on doit rire, tout au plus, il me semble, au nez de ces robins. M. de la P*** s'est oublié.

— Quoi ! c'est aujourd'hui ? définitivement ? demandai-je en m'efforçant de prendre une voix indifférente.

— A six heures, l'heure fatale, messieurs et mesdames !... répondit Antonie. — Ossian, le bel avocat, la coqueluche du faubourg Saint-Germain, est venu me l'annoncer, pour me faire sa cour à sa manière, hier au soir. Je l'avais oublié. Il paraît même *qu'on a fait venir un étranger (!) pour aider M. de Paris,* vu la solennité du procès et la distinction du coupable.

Sans remarquer l'absurdité de ces derniers mots, je me tournai vers M. Saturne. Il se tenait debout devant la porte, enveloppé d'un grand manteau noir, le chapeau à la main, l'air officiel.

Le punch me troublait un peu la cervelle ! Pour tout dire, j'avais des idées belliqueuses. Craignant d'avoir commis, en l'invitant, ce qui s'appelle, je crois, une « gaffe » en style de Paris, la figure de cet intrus (quel qu'il fût) me devenait insupportable et je contenais, à grand-peine, mon désir de le lui faire savoir.

— Monsieur le baron, lui dis-je en souriant, d'après vos sous-entendus singuliers, nous serions presque en droit de vous demander si ce n'est pas un peu comme la Loi « que vous êtes sourd et aveugle aussi souvent que Dieu vous le permet » ?

Il s'approcha de moi, se pencha d'un air plaisant et me répondit à voix basse : « Mais taisez-vous donc, il y a des dames ! »

Il salua circulairement et sortit, me laissant muet, un peu frémissant et ne pouvant en croire mes oreilles.

Lecteur, un mot ici. — Lorsque Stendhal voulait écrire une histoire d'amour un peu sentimentale, il avait coutume, on le sait, de relire d'abord une demi-douzaine de pages du Code pénal pour, — disait-il, — se donner le ton [100]. Pour moi, m'étant mis en tête d'écrire certaines histoires, j'avais trouvé plus pratique, après mûre réflexion, de fréquenter tout bonnement, le soir, l'un des cafés du passage de Choiseul où feu M. X***, l'ancien exécuteur des hautes œuvres de Paris, venait, *presque*

quotidiennement, faire sa petite partie d'impériale, incognito. C'était, me semblait-il, un homme aussi bien élevé
que tel autre; il parlait d'une voix fort basse, mais très
distincte, avec un bénin sourire. Je m'asseyais à une table
voisine et il me divertissait quelque peu lorsque emporté
par le démon du jeu, il s'écriait brusquement :«— Je
coupe !» sans y entendre malice. Ce fut là, je m'en
souviens, que j'écrivis mes plus *poétiques* inspirations,
pour me servir d'une expression bourgeoise. — J'étais
donc à l'épreuve de cette grosse sensation d'horreur
convenue que causent aux passants ces messieurs de la
robe courte.

Il était donc étrange que je me sentisse, en ce moment,
sous l'impression d'un saisissement aussi intense, parce
que notre convive de hasard venait de se déclarer l'un
d'entre eux.

C***, qui, pendant les derniers mots, nous avait re-
joints, me frappa légèrement sur l'épaule.

— Perds-tu la tête ? me demanda-t-il.

— Il aura fait quelque gros héritage et n'exerce plus
qu'en attendant un successeur !... murmurai-je, très
énervé par les fumées du punch.

— Bon ! dit C***, ne vas-tu pas supposer qu'il est,
réellement, attaché à la cérémonie en question ?

— Tu as donc saisi le sens de notre petite causerie,
mon cher ? lui dis-je tout bas : courte, mais instructive !
Ce monsieur est un simple exécuteur ! — Belge, probablement [101]. — C'est l'exotique dont parlait Antonie tout
à l'heure. Sans sa présence d'esprit, j'eusse essuyé une
déconvenue en ce qu'il eût effrayé ces jeunes personnes.

— Allons donc ! s'écria C*** : un exécuteur en équi-
page de trente mille francs ? qui donne des diamants à sa
voisine ? qui soupe à la Maison dorée la veille de prodiguer ses soins à un client ? Depuis ton café de Choiseul,
tu vois des bourreaux partout. Bois un verre de punch !
Ton M. Saturne est un assez mauvais plaisant, tu sais ?

A ces mots, il me sembla que la logique, oui, que la
froide raison était du côté de ce cher poète. — Fort
contrarié, je pris à la hâte mes gants et mon chapeau et me
dirigeai très vite sur le seuil, en murmurant :

— Bien.

— Tu as raison, dit C***.

— Ce lourd sarcasme a duré très longtemps, ajoutai-je en ouvrant la porte du salon. Si j'atteins ce mystificateur funèbre, je jure que...

— Un instant : jouons à qui *passera le premier,* dit C***.

J'allais répondre le nécessaire et disparaître lorsque, derrière mon épaule, une voix allègre et bien connue s'écria sous la tenture soulevée :

— Inutile ! Restez, mon cher ami.

En effet, notre illustre ami, le petit docteur Florian Les Églisottes, était entré pendant nos dernières paroles : il était devant moi, tout sautillant, dans son witchoûra [102] couvert de neige.

— Mon cher docteur, lui dis-je, dans l'instant je suis à vous, mais...

Il me retint :

— Lorsque je vous aurai conté l'histoire de l'homme qui sortait de ce salon quand je suis arrivé, continua-t-il, je parie que vous ne vous soucierez plus de lui demander compte de ses saillies. — D'ailleurs, il est trop tard : sa voiture l'a emporté loin d'ici déjà.

Il prononça ces mots sur un ton si étrange qu'il m'arrêta définitivement.

— Voyons l'histoire, docteur, dis-je en me rasseyant, après un moment. — Mais, songez-y, Les Églisottes : vous répondez de mon inaction et la prenez sous votre bonnet.

Le prince de la Science posa dans un coin sa canne à pomme d'or, effleura galamment, du bout des lèvres, les doigts de nos trois belles interdites, se versa un peu de madère et, au milieu du silence fantastique dû à l'incident — et à son entrée personnelle, — commença en ces termes.

— Je comprends toute l'aventure de ce soir. Je me sens au fait de tout ce qui vient de se passer comme si j'avais été des vôtres !... Ce qui vous est arrivé, sans être précisément alarmant, est, néanmoins, une chose qui aurait pu le devenir.

— Hein ? dit C***.

— Ce monsieur est bien, en effet, le baron de H*** ; il est d'une haute famille d'Allemagne ; il est riche à millions ; mais...

Le docteur nous regarda :

— Mais le prodigieux cas d'aliénation mentale dont il est frappé, ayant été constaté par les Facultés médicales de Munich et de Berlin, présente la plus extraordinaire et la plus incurable de toutes les monomanies enregistrées jusqu'à ce jour ! acheva le docteur du même ton que s'il se fût trouvé à son cours de physiologie comparée.

— Un fou ! — Qu'est-ce à dire, Florian, que signifie cela ? — murmura C*** en allant pousser le verrou léger de la serrure.

Ces dames, elles-mêmes, avaient changé de sourire à cette révélation.

Quant à moi, je croyais, positivement, rêver depuis quelques minutes.

— Un fou !... s'écria Antonie ; mais on renferme ces personnes, il me semble ?

— Je croyais avoir fait observer que notre gentilhomme était plusieurs fois millionnaire, répliqua fort gravement Les Églisottes. C'est donc lui qui fait enfermer les autres, ne vous en déplaise.

— Et quel est son genre de manie ? demanda Susannah. Je le trouve très gentil, moi, ce monsieur, je vous en préviens !

— Vous ne serez peut-être pas de cet avis tout à l'heure, madame ! continua le docteur en allumant une cigarette.

Le petit jour livide teintait les vitres, les bougies jaunissaient, le feu s'éteignait ; ce que nous entendions nous donnait la sensation d'un cauchemar. Le docteur n'était pas de ceux auxquels la mystification est familière : ce qu'il disait devait être aussi froidement réel que la machine dressée là-bas sur la place.

— Il paraîtrait, continua-t-il entre deux gorgées de madère, qu'aussitôt sa majorité, ce jeune homme taciturne s'embarqua pour les Indes orientales ; il voyagea beaucoup dans les contrées de l'Asie. Là commence le mystère épais qui cache l'origine de son accident. Il assista, pendant certaines révoltes, dans l'Extrême-Orient, à ces supplices rigoureux que les lois en vigueur dans ces parages infligent aux rebelles et aux coupables. Il y assista, d'abord, sans doute, par une simple curiosité de voyageur. Mais, à la vue de ces supplices, il paraîtrait que les instincts d'une cruauté qui dépasse les capacités de conception connues s'émurent en lui, troublèrent son cerveau, empoisonnèrent son sang et finalement le rendirent l'être singulier qu'il est devenu. Figurez-vous qu'à force d'or, le baron de H*** pénétra dans les vieilles prisons des villes principales de la Perse, de l'Indo-Chine et du Thibet et qu'il obtint, plusieurs fois, des gouverneurs, d'exercer les horribles fonctions de justicier, aux lieu et place des exécuteurs orientaux. — Vous connaissez l'épisode des quarante livres pesant d'yeux crevés qui furent apportés, sur deux plats d'or, au shah Nasser-Eddin [103], le jour où il fit son entrée ·solennelle dans une ville révoltée ? Le baron, vêtu en homme du pays, fut l'un des plus ardents zélateurs de toute cette atrocité. L'exécution des deux chefs de la sédition fut d'une plus stricte horreur. Ils furent condamnés d'abord — à se voir arracher toutes les dents par des tenailles, puis à l'enfoncement de ces mêmes dents en leurs crânes, rasés à cet effet, — et ceci de manière à y former les initiales persanes du nom glorieux du successeur de Feth-Ali-shah [104]. — Ce fut encore notre amateur qui, moyennant un sac de roupies, obtint de les exécuter lui-même et avec la gaucherie compassée qui le distingue. — (Simple question : quel est le plus insensé de celui qui ordonne de tels supplices ou de celui qui les exécute ? — Vous êtes révoltés ? Bah ! Si le premier de ces deux hommes daignait venir à Paris, nous serions trop honorés de lui tirer des feux d'artifice et d'ordonner aux drapeaux de nos armées de s'incliner sur son passage, — le tout, fût-ce au nom des «immortels principes de 89». Donc, passons.) — S'il faut en croire les rapports des capitaines Hobbs et Egginson, les raffinements que sa monomanie croissante lui suggéra, dans ces occasions, ont surpassé, de toute la hauteur de l'Absurde, celles des Tibère et des

Héliogabale, — et toutes celles qui sont mentionnées
dans les fastes humains. Car, ajouta le docteur, un fou ne
saurait être égalé en *perfection* sur le point où il dérai-
sonne.

Le docteur Les Églisottes s'arrêta et nous regarda, tour
à tour, d'un air goguenard.

A force d'attention, nous avions laissé nos cigares
s'éteindre pendant ce discours.

— Une fois de retour en Europe, continua le docteur,
le baron de H***, *blasé jusqu'à faire espérer sa guérison*, fut bientôt ressaisi par sa fièvre chaude. Il n'avait
qu'un rêve, un seul, — plus morbide, plus glacé que
toutes les abjectes imaginations du marquis de Sade : — c'était, tout bonnement, de se faire délivrer le
brevet d'Exécuteur des hautes-œuvres GÉNÉRAL de toutes
les capitales de l'Europe. Il prétendait que les bonnes
traditions et l'habileté périclitaient dans cette branche
artistique de la civilisation ; qu'il y avait, comme on dit,
péril en la demeure, et, fort des services qu'il avait rendus
en Orient (écrivait-il dans les placets qu'il a souvent
envoyés), il espérait (si les souverains daignaient l'ho-
norer de leur confiance) arracher aux prévaricateurs les
hurlements les plus modulés que jamais oreilles de magistrat aient entendus sous la voûte d'un cachot. — (Tenez ! quand on parle de Louis XVI devant lui, son œil
s'allume et reflète une haine d'outre-tombe extraordinaire : Louis XVI est, en effet, le souverain qui a cru
devoir abolir la question préalable, et ce monarque est le
seul homme que M. de H*** ait probablement jamais
haï.)

« Il échoua toujours, dans ces placets, comme bien
vous le pensez, et c'est grâce aux démarches de ses
héritiers qu'on ne l'a pas enfermé selon ses mérites. En
effet, des clauses du testament de son père, feu le baron
de H***, forcent la famille à éviter sa mort civile à cause
des énormes préjudices d'argent que cette mort entraîne-
rait pour les proches de ce personnage. Il voyage donc, en
liberté. Il est au mieux avec tous ces messieurs de la
Justice-capitale. Sa première visite est pour eux, dans
toutes les villes où il passe. Il leur a souvent offert des

sommes très fortes pour le laisser opérer à leur place, — et je crois, entre nous (ajouta le docteur en clignant de l'œil), qu'en Europe, — il en a débauché quelques-uns.

« A part ces équipées, on peut dire que sa folie est inoffensive, puisqu'elle ne s'exerce que sur des personnes désignées par la Loi. — En dehors de son aliénation mentale, le baron de H*** a la renommée d'un homme de mœurs paisibles et, même, engageantes. De temps à autre, sa mansuétude ambiguë donne, peut-être, froid dans le dos, comme on dit, à ceux de ses intimes qui sont au courant de sa terrible turlutaine, mais c'est tout.

« Néanmoins, il parle souvent de l'Orient avec quelque regret et doit incessamment y retourner. La privation du diplôme de Tortionnaire-en-chef du globe l'a plongé dans une mélancolie noire. Figurez-vous les rêveries de Torquemada ou d'Arbuez, des ducs d'Albe ou d'York [105]. Sa monomanie s'empire de jour en jour. Aussi, toutes les fois qu'il se présente une exécution, en est-il averti par des émissaires secrets — avant les gentilshommes de la hache eux-mêmes ! Il court, il vole, il dévore la distance, sa place est réservée au pied de la machine. Il y est, en ce moment où je vous parle : il ne dormirait pas tranquille s'il n'avait pas obtenu le dernier regard du condamné.

« Voilà, messieurs et mesdames, le gentleman avec lequel vous avez eu l'heur de frayer cette nuit. J'ajouterai que, sorti de sa démence et dans ses rapports avec la société, c'est un homme du monde vraiment irréprochable et le causeur le plus entraînant, le plus enjoué, le plus...

— Assez, docteur ! par grâce ! s'écrièrent Antonie et Clio la Cendrée, que le badinage strident et sardonique de Florian avait impressionnées extraordinairement.

— Mais c'est le sigisbée de la Guillotine ! murmura Susannah : c'est le *dilettante* de la Torture !

— Vraiment, si je ne vous connaissais pas, docteur... balbutia C***.

— Vous ne croiriez pas ? interrompit Les Églisottes. Je ne l'ai pas cru, moi-même, pendant longtemps ; mais, si vous voulez, nous allons aller là-bas. J'ai justement ma

carte ; nous pourrons parvenir jusqu'à lui, malgré la haie
de cavalerie. Je ne vous demanderai que d'observer son
visage, voilà tout, pendant l'accomplissement de la sentence. Après quoi, vous ne douterez plus.

— Grand merci de l'invitation ! s'écria C*** ; je préfère vous croire, malgré l'absurdité vraiment mystérieuse
du fait.

— Ah ! c'est un type que votre baron !... continua le
docteur en attaquant un buisson d'écrevisses resté vierge
miraculeusement.

Puis, nous voyant tous devenus moroses :

— Il ne faut pas vous étonner ni vous affecter outre
mesure de mes confidences à ce sujet ! dit-il. Ce qui
constitue la hideur de la chose, c'est la *particularité* de la
monomanie. Quant au reste, un fol est un fol, rien de
plus. Lisez les aliénistes : vous y relèverez des cas d'une
étrangeté presque surprenante ; et ceux qui en sont at-
teints, je vous jure que nous les coudoyons en plein midi,
à chaque instant, sans en rien soupçonner.

— Mes chers amis, conclut C*** après un moment de
saisissement général, je n'éprouverais pas, je l'avoue,
d'éloignement bien précis à choquer mon verre contre
celui que me tendrait un bras séculier, comme on disait au
temps où les bras des exécuteurs pouvaient être religieux [106]. Je n'en chercherais pas l'occasion, mais si elle
s'offrait à moi, je vous dirais, sans trop déclamer (et Les
Églisottes, surtout, me comprendra), que l'aspect ou
même la compagnie de ceux qui exercent les fonctions
capitales ne saurait m'impressionner en aucune façon. Je
n'ai jamais très bien compris les *effets* des mélodrames à
ce sujet.

« Mais la vue d'un homme tombé en démence, parce
qu'il ne peut remplir *légalement* cet office, ah ! ceci, par
exemple, me cause quelque impression. Et je n'hésite pas
à le déclarer : s'il est, parmi l'Humanité, des âmes échap-
pées d'un Enfer, notre convive de ce soir est une des pires
que l'on puisse rencontrer. Vous aurez beau l'appeler fol,
cela n'explique pas sa nature originelle. Un bourreau réel
me serait indifférent ; notre affreux maniaque me fait
frissonner d'un frisson indéfinissable !

Le silence qui accueillit les paroles de C*** fut solennel comme si la Mort eût laissé voir, brusquement, sa tête chauve entre les candélabres.

— Je me sens un peu indisposée, dit Clio la Cendrée d'une voix que la surexcitation nerveuse et le froid de l'aurore intervenue entrecoupaient. Ne me laissez point toute seule. Venez à la villa. Tâchons d'oublier cette aventure, messieurs et amis ; venez : il y a des bains, des chevaux et des chambres pour dormir. (Elle savait à peine ce qu'elle disait.) C'est au milieu du Bois, nous y serons dans vingt minutes. Comprenez-moi, je vous en prie. L'idée de ce monsieur me rend presque malade, et, si j'étais seule, j'aurais quelque inquiétude de le voir entrer tout à coup, une lampe à la main, éclairant son fade sourire qui fait peur.

— Voilà, certes, une nuit énigmatique ! dit Susannah Jackson.

Les Églisottes s'essuyait les lèvres d'un air satisfait, ayant terminé son buisson.

Nous sonnâmes : Joseph parut. Pendant que nous en finissions avec lui, l'Écossaise, en se touchant les joues d'une petite houppe de cygne, murmura, tranquillement, auprès d'Antonie :

— N'as-tu rien à dire à Joseph, petite Yseult ?

— Si fait, répondit la jolie et toute pâle créature, et tu m'as devinée, folle !

Puis, se tournant vers l'intendant :

— Joseph, continua-t-elle, prenez cette bague : le rubis en est un peu foncé pour moi. — N'est-ce pas, Suzanne ? Tous ces brillants ont l'air de pleurer autour de cette goutte de sang. — Vous la ferez vendre aujourd'hui et vous en remettrez le montant aux mendiants qui passent devant la maison.

Joseph prit la bague, s'inclina de ce salut somnambulique dont il eut seul le secret et sortit pour faire avancer les voitures pendant que ces dames achevaient de rajuster leurs toilettes, s'enveloppaient de leurs longs dominos de satin noir et remettaient leurs masques.

Six heures sonnèrent.

— Un instant, dis-je en étendant le doigt vers la pendule : voici une heure qui nous rend tous un peu complices de la folie de cet homme. Donc, ayons plus d'indulgence pour elle. Ne sommes-nous pas, en ce moment même, implicitement, d'une barbarie à peu près aussi morne que la sienne ?

A ces mots, l'on resta debout, en grand silence.

Susannah me regarda sous son masque : j'eus la sensation d'une lueur d'acier. Elle détourna la tête et entrouvrit une fenêtre, très vite.

L'heure sonnait, au loin, à tous les clochers de Paris.

Au *sixième* coup, tout le monde tressaillit profondément, — et je regardai, pensif, la tête d'un démon de cuivre, aux traits crispés, qui soutenait, dans une patère, les flots sanglants des rideaux rouges.

A S'Y MÉPRENDRE !

A paru dans *Le Spectateur* en décembre 1875. Cette sorte de fable boulevardière est d'une symétrie un peu forcée malgré son ingéniosité. On y voit éclater l'horreur de Villiers pour les affaires et plus généralement pour l'argent, valeur bourgeoise par excellence à ses yeux.

A S'Y MÉPRENDRE !

A Monsieur Henry de Bornier [107].

> Dardant on ne sait où leurs globes ténébreux [108].
> C. BAUDELAIRE.

Par une grise matinée de novembre, je descendais les quais d'un pas hâtif. Une bruine froide mouillait l'atmosphère. Des passants noirs, obombrés de parapluies difformes, s'entrecroisaient.

La Seine jaunie charriait ses bateaux marchands pareils à des hannetons démesurés. Sur les ponts, le vent cinglait brusquement les chapeaux, que leurs possesseurs disputaient à l'espace avec ces attitudes et ces contorsions dont le spectacle est toujours si pénible pour l'artiste [109].

Mes idées étaient pâles et brumeuses; la préoccupation d'un rendez-vous d'affaires, accepté depuis la veille, me harcelait l'imagination. L'heure me pressait : je résolus de m'abriter sous l'auvent d'un portail d'où il me serait plus commode de faire signe à quelque fiacre.

A l'instant même, j'aperçus, tout justement à côté de moi, l'entrée d'un bâtiment carré, d'aspect bourgeois [110].

Il s'était dressé dans la brume comme une apparition de pierre, et, malgré la rigidité de son architecture, malgré la buée morne et fantastique dont il était enveloppé, je lui reconnus, tout de suite, un certain air d'hospitalité cordiale qui me rasséréna l'esprit.

— A coup sûr, me dis-je, les hôtes de cette demeure sont des gens sédentaires ! — Ce seuil invite à s'y arrêter : la porte n'est-elle pas ouverte ?

Donc, le plus poliment du monde, l'air satisfait, le chapeau à la main, — méditant même un madrigal pour la maîtresse de la maison, — j'entrai, souriant, et me trouvai, de plain-pied, devant une espèce de salle à toiture vitrée, d'où le jour tombait, livide.

A des colonnes étaient appendus des vêtements, des cache-nez, des chapeaux.

Des tables de marbre étaient disposées de toutes parts.

Plusieurs individus, les jambes allongées, la tête élevée, les yeux fixes, l'air positif, paraissaient méditer.

Et les regards étaient sans pensée, les visages couleur du temps.

Il y avait des portefeuilles ouverts, des papiers dépliés auprès de chacun d'eux.

Et je reconnus, alors, que la maîtresse du logis, sur l'accueillante courtoisie de laquelle j'avais compté, n'était autre que la Mort.

Je considérai mes hôtes.

Certes, pour échapper aux soucis de l'existence tracassière, la plupart de ceux qui occupaient la salle avaient assassiné leurs corps, espérant, ainsi, un peu plus de bien-être.

Comme j'écoutais le bruit des robinets de cuivre scellés à la muraille et destinés à l'arrosage quotidien de ces restes mortels, j'entendis le roulement d'un fiacre. Il s'arrêtait devant l'établissement. Je fis la réflexion que mes gens d'affaires attendaient. Je me retournai pour profiter de la bonne fortune.

Le fiacre venait, en effet, de dégorger, au seuil de l'édifice, des collégiens en goguette qui avaient besoin de voir la mort pour y croire.

J'avisai la voiture déserte et je dis au cocher :

— Passage de l'Opéra !

Quelque temps après, aux boulevards, le temps me sembla plus couvert, faute d'horizon. Les arbustes, végétations squelettes, avaient l'air, du bout de leurs branches noires, d'indiquer vaguement les piétons aux gens de police ensommeillés encore.

La voiture se hâtait.

Les passants, à travers la vitre, me donnaient l'idée de l'eau qui coule.

Une fois à destination, je sautai sur le trottoir et m'engageai dans le passage encombré de figures soucieuses.

A son extrémité, j'aperçus, tout justement vis-à-vis de moi, l'entrée d'un café, — aujourd'hui consumé dans un incendie célèbre [111] (car la vie est un songe [112]), — et qui était relégué au fond d'une sorte de hangar, sous une voûte carrée, d'aspect morne. Les gouttes de pluie qui tombaient sur le vitrage supérieur obscurcissaient encore la pâle lueur du soleil.

— C'était là que m'attendaient, pensai-je, la coupe en main, l'œil brillant et narguant le Destin, mes hommes d'affaires !

Je tournai donc le bouton de la porte et me trouvai, de plain-pied, dans une salle où le jour tombait d'en haut, par le vitrage, livide.

A des colonnes étaient appendus des vêtements, des cache-nez, des chapeaux.

Des tables de marbre étaient disposées de toutes parts.

Plusieurs individus, les jambes allongées, la tête levée, les yeux fixes, l'air positif, paraissaient méditer.

Et les visages étaient couleur du temps, les regards sans pensée.

Il y avait des portefeuilles ouverts et des papiers dépliés auprès de chacun d'eux.

Je considérai ces hommes.

Certes, pour échapper aux obsessions de l'insupportable conscience, la plupart de ceux qui occupaient la salle avaient, depuis longtemps, assassiné leurs « âmes », espérant, ainsi, un peu plus de bien-être.

Comme j'écoutais le bruit des robinets de cuivre, scellés à la muraille, et destinés à l'arrosage quotidien de ces restes mortels [113], le souvenir du roulement de la voiture me revint à l'esprit.

— A coup sûr, me dis-je, il faut que ce cocher ait été frappé, à la longue, d'une sorte d'hébétude, pour m'avoir ramené, après tant de circonvolutions, simplement à notre point de départ? — Toutefois, je l'avoue (s'il y a méprise), LE SECOND COUP D'ŒIL EST PLUS SINISTRE QUE LE PREMIER !...

Je refermai donc, en silence, la porte vitrée et je revins chez moi, — bien décidé, au mépris de l'exemple, — et quoi qu'il pût m'advenir, — *à ne jamais faire d'affaires*.

IMPATIENCE DE LA FOULE

Ce texte, paru dans *La République des lettres*, en juin 1876, admiré par Flaubert, est jusqu'à l'avant-dernière page d'une facture parnassienne qui est comme annulée et tournée en dérision rétrospectivement par la fulgurante phrase finale. Villiers y mêle l'histoire du coureur de Marathon (avec un grand dédain du réel, car nul ne pourrait courir des Thermopyles à Sparte) et celle de plusieurs déserteurs spartiates mentionnés par Hérodote (P.-G. Castex). Le messager y est l'incarnation même de la phrase de Simonides inscrite en épigraphe — et une nouvelle image de Villiers incompris et raillé par le vulgaire.

IMPATIENCE DE LA FOULE

A Monsieur Victor Hugo [114].

> Passant, va dire à Lacédémone
> que nous sommes ici, morts pour
> obéir à ses saintes lois.
>
> SIMONIDES [115].

La grande porte de Sparte, au battant ramené contre la muraille comme un bouclier d'airain appuyé à la poitrine d'un guerrier, s'ouvrait devant le Taygète. La poudreuse pente du mont rougeoyait des feux froids d'un couchant aux premiers jours de l'hiver, et l'aride versant renvoyait aux remparts de la ville d'Héraklès l'image d'une hécatombe sacrifiée au fond d'un soir cruel.

Au-dessus du portail civique, le mur se dressait lourdement. Au sommet terrassé se tenait une multitude toute rouge du soir. Les lueurs de fer des armures, les peplos, les chars, les pointes des piques étincelaient du sang de l'astre. Seuls, les yeux de cette foule étaient sombres : ils envoyaient, fixement, des regards aigus comme des javelots vers la cime du mont, d'où quelque grande nouvelle était attendue.

La surveille, les Trois-Cents étaient partis avec le roi. Couronnés de fleurs, ils s'en étaient allés au festin de la Patrie. Ceux qui devaient souper dans les enfers avaient peigné leurs chevelures pour la dernière fois dans le temple de Lycurgue. Puis, levant leurs boucliers et les frappant de leurs épées, les jeunes hommes, aux applaudissements des femmes, avaient disparu dans l'aurore en chantant des vers de Tyrtée... Maintenant, sans doute, les hautes herbes du Défilé frôlaient leurs jambes nues, comme si la terre qu'ils allaient défendre voulait caresser encore ses enfants avant de les reprendre en son sein vénérable.

Le matin, des chocs d'armes, apportés par le vent, et des vociférations triomphales, avaient confirmé les rapports des bergers éperdus. Les Perses avaient reculé deux fois, dans une immense défaite, laissant les dix mille Immortels sans sépulcre. La Locride avait vu ces victoires! La Thessalie se soulevait. Thèbes, elle-même, s'était réveillée devant l'exemple. Athènes avait envoyé ses légions et s'armait sous les ordres de Miltiade; sept mille soldats renforçaient la phalange laconienne.

Mais voici qu'au milieu des chants de gloire et des prières dans le temple de Diane, les cinq Éphores, ayant écouté des messagers survenus, s'étaient entre-regardés. Le Sénat avait donné, sur-le-champ, des ordres pour la défense de la Ville. De là ces retranchements creusés en hâte, car Sparte, par orgueil, ne se fortifiait à l'ordinaire que de ses citoyens.

Une ombre avait dissipé toutes les joies. On ne croyait plus aux discours des pasteurs; les sublimes nouvelles furent oubliées, d'un seul coup, comme des fables! Les prêtres avaient frissonné gravement. Des bras d'augures, éclairés par la flamme des trépieds, s'étaient levés, vouant aux divinités infernales! Des paroles brèves avaient été chuchotées, terribles, aussitôt. Et l'on avait fait sortir les vierges, car on allait prononcer le nom d'un traître. Et leurs longs vêtements avaient passé sur les Ilotes, couchés, ivres de vin noir, en travers des degrés des portiques, lorsqu'elles avaient marché sur eux sans les apercevoir.

Alors retentit la nouvelle désespérée.

Un passage désert dans la Phocide avait été découvert aux ennemis. Un pâtre messénien avait vendu la terre d'Hellas. Éphialtès avait livré à Xerxès la mère patrie. Et les cavaleries perses, au front desquelles resplendissaient les armures d'or des satrapes, envahissaient déjà le sol des dieux, foulaient aux pieds la nourrice des héros! Adieu, temples, demeures des aïeux, plaines sacrées! Ils allaient venir, avec des chaînes, eux, les efféminés et les pâles, et se choisir des esclaves parmi tes filles, Lacédémone !

La consternation s'accrut de l'aspect de la montagne, lorsque les citoyens se furent rendus sur la muraille.

Le vent se plaignait sur les rocheuses ravines, entre les sapins qui se ployaient et craquaient, confondant leurs branches nues, pareilles aux cheveux d'une tête renversée avec horreur. La Gorgone courait dans les nuées, dont les voiles semblaient mouler sa face. Et la foule, couleur d'incendie, s'entassait dans les embrasures en admirant l'âpre désolation de la terre sous la menace du ciel. Cependant, cette multitude aux bouches sévères se condamnait au silence à cause des vierges. Il ne fallait pas agiter leur sein ni troubler leur sang d'impressions accusatrices envers un homme d'Hellas. On songeait aux enfants futurs.

L'impatience, l'attente déçue, l'incertitude du désastre alourdissaient l'angoisse. Chacun cherchait à s'aggraver encore l'avenir, et la proximité de la destruction semblait imminente.

Certes, les premiers fronts d'armées allaient apparaître dans le crépuscule ! Quelques-uns se figuraient voir, dans les cieux et coupant l'horizon, le reflet des cavaleries de Xerxès, son char même. Les prêtres, tendant l'oreille, discernaient des clameurs venues du nord, disaient-ils, — malgré le vent des mers méridionales qui faisait bruire leurs manteaux.

Les balistes roulaient, prenant position ; on bandait ses scorpions et les monceaux de dards tombaient auprès des roues. Les jeunes filles disposaient des brasiers pour faire bouillir la poix ; les vétérans, revêtus de leurs armures, supputaient, les bras croisés, le nombre d'ennemis qu'ils abattraient avant de tomber ; on allait murer les portes, car Sparte ne se rendrait pas, même emportée d'assaut ; on calculait les vivres, on prescrivait aux femmes le suicide, on consultait des entrailles abandonnées qui fumaient çà et là.

Comme on devait passer la nuit sur la muraille en cas de surprise des Perses, le nommé Nogaklès, le cuisinier

des gardiens, sorte de magistrat, préparait, sur le rempart
même, la nourriture publique. Debout contre une vaste
cuve, il agitait son lourd pilon de pierre et, tout en
écrasant distraitement le grain dans le lait salé, il regardait, lui aussi, d'un air soucieux, la montagne.

On attendait. Déjà d'infâmes suggestions s'élevaient
au sujet des combattants. Le désespoir de la foule est
calomnieux ; et les frères de ceux-là qui devaient bannir
Aristide, Thémistocle et Miltiade, n'enduraient pas, sans
fureur, leur inquiétude. Mais de très vieilles femmes,
alors, secouaient la tête, en tressant leurs grandes chevelures blanches. Elles étaient sûres de leurs enfants
et gardaient la farouche tranquillité des louves qui ont
sevré.

Une obscurité brusque envahit le ciel ; ce n'étaient pas
les ombres de la nuit. Un vol immense de corbeaux
apparut, surgi des profondeurs du sud ; cela passa sur
Sparte avec des cris de joie terrible ; ils couvraient l'espace, assombrissant la lumière. Ils allèrent se percher sur
toutes les branches des bois sacrés qui entouraient le
Taygète. Ils demeurèrent là, vigilants, immobiles, le bec
tourné vers le nord et les yeux allumés.

Une clameur de malédiction s'éleva, tonnante, et les
poursuivit. Les catapultes ronflèrent, envoyant des volées
de cailloux dont les chocs sonnèrent après mille siffle-
ments et crépitèrent en pénétrant les arbres.

Les poings tendus, les bras levés au ciel, on voulut les
effrayer. Ils demeurèrent impassibles, comme si une
odeur divine de héros étendus les eût fascinés, et ils ne
quittèrent point les branches noires, ployantes sous leur
fardeau.

Les mères frémirent, en silence, devant cette apparition.

Maintenant les vierges s'inquiétaient. On leur avait
distribué les lames saintes, suspendues, depuis des siècles, dans les temples. — « Pour qui ces épées ? » de-
mandaient-elles. Et leurs regards, doux encore, allaient
du miroitement des glaives nus aux yeux plus froids de
ceux qui les avaient engendrées. On leur souriait par
respect, — on les laissait dans l'incertitude des victimes,

on leur apprendrait, au dernier instant, que ces épées étaient pour elles.

Tout à coup, les enfants poussèrent un cri. Leurs yeux avaient distingué quelque chose au loin. Là-bas, à la cime déjà bleuie du mont désert, un homme, emporté par le vent d'une fuite antérieure, descendait vers la Ville.

Tous les regards se fixèrent sur cet homme.

Il venait, tête baissée, le bras étendu sur une sorte de bâton rameux, — coupé au hasard de la détresse, sans doute, — et qui soutenait sa course vers la porte spartiate.

Déjà, comme il touchait à la zone où le soleil jetait ses derniers rayons sur le centre de la montagne, on distinguait son grand manteau enroulé autour de son corps ; l'homme était tombé en route, car son manteau était tout souillé de fange, ainsi que son bâton. Ce ne pouvait être un soldat : il n'avait pas de bouclier.

Un morne silence accueillit cette vision.

De quel lieu d'horreur s'enfuyait-il ainsi ? — Mauvais présage !

— Cette course n'était pas digne d'un homme. Que voulait-il ?

— Un abri ?... On le poursuivait donc ? — L'ennemi, sans doute ? — Déjà ! — déjà !...

Au moment où l'oblique lumière de l'astre mourant l'atteignit des pieds à la tête, on aperçut les cnémides.

Un vent de fureur et de honte bouleversa les pensées. On oublia la présence des vierges, qui devinrent sinistres et plus blanches que de véritables lis.

Un nom, vomi par l'épouvante et la stupeur générales, retentit. C'était un Spartiate ! un des Trois-Cents ! On le reconnaissait. — Lui ! c'était lui ! Un soldat de la Ville avait jeté son bouclier ! On fuyait ! Et les autres ? Avaient-ils lâché pied, eux aussi, les intrépides ? — Et l'anxiété crispait les faces. — La vue de cet homme équivalait à la vue de la défaite. Ah ! pourquoi se voiler plus longtemps le vaste malheur ! Ils avaient fui ! Tous !... Ils le suivaient ! Ils allaient apparaître d'un instant à l'autre !... Poursuivis par les cavaliers perses ! — Et, mettant la main sur ses yeux, le cuisinier s'écria qu'il les apercevait dans la brume !...

Un cri domina toutes les rumeurs. Il venait d'être poussé par un vieillard et une grande femme. Tous deux, cachant leurs visages interdits, avaient prononcé ces paroles horribles : « Mon fils ! »

Alors, un ouragan de clameurs s'éleva. Les poings se tendirent vers le fuyard.

— Tu te trompes. Ce n'est pas ici le champ de bataille.

— Ne cours pas si vite. Ménage-toi.

— Les Perses achètent-ils bien les boucliers et les épées ?

— Ephialtès est riche.

— Prends garde à ta droite ! Les os de Pélops, d'Héraklès et de Pollux sont sous tes pieds. — Imprécations ! Tu vas réveiller les mânes de l'Aïeul, — mais il sera fier de toi.

— Mercure t'a prêté les ailes de ses talons ! Par le Styx, tu gagneras le prix, aux Olympiades !

Le soldat semblait ne pas entendre et courait toujours vers la Ville.

Et, comme il ne répondait ni ne s'arrêtait, cela exaspéra. Les injures devinrent effroyables. Les jeunes filles regardaient avec stupeur.

Et les prêtres :

— Lâche ! Tu es souillé de boue ! Tu n'as pas embrassé la terre natale ; tu l'as mordue !

— Il vient vers la porte ! — Ah ! par les dieux infernaux ! — Tu n'entreras pas !

Des milliers de bras s'élevèrent.

— Arrière ! C'est le barathre qui t'attend ! — ou plutôt... — Arrière ! Nous ne voulons pas de ton sang dans nos gouffres !

— Au combat ! Retourne !

— Crains les ombres des héros, autour de toi.

— Les Perses te donneront des couronnes ! Et des lyres ! Va distraire leurs festins, esclave !

A cette parole, on vit les jeunes filles de Lacédémone incliner le front sur leurs poitrines, et, serrant dans leurs bras les épées portées par les rois libres dans les âges reculés, elles versèrent des larmes en silence.

Elles enrichissaient, de ces pleurs héroïques, la rude poignée des glaives. Elles comprenaient et se vouaient à la mort, pour la patrie.

Soudain, l'une d'elles s'approcha, svelte et pâle, du rempart : on s'écarta pour lui livrer passage. C'était celle qui devait être un jour l'épouse du fuyard.

— Ne regarde pas, Séméis !... lui crièrent ses compagnes.

Mais elle considéra cet homme et, ramassant une pierre, elle la lança contre lui.

La pierre atteignit le malheureux : il leva les yeux et s'arrêta. Et alors un frémissement parut l'agiter. Sa tête, un moment relevée, retomba sur sa poitrine.

Il parut songer. A quoi donc ?

Les enfants le contemplaient ; les mères leur parlaient bas, en l'indiquant.

L'énorme et belliqueux cuisinier interrompit son labeur et quitta son pilon. Une sorte de colère sacrée lui fit oublier ses devoirs. Il s'éloigna de la cuve et vint se pencher sur une embrasure de la muraille. Puis, rassemblant toutes ses forces et gonflant ses joues, le vétéran cracha vers le transfuge [116]. Et le vent qui passait emporta, complice de cette sainte indignation, l'infâme écume sur le front du misérable.

Une acclamation retentit, approbatrice de cette énergique marque de courroux.

On était vengé.

Pensif, appuyé sur son bâton, le soldat regardait fixement l'entrée ouverte de la Ville.

Sur le signe d'un chef, la lourde porte roula entre lui et l'intérieur des murailles et vint s'enchâsser entre les deux montants de granit.

Alors, devant cette porte fermée qui le proscrivait pour toujours, le fuyard tomba en arrière, tout droit, étendu sur la montagne.

A l'instant même, avec le crépuscule et le pâlissement du soleil, les corbeaux, eux, se précipitèrent sur cet homme ; ils furent applaudis, cette fois, et leur voile meurtrier le déroba subitement aux outrages de la foule humaine.

Puis vint la rosée du soir qui détrempa la poussière autour de lui.

A l'aube, il ne resta de l'homme que des os dispersés.

Ainsi mourut, l'âme éperdue de cette seule gloire que jalousent les dieux et fermant pieusement les paupières pour que l'aspect de la réalité ne troublât d'aucune vaine tristesse la conception sublime qu'il gardait de la Patrie, ainsi mourut, sans parole, serrant dans sa main la palme funèbre et triomphale [117] et à peine isolé de la boue natale par la pourpre de son sang, l'auguste guerrier élu messager de la Victoire par les Trois-Cents, pour ses mortelles blessures, alors que, jetant aux torrents des Thermopyles son bouclier et son épée, ils le poussèrent vers Sparte, hors du Défilé, le persuadant que ses dernières forces devaient être utilisées en vue du salut de la République ; — ainsi disparut dans la mort, acclamé ou non de ceux pour lesquels il périssait, l'ENVOYÉ DE LÉONIDAS.

LE SECRET
DE L'ANCIENNE MUSIQUE

Ce texte a paru dans *Saynètes et Monologues,* 3ᵉ série, 1878, sous le titre *Le Chapeau chinois*. Composé comme un monologue pour Coquelin cadet (le Fontan de la *Nana* de Zola), le texte fut retiré par Villiers au célèbre acteur, qui le tirait trop vers le comique. La première version avait doté le professeur de chapeau chinois d'une sorte de grandeur antique qui lui a été ensuite enlevée. Dans son état actuel, le texte, malgré la pitié que peut inspirer au début le vieux musicien, est d'un wagnérisme inconditionnel, qui s'oppose au chauvinisme bourgeois et académique. Son aspect satirique et léger prend dans les dernières phrases une coloration burlesquement fantastique, car rien n'indique que le vieux maître doive jamais sortir, mort ou vivant, d'un instrument qui semble brusquement communiquer avec les abîmes infernaux. — Villiers était lui-même musicien et compositeur, et avait deux fois rendu visite à Wagner.

LE SECRET
DE L'ANCIENNE MUSIQUE

A Monsieur Richard Wagner.

C'était jour d'audition à l'Académie nationale de Musique.

La mise à l'étude d'un ouvrage dû à certain compositeur allemand (dont le nom, désormais oublié, nous échappe, heureusement !) [118] venait d'être décidée en haut lieu ; — et ce maître étranger, s'il fallait ajouter créance à divers *memoranda* publiés par la *Revue des Deux Mondes,* n'était rien moins que le *fauteur* d'une musique « nouvelle » !

Les exécutants de l'Opéra ne se trouvaient donc rassemblés aujourd'hui que dans le but de tirer, comme on dit, la chose au clair, en déchiffrant la partition du présomptueux novateur.

La minute était grave.

Le directeur apparut sur le théâtre et vint remettre au chef d'orchestre la volumineuse partition en litige. Celui-ci l'ouvrit, y jeta les yeux, tressaillit et déclara que l'ouvrage lui paraissait inexécutable à l'Académie de Musique de Paris.

— Expliquez-vous, dit le directeur.

— Messieurs, reprit le chef d'orchestre, la France ne saurait prendre sur elle de tronquer, par une exécution défectueuse, la pensée d'un compositeur... *à quelque nation qu'il appartienne.* — Or, dans les parties d'orchestre spécifiées par l'auteur, figure... un instrument militaire aujourd'hui tombé en désuétude et qui n'a plus de représentant parmi nous; cet instrument, qui fit les délices de nos pères, avait nom jadis : *le Chapeau-chinois* [119]. Je conclus que la disparition radicale du Chapeau-chinois en France nous oblige à décliner, quoique à regret, l'honneur de cette interprétation.

Ce discours avait plongé l'auditoire dans cet état que les physiologistes appellent l'état *comateux*. — Le Chapeau-chinois ! — Les plus anciens se souvenaient à peine de l'avoir entendu dans leur enfance. Mais il leur eût été difficile, aujourd'hui, de préciser même sa forme. — Tout à coup, une voix articula ces paroles inespérées : « Permettez, je crois que j'en connais un. » Toutes les têtes se retournèrent; le chef d'orchestre se dressa d'un bond : « Qui a parlé ? » — « Moi, les cymbales », répondit la voix.

L'instant d'après, les cymbales étaient sur la scène [120], entourées, adulées et pressées de vives interrogations. — Oui, continuaient-elles, je connais un vieux professeur de Chapeau-chinois, passé maître en son art, et je sais qu'il existe encore !

Ce ne fut qu'un cri. Les cymbales apparurent comme un sauveur ! Le chef d'orchestre embrassa son jeune séide (car les cymbales étaient jeunes encore). Les trombones attendris l'encourageaient de leurs sourires; une contrebasse lui détacha un coup d'œil envieux; la caisse se frottait les mains : — « Il ira loin ! » grommelait-elle. — Bref, en cet instant rapide, les cymbales connurent la gloire.

Séance tenante, une députation, qu'elles précédèrent, sortit de l'Opéra, se dirigeant vers les Batignolles, dans les profondeurs desquelles devait s'être retiré, loin du bruit, l'austère virtuose.

On arriva.

S'enquérir du vieillard, gravir ses neuf étages, se suspendre à la patte pelée de sa sonnette et attendre, en soufflant, sur le palier, fut pour nos ambassadeurs l'affaire d'une seconde.

Soudain, tous se découvrirent : un homme d'aspect vénérable, au visage entouré de cheveux argentés qui tombaient en longues boucles sur ses épaules, une tête à la Béranger, un personnage de romance, se tenait debout sur le seuil et paraissait convier les visiteurs à pénétrer dans son sanctuaire.

— C'était lui ! L'on entra.

La croisée, encadrée de plantes grimpantes, était ouverte sur le ciel, en ce moment empourpré des merveilles du couchant. Les sièges étaient rares : la couchette du professeur remplaça, pour les délégués de l'Opéra, ces ottomanes, ces poufs, qui, chez les musiciens modernes, abondent, hélas ! trop souvent. Dans les angles s'ébauchaient de vieux chapeaux-chinois ; çà et là gisaient plusieurs albums dont les titres commandaient l'attention.

— C'était d'abord : *Un premier amour !* mélodie pour chapeau-chinois seul, suivie de *Variations brillantes sur le Choral de Luther,* concerto pour trois chapeaux-chinois. Puis septuor de chapeaux-chinois (grand unisson) intitulé LE CALME. Puis une œuvre de jeunesse (un peu entachée de romantisme) : *Danse nocturne de jeunes Mauresques dans la campagne de Grenade, au plus fort de l'Inquisition,* grand boléro pour chapeau-chinois ; enfin, l'œuvre capitale du maître : *Le Soir d'un beau jour,* ouverture pour cent cinquante chapeaux-chinois.

Les cymbales, très émues, prirent la parole au nom de l'Académie nationale de Musique. — « Ah ! dit avec amertume le vieux maître, on se souvient de moi maintenant ? Je devrais... Mon pays avant tout. Messieurs, j'irai. » — Le trombone ayant insinué que la partie à jouer paraissait difficile, — « Il n'importe », dit le professeur en les tranquillisant d'un sourire. Et, leur tendant ses mains pâles, rompues aux difficultés d'un instrument ingrat : « — A demain, messieurs, huit heures, à l'Opéra. »

Le lendemain, dans les couloirs, dans les galeries, dans le trou du souffleur inquiet, ce fut un émoi terrible : la nouvelle s'était répandue. Tous les musiciens, assis devant leurs pupitres, attendaient, l'arme au poing. La partition de la Musique-nouvelle n'était plus, maintenant, que d'un intérêt secondaire. Tout à coup, la porte basse donna passage à l'homme d'autrefois : huit heures sonnaient ! A l'aspect de ce représentant de l'ancienne-Musique, tous se levèrent, lui rendant hommage comme une sorte de postérité. Le patriarche portait sous son bras, couché dans un humble fourreau de serge, l'instrument des temps passés, qui prenait, de la sorte, les proportions d'un symbole. Traversant les intervalles des pupitres et trouvant, sans hésiter, son chemin, il alla s'asseoir sur sa chaise de jadis, à la gauche de la caisse. Ayant assuré un bonnet de lustrine noire sur sa tête et un abat-jour vert sur ses yeux, il démaillota le chapeau-chinois, et l'ouverture commença.

Mais, aux premières mesures et dès le premier coup d'œil jeté sur sa partie, la sérénité du vieux virtuose parut s'assombrir; une sueur d'angoisse perla bientôt sur son front. Il se pencha, comme pour mieux lire et, les sourcils contractés, les yeux rivés au manuscrit qu'il feuilleta fiévreusement, à peine respirait-il !...

Ce que lisait le vieillard était donc bien extraordinaire, pour qu'il se troublât de la sorte ?...

En effet ! — Le maître allemand, par une jalousie tudesque, s'était complu, avec une âpreté germaine, une malignité rancunière, à hérisser la partie du Chapeau-chinois de difficultés presque insurmontables ! Elles s'y succédaient, pressées ! ingénieuses ! soudaines ! C'était un défi ! — Qu'on juge : cette partie ne se composait, exclusivement, que de *silences*. Or, même pour les personnes qui ne sont pas du métier, qu'y a-t-il de plus difficile à exécuter que le *silence* pour le Chapeau-chinois ?... Et c'était un CRESCENDO de silences que devait exécuter le vieil artiste [121] !

Il se roidit à cette vue; un mouvement fiévreux lui échappa !... Mais rien, dans son instrument, ne trahit les sentiments qui l'agitaient. Pas une clochette ne remua. Pas un grelot ! Pas un fifrelin [122] ne bougea. On sentait qu'il le possédait à fond. C'était bien un maître, lui aussi !

Il joua. Sans broncher ! Avec une maîtrise, une sûreté, un *brio,* qui frappèrent d'admiration tout l'orchestre. Son exécution, toujours sobre, mais pleine de nuances, était d'un style si châtié, d'un rendu si pur, que, chose étrange ! il semblait, par moments, *qu'on l'entendait !*

Les bravos allaient éclater de toutes parts quand une fureur inspirée s'alluma dans l'âme classique du vieux virtuose. Les yeux pleins d'éclairs et agitant avec fracas son instrument vengeur qui sembla comme un démon suspendu sur l'orchestre :

— Messieurs, vociféra le digne professeur, j'y renonce ! Je n'y comprends rien. On n'écrit pas une ouverture pour un solo ! Je ne puis pas jouer ! c'est trop difficile. Je proteste ! au nom de M. Clapisson [123] ! Il n'y a pas de mélodie là-dedans. C'est du charivari ! L'Art est perdu ! Nous tombons dans le vide.

Et, foudroyé par son propre transport, il trébucha.

Dans sa chute, il creva la grosse caisse et y disparut comme s'évanouit une vision !

Hélas ! il emportait, en s'engouffrant ainsi dans les flancs profonds du monstre, le secret des charmes de l'ancienne-Musique.

SENTIMENTALISME

(*La République des lettres,* janvier 1876.) C'est ici le seul des *Contes cruels* où paraisse un protagoniste semblable à Villiers par sa triple nature d'aristocrate, de poète et d'amant. Mais nous savons trop peu de chose de la vie sentimentale de l'écrivain pour décider s'il y a une part d'autobiographie dans l'abandon du héros par sa maîtresse, et si Villiers a jamais eu lui-même des velléités de suicide.

SENTIMENTALISME

A Monsieur Jean Marras [124].

> Je m'estime peu quand je
> m'examine; beaucoup, quand je me
> compare.
>
> MONSIEUR-TOUT-LE-MONDE.

Par un soir de printemps, deux jeunes gens bien élevés, Lucienne Émery et le comte Maximilien de W***, étaient assis sous les grands arbres d'une avenue des Champs-Élysées.

Lucienne est cette belle jeune femme à jamais parée de toilettes noires, dont le visage est d'une pâleur de marbre et dont l'histoire est inconnue.

Maximilien, dont nous avons appris la fin tragique, *était* un poète d'un talent merveilleux. De plus, il était bien fait, et de manières accomplies. Ses yeux reflétaient la lumière intellectuelle, charmants, mais, comme des pierreries, un peu froids.

Leur intimité datait de six mois à peine.

Ce soir-là, donc, ils regardaient, en silence, les vagues silhouettes des voitures, des ombres, des promeneurs.

Tout à coup, madame Émery prit, doucement, la main de son amant :

— Ne vous semble-t-il pas, mon ami, lui dit-elle, que, sans cesse agités d'impressions artificielles et, pour ainsi dire, abstraites, les grands artistes — comme vous — finissent par émousser en eux la faculté de subir *réellement* les tourments ou les voluptés qui leur sont dévolus par le Sort ! Tout au moins traduisez-vous avec une gêne,

— qui vous ferait passer pour insensibles, — les sentiments personnels que la vie vous met en demeure
d'éprouver. Il semblerait, alors, à voir la froide mesure
de vos mouvements, que vous ne palpitez que par courtoisie. L'Art, sans doute, vous poursuit d'une préoccupation constante jusque dans l'amour et dans la douleur. A
force d'analyser les complexités de ces mêmes sentiments, vous craignez trop de ne pas être parfaits dans vos
manifestations, n'est-ce-pas?... de manquer d'exactitude
dans l'exposé de votre trouble?... Vous ne sauriez vous
défaire de cette arrière-pensée. Elle paralyse chez vous
les meilleurs élans et tempère toute expansion naturelle.
On dirait que, — princes d'un autre univers, — une foule
invisible ne cesse de vous environner, prête à la critique
ou à l'ovation.

« Bref, lorsqu'un grand bonheur ou un grand malheur
vous arrivent, ce qui s'éveille, en vous, tout d'abord,
avant même que votre esprit s'en soit bien rendu compte,
c'est l'obscur désir d'aller trouver quelque comédien hors
ligne pour lui demander quels sont les gestes convenables
où vous devez vous laisser emporter par la circonstance.
L'Art conduirait-il à l'endurcissement?... Cela m'inquiète.

— Lucienne, répondit le comte, j'ai connu certain
chanteur qui, auprès du lit de mort de sa fiancée et
entendant la sœur de celle-ci se répandre en sanglots
convulsifs, ne pouvait s'empêcher de remarquer, malgré
son affliction, les défauts d'émission vocale qu'il y avait
lieu de signaler dans ces sanglots et songeait, vaguement,
aux exercices propres à leur donner « plus de corps ».
Ceci vous semble mal?... Cependant, notre chanteur
mourut de cette séparation, et la survivante quitta le deuil
juste au jour prescrit par l'usage.

Mme Émery regarda Maximilien.

— A vous entendre, dit-elle, il serait difficile de préciser en quoi consiste la sensibilité véritable et à quels
signes on peut la reconnaître.

— Je veux bien dissiper vos doutes à ce sujet, répondit
en souriant M. de W***. Mais les termes... techniques...
sont déplaisants, et je crains...

— Laissez donc! j'ai mon bouquet de violettes de Parme, vous avez votre cigare; je vous écoute.

— Eh bien! soit; j'obéis, répliqua Maximilien. — Les fibres cérébrales affectées par les sensations de joie ou de peine paraissent, dites-vous, comme détendues chez l'artiste, par ces excès d'émotions intellectuelles que nécessite, chaque jour, le culte de l'Art? — Moi, je ne les crois que sublimées, au contraire, ces mystérieuses fibres! — Les autres hommes semblent gratifiés de propriétés de tendresse mieux conditionnées, de passions plus franches, plus *sérieuses*, enfin?... Je vous affirme, moi, que la tranquillité de leurs organismes, encore un peu obscurcis par l'Instinct, les porte à nous donner, pour de suprêmes expressions de sentiments, de simples débordements d'animalité.

« Je maintiens que leurs cœurs et leurs cerveaux sont desservis par des centres nerveux qui, ensevelis dans une torpeur habituelle, résonnent en vibrations infiniment moins nombreuses et plus sourdes que les nôtres. On dirait qu'ils ne se hâtent d'évaporer en clameurs leurs impressions que pour se donner une illusion d'eux-mêmes ou se justifier, d'avance, de l'inertie où ils sentent bien qu'ils vont rentrer.

« Ces natures sans échos sont ce que le monde appelle des gens «à caractère», — des êtres, des cœurs violents et nuls. Cessons d'être dupes de la matité de leurs cris. Étaler sa faiblesse dans le secret espoir d'en communiquer la contagion, afin de bénéficier, au moins fictivement à ses propres yeux, de l'émotion réelle que l'on parvient, ainsi, à susciter chez quelques autres, — grâce à cette obscure feintise, — cela ne convient qu'aux êtres inachevés.

« Au nom de quels droits réels prétendraient-ils décréter que toutes ces agitations, de plus que douteux aloi, sont de rigueur dans l'expression des souffrances ou des ivresses de la vie et taxer d'insensibilité ceux dont la pudeur s'en abstient? Le rayon qui frappe un diamant entouré de gangue y est-il mieux reflété qu'en un diamant bien taillé où pénètre l'essence même du feu? En vérité, ceux-là, celles-là, qui se laissent émouvoir par la crudité des expansions sont de nature à préférer les bruits confus aux profondes mélodies : voilà tout.

— Pardon, Maximilien, interrompit Mme Émery : j'écoute votre analyse un peu subtile avec une admiration sincère... mais seriez-vous assez aimable pour me dire quelle est cette heure qui sonne ?

— Dix heures, Lucienne ! répondit le jeune homme en regardant sa montre à la lueur de son cigare.

— Ah !... Bien. — Continuez.

— Pourquoi cette inquiétude rare à propos d'une heure qui passe ?

— Parce que c'est la dernière de notre amour, mon ami ! répondit Lucienne. J'ai accepté de M. de Rostanges un rendez-vous pour onze heures et demie, ce soir ; j'ai différé de vous l'apprendre jusqu'au dernier moment. — M'en voulez-vous ?... Pardonnez-moi.

Si le comte, à ces paroles, devint un peu plus pâle, l'obscurité protectrice voila cette marque d'émotion ; nul frémissement ne décela ce que dut subir son être en cet instant.

— Ah ! dit-il d'une voix égale et harmonieuse, un jeune homme des plus accomplis et qui mérite votre attachement. Recevez donc mes adieux, chère Lucienne, ajouta-t-il.

Il prit la main de sa maîtresse et la baisa.

— Qui sait ce que nous réserve l'avenir ? lui répondit Lucienne souriante, bien qu'un peu interdite. — Rostanges n'est qu'un caprice irrésistible. — Et maintenant, ajouta-t-elle après un bref silence, continuez mon ami, je vous prie. Je voudrais apprendre, avant de nous quitter, *ce qui donne le droit aux grands artistes de tant dédaigner les façons des autres hommes.*

Un instant se passa, terrible, muet, entre les deux amants.

— Nous ressentons, en un mot, les sensations ordinaires, reprit Maximilien, avec autant d'intensité que quiconque. Oui, le fait naturel, *instinctif* d'une sensation, nous l'éprouvons, physiquement, tout comme les autres ! Mais c'est, seulement, *tout d'abord,* que nous le ressentons de cette manière humaine !

« C'est la presque impossibilité d'exprimer ses *prolongements* immédiats en nous qui nous fait paraître comme paralysés, presque toujours, en bien des circonstances. Au moment où les autres hommes sont déjà parvenus à l'oubli, faute de vitalité suffisante, elles grandissent en notre être, tenez, comme les rumeurs de la houle lorsqu'on approche de la mer. Ce sont les perceptions de ces prolongements occultes, de ces infinies et merveilleuses vibrations qui, seules, déterminent la supériorité de notre race. De là ces discordances apparentes entre les pensées et les attitudes lorsque l'un d'entre nous, par exemple, essaye de traduire, à la manière de tout le monde, ce qu'il éprouve. Songez quelle distance nous sépare de ces âges primitifs du Sentiment, depuis si longtemps perdus au fond de notre esprit ! L'atonie du son de la voix, l'anomalie du geste, la recherche de nos paroles, tout est en contradiction avec les sincérités ayant cours et avec les banalités de langage, proportionnées à la manière de ressentir de la majorité. Nous sonnons faux : on nous trouve de glace. Les femmes, en nous observant alors, n'en reviennent pas. Elles s'imaginaient volontiers que, nous aussi, nous allions nous démener au moins quelque peu, — partir, enfin, pour ces mêmes « nuages » où il est entendu que se réfugient les « poètes », d'après un dicton répandu, à dessein, par la Bourgeoisie. Quel étonnement en voyant arriver précisément le contraire ! La méprisante horreur qu'elles éprouvent, à cette découverte, pour ceux qui les avaient dupées sur notre compte, passe toutes bornes, — et, si nous tenions à le vengeance, celle-là nous serait amusante.

« Non, Lucienne, il ne nous agrée pas de nous mal traduire en ces manifestations mensongères où les gens se produisent. Nous nous efforcerions en vain dè rendosser toute cette défroque humaine, oubliée dans notre antichambre depuis un temps immémorial ! — Nous nous sommes identifés avec l'essence même de la Joie ! avec l'idée vive de la Douleur ! Que voulez-vous ! C'est ainsi. — Seuls, entre les hommes, nous sommes parvenus à la possession d'une aptitude presque divine : celle de transfigurer, à notre simple contact, les félicités de l'Amour, par exemple, ou ses tortures, sous un caractère immédiat d'éternité. C'est là notre indicible secret ! Instinctivement, nous nous refusons à le laisser transparaître, — pour épargner, autant que possible, à notre prochain la honte de nous trouver incompréhensibles. — Hélas ! nous sommes pareils à ces cristaux puissants où dort, en Orient, le pur esprit des roses mortes [125] et qui sont hermétiquement voilés d'une triple enveloppe de cire, d'or et de parchemin.

« Une seule larme de leur essence, — de cette essence conservée ainsi dans la grande amphore précieuse (fortune de toute une race et que l'on se transmet, par héritage, comme un trésor sacré tout béni par les aïeux), — suffit à pénétrer bien des mesures d'eau claire, je vous assure, Lucienne ! Et celles-ci, à leur tour, suffisent à embaumer bien des demeures, bien des tombeaux, durant de longues années !... Mais nous ne sommes point pareils (et c'est là notre crime) à ces flacons remplis de banals parfums, tristes et stériles fioles qu'on dédaigne le plus souvent de refermer et dont la vertu s'aigrit ou s'évente à tous les souffles qui passent. — Ayant conquis une pureté de sensations inaccessible aux profanes, nous deviendrions menteurs, à nos propres yeux, si nous empruntions les pantomimes reçues et les expressions «consacrées» dont le vulgaire se contente. Nous nous hâterions, en conscience, de le dissuader, s'il ajoutait foi, ne fût-ce qu'un instant, au premier cri que, parfois, nous arrache une incidence heureuse ou fatale. — C'est à la juste notion de la Sincérité que nous devons d'être sobres dans les gestes, scrupuleux dans les paroles, réservés dans les enthousiasmes, contenus dans les désespoirs.

« C'est donc la *qualité* de nos facultés affectives qui nous vaut ces inculpations d'endurcissement ?... — En vérité, chère Lucienne, si nous tenions (ce qu'à Dieu ne plaise !) à cesser d'être incompris de la plupart des individus, — à revendiquer de leurs entendements un autre hommage que l'indifférence, — il serait à désirer, en effet, comme vous le disiez tout à l'heure, que, dans les grandes occasions, un bon acteur vînt se placer derrière nous, passât ses bras sous les nôtres, puis parlât et gesticulât pour notre compte. — Nous serions sûrs, alors, de toucher la foule par les seuls côtés qui lui sont accessibles. »

Mme Émery considérait, très pensive, le comte de W***.

— Mais, vraiment, mon cher Maximilien, s'écriat-elle, vous en viendrez à ne plus oser dire « bonjour » ou « bonsoir » de peur de paraître... emprunté... au commun des mortels! — Vous avez des instants exquis et inoubliables, je l'avoue, et suis fière de vous les avoir inspirés... — Parfois, vous m'avez éblouie des profondeurs de votre cœur et des douces expansions de votre tendresse; oui, jusqu'à je ne sais quels ravissements dont j'emporte à jamais l'étrange et troublant souvenir!... Mais, que voulez-vous!... vous m'échappez — d'un regard où je ne puis vous suivre! — et je ne serai jamais bien persuadée que vous éprouvez vous-même, d'une manière autre qu'imaginaire, ce que vous faites ressentir. — C'est à cause de ceci, Max, que je ne puis que me séparer de vous.

— Je me résigne donc à ne pas être *ordinaire,* dussé-je encourir le dédain des braves gens qui (peut-être avec raison) se jugent mieux organisés que moi, répondit le comte. — Tout le monde, d'ailleurs, me paraît, aujourd'hui, plus ou moins revenu d'éprouver quoi que ce soit. J'espère qu'il y aura bientôt quatre ou cinq cents théâtres par capitale, où, les événements usuels de la vie étant joués sensiblement mieux que dans la réalité, personne ne se donnera plus beaucoup la peine de vivre soi-même. Lorsqu'on voudra se passionner ou s'émouvoir, on prendra une stalle, ce sera plus simple. — Ce biais ne sera-t-il pas mille fois préférable, au point de vue du bon sens?... — Pourquoi s'épuiser en passions destinées à l'oubli?... Qu'est-ce qui ne s'oublie pas un peu, dans le cours d'un semestre? — Ah! si vous saviez quelle quantité de silence nous portons en nous!... Mais, pardon, Lucienne: voici dix heures et demie, et je serais indiscret de ne point vous le rappeler, après votre confidence de tout à l'heure, murmura Maximilien en souriant et en se levant.

— Votre conclusion?... dit-elle. — J'arriverai à temps.

— Je conclus, répondit Maximilien, que lorsqu'un quidam s'écrie, à propos de l'un d'entre nous, en se frappant les parois antérieures de la poitrine comme pour s'étourdir sur le vide qu'il sent en lui-même : « Il a trop d'intelligence pour avoir du cœur ! », il est, d'abord, fort probable que le quidam se fâcherait tout rouge si on lui répondait qu'il a, lui, « trop de cœur pour avoir de l'intelligence ! », ce qui prouve qu'au fond nous n'avons pas choisi la plus mauvaise part, de l'aveu même de celui qui nous le reproche. Ensuite, remarquez-vous ce que devient cette phrase, sous une analyse attentive ? C'est comme si l'on disait : « Cette personne est trop bien élevée pour se donner la peine d'avoir de bonnes manières ! » En quoi consistent les bonnes manières ? C'est ce que le vulgaire, non plus que l'homme vraiment bien élevé, ne sauront jamais, malgré tous les codes de civilité puérile et honnête. De telle sorte que cette phrase n'exprime, naïvement, que la jalousie instinctive et, pour ainsi dire, *mélancolique* de certaines natures en présence de la nôtre. Ce qui nous sépare, en effet, ce n'est pas une différence : c'est un infini.

Lucienne se leva et prit le bras de M. de W***.

— Je remporte de notre entretien cet axiome, dit-elle, que, si contradictoires que semblent vos paroles ou vos manières d'être, quelquefois, dans les circonstances terribles ou joyeuses de votre existence, elles ne prouvent en rien que vous soyez...

— De bois !... acheva le comte avec un sourire.

Ils regardaient passer les voitures lumineuses. Maximilien fit signe à l'une d'elles, qui s'approcha. Lorsque Lucienne s'y fut assise, le jeune homme s'inclina, silencieusement.

— Au revoir ! cria Lucienne, en lui envoyant un baiser.

La voiture s'éloigna. Le comte la suivit des yeux quelque temps, comme de raison ; puis, remontant l'avenue, à pied, le cigare aux lèvres, il rentra chez lui, au rond-point.

Quand il fut seul, dans sa chambre, il s'assit devant sa table de travail, prit, dans un nécessaire, une petite lime et parut absorbé dans le soin de se polir l'extrémité des ongles.

Puis il écrivit quelques vers sur une... vallée écossaise, dont le souvenir lui revint, assez étrangement, parmi les hasards de l'Esprit.

Puis il coupa quelques feuillets d'un livre nouveau, les parcourut, — et jeta le volume.

Deux heures de la nuit sonnèrent : il s'étira.

— Ce battement de cœur est, vraiment, insupportable ! murmura-t-il.

Il se leva, fit retomber les rideaux massifs et les tentures, alla vers un secrétaire, l'ouvrit, prit dans un tiroir un petit pistolet « coup de poing », s'approcha d'un sopha, mit l'arme dans sa poitrine, sourit, et haussa les épaules en fermant les yeux.

Un coup sourd, étouffé par les draperies, retentit ; un peu de fumée partit, bleuâtre, de la poitrine du jeune homme, qui tomba sur les coussins.

Depuis ce temps, lorsqu'on demande à Lucienne le motif de ses toilettes sombres, elle répond à ses amoureux, d'un ton enjoué :

— Bah ! que voulez-vous ! Le noir me va si bien !

Mais son éventail de deuil palpite, alors, sur son sein, comme l'aile d'un phalène [126] sur une pierre tombale.

LE PLUS BEAU DINER DU MONDE

Ce texte a paru dans *La Semaine parisienne* en mai 1874. La solennité ironique de ce chef-d'œuvre, où une fois de plus la bourgeoisie est prise pour cible avec sa nullité pompeuse et sa cupidité hypocrite, la constitue en une des plus parfaites satires du recueil. Son réalisme apparent est fictif, comme toujours chez Villiers, ainsi que l'attestent entre autres les louanges implicitement décernées à l'introducteur du phylloxéra en France, et le fait que, contre toute vraisemblance, une seule dame soit présente aux deux dîners.

LE PLUS BEAU DINER DU MONDE

Un coup de Commandeur!
Un coup de Jarnac!

Vieux dicton.

Xanthus, le maître d'Ésope, déclara, sur la suggestion du fabuliste, que, s'il avait parié qu'il boirait la mer, il n'avait point parié de boire les fleuves qui «entrent dedans», pour me servir de l'aimable français de nos traducteurs universitaires [127].

Certes, une telle échappatoire était fort avisée; mais, l'Esprit de progrès aidant, ne saurions-nous en trouver, aujourd'hui, d'équivalentes? de tout aussi ingénieuses?
— Par exemple :

«Retirez, au préalable, les poissons, qui ne sont point compris dans la gageure; filtrez! — Défalcation faite de ces derniers, la chose ira de soi.»

Ou, mieux encore :

«J'ai parié que je boirai la mer! bien; mais pas d'un seul trait! Le sage doit ne jamais précipiter ses actions : je bois lentement. Ce sera donc, simplement, *une goutte*, n'est-ce pas? chaque année.»

Bref, il est peu d'engagements qu'on ne puisse tenir d'une certaine façon... et cette façon pourrait être qualifiée de *philosophique*.

— «Le plus beau dîner du monde!»

Telles furent les expressions dont se servit, *formellement*, Me Percenoix, l'ange de l'Emphytéose [128], pour définir, d'une façon positive, le repas qu'il se proposait d'offrir aux notabilités de la petite ville de

D*** [129], où son étude florissait depuis trente ans et
plus.

Oui. Ce fut au cercle, — le dos au feu, les basques de
son habit sous les bras, les mains dans les poches, les
épaules tendues et effacées, les yeux au ciel, les sourcils
relevés, les lunettes d'or sur les plis de son front, la toque
en arrière, la jambe droite repliée sur la gauche et la
pointe de son soulier verni touchant à peine à terre,
— qu'il prononça ces paroles.

Elles furent soigneusement notées en la mémoire de
son vieux rival, Me Lecastelier, l'ange du Paraphernal [130], lequel, assis en face de Me Percenoix, le considérait d'un œil venimeux, à l'abri d'un vaste abat-jour
vert.

Entre ces deux collègues, c'était une guerre sourde
depuis le lointain des âges! Le repas devenait le champ de
bataille longuement étudié par Me Percenoix et proposé
par lui pour en finir. Aussi Me Lecastelier, forçant à
sourire l'acier terni de sa face de couteau-poignard, ne
répondit-il rien, sur le moment. Il se sentait attaqué.
C'était l'aîné : il laissait Percenoix, son cadet, parler et
s'engager comme une petite folle. — Sûr de lui (mais
prudent!), il voulait, avant d'accepter la lutte, se rendre
un compte méticuleux des positions et des forces de
l'ennemi.

Dès le lendemain, toute la petite ville de D*** fut en
rumeur. On se demandait quel serait le *menu* du dîner.

Évoquant des sauces oubliées, le receveur particulier
se perdait en conjectures. Le sous-préfet calculait et prophétisait des *suprêmes* de phénix servis sur leurs cendres ;
— des phénicoptères [131] inconnus voletaient dans ses rêves. Il citait Apicius [132].

Le conseil municipal relisait Pétrone, le critiquait. Les
notables disaient : « Il faut attendre », et calmaient un peu
l'effervescence générale. Tous les invités, sur l'avis du
sous-préfet, prirent des amers [133] huit jours à l'avance.

Enfin, le grand jour arriva.

La maison de Me Percenoix était sise près des Promenades, à une portée de fusil de celle de son rival.

Dès quatre heures du soir, une haie s'était formée,

devant la porte, sur deux rangs, pour voir venir les convives. Au coup de six heures, on les signala.

L'on s'était rencontré aux Promenades, comme par
hasard, et l'on arrivait ensemble.

Il y avait, d'abord, le sous-préfet, donnant le bras à
Mme Lecastelier; puis le receveur particulier et le directeur de la poste; puis trois personnes d'une haute influence; puis le docteur, donnant le bras au banquier;
puis une célébrité, l'*Introducteur du phylloxera en
France*; puis le proviseur du lycée, et quelques propriétaires fonciers. Me Lecastelier fermait la marche, prisant,
parfois, d'un air méditatif.

Ces messieurs étaient en habit noir, en cravate blanche,
et montraient une fleur à leur boutonnière : Mme Lecastelier, maigre, était en robe de soie couleur souris-qui-
trotte, un peu montante.

Arrivés devant le portail, et à l'aspect des panonceaux
qui brillaient des feux du couchant, les convives se retournèrent vers l'horizon magique : les arbres lointains
s'illuminaient; les oiseaux s'apaisaient dans les vergers
voisins.

— Quel sublime spectacle ! s'écria l'*Introducteur du
phylloxera* en embrassant, du regard, l'Occident.

Cette opinion fut partagée par les convives, qui humè-
rent, un instant, les beautés de la Nature, comme pour en
dorer le dîner.

L'on entra. Chacun retint son pas dans le vestibule, par
dignité.

Enfin, les battants de la salle à manger s'entrouvrirent.
Percenoix, qui était veuf, s'y tenait seul, debout, affable.
— D'un air à la fois modeste et vainqueur, il fit le geste
circulaire de prendre place. De petits papiers portant le
nom des convives étaient placés, comme des aigrettes,
sur les serviettes pliées en forme de mitre. Mme Lecastelier compta du regard les convives, espérant que l'on
serait treize à table : l'on était dix-sept. — Ces prélimi-
naires terminés, le repas commença, d'abord silencieux;
on sentait que les convives se recueillaient et prenaient,
comme on dit, leur élan.

La salle était haute, agréable, bien éclairée; tout était

bien servi. Le dîner était simple : deux potages, trois entrées, trois rôtis, trois entremets, des vins irréprochables, une demi-douzaine de plats divers, puis le dessert.

Mais tout était exquis !

De sorte que, en y réfléchissant, le dîner, eu égard aux convives et à leur nature, était, précisément, *pour eux,* « le plus beau dîner du monde ! » Autre chose eût été de la fantaisie, de l'ostentation, — eût *choqué.* Un dîner différent eût, peut-être, été qualifié d'atellane [134], eût éveillé des idées d'inconvenance, d'orgie…, et Mme Lecastelier se fût levée. Le plus beau dîner du monde n'est-il pas celui qui est à la pleine satisfaction du goût de ses convives ?

Percenoix triomphait. Chacun le félicitait avec chaleur.

Soudain, après avoir pris le café, Me Lecastelier, que tout le monde regardait et plaignait sincèrement, se leva, froid, austère, et, avec lenteur, prononça ces paroles — au milieu d'un silence de mort :

— J'en donnerai *un* plus beau l'année prochaine.

Puis, saluant, il sortit avec sa femme.

Me Percenoix s'était levé. Il calma, par son air digne, l'inexprimable agitation des convives et le brouhaha qui s'était produit après le départ des Lecastelier.

De toutes parts, les questions se croisaient :

— Comment ferait-il pour en donner *un* plus beau l'année prochaine, puisque CELUI de Me Percenoix était le *plus beau dîner du monde ?*

— Projet absurde !

— Équivoque !

— Inqualifiable !

— Non avenu…

— Risible ! ! !

— Puéril…

— Indigne d'un homme de sens !

— La passion l'avait emporté ; — l'âge, peut-être !

On rit beaucoup. — *L'Introducteur du phylloxera,* qui, pendant le festin, avait fait des mamours à Mme Lecastelier, ne tarissait pas en épigrammes :

— Ah ! ah ! En vérité !… Un plus beau ! — Et comment cela ? — Oui, comment cela ?... La chose était des plus gaies !

Il ne tarissait pas.

Me Percenoix se tenait les côtes.

Cet incident termina joyeusement le banquet. Portant aux nues l'amphitryon, les convives, bras dessus bras dessous, s'élancèrent à la débandade hors de la maison, précédés des lanternes de leurs domestiques. Ils n'en pouvaient plus de rire devant l'idée saugrenue, présomptueuse même, et qui ne pouvait se discuter, de vouloir donner « un plus beau dîner que le plus beau dîner du monde ».

Ils passèrent ainsi, fantastiques et hilares, dans la haie qui les avait attendus à la porte pour avoir des nouvelles.

Puis — chacun rentra chez soi.

Me Lecastelier eut une indigestion épouvantable. On craignit pour ses jours. Et Percenoix, qui ne « voulait pas la mort du pécheur », et qui, d'ailleurs, espérait encore jouir, l'année suivante, du *fiasco* que ferait nécessairement son collègue, envoyait quotidiennement prendre le bulletin de la santé du digne tabellion. Ce bulletin fut inséré dans la feuille départementale, car tout le monde s'intéressait au pari imprudent : on ne parlait que du dîner. Les convives ne s'abordaient qu'en échangeant des mots à voix basse. C'était grave, très grave : l'honneur de l'endroit était en jeu.

Pendant toute l'année, Me Lecastelier se déroba aux questions. Huit jours avant l'anniversaire, ses invitations furent lancées. Deux heures après la tournée matinale du facteur, ce fut un branle-bas extraordinaire dans la ville. Le sous-préfet crut immédiatement de son devoir de renouveler la tournée des amers, par esprit d'équité.

Quand vint le soir du grand jour, les cœurs battaient. Ainsi que l'année précédente, les convives se rencontrèrent aux Promenades, comme par hasard. L'avant-garde fut signalée à l'horizon par les cris de la haie enthousiaste.

Et le même ciel empourprait, à l'Occident, la ligne des beaux arbres, lesquels étaient de magnifiques pieds de

hêtre appartenant, par préciput et hors part [135], à Me Percenoix.

Les convives admirèrent tout cela de nouveau. Puis
l'on entra chez M. et Mme Lecastelier, et l'on pénétra
dans la salle à manger. Une fois assis, après les cérémonies, les convives, en parcourant le menu d'un œil sévère, s'aperçurent, avec une stupeur menaçante, que
c'était le MÊME dîner !

Étaient-ils mystifiés ? A cette idée, le sous-préfet
fronça le sourcil et fit, en lui-même, ses réserves.

Chacun baissa les yeux, ne voulant point (par ce sentiment de courtoisie, de tact parfait, qui distingue les personnes de province), laisser éprouver à l'amphitryon et à
sa femme l'impression du profond mépris que l'on ressentait pour eux.

Percenoix ne cherchait même pas à dissimuler la joie
d'un triomphe qu'il crut désormais assuré. Et l'on déplia
les serviettes.

O surprise ! Chacun trouvait sur son assiette, —
quoi ?... — ce qu'on appelle un jeton de présence, —
une pièce de vingt francs.

Instantanément, comme si une bonne fée eût donné un
coup de baguette, il y eut une sorte de « passez, mus-
cade ! » général, et tous les « jaunets » disparurent dans
l'enchantement d'une rapidité inconnue.

Seul, l'*Introducteur du phylloxera,* préoccupé d'un
madrigal, n'aperçut le napoléon de son assiette qu'un bon
moment après les autres. — Il y eut là un retard. —
Aussi, d'un air gauche, embarrassé, et avec un sourire
d'enfant, murmura-t-il du côté de sa voisine quelques
vagues paroles qui sonnèrent comme une petite sérénade :

— Suis-je étourdi ! quelle inadvertance ! — J'ai failli
faire tomber... maudite poche !... Cependant, c'est celle
qui a introduit en France... On perd souvent, faute de
précautions... l'on met son argent dans un gousset, par
mégarde ; puis, au moindre faux mouvement, — en dé-
ployant sa serviette, par exemple, — vlan ! crac ! bing !
bonsoir !

Mme Lecastelier sourit, en fine mouche.

— Distraction des grands esprits !... dit-elle.

— Ne sont-ce pas les beaux yeux qui les causent? répondit galamment le célèbre savant, en *remettant* dans sa poche de montre, avec une négligence enjouée, la belle pièce d'or qu'il avait failli perdre.

Les femmes comprennent tout ce qui est délicatesse, — et, tenant compte de l'intention qu'avait eue l'*Introducteur du phylloxera*, Mme Lecastelier lui fit la gracieuseté de rougir deux ou trois fois pendant le dîner, alors que le savant, se penchant vers elle, lui parlait à voix basse.

— Paix, monsieur Redoubté! — murmurait-elle.

Percenoix, en vraie tête de linotte, ne s'était aperçu de rien et n'avait rien eu; — il jasait, en ce moment-là, comme une pie borgne, et s'écoutait lui-même, les yeux au plafond.

Le dîner fut brillant, très brillant. La politique des cabinets de l'Europe y fut analysée: le sous-préfet dut même regarder silencieusement, plusieurs fois, les trois personnes d'une haute influence, et celles-ci, pour lesquelles la Diplomatie n'avait dès longtemps plus d'arcanes, détournèrent les chiens par une volée de calembours qui firent l'effet de pétards. Et la joie des convives fut à son comble quand on servit le nougat, qui représentait, comme l'année précédente, la petite ville de D*** elle-même.

Vers les neuf heures de la soirée, chaque invité, en remuant discrètement le sucre dans sa tasse de café, se tourna vers son voisin. Tous les sourcils étaient haussés et les yeux avaient cette expression atone propre aux personnes qui, après un banquet, vont émettre une opinion.

— C'est le même dîner?

— Oui, le même.

Puis, après un soupir, un silence et une grimace méditative:

— Le même, absolument.

— Cependant, n'y avait-il pas *quelque* chose?

— Oui, oui, il y avait quelque chose!

— Enfin, — là, — il est plus beau!

— Oui, c'est curieux. C'est le même... et, cependant, il est plus beau!

— Ah! voilà qui est particulier!

Mais en quoi était-*il* plus beau? Chacun se creusait inutilement la cervelle.

On se croyait, tout à coup, le doigt sur le point précis qui légitimait cette impression indéfinissable de *différence* que chacun ressentait — et l'idée, rebelle, s'enfuyait comme une Galathée qui ne voudrait pas être vue [136].

Puis on se sépara, pour mûrir le problème plus librement.

Et, depuis lors, toute la petite ville de D*** est en proie à l'incertitude la plus lamentable. C'est comme une fatalité!... Personne ne peut éclaircir le mystère qui pèse encore aujourd'hui sur le festin victorieux de Me Lecastelier.

Me Percenoix, quelques jours après, étant plongé dans cette préoccupation, — glissa dans son escalier et fit une chute dont il décéda. — Lecastelier le pleura bien amèrement [137].

Aujourd'hui, durant les longues soirées d'hiver, soit à la sous-préfecture, soit à la recette particulière, on parle, on devise, on se demande, on rêve, et le thème éternel est remis sur le tapis. On y renonce!... On arrive bien à *un cheveu près,* comme à l'aide d'une 168e décimale, puis l'*x* du rapport se recule indéfiniment, entre ces deux affirmations à confondre l'Esprit humain, — mais qui constituent le Symbole des préférences *indiscutables* de la Conscience publique, sous la voûte des cieux:

LE MÊME... ET, CEPENDANT, PLUS BEAU!

LE DÉSIR D'ÊTRE UN HOMME

Paru dans *L'Étoile de France* de juillet 1882. Ce récit admirable et grinçant, un des plus modernes du recueil, éveille de multiples échos. On y trouve une parodie du romantisme de Ruy Blas, laquais voulant être un homme, et, à la fin, du romantisme de la mer des derniers romans de Hugo. Plus encore, on y lit un reflet d'une certaine atmosphère baudelairienne, celle du « Vieux Saltimanque » dans *Le Spleen de Paris* — sans doute parce que Villiers trouve en lui-même un double de Baudelaire. Sous le vieux comédien perce dans les deux cas le poète usé, pauvre, inquiet sur sa valeur et sur son être même. Chaudval a des traits physiques en commun avec le Dr Tribulat Bonhomet, qui est par certains côtés un double bouffon et terrible de son créateur : la haute taille, la physionomie saturnienne, le grand feutre et la large houppelande. Il est une version dérisoire et creuse de Villiers, boulevardier noctambule, pauvre malgré d'anciens succès illusoires, conteur et gesticulateur, et descendant d'une vieille famille bretonne. Le fantasme de l'incendie, fréquent chez Villiers (moins pourtant que celui de l'échafaud), qu'on retrouvera dans *La Reine Ysabeau*, est développé ici. Et la peur de l'échec, du vide existentiel, amène cet élargissement fantastique de la fin, où le personnage monstrueux et grotesque se transforme en spectre. On songe aux « Ruines circulaires » de J. L. Borges, où le héros, après avoir passé sa vie à créer un être par le rêve, s'aperçoit à la fin que c'est lui qui est rêvé par un autre. Mais aussi à la description donné par Henri de Groux de son ami Villiers : « un Bossuet spectral, fantômal, irréel, effrayant parfois ».

LE DÉSIR D'ÊTRE UN HOMME

A Monsieur Catulle Mendès [138].

> Un de ces hommes devant lesquels la Nature peut se dresser et dire : « Voilà un Homme ! »
>
> SHAKESPEARE.
> *Jules César* [139].

Minuit sonnait à la Bourse, sous un ciel plein d'étoiles. A cette époque, les exigences d'une loi militaire pesaient encore sur les citadins et, d'après les injonctions relatives au couvre-feu [140], les garçons des établissements encore illuminés s'empressaient pour la fermeture.

Sur les boulevards, à l'intérieur des cafés, les papillons de gaz des girandoles s'envolaient très vite, un à un, dans l'obscurité. L'on entendait du dehors le brouhaha des chaises portées en quatuors sur les tables de marbre ; c'était l'instant psychologique où chaque limonadier juge à propos d'indiquer, d'un bras terminé par une serviette, les fourches caudines de la porte basse [141] aux derniers consommateurs.

Ce dimanche-là sifflait le triste vent d'octobre. De rares feuilles jaunies, poussiéreuses et bruissantes, filaient dans les rafales, heurtant les pierres, rasant l'asphalte, puis, semblances de chauves-souris, disparaissaient dans l'ombre, éveillant ainsi l'idée de jours banals à jamais vécus. Les théâtres du boulevard du Crime où, pendant la soirée, s'étaient entrepoignardés à l'envi tous les Médicis, tous les Salviati [142] et tous les Montefeltre, se dressaient, repaires du Silence, aux portes muettes

gardées par leurs cariatides. Voitures et piétons, d'instant
en instant, devenaient plus rares ; çà et là, de sceptiques
falots de chiffonniers luisaient déjà, phosphorescences
dégagées par les tas d'ordures au-dessus desquels ils
erraient.

A la hauteur de la rue Hauteville, sous un réverbère, à
l'angle d'un café d'assez luxueuse apparence, un grand
passant à physionomie saturnienne, au menton glabre, à
la démarche somnambulesque, aux longs cheveux gri-
sonnants sous un feutre genre Louis XIII, ganté de noir
sur une canne à tête d'ivoire et enveloppé d'une vieille
houppelande bleu de roi, fourrée de douteux astrakan,
s'était arrêté comme s'il eût machinalement hésité à fran-
chir la chaussée qui le séparait du boulevard Bonne-Nouvelle.

Ce personnage attardé regagnait-il son domicile ? Les
seuls hasards d'une promenade nocturne l'avaient-ils
conduit à ce coin de rue ? Il eût été difficile de le préciser
à son aspect. Toujours est-il qu'en apercevant tout à
coup, sur sa droite, une de ces glaces étroites et longues
comme sa personne — sortes de miroirs publics d'atte-
nance, parfois, aux devantures d'estaminets marquants
— il fit une halte brusque, se campa, de face, vis-à-vis de
son image et se toisa, délibérément, des bottes au chapeau. Puis, soudain, levant son feutre d'un geste qui
sentait son autrefois, il se salua non sans quelque courtoisie.

Sa tête, ainsi découverte à l'improviste, permit alors de
reconnaître l'illustre tragédien Esprit Chaudval, né Lepeinteur[143], dit Monanteuil, rejeton d'une très digne famille de pilotes malouins et que les mystères de la Destinée avaient induit à devenir grand premier rôle de province, tête d'affiche à l'étranger et rival (souvent heureux) de notre Frédérick Lemaître[144].

Pendant qu'il se considérait avec cette sorte de stupeur,
les garçons du café voisin endossaient les pardessus aux
derniers habitués, leur désaccrochaient les chapeaux ;
d'autres renversaient bruyamment le contenu des tirelires
de nickel et empilaient en rond sur un plateau le billon de
la journée. Cette hâte, cet effarement provenaient de la

présence menaçante de deux subits sergents de ville qui, debout sur le seuil et les bras croisés, harcelaient de leur froid regard le patron retardataire.

Bientôt les auvents furent boulonnés dans leurs châssis de fer, — à l'exception du volet de la glace qui, par une inadvertance étrange, fut omis au milieu de la précipitation générale.

Puis le boulevard devint très silencieux. Chaudval seul, inattentif à toute cette disparition, était demeuré dans son attitude extatique au coin de la rue Hauteville, sur le trottoir, devant la glace oubliée.

Ce miroir livide et lunaire paraissait donner à l'artiste la sensation que celui-ci eût éprouvée en se baignant dans un étang ; Chaudval frissonnait.

Hélas ! disons-le, en ce cristal cruel et sombre, le comédien venait de s'apercevoir vieillissant.

Il constatait que ses cheveux, hier encore poivre et sel, tournaient au clair de lune ; c'en était fait ! Adieu rappels et couronnes, adieu roses de Thalie, lauriers de Melpomène ! Il fallait prendre congé pour toujours, avec des poignées de mains et des larmes, des Ellevious et des Laruettes, des grandes livrées et des rondeurs, des Dugazons[145] et des ingénues !

Il fallait descendre en toute hâte du chariot de Thespis et le regarder s'éloigner, emportant les camarades ! Puis, voir les oripeaux et les banderoles qui, le matin, flottaient au soleil jusque sur les roues, jouets du vent joyeux de l'Espérance, les voir disparaître au coude lointain de la route, dans le crépuscule[146].

Chaudval, brusquement conscient de la cinquantaine (c'était un excellent homme), soupira. Un brouillard lui passa devant les yeux ; une espèce de fièvre hivernale le saisit et l'hallucination dilata ses prunelles.

La fixité hagarde avec laquelle il sondait la glace providentielle finit par donner à ses pupilles cette faculté d'agrandir les objets et de les saturer de solennité, que les physiologistes ont constatée chez les individus frappés d'une émotion très intense.

Le long miroir se déforma donc sous ses yeux chargés d'idées troubles et atones. Des souvenirs d'enfance, de

plages et de flots argentés lui dansèrent dans la cervelle.
Et ce miroir, sans doute à cause des étoiles qui en appro-
fondissaient la surface, lui causa d'abord la sensation de
l'eau dormante d'un golfe. Puis s'enflant encore, grâce
aux soupirs du vieillard, la glace revêtit l'aspect de la mer
et de la nuit, ces deux vieilles amies des cœurs déserts.

Il s'enivra quelque temps de cette vision, mais le réverbère qui rougissait la bruine froide derrière lui, au-
dessus de sa tête, lui sembla, répercuté au fond de la
terrible glace, comme la lueur d'un *phare* couleur de sang
qui indiquait le chemin du naufrage au vaisseau perdu de
son avenir.

Il secoua ce vertige et se redressa, dans sa haute taille,
avec un éclat de rire nerveux, faux et amer, qui fit
tressaillir, sous les arbres, les deux sergents de ville. Fort
heureusement pour l'artiste, ceux-ci, croyant à quelque
vague ivrogne, à quelque amoureux déçu, peut-être,
continuèrent leur promenade officielle sans accorder plus
d'importance au misérable Chaudval.

— Bien, renonçons! dit-il simplement et à voix basse,
comme le condamné à mort qui, subitement réveillé, dit
au bourreau: «Je suis à vous, mon ami.»

Le vieux comédien s'aventura, dès lors, en un monologue, avec une prostration hébétée.

— J'ai prudemment agi, continua-t-il, quand j'ai
chargé, l'autre soir, mademoiselle Pinson [147], ma bonne
camarade (qui a l'oreille du ministre et même l'oreiller),
de m'obtenir, entre deux aveux brûlants, cette place de
gardien de phare dont jouissaient mes pères sur les côtes
ponantaises. Et, tiens! je comprends l'effet bizarre que
m'a produit ce réverbère dans cette glace!... C'était mon
arrière-pensée. — Pinson va m'envoyer mon brevet,
c'est sûr. Et j'irai donc me retirer dans mon phare comme
un rat dans un fromage. J'éclairerai les vaisseaux au loin,
sur la mer. Un phare! cela vous a toujours l'air d'un
décor. Je suis seul au monde: c'est l'asile qui, décidément, convient à mes vieux jours.

Tout à coup, Chaudval interrompit sa rêverie.

— Ah çà! dit-il, en se tâtant la poitrine sous sa houppelande, mais... cette lettre remise par le facteur au

moment où je sortais, c'est sans doute la réponse?...
Comment! j'allais entrer au café pour la lire et je l'oublie! — Vraiment, je baisse! — Bon! la voici!

Chaudval venait d'extraire de sa poche une large enveloppe, d'où s'échappa, sitôt rompue, un pli ministériel qu'il ramassa fiévreusement et parcourut, d'un coup d'œil, sous le rouge feu du réverbère.

— Mon phare! mon brevet! s'écria-t-il. «Sauvé, mon Dieu!» ajouta-t-il comme par une vieille habitude machinale et d'une voix de fausset si brusque, si différente de la sienne qu'il en regarda autour de lui, croyant à la présence d'un tiers.

— Allons, du calme et... *soyons homme!* reprit-il bientôt.

Mais, à cette parole, Esprit Chaudval, né Lepeinteur, dit Monanteuil, s'arrêta comme changé en statue de sel; ce mot semblait l'avoir immobilisé.

— Hein? continua-t-il après un silence. — Que viens-je de souhaiter là? — D'être un Homme?... Après tout, pourquoi pas?

Il se croisa les bras, réfléchissant.

— Voici près d'un demi-siècle que je *représente*, que je *joue* les passions des autres sans jamais les éprouver, — car, au fond, je n'ai jamais rien éprouvé, moi. — Je ne suis donc le semblable de ces «autres» que pour rire? — Je ne suis donc qu'une *ombre?* Les passions! les sentiments! les actes réels! RÉELS! voilà, — voilà ce qui constitue l'HOMME proprement dit! Donc, puisque l'âge me force de rentrer dans l'Humanité, je dois me procurer des passions, ou quelque sentiment *réel...,* puisque c'est la condition *sine qua non* sans laquelle on ne saurait prétendre au titre d'Homme. Voilà qui est solidement raisonné; cela crève de bon sens. — Choisissons donc d'éprouver celle qui sera le plus en rapport avec ma nature enfin ressuscitée.

Il médita, puis reprit mélancoliquement:

— L'amour?... trop tard. — La Gloire?... je l'ai connue! — L'Ambition?... Laissons cette billevesée aux hommes d'État!

Tout à coup, il poussa un cri:

— J'y suis! dit-il : LE REMORDS!... — voilà ce qui
sied à mon tempérament dramatique.

Il se regarda dans la glace en prenant un visage
convulsé, contracté, comme par une horreur surhumaine :

— C'est cela! conclut-il : Néron! Macbeth! Oreste!
Hamlet! Érostrate! — Les spectres!... Oh! oui! Je veux
voir de *vrais* spectres, à mon tour! — comme tous ces
gens-là, qui avaient la chance de ne pas pouvoir faire un
pas sans spectres.

Il se frappa le front.

— Mais *comment?*... Je suis innocent comme
l'agneau qui hésite à naître?

Et après un *temps* nouveau :

— Ah! *qu'à cela ne tienne!* reprit-il : qui veut la fin veut
les moyens!... J'ai bien le droit de devenir à tout prix ce que
je devrais être. J'ai droit à l'Humanité! Pour éprouver des
remords, il faut avoir commis des crimes? Eh bien, va pour
des crimes : qu'est-ce que cela fait, du moment que se sera
pour... pour le bon motif? — Oui... — Soit! (Et il se mit à
faire du dialogue :) — Je vais en perpétrer d'affreux.
— Quand? — Tout de suite. Ne remettons pas au lendemain! — Lesquels? — Un seul!... Mais grand! — mais
extravagant d'atrocité! mais de nature à faire sortir de
l'enfer toutes les Furies! — Et lequel? — Parbleu, le plus
éclatant... Bravo! J'y suis! L'INCENDIE! Donc, je n'ai que
le temps d'incendier! de boucler mes malles! de revenir,
dûment blotti derrière la vitre de quelque fiacre, jouir de
mon triomphe au milieu de la foule épouvantée! de bien
recueillir les malédictions des mourants, — et de gagner le
train du Nord-Ouest avec des remords sur la planche pour le
reste de mes jours. Ensuite, j'irai me cacher dans mon
phare! dans la lumière [148]! en plein Océan! où la police ne
pourra, par conséquent, me découvrir jamais, — mon
crime étant *désintéressé*. Et j'y râlerai seul. — (Chaudval
ici se redressa, improvisant ce vers d'allure absolument
cornélienne :)

Garanti du soupçon par la grandeur du crime!

C'est dit. — Et maintenant — acheva le grand artiste
en ramassant un pavé après avoir regardé autour de lui

pour s'assurer de la solitude environnante — et maintenant, toi, tu ne refléteras plus personne.

Et il lança le pavé contre la glace qui se brisa en mille épaves rayonnantes.

Ce premier devoir accompli, et se sauvant à la hâte — comme satisfait de cette première, mais énergique action d'éclat — Chaudval se précipita vers les boulevards où, quelques minutes après et sur ses signaux, une voiture s'arrêta, dans laquelle il sauta et disparut.

Deux heures après, les flamboiements d'un sinistre immense, jaillissant de grands magasins de pétrole, d'huiles et d'allumettes, se répercutaient sur toutes les vitres du faubourg du Temple. Bientôt les escouades de pompiers, roulant et poussant leurs appareils, accoururent de tous côtés, et leurs trompettes, envoyant des cris lugubres, réveillaient en sursaut les citadins de ce quartier populeux. D'innombrables pas précipités retentissaient sur les trottoirs : la foule encombrait la grande place du Château-d'Eau et les rues voisines. Déjà les chaînes s'organisaient en hâte. En moins d'un quart d'heure un détachement de troupes formait cordon aux alentours de l'incendie. Des policiers, aux lueurs sanglantes des torches, maintenaient l'affluence humaine aux environs.

Les voitures, prisonnières, ne circulaient plus. Tout le monde vociférait. On distinguait des cris lointains parmi le crépitement terrible du feu. Les victimes hurlaient, saisies par cet enfer, et les toits des maisons s'écroulaient sur elles. Une centaine de familles, celles des ouvriers de ces ateliers qui brûlaient, devenaient, hélas! sans ressource et sans asile.

Là-bas, un solitaire fiacre, chargé de deux grosses malles, stationnait derrière la foule arrêtée au Château-d'Eau. Et, dans ce fiacre, se tenait Esprit Chaudval, né Lepeinteur, dit Monanteuil; de temps à autre il écartait le store et contemplait son œuvre.

— Oh! se disait-il tout bas, comme je me sens en horreur à Dieu et aux hommes! — Oui, voilà, voilà bien le trait d'un réprouvé!...

Le visage du bon vieux comédien rayonnait.

— O misérable! grommelait-il, quelles insomnies

vengeresses je vais goûter au milieu des fantômes de mes victimes! Je sens sourdre en moi l'âme des Néron, brûlant Rome par exaltation d'artiste! des Érostrate, brûlant le temple d'Éphèse par amour de la gloire!... des Rostopschine, brûlant Moscou par patriotisme! des Alexandre, brûlant Persépolis par galanterie pour sa Thaïs immortelle! . Moi, je brûle par DEVOIR, n'ayant pas d'autre moyen *d'existence!* — J'incendie parce que je me dois à moi-même!... Je m'acquitte! Quel Homme je vais être! Comme je vais vivre! Oui, je vais savoir, enfin, ce qu'on éprouve quand on est bourrelé. — Quelles nuits, magnifiques d'horreur, je vais délicieusement passer!... Ah! je respire! je renais!... j'existe!... Quand je pense que j'ai été comédien! Maintenant, comme je ne suis, aux yeux grossiers des humains, qu'un gibier d'échafaud, — fuyons avec la rapidité de l'éclair! Allons nous enfermer dans notre phare, pour y jouir en paix de nos remords.

Le surlendemain au soir, Chaudval, arrivé à destination sans encombre, prenait possession de son vieux phare désolé, situé sur nos côtes [149] septentrionales: flamme en désuétude sur une bâtisse en ruine, et qu'une compassion ministérielle avait ravivée pour lui.

A peine si le signal pouvait être d'une utilité quelconque: ce n'était qu'une superfétation, une sinécure, un logement avec un feu sur la tête et dont tout le monde pouvait se passer, sauf le seul Chaudval.

Donc le digne tragédien, y ayant transporté sa couche, des vivres et un grand miroir pour y étudier ses effets de physionomie, s'y enferma, sur-le-champ, à l'abri de tout soupçon humain.

Autour de lui se plaignait la mer, où le vieil abîme des cieux baignait ses stellaires clartés. Il regardait les flots assaillir sa tour sous les sautes du vent, comme le Stylite pouvait contempler les sables s'éperdre contre sa colonne aux souffles du shimiel.

Au loin, il suivait, d'un regard sans pensée, la fumée des bâtiments ou les voiles des pêcheurs.

A chaque instant, ce rêveur oubliait son incendie. — Il montait et descendait l'escalier de pierre.

Le soir du troisième jour, Lepeinteur, disons-nous,

assis dans sa chambre, à soixante pieds au-dessus des flots, relisait un journal de Paris où l'histoire du grand sinistre, arrivé l'avant-veille, était retracée.

— Un malfaiteur inconnu avait jeté quelques allumettes dans les caves de pétrole. Un monstrueux incendie qui avait tenu sur pied, toute la nuit, les pompiers et le peuple des quartiers environnants, s'était déclaré au faubourg du Temple.

Près de cent victimes avaient péri : de malheureuses familles étaient plongées dans la plus noire misère.

La place tout entière était en deuil, et encore fumante.

On ignorait le nom du misérable qui avait commis ce forfait et, surtout, le *mobile* du criminel.

A cette lecture, Chaudval sauta de joie, et, se frottant fiévreusement les mains, s'écria :

— Quel succès ! Quel merveilleux scélérat je suis ! Vais-je être assez hanté ? Que de spectres je vais voir ! Je savais bien que je deviendrais un Homme ! — Ah ! le moyen a été dur, j'en conviens ! mais il le fallait !... il le fallait [150] !

En relisant la feuille parisienne, comme il y était mentionné qu'une représentation extraordinaire serait donnée au bénéfice des incendiés, Chaudval murmura :

— Tiens ! j'aurais dû prêter le concours de mon talent au bénéfice de mes victimes ! — Ç'eût été ma soirée d'adieu. — J'eusse déclamé *Oreste*. J'eusse été bien nature...

Là-dessus, Chaudval commença de vivre dans son phare.

Et les soirs tombèrent, se succédèrent, et les nuits.

Une chose qui stupéfiait l'artiste se passait. Une chose atroce !

Contrairement à ses espoirs et prévisions, sa conscience ne lui criait aucun remords. Nul spectre ne se montrait ! — Il n'éprouvait *rien, mais absolument rien !*...

Il n'en pouvait croire le Silence. Il n'en revenait pas.

Parfois, en se regardant au miroir, il s'apercevait que sa tête débonnaire n'avait point changé ! — Furieux, alors, il sautait sur les signaux, qu'il faussait, dans la

radieuse espérance de faire sombrer au loin quelque bâtiment [151], afin d'aider, d'activer, de stimuler le remords
rebelle ! — d'exciter les spectres !

Peines perdues !

Attentats stériles ! Vains efforts ! Il n'éprouvait *rien*. Il
ne voyait aucun menaçant fantôme. Il ne dormait plus,
tant le désespoir et la *honte* l'étouffaient. — Si bien
qu'une nuit, la congestion cérébrale l'ayant saisi en sa
solitude lumineuse, il eut une agonie où il criait, — au
bruit de l'océan et pendant que les grands vents du large
souffletaient sa tour perdue dans l'infini :

— Des spectres !... Pour l'amour de Dieu !... Que je
voie, ne fût-ce qu'un spectre ! — *Je l'ai bien gagné !*

Mais le Dieu qu'il invoquait ne lui accorda point cette
faveur, — et le vieux histrion expira, déclamant toujours, en sa vaine emphase, son grand souhait de voir des
spectres... — *sans comprendre qu'il était, lui-même, ce
qu'il cherchait.*

FLEURS DE TÉNÈBRES

Paru dans *L'Étoile française*, décembre 1880, sans titre, sous la simple rubrique «Chronique». Ce nouveau poème en prose, dont le titre évoque celui des *Fleurs du Mal*, est également baudelairien par son rapport avec le poème en prose «Le Tir et le cimetière», où est évoqué «un tapis de fleurs magnifiques engraissées par la destruction», et par l'atmosphère des boulevards qui est celle des «Yeux des pauvres». Comme le souligne P.-G. Castex, l'étrange métier exercé ici s'apparente à ceux d'officines décrites dans des nouvelles d'autres recueils, et qui organisent des divorces, des adultères, ou des comédies lors des enterrements. Ces agences ne sont pas sans rapports avec les inventeurs de machines ou de techniques bizarres destinées à rassurer, à organiser ou à orienter la société moderne (voir *La Machine à gloire*, *L'Appareil pour l'analyse chimique du dernier soupir*, *Le Traitement du docteur Tristan*). Il y a là une tradition qui prolonge les développements romantiques ou post-romantiques sur les «existences problématiques» de Frédéric Soulié ou les «industries inconnues» de Privat d'Anglemont, sans parler de l'ingéniosité parisienne à se tirer d'affaire grâce à des artifices (Balzac en donne un exemple dans *La Maison Nucingen* à propos de l'artisan vendeur de casquettes rouges). Mais chez Villiers la complexité croissante de la civilisation, provoquée par l'avènement de l'âge industriel, substitue l'organisation collective à l'entreprise individuelle. Et surtout, on passe du pittoresque à la poésie ou au symbole : le «petit métier» des pilleurs de cimetières fait apparaître inopinément l'amour vénal comme une image de la mort.

FLEURS DE TÉNÈBRES

A Monsieur Léon Dierx [152].

> Bonnes gens, vous qui passez,
> Priez pour les trépassés
>
> *Inscription au bord d'un*
> *grand chemin.*

O belles soirées! Devant les étincelants cafés des boulevards, sur les terrasses des glaciers en renom, que de femmes en toilettes voyantes, que d'élégants « flâneurs » se prélassent!

Voici les petites vendeuses de fleurs qui circulent avec leurs corbeilles.

Les belles désœuvrées acceptent ces fleurs qui passent, toutes cueillies, mystérieuses…

— Mystérieuses?

— Oui, s'il en fut!

Il existe, sachez-le, souriantes liseuses, il existe, à Paris même, certaine agence sombre qui s'entend avec plusieurs conducteurs d'enterrement luxueux, avec des fossoyeurs même, à cette fin de desservir les défunts du matin en ne laissant pas *inutilement* s'étioler, sur les sépultures fraîches, tous ces splendides bouquets, toutes ces couronnes, toutes ces roses, dont, par centaines, la piété filiale ou conjugale surcharge quotidiennement les catafalques.

Ces fleurs sont presque toujours oubliées après les ténébreuses cérémonies. L'on n'y songe plus; l'on est pressé de s'en revenir; — cela se conçoit!…

C'est alors que nos aimables croquemorts s'en donnent

à cœur-joie. Ils n'oublient pas les fleurs, ces messieurs! Ils ne sont pas dans les nuages. Ils sont gens pratiques. Ils les enlèvent par brassées, en silence. Les jeter à la hâte par-dessus le mur, dans un tombereau propice, est pour eux l'affaire d'un instant.

Deux ou trois des plus égrillards et des plus dégourdis transportent la précieuse cargaison chez des fleuristes amies qui, grâce à leurs doigts de fée, sertissent de mille façons, en maints bouquets de corsage et de main, en roses isolées, même, ces mélancoliques dépouilles.

Les petites marchandes du soir alors arrivent, nanties chacune de sa corbeille. Elles circulent, disons-nous, aux premières lueurs des réverbères, sur les boulevards, devant les terrasses brillantes et dans les mille endroits de plaisir.

Et les jeunes ennuyés, jaloux de se bien faire venir des élégantes pour lesquelles ils conçoivent quelque inclination, achètent ces fleurs à des prix élevés et les offrent à ces dames.

Celles-ci, toutes blanches de fard, les acceptent avec un sourire indifférent et les gardent à la main, — ou les placent au joint de leur corsage.

Et les reflets du gaz rendent les visages blafards.

En sorte que ces créatures-spectres, ainsi parées des fleurs de la Mort, portent, sans le savoir, l'emblème de l'amour qu'elles donnent et de celui qu'elles reçoivent.

L'APPAREIL POUR
L'ANALYSE CHIMIQUE
DU DERNIER SOUPIR

La première version, plus brève et très différente, paraît dans *La Semaine parisienne*, mai 1874, sous le titre *L'Appareil du Docteur Abeille É.É. pour l'analyse chimique du dernier soupir;* la seconde version, proche du texte actuel, dans *La Lune rousse*, juin 1878, sous le titre *L'Appareil du Professeur Schneitzoëffer junior.* Dans une première version de *La Machine à gloire*, Villiers avait déjà énoncé l'idée développée ici. Comme l'a relevé P.-G. Castex, il s'est sans doute inspiré d'une fantaisie de Charles Cros, «La Science de l'amour», parue en février 1874, où était esquissée l'idée d'une machine à mesurer l'amour. Il s'agit encore ici des empiétements de la technique sur ce qui est le plus sacré et le plus immatériel (Romain Gary, de nos jours, ira beaucoup plus loin avec son roman *Charge d'âme*). — Villiers reprendra dans «L'Inquiéteur» *(Histoires insolites)* le souci de minimiser pour les familles les inconvénients d'un décès.

L'APPAREIL POUR
L'ANALYSE CHIMIQUE
DU DERNIER SOUPIR

Utile dulci.
FLACCUS [153].

C'en est fait! — Nos victoires sur la Nature ne se comptent plus. Hosannah! Plus même le temps d'y penser! Quel triomphe!... A quoi bon penser, en effet? — De quel droit? — Et puis: penser? au fond, qu'est-ce que ça veut dire? Mots que tout cela!... Découvrons à la hâte! Inventons! Oublions! Retrouvons! Recommençons et — passons! Ventre à terre! Bah! le Néant saura bien reconnaître les siens [154].

O magie! Voici qu'enfin les plus subtils instruments de la Science deviennent des jouets entre les mains des enfants! Témoin le délicieux Appareil du professeur Schneitzoëffer (junior), de Nürnberg (Bayern), pour l'*analyse chimique du dernier soupir*.

Prix: un double thaler — (7 fr. 95 avec la boîte), — un don!... — Affranchir. Succursales à Paris, à Rome et dans toutes les capitales. — Le port en sus. — Éviter les contrefaçons.

Grâce à cet Appareil, les enfants pourront, dorénavant, regretter leurs parents sans douleur.

Ah! le bien-être physique avant tout! — Dût-il ressembler à la description que le moraliste nous donne de l'intérieur du couvent dans *Justine, ou la Vertu récompensée* [155].

C'est à se demander, en un mot, si l'Age d'or ne revient pas.

Un pareil instrument trouve, tout naturellement, sa

place parmi les étrennes utiles à propager dans les familles, à ce double titre : la joie des enfants et la tranquillité des parents.

L'on peut aussi le glisser dans un œuf de Pâques, le suspendre aux arbres de Noël, etc.

L'illustre inventeur fait une remise aux journaux qui voudront l'offrir en prime à leurs abonnés ; il se recommande également aux promoteurs de tombolas ; les loteries nationales en redemandent.

Ce bijou peut être placé à propos sous la serviette d'un aïeul dans un dîner de fête — ou dans un repas de noces — ou dans la corbeille, comme présent à la belle-mère, ou même offert, tout bonnement, de la main à la main, aux progénitures de ses vieux amis de la province lorsqu'on désire causer à ceux-ci ce qui s'appelle une charmante surprise.

Figurons-nous, en effet, l'heure de la sieste du soir dans une petite ville. — Les mères de famille, ayant fait leurs emplettes, sont rentrées chacune chez soi. L'on a dîné. — La famille a passé au salon. C'est l'une de ces veillées sans visites, où, rassemblés autour de l'âtre, les parents somnolent un peu. La lampe est baissée, et l'abat-jour adoucit encore sa lumière. Les mèches des bonnets de soie noire dépassent, inclinées, les oreillards des fauteuils. Le loto, parfois si tragique, est suspendu ; le jeu de l'Oie, lui-même, est relégué dans le grand tiroir. La gazette gît aux pieds des dormeurs. Le vieil invité, disciple (tout bas) de Voltaire, digère paisiblement, plongé dans quelque moelleux crapaud. On n'entend que l'aiguille égale de la jeune fille piquant sa broderie auprès de la table et scandant ainsi la paisible respiration des auteurs de la sienne, le tout mesuré sur le tic-tac de la pendule. Bref, l'honnête salon bourgeois respire la quiétude bien acquise.

Doux tableaux de la famille, le Progrès, loin de vous exclure, vous rajeunit, comme un habile tapissier rénove des meubles d'antan !

Mais ne nous attendrissons pas.

A quoi vont s'amuser, alors, les enfants, au lieu de faire du bruit et de réveiller les parents en courroux, avec

leurs anciens jouets, — si tapageurs! — Regardez! —
Les voici qui viennent, sur la pointe des pieds, *on tip toe,*
en comprimant les frais éclats de leur fou rire inextingui-
ble. — Chut!... Ils approchent, innocemment, de la
bouche de leurs ascendants le petit appareil du professeur
Schneitzoëffer (junior)! — (En France on prononce
Bertrand, pour aller plus vite [156].)

C'est là le jeu! — Pauvres petits!... — Ils s'exercent!... Ils préludent à ce moment (hélas! auquel il devrait être si normal de s'habituer de bonne heure), où ils
feront la chose *pour de vrai.* Ils usent ainsi, par une sorte
de gymnastique morale, le *trop* poignant du chagrin futur
qu'ils éprouveraient de la perte de leurs proches (n'était
cette factice accoutumance). Ils en émoussent, à
l'avance, le crève-cœur final!

L'ingénieux du procédé consiste à recueillir, dans cet
alambic de luxe, bon nombre d'*avant-derniers* souffles,
pendant le sommeil de la Vie, pour pouvoir, un jour, en
comparant les précipités, reconnaître *en quoi* s'en diffé-
rencie le *premier* du sommeil de la Mort. Cet amusement
n'est donc, au fond, qu'un fortifiant préventif, qui dé-
pure, d'ores et déjà, de toutes prédispositions aux émotions *trop* douloureuses, les tempéraments si tendres de
nos benjamins! Elle les familiarise artificiellement avec
les angoisses du jour de deuil, qui, ALORS, ne seront plus
que connues, ressassées et insignifiantes.

Et comme, au réveil, on embrasse toutes ces chères
têtes blondes! — Avec quelle douce mélancolie ne
presse-t-on pas contre son cœur ces gais espiègles!

Pourrions-nous, sans forfaire à notre mandat de philosophe, résister au devoir de le redire?... Fût-ce à contre-
cœur? — C'est un joyau scientifique, — indispensable
dans tout salon de bonne compagnie, — et les services
qu'il peut rendre à la société proprement dite et au Progrès prescrivent à tous égards l'obligation de le préconi-
ser avec feu.

On ne saurait trop inculquer au jeune âge — et bientôt,
même, au bas âge, — le goût de ce délassement hygiéni-
que.

L'appareil Schneitzoëffer (junior) — le seul dont

l'usage donne du ton aux nerfs des enfants *trop* ai-
mants, — est appelé à devenir, pour ainsi dire, le *vade
mecum* du collégien en vacances, qui en étudiera l'application, l'aimable mutin, entre celle de deux verbes pro-
nominaux ou déponents. Ses maîtres lui indiqueront cela
comme devoir à faire. — A la rentrée, le joujou, ce sera
pour mettre dans son pupitre.

Heureux siècle! — Au lit de mort, maintenant, quelle
consolation pour les parents de songer que ces doux
êtres — trop aimés! — ne perdront plus le temps — le
temps, qui est de l'argent [157]! — en flux inutiles des
glandes lacrymales et en ces gestes saugrenus qu'entraî-
nent, presque toujours, les décès inopinés!... Que d'inconvénients évités par l'emploi quotidien de ce préservatif!

Une fois le pli bien pris, les héritiers, — ayant acquis
l'indifférence éclairée, sympathique, attristée, convenable, enfin, — devant le trépas des leurs, — en ayant,
disons-nous, dilué la désolation de longue main,
— n'auront plus à redouter les conséquences du trouble
et de l'ahurissement où la soudaineté des apprêts lugubres
plongeait parfois les ancêtres : ils seront vaccinés contre
ce désespoir. Une ère nouvelle va s'inaugurer, positivement, à cet égard.

Les obsèques se feront sans trouble, et, pour ainsi dire,
à la diable.

Notre devise doit être en toute circonstance (ne l'oublions jamais!) celle-ci : — Du calme! — Du calme. — Du calme.

Ainsi, les intérêts, négligés pendant les premiers jours,
l'effarement et le désarroi du moment dont ne profite que
la rapacité proverbiale des fossoyeurs — (quels noirs tra-
cassiers!...), — les testaments rédigés à la hâte, et,
comme on dit, de bric et de broc, — olographes incompréhensibles sur lesquels s'abat la volée de corbeaux des
hommes de loi au grand préjudice des collatéraux, devenus inconsolables, — les suprêmes instructions dictées à
l'étourdie par les moribonds, l'incurie de la maison mor-
tuaire, les dilapidations des serviteurs, — que de détri-
ments peut conjurer l'usage journalier de l'appareil
Schneitzoëffer (junior)!

On escoffiera [158] les cadavres le plus vivement possible, — et l'on ne s'apercevra même pas, dans la maison, que vous avez disparu. Tout continuera, sur l'heure même, son train-train raisonnable.

Les arts vont s'en ressentir. Grâce à lui, dans quelque dix ans, le tableau de la *Fille du Tintoret* [159] ne sera plus remarquable que comme coloration, et les marches funèbres de Beethoven et de Chopin ne se comprendront plus que comme musique de danse.

Oh! nous n'ignorons pas contre quels préjugés doit lutter Schneitzoëffer!... Mais, sommes-nous, oui ou non, dans un siècle pratique, positif et de lumières? Oui. — Eh bien! soyons de notre siècle! Il faut être de son siècle. — Qui est-ce qui veut souffrir, aujourd'hui? En réalité? — Personne. — Donc, plus de fausse pudeur ni de sensiblerie de mauvais aloi. Plus de sentimentalités stériles, dommageables, le plus souvent exagérées, et dont ne sont même plus dupes les passants — aux coups de chapeaux convenus devant les corbillards.

Au nom de la Terre, un peu de bon sens et de sincérité! — Quelques grands airs que nous prenions, étions-nous visibles au microscope solaire il y a quelques années? Non. Donc ne condamnons pas trop vite ce qui nous choque, faute d'habitude et de réflexion suffisante! Courageux libres penseurs, mettons à la mode la dignité souriante de la douleur filiale, en l'émondant, à l'avance, de ses côtés écervelés qui frisent, parfois, le grotesque.

Disons plus : la pieuse prostration de l'enfant qui a perdu sa vieille mère, par exemple, n'est-elle pas (de nos jours) un luxe que les indigents, harcelés par une tâche obligatoire, ne peuvent se permettre ? Le loisir de cette songerie morbide n'est donc pas de première nécessité : l'on peut, enfin, *s'en passer!* Les gémissements des personnes aisées sont-ils autre chose qu'un gaspillage du temps social compensé par le travail des classes laborieuses qui, moins favorisées de dame Fortune, renforcent les leurs ?

Le rentier ne larmoie sur ses défunts qu'aux frais des besogneux : il se fait offrir, implicitement, le coût social de cette prérogative, les pleurs, par ceux-là mêmes qui n'ont le moyen d'en répandre qu'à la dérobée.

Nous appartenons tous, aujourd'hui, à la grande Famille humaine; c'est démontré. Dès lors, pourquoi regretter celui-ci plutôt que celui-là?... Concluons: puisque tout s'oublie, ne vaut-il pas mieux s'habituer à l'oubli *immédiat*? — Les grimaces les plus affolées, les sanglots, les hoquets les mieux entrecoupés, les hululations et jérémiades les plus désolées ne ressuscitent, hélas! personne.

Et fort heureusement, même, à la fin!... Sans quoi ne serions-nous pas bientôt serrés, sur la planète, comme un banc de harengs? — Prolifères comme nous le devenons, ce serait à n'y pas tenir. L'inéluctable prophétie des économistes s'accomplirait à courte échéance; le digne Polype humain [160] mourrait de pléthore, — et, — les débouchés intermittents des guerres ou des épidémies une fois reconnus insuffisants, — s'assommer, réciproquement, à grands coups de sorties de bal, deviendrait indispensable si l'on persistait à vouloir respirer ou circuler sur ce globe, — sur ce globe où la Science nous prouve, par A plus B, que nous ne sommes, après tout, qu'une vermine provisoire.

Ceci soit dit pour ces persifleurs, vous savez? pour ces sombres écrivains qu'il faut relire plusieurs fois si l'on veut pénétrer la *véritable* signification de ce qu'ils disent [161].

— « Sans douleur! Messieurs! accourez! Demandez! Faites-vous servir! 7 fr. 95 avec la boîte! — Voyez... mesdames et messieurs, voilà l'objet!... L'âme est au fond. Elle doit être au fond! — Le tableau que vous apercevez là, sur la devanture, au bout de ma baguette, représente l'illustre professeur au moment où, débarquant sur les bords heureux de la Seine, il est accueilli par M. Thiers, le Shah de Perse et une foule de personnages éclairés. — L'instrument est inoffensif! Totalement inoffensif. Surtout si l'on veut bien prendre la peine de parcourir — (non d'un œil hagard et distrait, comme celui dont vous m'honorez en ce moment sublime, mais avec attention et maturité) — l'instruction qui l'accompagne. Les réactifs employés, — révulsifs, toxiques et sternutatoires, — étant le secret de l'Inventeur, l'Administration des brevets nous interdit, malheureusement, de les divulguer. L'avis nous en est parvenu hier, par les soins du Bureau des cocardes.

« Toutefois, pour rassurer les clients de la Bourgeoisie, classe à laquelle s'adresse, tout spécialement, le professeur, nous pouvons révéler que la mixture contenue dans la boule de cristal multicolore dont se constitue l'Appareil en sa forme, est à base de nitroglycérine et chacun sait que rien n'est plus inoffensif et plus onctueux que la glycérine. On l'emploie journellement pour la toilette. (Agiter avant de s'en servir.) — Hâtez-vous! Ces bijoux orthopédiques du cœur sont le succès de l'époque! On les enlève par grosses! La manufacture de Nuremberg [162] est surmenée!...

« L'étonnant professeur Schneitzoëffer (junior) lui-même est aux abois, ne pouvant plus suffire aux commandes, malgré les obstacles que lui suscite, à tout instant, le clergé.

« Trésor des nerfs, calmant gradué, Oued-Allah [163] des familles, cet Appareil s'impose aux parents sérieux qui, revenus des préjugés du cœur, jugent que si le sentiment est chose à ses moments suave, pas *trop* n'en faut, lorsqu'on est, véritablement, un Homme! — L'humanité, en effet, sous l'antique lumière des astres, ne s'appelle plus, aujourd'hui, que le public et l'Homme que l'individu. Nous en prenons à témoin non plus un vague et démodé firmament, mais le Système solaire, mesdames et messieurs, oui, le Système solaire! depuis Mercure jusqu'à l'inévitable Zêta Herculis [g] [164]. »

---

g. *Il est officiel, aujourd'hui, que la totalité de notre système solaire se dirige, insensiblement, vers le point céleste marqué par la sixième étoile de la constellation d'Hercule (soit Zêta Herculis, d'après notre langage). Ce gouffre igné, — de dimensions telles que les chiffres qui l'expriment confondraient quelque peu la pensée (si, pour ceux qui pensent, le ciel apparent pouvait avoir une importance quelconque) — semble, en astronomie, devoir être la fin ou l'effacement inévitable, en effet, de notre ensemble de phénomènes. C'est sans doute à ce dénouement que veut faire allusion le professeur bavarois. Ce qui nous tranquillise, nous autres Français, c'est que nous le savons aussi bien que lui et que, d'ailleurs, nous avons le temps d'y penser.*

LES BRIGANDS

Dans *Panurge* de décembre 1882. Villiers reprend ici le cadre provincial du *Plus Beau Dîner du monde* pour ridiculiser à nouveau, comme Balzac et Flaubert avant lui, la bourgeoisie féroce, peureuse, cupide et hypocrite. Il avait d'ailleurs initialement offert sa nouvelle à un journal de gauche, *Le Radical*. Au quiproquo tragique d'*Impatience de la foule* répond ici un quiproquo burlesque, sur un mode léger qui apparente les héros à ceux de Labiche, — on pensera à M. Perrichon ; le massacre final ajoute au grotesque.

LES BRIGANDS

A Monsieur Henri Roujon [165].

> Qu'est le Tiers État? Rien.
> Que doit-il être? Tout.
>
> SULLY, — puis SIEYÈS [166].

Pibrac, Nayrac [167], duo de sous-préfectures jumelles reliées par un chemin vicinal ouvert sous le régime des d'Orléans, chantonnaient, sous les cieux ravis, un parfait unisson de mœurs, d'affaires, de manières de voir.

Comme ailleurs, la municipalité s'y distinguait par des passions; — comme partout, la bourgeoisie s'y conciliait l'estime générale et la sienne. Tous, donc, vivaient en paix et joie dans ces localités fortunées, lorsqu'un soir d'octobre il arriva que le vieux violoneux de Nayrac, se trouvant à court d'argent, accosta, sur le grand chemin, le marguillier de Pibrac et, profitant des ombres, lui demanda quelque monnaie d'un ton péremptoire.

L'homme des Cloches, en sa panique, n'ayant pas reconnu le violoneux, s'exécuta gracieusement; mais, de retour à Pibrac, il conta son aventure d'une telle sorte que, dans les imaginations enfiévrées par son récit, le pauvre vieux ménétrier de Nayrac apparut comme une bande de brigands affamés infestant le Midi et désolant le grand chemin par leurs meurtres, leurs incendies et déprédations.

Sagaces, les bourgeois des deux villes avaient encouragé ces bruits, tant il est vrai que tout bon propriétaire est porté à exagérer les fautes des personnes qui font mine d'en vouloir à ses capitaux. Non point qu'ils en eussent

été dupes! Ils étaient allés aux sources. Ils avaient ques-
tionné le bedeau après boire. Le bedeau s'était coupé, — et ils savaient, maintenant, mieux que lui, le fin
mot de l'affaire!... Toutefois, se gaussant de la crédulité
des masses, nos dignes citadins gardaient le secret pour
eux tout seuls, comme ils aiment à garder toutes les
choses qu'ils tiennent: ténacité qui, d'ailleurs, est le
signe distinctif des gens sensés et éclairés.

La mi-novembre suivante, dix heures de la nuit sonnant au beffroi de la Justice de Paix de Nayrac, chacun
rentra dans son ménage d'un air plus crâne que de coutume et le chapeau, ma foi! sur l'oreille, si bien que son
épouse, lui sautant aux favoris, l'appela « mousquetaire »,
ce qui chatouilla doucement leurs cœurs réciproques.

— Tu sais, madame N***, demain, dès patron-
minette, je pars.

— Ah! mon Dieu!

— C'est l'époque de la recette: il faut que j'aille,
moi-même, chez nos fermiers...

— Tu n'iras pas.

— Et pourquoi non?

— Les brigands.

— Peuh!... J'en ai vu bien d'autres!

— Tu n'iras pas!... concluait chaque épouse, comme
il sied entre gens qui se devinent.

— Voyons, mon enfant, voyons... Prévoyant tes angoisses et pour te rassurer, nous sommes convenus de
partir tous ensemble, avec nos fusils de chasse, dans une
grande carriole louée à cet effet. Nos terres sont circon-
voisines et nous reviendrons le soir. Ainsi, sèche tes
larmes, et, Morphée invitant, permets que je noue paisiblement sur mon front les deux extrémités de mon fou-
lard.

— Ah! du moment que vous allez tous ensemble, à la
bonne heure: tu dois faire comme les autres, murmura
chaque épouse, soudain calmée.

La nuit fut exquise. Les bourgeois rêvèrent assauts,
carnage, abordages, tournois et lauriers. Ils se réveillè-
rent donc, frais et dispos, au gai soleil.

— Allons!... murmurèrent-ils, chacun, en enfilant ses

bas après un grand geste d'insouciance — et de manière
à ce que la phrase fût entendue de son épouse, — allons!
le moment est venu. On ne meurt qu'une fois!

Les dames, dans l'admiration, regardaient ces modernes paladins et leur bourraient les poches de pâtes pecto-
rales, vu l'automne.

Ceux-ci, sourds aux sanglots, s'arrachèrent des bras
qui voulaient, en vain, les retenir...

— Un dernier baiser!... dirent-ils, chacun, sur le palier de son étage.

Et ils arrivèrent, débouchant de leurs rues respectives,
sur la grand-place, où déjà quelques-uns d'entre eux (les
célibataires) attendaient leurs collègues, autour de la carriole, en faisant jouer, aux rayons du matin, les batteries
de leurs fusils de chasse — dont ils renouvelaient les
amorces en fronçant le sourcil.

Six heures sonnaient : le char-à-bancs se mit en marche
aux mâles accents de *La Parisienne* [168], entonnée par les
quatorze propriétaires fonciers qui le remplissaient. Pendant qu'aux fenêtres lointaines des mains fiévreuses agitaient des mouchoirs éperdus, on distinguait le chant
héroïque :

> En avant, marchons
> Contre leurs canons!
> A travers le fer, le feu des bataillons!

Puis, le bras droit en l'air et avec une sorte de mugissement :

> Courons à la victoire!

Le tout scandé, en mesure, par les amples coups de
fouet dont le rentier qui conduisait enveloppait, à tours de
bras, les trois chevaux.

La journée fut bonne.

Les bourgeois sont de joyeux vivants, ronds en affaires. Mais sur le chapitre de l'honnêteté, halte-là! par
exemple : intègres à faire pendre un enfant pour une
pomme.

Chacun d'eux dîna donc chez son métayer, pinça le

menton de la fille, au dessert, empocha la sacoche de
l'affermage et, après avoir échangé avec la famille quelques proverbes bien sentis, comme : — « Les bons comp-
tes font les bons amis », ou « A bon chat, bon rat », ou « Qui
travaille, prie », ou « Il n'y a pas de sot métier », ou « Qui
paie ses dettes, s'enrichit », et autres dictons d'usage,
chaque propriétaire, se dérobant aux bénédictions convenues, reprit place, à son tour, dans le char-à-bancs collec-
teur qui vint les recueillir, ainsi, de ferme en ferme, — et,
à la brune, l'on se remit en route pour Nayrac.

Toutefois, une ombre était descendue sur leurs
âmes ! — En effet, certains récits des paysans avaient
appris à nos propriétaires que le violoneux avait fait
école. Son exemple avait été contagieux. Le vieux scélérat s'était, paraît-il, renforcé d'une horde de voleurs réels
et — surtout à l'époque de la recette — la route n'était
positivement plus sûre. En sorte que, malgré les fumées,
bientôt dissipées, du clairet, nos héros mettaient, maintenant, une sourdine à *La Parisienne*.

La nuit tombait. Les peupliers allongeaient leurs silhouettes noires sur la route, le vent faisait remuer les
haies. Au milieu des mille bruits de la nature et alternant
avec le trot régulier des trois mecklembourgeois, on entendit, au loin, le hurlement de mauvais augure d'un
chien égaré. Les chauves-souris voletaient autour de nos
pâles voyageurs que le premier rayon de la lune éclaira
tristement... Brrr !... On serrait maintenant les fusils entre les genoux avec un tremblement convulsif ; on s'as-
surait, sans bruit, de temps à autre, que la sacoche était
dûment auprès de soi. On ne sonnait mot. Quelle angoisse pour les honnêtes gens !

Tout à coup, à la bifurcation de la route, ô terreur ! —
des figures effrayantes et contractées apparurent ; des
fusils reluirent ; on entendit un piétinement de chevaux et
un terrible *Qui vive !* retentit dans les ténèbres car, en cet
instant même, la lune glissait entre deux noirs nuages.

Un grand véhicule, bondé d'hommes armés, barrait la
grand-route.

Qu'était-ce que ces hommes ? — Évidemment des
malfaiteurs ! Des bandits ! — Évidemment !

Hélas ! non. C'était la troupe jumelle des bons bourgeois de Pibrac. C'étaient ceux de Pibrac ! — lesquels avaient eu, exactement, la même idée que ceux de Nayrac.

Retirés des affaires, les paisibles rentiers des deux villes se croisaient, tout bonnement, sur la route en rentrant chez eux.

Blafards, ils s'entrevirent. L'intense frayeur qu'ils se causèrent, vu l'idée fixe qui avait envahi leurs cerveaux, ayant fait apparaître sur toutes les figures débonnaires les véritables instincts, — de même qu'un coup de vent passant sur un lac, et y formant tourbillon, en fait monter le fond à sa surface, — il était naturel qu'ils se prissent, les uns les autres, pour ces mêmes brigands que, réciproquement, ils redoutaient.

En un seul instant, leurs chuchotements, dans l'obscurité, les affolèrent au point que, dans la précipitation tremblante de ceux de Pibrac à se saisir, par contenance, de leurs armes, la batterie de l'un des fusils ayant accroché le banc, un coup de feu partit et la balle alla frapper un de ceux de Nayrac en lui brisant, sur la poitrine, une terrine d'excellent foie gras dont il se servait, machinalement, comme d'une égide.

Ah ! ce coup de feu ! Ce fut l'étincelle fatale qui met l'incendie aux poudres. Le paroxysme du sentiment qu'ils éprouvèrent les fit délirer. Une fusillade nourrie et forcenée commença. L'instinct de la conservation de leurs vies et de leur argent les aveuglait. Ils fourraient des cartouches dans leurs fusils d'une main tremblotante et rapide et tiraient dans le tas. Les chevaux tombèrent ; un des chars-à-bancs se renversa, vomissant au hasard blessés et sacoches. Les blessés, dans le trouble de leur effroi, se relevèrent comme des lions et recommencèrent à se tirer les uns sur les autres, sans pouvoir jamais se reconnaître, dans la fumée !... En cette démence furieuse, si des gendarmes fussent survenus sous les étoiles, nul doute que ceux-ci n'eussent payé de la vie leur dévouement. — Bref, ce fut une extermination, le désespoir leur ayant communiqué la plus meurtrière énergie : celle, en un mot, qui distingue la classe des gens honorables, lorsqu'on les pousse à bout !

Pendant ce temps, les vrais brigands (c'est-à-dire la demi-douzaine de pauvres diables coupables, tout au plus, d'avoir dérobé quelques croûtes, quelques morceaux de lard ou quelques sols, à droite ou à gauche) tremblaient affreusement dans une caverne éloignée, en entendant, porté par le vent du grand chemin, le bruit croissant et terrible des détonations et les cris épouvantables des bourgeois.

S'imaginant, en effet, dans leur saisissement, qu'une battue monstre était organisée contre eux, ils avaient interrompu leur innocente partie de cartes autour de leur pichet de vin et s'étaient dressés, livides, regardant leur chef. Le vieux violoneux semblait prêt à se trouver mal. Ses grandes jambes flageolaient. Pris à l'improviste, le brave homme était hagard. Ce qu'il entendait passait son intelligence.

Toutefois, au bout de quelques minutes d'égarement, comme la fusillade continuait, les bons brigands le virent, soudain, tressaillir et se poser un doigt méditatif sur l'extrémité du nez.

Relevant la tête : — « Mes enfants, dit-il, c'est impossible ! Il ne s'agit pas de nous... Il y a malentendu... C'est un quiproquo... Courons, avec nos lanternes sourdes, pour porter secours aux pauvres blessés... Le bruit vient de la grand-route. »

Ils arrivèrent donc, avec mille précautions, en écartant les fourrés, sur le lieu du sinistre, — dont la lune, maintenant, éclairait l'horreur.

Le dernier bourgeois survivant, dans sa hâte à recharger son arme brûlante, venait de se faire sauter lui-même la cervelle, sans le vouloir, par inadvertance.

A la vue de ce spectacle formidable, de tous ces morts qui jonchaient la route ensanglantée, les brigands, consternés, demeurèrent sans parole, ivres de stupeur, n'en croyant par leurs yeux. Une obscure compréhension de l'événement commença, dès lors, à entrer dans leurs esprits.

Tout à coup le chef siffla et, sur un signe, les lanternes se rapprochèrent en cercle autour du ménétrier.

— O mes bons amis ! grommela-t-il d'une voix affreusement basse — (et ses dents claquaient d'une peur qui semblait encore plus terrifiante que la première), — ô mes amis !... Ramassons, bien vite, l'argent de ces dignes bourgeois ! Et gagnons la frontière ! Et fuyons à toutes jambes ! Et ne remettons jamais les pieds dans ce pays-ci !

Et, comme ses acolytes le considéraient, béants et les pensers en désordre, il montra du doigt les cadavres, en ajoutant, avec un frisson, cette parole absurde, mais électrique ! — et provenue, à coup sûr, d'une expérience profonde, d'une éternelle connaissance de la vitalité, de *l'Honneur* du Tiers-État :

— ILS VONT PROUVER ... QUE C'EST NOUS...

LA REINE YSABEAU

Paraît dans *Beaumarchais*, octobre 1880, sous le titre *Histoire d'amour du vieux temps* et dans *La Vie populaire*, décembre 1880, sous le titre *Une vengeance de reine*. Villiers avait écrit trois textes de tonalité historique (les deux autres étant *Hypermnestre* et *Lady Hamilton*) pour une collection éditée en 1876 par Albert Lacroix, « Les Grandes Amoureuses ». Le projet n'aboutit pas. Villiers supprima alors la partie purement historique de son récit pour n'en garder que les pages de fiction. Sade avait traité le même thème dans *Histoire secrète d'Isabel de Bavière* ; mais il n'y a là qu'une rencontre, le texte étant alors inédit. Villiers a utilisé notamment l'*Isabel de Bavière* d'Alexandre Dumas (1835). Le thème de la substitution du prisonnier, au dénouement, venait d'être ravivé par Hugo à la fin de *Quatrevingt-treize* (1874), lié d'ailleurs comme ici à celui du feu. Le goût personnel de Villiers pour l'incendie se manifeste à nouveau ici.

LA REINE YSABEAU

A Monsieur le comte d'Osmoy [169].

> Le Gardien du Palais-des-Livres dit : « La reine Nitocris, la Belle aux joues de roses, veuve de Papi Iᵉʳ, de la 10ᵉ dynastie, pour venger le meurtre de son frère, invita les conjurés à venir souper avec elle dans une salle souterraine de son palais d'Aznac, puis, disparaissant de la salle, ELLE Y FIT ENTRER, SOUDAINEMENT, LES EAUX DU NIL. »
>
> MANÉTHON [170].

Vers 1404 — (je ne remonte si haut que pour ne pas choquer mes contemporains) — Ysabeau, femme du roi Charles VI, régente de France, habitait, à Paris, l'ancien hôtel Montagu, sorte de palais plus connu sous le nom de l'hôtel Barbette [171].

Là se projetaient les fameuses parties de joutes aux flambeaux sur la Seine ; c'étaient des nuits de gala, des concerts, des festins, enchantés tant par la beauté des femmes et des jeunes seigneurs que par le luxe inouï que la cour y déployait.

La reine venait d'innover ces robes « à la gore » où l'on entrevoyait le sein à travers un lacis de rubans agrémentés de pierreries et ces coiffures qui nécessitèrent d'exhausser de plusieurs coudées le cintre des portes féodales. Dans la journée, le rendez-vous des courtisans (qui se trouvait proche du Louvre) était la grand-salle et la terrasse d'orangers de l'argentier du roi, messire Escabala. On y

jouait sur table chaude [172] et, parfois, les cornets de
passe-dix roulaient des dés sur des enjeux capables d'af-
famer des provinces. On gaspillait quelque peu les lourds
trésors amassés, si péniblement, par l'économe
Charles V. Si les finances diminuaient, l'on augmentait
les dîmes, tailles, corvées, aides, subsides, séquestres,
maltôtes et gabelles jusqu'à merci. La joie était dans les
cœurs. — C'était en ces jours, aussi, que, sombre, se
tenant à l'écart et devant commencer par abolir, dans ses
États, tous ces hideux impôts, Jean de Nevers, chevalier,
seigneur de Salins, comte de Flandre et d'Artois, comte
de Nevers, baron de Réthel, palatin de Malines, deux fois
pair de France et doyen des pairs, cousin du roi, soldat
devant être désigné, par le Concile de Constance, comme
le *seul* chef d'armées auquel on dût obéir sans excommu-
nication et aveuglément, premier grand feudataire du
royaume, premier sujet du roi (qui n'est, lui-même, que
le premier sujet de la nation), duc héréditaire de Bourgogne, futur héros de Nicopolis — et de cette victoire de
l'Hesbaie où, déserté par les Flamands, il s'acquit l'héroïque surnom de *Sans Peur* devant toute l'armée en
délivrant la France d'un premier ennemi [173] ; — c'était en
ces jours, disons-nous, que le fils de Philippe le Hardi et
de Marguerite II, que Jean sans Peur, enfin, déjà songeait
à défier, à feu et à sang, pour sauver la Patrie, Henri de
Derby, comte de Hereford et de Lancastre, cinquième du
nom, roi d'Angleterre, et qui, — lorsque sa tête fut mise
à prix par ce roi, — n'obtint de la France que d'être
déclaré traître.

On s'essayait gauchement aux premiers jeux de cartes
importés, depuis quelques jours, par Odette de
Champ-d'Hiver.

Des paris de toute nature étaient tenus ; on buvait là des
vins provenus des meilleurs coteaux du duché de Bourgogne. Les Tensons nouveaux, les Virelais [174] du duc
d'Orléans (l'un des sires des Fleurs-de-Lys [175] qui ont
raffolé le plus des belles rimes) cliquetaient. On discutait
modes et armureries ; souvent l'on chantait des couplets
dissolus.

La fille de ce richomme, Bérénice Escabala, était une

aimable enfant, des plus jolies. Son sourire virginal attirait l'essaim fort étincelant des gentilshommes. Il était de notoriété que la grâce de son accueil était indistincte pour tous.

Un jour, il advint qu'un jeune seigneur, le vidame de Maulle, qui était alors le favori d'Ysabeau, s'avisa d'engager sa parole (après boire, certes!) qu'il triompherait de l'inflexible innocence de la fille de ce maître Escabala; bref, qu'elle serait à lui dans un délai rapproché.

Ceci fut lancé au milieu d'un groupe de courtisans. Autour d'eux bruissaient les rires et les refrains de l'époque; mais le tapage ne couvrit pas la phrase imprudente du jeune homme. La gageure, acceptée au choc des coupes, parvint aux oreilles de Louis d'Orléans.

Louis d'Orléans, beau-frère de la reine, avait été distingué par elle, dès les premiers temps de la régence, d'un attachement passionné. C'était un prince brillant et frivole, mais des plus sinistres. Il y avait, entre Ysabeau de Bavière et lui, certaines parités de nature qui font ressembler leur adultère à un inceste. En dehors des regains capricieux d'une tendresse fanée, il sut toujours se conserver, dans le cœur de la reine, une sorte d'affection bâtarde qui tenait plutôt du pacte que de la sympathie.

Le duc surveillait les favoris de sa belle-sœur. Lorsque l'intimité des amants semblait devenir menaçante pour l'influence qu'il tenait à garder sur la reine, il était peu scrupuleux sur les moyens d'amener entre eux une rupture presque toujours tragique; l'un de ces moyens fût-il même la délation.

Le propos en question fut donc rapporté, par ses soins, à la royale amie du vidame de Maulle.

Ysabeau sourit, plaisanta cette parole et sembla n'y point donner plus d'attention.

La reine avait ses mires, qui lui vendaient les secrets de l'Orient propres à exaspérer le feu des désirs conçus pour elle. Cléopâtre nouvelle, c'était une grande épuisée [176], plutôt faite pour présider des cours d'amour au fond d'un manoir ou donner des modes à une province que pour songer à libérer de l'Anglais le sol du pays. En cette occasion, cependant, elle ne consulta aucun de ses

mires [177], — pas même Arnaut Guilhem, son alchi-
miste.

Une nuit, à quelque temps de là, le sire de Maulle était
auprès de la reine, à l'hôtel Barbette. L'heure était avan-
cée ; la fatigue du plaisir ensommeillait les deux amants.

Tout à coup, M. de Maulle crut entendre, dans Paris,
des sons de cloches agitées à coups isolés et lugubres.

Il se dressa :

— Qu'est-ce que cela ? demanda-t-il.

— Rien. — Laisse !... répondit Ysabeau, enjouée et
sans rouvrir les yeux.

— Rien, ma belle reine ? N'est-ce pas le tocsin ?

— Oui... peut-être. — Eh bien, ami ?

— Le feu a pris à quelque hôtel ?

— J'y rêvais, justement, dit Ysabeau.

Un sourire de perles entrouvrit les lèvres de la belle
dormeuse.

— Même, dans mon rêve, continua-t-elle, c'était toi
qui l'avais allumé. Je te voyais jeter un flambeau dans les
réserves d'huiles et de fourrages, mignon.

— Moi ?

— Oui !... (Elle traînait les syllabes, languissamment.) Tu brûlais le logis de messire Escabala, mon
argentier, tu sais bien, pour gagner ton pari de l'autre
jour.

Le sire de Maulle rouvrit les yeux à demi, pris d'une
vague inquiétude.

— Quel pari ? N'êtes-vous pas endormie encore, mon
bel ange ?

— Mais — ton pari d'être l'amant de sa fille, la petite
Bérénice, qui a de si beaux yeux !... Oh ! quelle bonne et
jolie enfant, n'est-ce pas ?

— Que dites-vous, ma chère Ysabeau ?

— Ne m'avez-vous point comprise, mon seigneur ? Je
rêvais, vous disais-je, que vous aviez mis le feu à la
demeure de mon argentier pour enlever sa fille pendant
l'incendie et en faire votre maîtresse, afin de gagner votre
pari.

Le vidame regarda autour de lui, en silence.

Les lueurs d'un sinistre lointain éclairaient, en effet,

les vitraux de la chambre; des reflets de pourpre faisaient saigner les hermines du lit royal; les fleurs de lys des écussons et celles qui achevaient de vivre dans les vases d'émail rougeoyaient! Et rouges, aussi, étaient les deux coupes, sur une crédence chargée de vins et de fruits.

— Ah! je me souviens... dit, à mi-voix, le jeune homme; c'est vrai; je voulais attirer les regards des courtisans sur cette petite pour les détourner de notre joie! — Mais voyez donc, Ysabeau: c'est réellement un grand incendie, — et les flamboiements s'élèvent du côté du Louvre!

A ces paroles, la reine s'accouda, considéra, très fixement et sans parler, le vidame de Maulle, secoua la tête; puis, indolente et rieuse, appuya, sur les lèvres du jeune homme, un long baiser.

— Tu diras ces choses à maître Cappeluche lorsque tu seras roué par lui, en place de Grève, ces jours-ci! — Vous êtes un vilain incendiaire, mon amour!

Et, comme les parfums qui sortaient de son corps oriental étourdissaient et b ûlaient les sens jusqu'à ôter la force de penser, elle se pressa contre lui.

Le tocsin continuait; on distinguait dans le lointain les cris de la foule.

Il répondit, en plaisantant:

— Encore faudrait-il prouver le crime?

Et il rendit le baiser.

— Le prouver, méchant?

— Sans doute?

— Pourrais-tu prouver le nombre des baisers que tu as reçus de moi? Autant vouloir compter les papillons qui s'envolent dans un soir d'été!

Il contemplait cette maîtresse ardente — et si pâle! — qui venait de lui prodiguer les délices et les abandons des plus merveilleuses voluptés.

Il lui prit la main.

— D'ailleurs, ce sera bien facile, continua la jeune femme. Qui donc avait intérêt à profiter d'un incendie pour enlever la fille de messire Escabala? Toi seul. Ta parole est engagée dans le pari! — Et, puisque tu ne pourrais jamais dire où tu étais lorsque le feu a pris?... Tu

vois, c'est bien suffisant, au Châtelet, comme élément de
procès criminel. On instruit d'abord, et puis... (elle bâilla
doucement) la torture fait le reste.

— Je ne pourrais pas dire où j'étais ? demanda M. de
Maulle.

— Sans doute, puisque, du vivant du roi Charles VI,
vous étiez, à cette heure-là, dans les bras de la reine de
France, enfant que vous êtes !

La mort se dressait, en effet, et horrible, des deux côtés
de l'accusation.

— C'est juste ! dit le sire de Maulle, sous le charme du
doux regard de son amie.

Il s'enivrait d'envelopper d'un bras cette jeune taille
ployée en la chevelure tiède, rousse comme de l'or
brûlé.

— Ce sont là des rêves, dit-il. O ma belle vie [178] !...

Ils avaient fait de la musique dans la soirée ; sa citole
était jetée sur un coussin ; une corde se cassa toute seule.

— Endors-toi, mon ange ! Tu as sommeil ! dit Ysabeau
en attirant avec mollesse, sur son sein, le front du jeune
homme.

Le bruit de l'instrument l'avait fait tressaillir ; les
amoureux ont des superstitions.

Le lendemain, le vidame de Maulle fut arrêté et jeté
dans un cachot du Grand Châtelet. Le procès commença
d'après l'inculpation prédite. Les choses se passèrent
exactement comme le lui avait annoncé l'auguste enchanteresse, « dont la beauté était si forte qu'elle devait
survivre à ses amours ».

Il fut impossible au vidame de Maulle de trouver ce
qu'en termes de justice on nomme un *alibi*.

La condamnation à la roue fut prononcée, après la
question préalable, ordinaire et extraordinaire, durant les
interrogats.

La peine des incendiaires, le voile noir, etc., rien ne
fut omis.

Seulement, un incident étrange se produisit au Grand
Châtelet.

L'avocat du jeune homme l'avait pris en affection
profonde ; celui-ci lui avait tout avoué.

Devant l'innocence de M. de Maulle, le défenseur se rendit coupable d'une action héroïque.

La veille de l'exécution, il vint dans le cachot du condamné et le fit évader à la faveur de sa robe. Bref, il se substitua.

Fut-il le plus noble cœur ? Fut-il un ambitieux jouant une partie terrible ? Qui le saura jamais !

Encore tout brisé et brûlé par la torture, le vidame de Maulle passa la frontière et mourut dans l'exil.

Mais l'avocat fut gardé à sa place.

La belle amie du vidame de Maulle, en apprenant l'évasion du jeune homme, en éprouva seulement une excessive contrariété [h].

Elle ne voulut pas reconnaître le défenseur de son ami.

Afin que le nom de M. de Maulle fût effacé de la liste des vivants, elle ordonna l'exécution *quand même* de la sentence.

De sorte que l'avocat fut roué en place de Grève aux lieu et place du sire de Maulle.

Priez pour eux.

h. *Chose singulière et aussi peu connue que beaucoup d'autres ! Presque tous les historiens du temps s'accordent à déclarer que la reine Ysabeau de Bavière, — depuis ses noces jusqu'au moment où la démence du roi fut notoire, — apparut, au peuple, aux pauvres et à tous, comme « un ange de bonté, une sainte et sage princesse ». Il est donc à présumer que la maladie réelle du roi et que l'exemple d'effrénée licence de la cour ne furent pas étrangers à la nouveauté d'aspect qu'offrit son caractère à partir des jours dont nous parlons.*

SOMBRE RÉCIT,
CONTEUR PLUS SOMBRE

A paru dans *La République des lettres,* juin 1877, sous le titre *Succès d'estime* et dans *L'Étoile française,* avril 1881, sous le titre *Duel au pistolet.* Villiers, qui avait plusieurs fois cherché en vain à faire représenter ses pièces, et qui, lorsqu'il y était parvenu, n'avait pas connu le succès, s'en prend ici non plus, comme dans *La Machine à gloire,* à la manipulation du public par la claque ou par d'autres procédés, mais aux auteurs de mélodrames et à leurs ficelles de métier. Le dramaturge, image de Dennery, est symétrique du comédien Chaudval du *Désir d'être un homme,* en moins tragique et en plus déplaisant : tous deux incarnent des stéréotypes de théâtre. Les fils du duel et de sa narration sont tressés avec virtuosité pour créer, d'un seul mouvement, une atmosphère double.

SOMBRE RÉCIT,
CONTEUR PLUS SOMBRE

A Monsieur Coquelin cadet [179].

Ut declamatio fiat.

J'étais invité, ce soir-là, très officiellement, à faire partie d'un souper d'auteurs dramatiques, réunis pour fêter le succès d'un confrère. C'était chez B*** [180], le restaurateur en vogue chez les gens de plume.

Le souper fut d'abord naturellement triste.

Toutefois, après avoir sablé quelques rasades de vieux Léoville, la conversation s'anima. D'autant mieux qu'elle roulait sur les duels incessants qui défrayaient un grand nombre de conversations parisiennes vers cette époque. Chacun se remémorait, avec la désinvolture obligée, d'avoir agité flamberge et cherchait à insinuer, négligemment, de vagues idées d'intimidation sous couleur de théories savantes et de clins d'yeux entendus au sujet de l'escrime et du tir. Le plus naïf, un peu gris, semblait s'absorber dans la combinaison d'un coup de croisé de seconde qu'il imitait, au-dessus de son assiette, avec sa fourchette et son couteau.

Tout à coup, l'un des convives, M. D*** [181] (homme rompu aux ficelles du théâtre, une sommité quant à la charpente de toutes les situations dramatiques, celui, enfin, de tous qui a le mieux prouvé s'entendre à «enlever un succès»), s'écria:

— Ah! que diriez-vous, messieurs, s'il vous était arrivé mon aventure de l'autre jour?

— C'est vrai! répondirent les convives. Tu étais le second de ce M. de Saint-Sever?

— Voyons! si tu nous racontais — mais là, franchement! — comme cela s'est passé?

— Je veux bien, répondit D***, quoique j'aie le cœur serré, encore, en y pensant.

Après quelques silencieuses bouflées de cigarette, D*** commença en ces termes *(Je lui laisse, strictement, la parole)* :

— La quinzaine dernière, un lundi, dès sept heures du matin, je fus réveillé par un coup de sonnette : je crus même que c'était Peragallo [182]. On me remit une carte ; je lus : Raoul de Saint-Sever. — C'était le nom de mon meilleur camarade de collège. Nous ne nous étions pas vus depuis dix ans.

Il entra.

C'était bien lui!

— Voici longtemps que je ne t'ai serré la main, lui dis-je. — Ah! je suis heureux de te revoir! Nous causerons d'autrefois en déjeunant. Tu arrives de Bretagne?

— D'hier seulement, me répondit-il.

Je passai une robe de chambre, je versai du madère, et, une fois assis :

— Raoul, continuai-je, tu as l'air préoccupé ; tu as l'air songeur... Est-ce que c'est d'habitude?

— Non, c'est un regain d'émotion.

— D'émotion? — Tu as perdu à la Bourse?

Il secoua la tête.

— As-tu entendu parler des duels à mort? me demanda-t-il très simplement.

La demande me surprit, je l'avoue : elle était brusque.

— Plaisante question! — répondis-je, pour faire du dialogue.

Et je le regardai.

En me rappelant ses goûts littéraires, je crus qu'il venait me soumettre le dénouement d'une pièce conçue par lui dans le silence de la province.

— Si j'en ai entendu parler! Mais c'est mon métier d'auteur dramatique d'ourdir, de régler et de dénouer les affaires de ce genre! — Les rencontres, même, sont ma partie et l'on veut bien m'accorder que j'y excelle. Tu ne lis donc jamais les gazettes du lundi?

— Eh bien, me dit-il, il s'agit, tout justement, de quelque chose comme cela.

Je l'examinai. Raoul semblait pensif, distrait. Il avait le regard et la voix tranquilles, ordinaires. Il avait beaucoup de Surville [183] en ce moment-là... de Surville dans ses bons rôles, même. — Je me dis qu'il était sous le feu de l'inspiration et qu'il pouvait avoir du talent... un talent naissant... mais, enfin, là, quelque chose.

— Vite, m'écriai-je avec impatience, la situation! Dis-moi la situation! — Peut-être qu'en la creusant...

— La situation? répondit Raoul en ouvrant de grands yeux, — mais elle est des plus simples. Hier matin, à mon arrivée à l'hôtel, je trouve une invitation qui m'y attendait, un bal pour le soir même, rue Saint-Honoré, chez madame de Fréville. — Je devais m'y rendre. Là, dans le cours de la fête (juge de ce qui a dû se passer!), je me suis vu contraint d'envoyer mon gant à la figure d'un monsieur, devant tout le monde.

Je compris qu'il me jouait la première scène de sa « machine ».

— Oh! oh! dis-je, comment amènes-tu cela? — Oui, un début. Il y a là de la jeunesse, du feu! — Mais la suite? le motif? l'agencement de la scène? — l'idée du drame? l'ensemble, enfin? — A grands traits!... Va! va!

, — Il s'agissait d'une injure faite à ma mère, mon ami, — répondit Raoul, qui semblait ne pas écouter. — Ma mère, — est-ce un motif suffisant [184]?

(Ici D*** s'interrompit, regardant les convives qui n'avaient pu s'empêcher de sourire à ces dernières paroles.)

— Vous souriez, messieurs? dit-il. Moi aussi j'ai souri. Le « je me bats pour ma mère » surtout, je trouvais cela d'un toc et d'un démodé à faire mal. — C'était infect. Je voyais la chose en scène! Le public se serait tenu les côtes. Je déplorais l'inexpérience théâtrale de ce pauvre Raoul, et j'allais le dissuader de ce que je prenais pour le plan mort-né du plus indigeste des *ours* [185], lorsqu'il ajouta:

— J'ai en bas Prosper, un ami de Bretagne: il est venu

de Rennes avec moi — Prosper Vidal ; il m'attend dans la
voiture devant ta porte. — A Paris, je ne connais que toi
seul. — Voyons : veux-tu me servir de second ? Les té-
moins de mon adversaire seront chez moi dans une heure.
Si tu acceptes, habille-toi vite. Nous avons cinq heures de
chemin de fer d'ici Erquelines.

Alors, seulement, je m'aperçus qu'il me parlait d'une
chose de la vie ! de la vie réelle ! — Je restai abasourdi.
Ce ne fut qu'après un temps que je lui pris la main. Je
souffrais ! Tenez, je ne suis pas plus friand de la lame
qu'un autre ; mais il me semble que j'eusse été moins ému
s'il se fût agi de moi-même.

— C'est vrai ! on est comme ça !... s'écrièrent les
convives, qui tenaient à bénéficier de la remarque.

— Tu aurais dû me dire cela tout de suite !... lui
répondis-je. Je ne te ferai pas de phrases. C'est bon pour
le public. Compte sur moi. Descends, je te rejoins.

(Ici D*** s'arrêta, visiblement troublé par le souvenir
des incidents qu'il venait de nous retracer.)

— Une fois seul, continua-t-il, je fis mon plan, en
m'habillant à la hâte. Il ne s'agissait pas ici de corser les
choses : la situation (banale, il est vrai, pour le théâtre)
me semblait archisuffisante pour l'existence. Et son côté
Closerie des Genêts [186], sans offense, disparaissait à mes
yeux quand je songeais que ce qui allait se jouer, c'était la
vie de mon pauvre Raoul ! — Je descendis sans perdre
une minute.

L'autre témoin, M. Prosper Vidal, était un jeune médecin, très mesuré dans ses allures et ses paroles ; une tête
distinguée, un peu positive, rappelant les anciens Maurice Coste [187]. Il me parut très convenable pour la circonstance. Vous voyez cela d'ici, n'est-ce pas ?

Tous les convives, devenus très attentifs, firent le signe
de tête entendu que cette habile question nécessitait.

— La présentation terminée, nous roulâmes sur le
boulevard Bonne-Nouvelle, où était l'hôtel de Raoul
(près du Gymnase). — Je montai. Nous trouvâmes chez
lui deux messieurs boutonnés du haut en bas, dans la
couleur, bien que légèrement démodés aussi. (Entre
nous, je trouve qu'ils sont un peu en retard, dans la vie

réelle !) — On se salua. Dix minutes après, les conventions étaient réglées. Pistolet, vingt-cinq pas, au commandement. La Belgique. Le lendemain. Six heures du matin. Enfin, ce qu'il y a de plus connu !

— Tu aurais pu trouver plus neuf, interrompit, en essayant de sourire, le convive qui combinait des bottes secrètes avec sa fourchette et son couteau.

— Mon ami, riposta D*** avec une ironie amère, tu es un malin, toi ! tu fais l'esprit fort ! tu vois toujours les choses à travers une lorgnette de théâtre.

Mais, si tu avais été là, tu aurais, comme moi, visé à la simplicité. Il ne s'agissait pas ici d'offrir, pour armes, le couteau à papier de l'*Affaire Clémenceau* [188]. Il faut comprendre que tout n'est pas comédie dans la vie ! Moi, voyez-vous, je m'emballe facilement pour les choses vraies, les choses naturelles !... et qui arrivent ! Tout n'est pas mort en moi, que diable !... Et je vous assure que ce « ne fut pas drôle du tout » quand, une demi-heure après, nous prîmes le train d'Erquelines, avec nos armes dans une valise. Le cœur me battait ! parole d'honneur ! plus qu'il ne m'a jamais battu à une première.

Ici D*** s'interrompit, but, d'un trait, un grand verre d'eau : il était blême.

— Continue ! dirent les convives.

— Je vous passe le voyage, la frontière, la douane, l'hôtel et la nuit, murmura D*** d'une voix rauque.

Jamais je ne m'étais senti pour M. de Saint-Sever une amitié plus véritable. Je ne dormis pas une seconde, malgré la fatigue nerveuse que j'éprouvais. Enfin, le petit jour parut. Il était quatre heures et demie. Il faisait beau temps. Le moment était venu. Je me levai, je me jetai de l'eau froide sur la tête. Ma toilette ne fut pas longue.

J'entrai dans la chambre de Raoul. Il avait passé la nuit à écrire. Nous avons tous mûri de ces scènes-là. Je n'avais qu'à me rappeler pour être naturel. Il dormait auprès de la table, dans un fauteuil : les bougies brûlaient encore. Au bruit que je fis en entrant, il s'éveilla et regarda la pendule. Je m'y attendais, je connais cet effet-là. Je vis alors combien il est observé.

— Merci, mon ami, me dit-il. Prosper est-il prêt ? —

Nous avons une demi-heure de marche. Je crois qu'il serait temps de le prévenir.

Quelques instants après, nous descendions tous les trois et, à cinq heures sonnant, nous étions sur le grand chemin d'Erquelines. Prosper portait les pistolets. J'avais positivement « le trac », entendez-vous ! Je n'en rougis pas.

Ils causaient ensemble d'affaires de famille, comme si de rien n'eût été. Raoul était superbe, tout en noir, l'air grave et décidé, très calme, imposant à force de naturel !... — Une autorité dans la tenue... Tenez, avez-vous vu Bocage à Rouen, dans les pièces du répertoire 1830-1840 ? — Il a eu des éclairs, là !... peut-être plus beaux qu'à Paris [189].

— Hé ! hé ! objecta une voix.

— Oh ! oh !... tu vas loin !... interrompirent deux ou trois convives.

— Enfin, Raoul m'enlevait comme je n'ai jamais été enlevé, poursuivit D***, — croyez-le bien. Nous arrivâmes sur le terrain en même temps que nos adversaires. J'avais comme un mauvais pressentiment.

L'adversaire était un homme froid, tournure d'officier, genre fils de famille ; une physionomie à la Landrol [190] ; — mais moins d'ampleur dans la tenue. Les pourparlers étant inutiles, les armes furent chargées. — Ce fut moi qui comptai les pas, et je dus tenir mon âme (comme disent les Arabes) pour ne pas laisser voir mes *a parte*. Le mieux était d'être classique.

Tout mon jeu était contenu. Je ne chancelai pas. Enfin la distance fut marquée. Je revins vers Raoul. Je l'embrassai et lui serrai la main. J'avais les larmes aux yeux, non pas les larmes de rigueur, mais de vraies.

— Voyons, voyons, mon bon D***, me dit-il, du calme. Qu'est-ce que c'est donc ?

A ces paroles, je le regardai.

M. de Saint-Sever était, tout bonnement, magnifique. On eût dit qu'il était en scène ! Je l'admirais. J'avais cru jusqu'alors qu'on ne trouvait de ces sang-froid-là que sur les planches.

Les deux adversaires vinrent se placer en face l'un de

l'autre, le pied sur la marque. Il y eut là une espèce de
passade. Mon cœur faisait le trémolo ! Prosper remit à
Raoul le pistolet tout armé, praticable ; puis, détournant la
tête avec une transe affreuse, je retournai au premier
plan, du côté du fossé.

Et les oiseaux chantaient ! je voyais des fleurs au pied
des arbres ! de vrais arbres ! Jamais Cambon n'a signé une
plus belle matinée [191] ! Quelle terrible antithèse !

— Une !... deux !... trois !... cria Prosper, à intervalles
égaux, en frappant dans ses mains.

J'avais la tête tellement troublée que je crus entendre
les trois coups du régisseur. Un double détonation éclata
en même temps. — Ah ! mon Dieu, mon Dieu !

D*** s'interrompit et mit la tête dans ses mains.

— Allons ! voyons ! Nous savons que tu as du cœur...
Achève ! crièrent, de toutes parts, les convives, très émus
à leur tour.

— Eh bien, voilà ! dit D***. — Raoul était tombé sur
l'herbe, sur un genou, après avoir fait un tour sur lui-
même. La balle l'avait frappé en plein cœur, enfin, là ! —
(Et D*** se frappait la poitrine.) — Je me précipitai vers
lui.

— Ma pauvre mère ! murmura-t-il.

(D*** regarda les convives : ceux-ci, en gens de tact,
comprirent, cette fois, qu'il eût été d'assez mauvais
goût de réitérer le sourire de la « croix de ma mère ».
Le « ma pauvre mère » passa donc comme une lettre à
la poste ; le mot, étant réellement en situation, devenait
possible.)

— Ce fut tout, reprit D***. Le sang lui vint à pleine
bouche.

Je regardai du côté de l'adversaire : il avait, lui,
l'épaule fracassée.

On le soignait.

Je pris mon pauvre ami dans mes bras. Prosper lui
soutenait la tête.

En une minute, figurez-vous ! je me rappelai nos bonnes années d'enfance ; les récréations, les rires joyeux, les
jours de sortie, les vacances ! — lorsque nous jouions *à la
balle !*...

(Tous les convives inclinèrent la tête, pour indiquer qu'ils appréciaient le rapprochement.)

D***, qui se montait visiblement, se passa la main sur le front. Il continua d'un ton extraordinaire et les yeux fixés dans le vague :

— C'était... comme un rêve, enfin ! — Je le regardais. Lui ne me voyait plus : il expirait. Et si simple ! si digne ! Pas une plainte. Sobre, enfin. J'étais empoigné, là. Et deux grosses larmes me roulèrent dans les yeux ! Deux vraies, celles-là ! Oui, messieurs, deux larmes... Je voudrais que Frédérick[192] les eût vues. Il les aurait comprises, lui ! — Je bégayai un adieu à mon pauvre ami Raoul et nous l'étendîmes à terre.

Roide, sans fausse position, — pas de pose ! — VRAI, comme toujours, il était là ! Le sang sur l'habit ! Les manchettes rouges ! Le front déjà très blanc ! Les yeux fermés. J'étais sans autre pensée que celle-ci : je le trouvais *sublime*. Oui, messieurs, sublime ! c'est le mot !... Oh ! — tenez ! — il me semble... que je le vois encore ! Je ne me possédais plus d'admiration ! Je perdais la tête ! Je ne savais plus de quoi il était question !!! Je confondais ! — J'applaudissais ! Je... je voulais le rappeler...

Ici D***, qui s'était emporté jusqu'à crier, s'arrêta court, brusquement : puis, sans transition, d'une voix très calme et avec un sourire triste, il ajouta :

— Hélas ! oui ! — j'aurais voulu le rappeler... à la vie.

(Un murmure approbateur accueillit ce mot heureux.)

— Prosper m'entraîna.

(Ici D*** se dressa, les yeux fixes ; il semblait réellement pénétré de douleur ; puis, se laissant retomber sur sa chaise :)

— Enfin ! nous sommes tous mortels ! ajouta-t-il d'une voix très basse. — (Puis il but un verre de rhum qu'il reposa, bruyamment, sur la table, et repoussa ensuite comme un calice[193].)

D***, en terminant ainsi, d'une voix brisée, avait fini par si bien captiver ses auditeurs, tant par le côté impressionnant de son histoire que par la vivacité de son débit, que, lorsqu'il se tut, les applaudissements éclatèrent. Je

crus devoir joindre mes humbles félicitations à celles de
ses amis.

Tout le monde était fort ému. — Fort ému.

— Succès d'*estime!* pensai-je.

— Il a réellement du talent, ce D***! murmurait chacun à l'oreille de son voisin.

Tous vinrent lui serrer la main chaleureusement. — Je
sortis.

A quelques jours de là, je rencontrai l'un de mes amis,
un littérateur, et je lui narrai l'histoire de M. D*** *telle
que je l'avais entendue.*

— Eh bien! lui demandai-je en finissant : qu'en pensez-vous?

— Oui. C'est presque une nouvelle! me répondit-il
après un silence. — Écrivez-la donc!

Je le regardai fixement.

— Oui, lui dis-je, *maintenant* je puis l'écrire : elle est
complète.

L'INTERSIGNE

Dans la *Revue des lettres et des arts* de décembre 1867. C'est la seconde des *Histoires moroses* (la première étant *Claire Lenoir*, recueillie dans *Tribulat Bonhomet*), et le plus ancien texte en prose des *Contes cruels*. C'est aussi la seule histoire entièrement bretonne du recueil; mais, malgré la dédicace à son oncle, Villiers n'a pas mis en scène le presbytère de celui-ci, et encore moins son personnage. Le titre, assez mystérieux d'apparence, n'est pas expliqué dans le texte; le mot, dont le plus ancien exemple relevé est de 1825, désignant un lien entre deux faits distants et simultanés dont l'un se révèle comme le pronostic de l'autre, n'apparaît qu'en 1877 dans le *Supplément* du dictionnaire de Littré, avec mention de *L'Intersigne*, «nouvelle de M. Vessière de l'Isle-Adam» (le lapsus en dit long sur le peu de notoriété de Villiers à cette date). Tous les exemples signalés au XIXe siècle par les commentateurs viennent de Bretagne. — Bien que, selon A. Lebois, Villiers ait pu penser au *Réquisitionnaire* de Balzac, où la mort d'une mère et celle de son fils se produisent au même instant à distance, le ton est surtout celui de Poe, jusque dans le style. Par ailleurs Villiers n'a jamais été plus proche de Barbey d'Aurevilly par l'atmosphère, et par l'expression d'un catholicisme plein de mystère et de grandeur.

L'INTERSIGNE

A Monsieur l'abbé Victor de Villiers de l'Isle-Adam [194].

> Attende, homo, quid fuisti ante ortum et quod eris usque ad occasum. Profecto fuit quod non eras. Postea, de vili materia factus, in utero matris de sanguine menstruali nutritus, tunica tua fuit pellis secundina. Deinde, in vilissimo panno involutus, progressus es ad nos, — sic indutus et ornatus! Et non memor es quæ sit origo tua. Nihil est aliud homo quam sperma fœtidum, saccus stercorum, cibus vermium. Scientia, sapientia, ratio, sine Deo sicut nubes transeunt.
>
> Post hominem vermis; post vermem fœtor et horror. Sic, in non hominem, vertitur omnis homo
>
> Cur carnem tuam adornas et impinguas quam, post paucos dies, vermes devoraturi sunt in sepulchro, animam, vero, tuam non adornas, — quæ Deo et Angelis ejus præsentenda est in cœlis [195]!
>
> SAINT BERNARD (*Méditations*, t. II).
> Bollandistes (*Préparation au Jugement dernier*).

Un soir d'hiver qu'entre gens de pensée nous prenions le thé, autour d'un bon feu, chez l'un de nos amis, le baron Xavier de la V*** (un pâle jeune homme que d'assez longues fatigues militaires, subies, très jeune encore, en Afrique, avaient rendu d'une débilité de tempérament et d'une sauvagerie de mœurs peu communes), la conversation tomba sur un sujet des plus sombres : il était question de la *nature* de ces coïncidences extraordinaires, stupéfiantes, mystérieuses, qui surviennent dans l'existence de quelques personnes.

— Voici une histoire, nous dit-il, que je n'accompagnerai d'aucun commentaire. Elle est véridique. Peut-être la trouverez-vous impressionnante.

Nous allumâmes des cigarettes et nous écoutâmes le récit suivant :

— En 1876, au solstice de l'automne [196], vers ce temps où le nombre, toujours croissant, des inhumations accomplies à la légère, — beaucoup trop précipitées enfin, — commençait à révolter la Bourgeoisie parisienne et à la plonger dans les alarmes, un certain soir, sur les huit heures, à l'issue d'une séance de spiritisme des plus curieuses, je me sentis, en rentrant chez moi, sous l'influence de ce spleen héréditaire dont la noire obsession déjoue et réduit à néant les efforts de la Faculté.

C'est en vain qu'à l'instigation doctorale j'ai dû, maintes fois, m'enivrer du breuvage d'Avicenne[i]; en vain me suis-je assimilé, sous toutes formules, des quintaux de fer et, foulant aux pieds tous les plaisirs, ai-je fait descendre, nouveau Robert d'Arbrissel [197], le vif-argent de mes ardentes passions jusqu'à la température des Samoyèdes [198], rien n'a prévalu ! — Allons ! Il paraît, décidément, que je suis un personnage taciturne et morose ! Mais il faut aussi que, sous une apparence nerveuse, je sois, comme on dit, bâti à chaud et à sable, pour me trouver encore à même, après tant de soins, de pouvoir contempler les étoiles.

Ce soir-là donc, une fois dans ma chambre, en allumant un cigare aux bougies de la glace, je m'aperçus que j'étais mortellement pâle ! et je m'ensevelis dans un ample fauteuil, vieux meuble en velours grenat capitonné où le vol des heures, sous mes longues songeries, me semble moins lourd. L'accès de spleen devenait pénible jusqu'au malaise, jusqu'à l'accablement ! Et, jugeant impossible d'en secouer les ombres par aucune distraction mondaine, — surtout au milieu des horribles soucis de la capitale, — je résolus, par essai, de m'éloigner de Paris, d'aller

---

i. *Le séné (Avicéné).* (Hist.)

prendre un peu de nature au loin, de me livrer à de vifs exercices, à quelques salubres parties de chasse, par exemple, pour tenter de diversifier.

A peine cette pensée me fut-elle venue, *à l'instant même* où je me décidai pour cette ligne de conduite, le nom d'un vieil ami, oublié depuis des années, l'abbé Maucombe, me passa dans l'esprit.

— L'abbé Maucombe!... dis-je, à voix basse.

Ma dernière entrevue avec le savant prêtre datait du moment de son départ pour un long pèlerinage en Palestine. La nouvelle de son retour m'était parvenue autrefois. Il habitait l'humble presbytère d'un petit village en Basse-Bretagne.

Maucombe devait y disposer d'une chambre quelconque, d'un réduit? — Sans doute, il avait amassé, dans ses voyages, quelques anciens volumes? des curiosités du Liban? Les étangs, auprès des manoirs voisins, recélaient, à le parier, du canard sauvage?... Quoi de plus opportun!... Et, si je voulais jouir, avant les premiers froids, de la dernière quinzaine du féerique mois d'octobre dans les rochers rougis, si je tenais à voir encore resplendir les longs soirs d'automne sur les hauteurs boisées, je devais me hâter!

La pendule sonna neuf heures.

Je me levai; je secouai la cendre de mon cigare. Puis, en homme de décision, je mis mon chapeau, ma houppelande et mes gants; je pris ma valise et mon fusil; je soufflai les bougies et je sortis — en fermant sournoisement et à triple tour la vieille serrure à secret qui fait l'orgueil de ma porte.

Trois quarts d'heure après, le convoi de la ligne de Bretagne m'emportait vers le petit village de Saint-Maur, desservi par l'abbé Maucombe; j'avais même trouvé le temps, à la gare, d'expédier une lettre crayonnée à la hâte, en laquelle je prévenais mon père de mon départ.

Le lendemain matin, j'étais à R***, d'où Saint-Maur n'est distant que de deux lieues environ [199].

Désireux de conquérir une bonne nuit (afin de pouvoir prendre mon fusil dès le lendemain, au point du jour), et toute sieste d'après déjeuner me semblant capable d'em-

piéter sur la perfection de mon sommeil, je consacrai ma
journée, pour me tenir éveillé malgré la fatigue, à plusieurs visites chez d'anciens compagnons d'études.
—Vers cinq heures du soir, ces devoirs remplis, je fis
seller, au Soleil-d'Or, où j'étais descendu, et, aux lueurs
du couchant, je me trouvai en vue d'un hameau.

Chemin faisant, je m'étais remémoré le prêtre chez
lequel j'avais dessein de m'arrêter pendant quelques
jours. Le laps de temps qui s'était écoulé depuis notre
dernière rencontre, les excursions, les événements inter-
médiaires et les habitudes d'isolement devaient avoir mo-
difié son caractère et sa personne. J'allais le retrouver
grisonnant. Mais je connaissais la conversation fortifiante
du docte recteur, — et je me faisais une espérance de
songer aux veillées que nous allions passer ensemble.

— L'abbé Maucombe ! ne cessais-je de me répéter
tout bas, — excellente idée !

En interrogeant sur sa demeure les vieilles gens qui
paissaient les bestiaux le long des fossés, je dus me
convaincre que le curé, — en parfait confesseur d'un
Dieu de miséricorde, — s'était profondément acquis
l'affection de ses ouailles et, lorsqu'on m'eût bien indiqué le chemin du presbytère assez éloigné du pâté de
masures et de chaumines qui constitue le village de Saint-
Maur, je me dirigeai de ce côté.

J'arrivai.

L'aspect champêtre de cette maison, les croisées et
leurs jalousies vertes, les trois marches de grès, les lier-
res, les clématites et les roses-thé qui s'enchevêtraient sur
les murs jusqu'au toit, d'où s'échappait, d'un tuyau à
girouette, un petit nuage de fumée, m'inspirèrent des
idées de recueillement, de santé et de paix profonde. Les
arbres d'un verger voisin montraient, à travers un treillis
d'enclos, leurs feuilles rouillées par l'énervante saison.
Les deux fenêtres de l'unique étage brillaient des feux de
l'Occident ; une niche où se tenait l'image d'un bienheu-
reux était creusée entre elles. Je mis pied à terre, silencieusement : j'attachai le cheval au volet et je levai le
marteau de la porte, en jetant un coup d'œil de voyageur à
l'horizon, derrière moi.

Mais l'horizon brillait tellement sur les forêts de chênes lointains et de pins sauvages où les derniers oiseaux s'envolaient dans le soir, les eaux d'un étang couvert de roseaux, dans l'éloignement, réfléchissaient si solennellement le ciel, la nature était si belle, au milieu de ces airs calmés, dans cette campagne déserte, à ce moment où tombe le silence, que je restai — sans quitter le marteau suspendu, — que je restai muet.

O toi, pensai-je, qui n'as point l'asile de tes rêves, et pour qui la terre de Chanaan, avec ses palmiers et ses eaux vives, n'apparaît pas, au milieu des aurores, après avoir tant marché sous de dures étoiles, voyageur si joyeux au départ et maintenant assombri, — cœur fait pour d'autres exils que ceux dont tu partages l'amertume avec des frères mauvais, — regarde! Ici l'on peut s'asseoir sur la pierre de la mélancolie! — Ici les rêves morts ressuscitent, devançant les moments de la tombe! Si tu veux avoir le véritable désir de mourir, approche: ici la vue du ciel exalte jusqu'à l'oubli.

J'étais dans cet état de lassitude, où les nerfs sensibilisés vibrent aux moindres excitations. Une feuille tomba près de moi; son bruissement furtif me fit tressaillir. Et le magique horizon de cette contrée entra dans mes yeux! Je m'assis devant la porte, solitaire.

Après quelques instants, comme le soir commençait à fraîchir, je revins au sentiment de la réalité. Je me levai très vite et je repris le marteau de la porte en regardant la maison riante.

Mais, à peine eus-je de nouveau jeté sur elle un regard distrait, que je fus forcé de m'arrêter encore, me demandant, cette fois, si je n'étais pas le jouet d'une hallucination.

Était-ce bien la maison que j'avais vue tout à l'heure? Quelle ancienneté me dénonçaient, *maintenant*, les longues lézardes, entre les feuilles pâles? — Cette bâtisse avait un air étranger; les carreaux illuminés par les rayons d'agonie du soir brûlaient d'une lueur intense; le portail hospitalier m'invitait avec ses trois marches; mais, en concentrant mon attention sur ces dalles grises, je vis qu'elles venaient d'être polies, que des traces de lettres

creusées y restaient encore, et je vis bien qu'elles provenaient du cimetière voisin, — dont les croix noires m'ap-
paraissaient, à présent, de côté, à une centaine de pas. Et
la maison me sembla changée à donner le frisson, et les
échos du lugubre coup du marteau, que je laissai retomber, dans mon saisissement, retentirent, dans l'intérieur
de cette demeure, comme les vibrations d'un glas.

Ces sortes de *vues,* étant plutôt morales que physiques,
s'effacent avec rapidité. Oui, j'étais, à n'en pas douter
une seconde, la victime de cet abattement intellectuel que
j'ai signalé. Très empressé de voir un visage qui m'aidât,
par son humanité, à en dissiper le souvenir, je poussai le
loquet sans attendre davantage. — J'entrai.

La porte, mue par un poids d'horloge, se referma
d'elle-même, derrière moi.

Je me trouvai dans un long corridor à l'extrémité duquel Nanon, la gouvernante, vieille et réjouie, descendait
l'escalier, une chandelle à la main.

— Monsieur Xavier!... s'écria-t-elle, toute joyeuse en
me reconnaissant.

— Bonsoir, ma bonne Nanon! lui répondis-je, en lui
confiant, à la hâte, ma valise et mon fusil.

(J'avais oublié ma houppelande dans ma chambre, au
Soleil-d'Or.)

Je montai. Une minute après, je serrai dans mes bras
mon vieil ami.

L'affectueuse émotion des premières paroles et le sentiment de la mélancolie du passé nous oppressèrent quelque temps, l'abbé et moi. — Nanon vint nous apporter la
lampe et nous annoncer le souper.

— Mon cher Maucombe, lui dis-je en passant mon
bras sous le sien pour descendre, c'est une chose de toute
éternité que l'amitié intellectuelle, et je vois que nous
partageons ce sentiment.

— Il est des esprits chrétiens d'une parenté divine
très rapprochée, me répondit-il. — Oui. — Le monde
a des croyances moins «raisonnables» pour lesquelles
des partisans se trouvent qui sacrifient leur sang, leur
bonheur, leur devoir. Ce sont des fanatiques! acheva-
t-il en souriant. Choisissons, pour foi, la plus utile,

puisque nous sommes libres et que nous devenons notre croyance.

— Le fait est, lui répondis-je, qu'il est déjà très mystérieux que deux et deux fassent quatre.

Nous passâmes dans la salle à manger. Pendant le repas, l'abbé, m'ayant doucement reproché l'oubli où je l'avais tenu si longtemps, me mit au courant de l'esprit du village.

Il me parla du pays, me raconta deux ou trois anecdotes touchant les châtelains des environs.

Il me cita ses exploits personnels à la chasse et ses triomphes à la pêche : pour tout dire, il fut d'une affabilité et d'un entrain charmants.

Nanon, messager rapide, s'empressait, se multipliait autour de nous et sa vaste coiffe avait des battements d'ailes.

Comme je roulais une cigarette en prenant le café, Maucombe, qui était un ancien officier de dragons, m'imita ; le silence des premières bouffées nous ayant surpris dans nos pensées, je me mis à regarder mon hôte avec attention.

Ce prêtre était un homme de quarante-cinq ans, à peu près, et d'une haute taille. De longs cheveux gris entouraient de leur boucle enroulée sa maigre et forte figure. Les yeux brillaient de l'intelligence mystique. Ses traits étaient réguliers et austères ; le corps, svelte, résistait au pli des années : il savait porter sa longue soutane. Ses paroles, empreintes de science et de douceur, étaient soutenues par une voix bien timbrée, sortie d'excellents poumons. Il me paraissait enfin d'une santé vigoureuse : les années l'avaient fort peu atteint.

Il me fit venir dans son petit salon-bibliothèque.

Le manque de sommeil, en voyage, prédispose au frisson ; la soirée était d'un froid vif, avant-coureur de l'hiver. Aussi, lorsqu'une brassée de sarments flamba devant mes genoux, entre deux ou trois rondins, j'éprouvai quelque réconfort.

Les pieds sur les chenets, et accoudés en nos deux fauteuils de cuir bruni, nous parlâmes naturellement de Dieu.

J'étais fatigué : j'écoutais, sans répondre.

— Pour conclure, me dit Maucombe en se levant, nous sommes ici pour témoigner, — par nos œuvres, nos pensées, nos paroles et notre lutte contre la Nature, — pour témoigner *si nous pesons le poids*.

Et il termina par une citation de Joseph de Maistre : « Entre l'Homme et Dieu, il n'y a que l'Orgueil. »

— Ce nonobstant, lui dis-je, nous avons l'honneur d'exister (nous, les enfants gâtés de cette Nature) dans un siècle de lumières ?

— Préférons-lui la Lumière des siècles [200], répondit-il en souriant.

Nous étions arrivés sur le palier, nos bougies à la main.

Un long couloir, parallèle à celui d'en bas, séparait de celle de mon hôte la chambre qui m'était destinée : — il insista pour m'y installer lui-même. Nous y entrâmes ; il regarda s'il ne me manquait rien et comme, rapprochés, nous nous donnions la main et le bonsoir, un vivace reflet de ma bougie tomba sur son visage. — Je tressaillis, cette fois !

Était-ce un agonisant qui se tenait debout, là, près de ce lit ? La figure qui était devant moi n'était pas, ne pouvait pas être celle du souper ! Ou, du moins, si je la reconnaissais vaguement, il me semblait que je ne l'avais vue, en réalité, qu'en ce moment-ci. Une seule réflexion me fera comprendre : l'abbé me donnait, humainement, la *seconde* sensation que, par une obscure correspondance, sa maison m'avait fait éprouver.

La tête que je contemplais était grave, très pâle, d'une pâleur de mort, et les paupières étaient baissées. Avait-il oublié ma présence ? Priait-il ? Qu'avait-il donc à se tenir ainsi ? — Sa personne s'était revêtue d'une solennité si soudaine que je fermai les yeux. Quand je les rouvris, après une seconde, le bon abbé était toujours là, — mais je le reconnaissais maintenant ! — A la bonne heure ! Son sourire amical dissipait en moi toute inquiétude. L'impression n'avait pas duré le temps d'adresser une question. Ç'avait été un saisissement, — une sorte d'hallucination.

Maucombe me souhaita, une seconde fois, la bonne nuit et se retira.

Une fois seul : « Un profond sommeil, voilà ce qu'il me faut ! » pensai-je.

Incontinent je songeai à la Mort ; j'élevai mon âme à Dieu et je me mis au lit.

L'une des singularités d'une extrême fatigue est l'impossibilité du sommeil immédiat. Tout les chasseurs ont éprouvé ceci. C'est un point de notoriété.

Je m'attendais à dormir vite et profondément. J'avais fondé de grandes espérances sur une bonne nuit. Mais, au bout de dix minutes, je dus reconnaître que cette gêne nerveuse ne se décidait pas à s'engourdir. J'entendais des tic-tac, des craquements brefs du bois et des murs. Sans doute des horloges-de-mort [201]. Chacun des bruits imperceptibles de la nuit se répondait, en tout mon être, par un coup électrique.

Les branches noires se heurtaient dans le vent, au jardin. A chaque instant, des brins de lierre frappaient ma vitre. J'avais, surtout, le sens de l'ouïe d'une acuité pareille à celle des gens qui meurent de faim.

— J'ai pris deux tasses de café, pensai-je ; c'est cela !

Et, m'accoudant sur l'oreiller, je me mis à regarder, obstinément, la lumière de la bougie, sur la table, auprès de moi. Je la regardai avec fixité, entre les cils, avec cette attention intense que donne au regard l'absolue distraction de la pensée.

Un petit bénitier, en porcelaine coloriée, avec sa branche de buis, était suspendu auprès de mon chevet. Je mouillai, tout à coup, mes paupières avec de l'eau bénite pour les rafraîchir, puis j'éteignis la bougie et je fermai les yeux. Le sommeil s'approchait : la fièvre s'apaisait.

J'allais m'endormir.

Trois petits coups secs, impératifs, furent frappés à ma porte.

— Hein ? me dis-je, en sursaut.

Alors je m'aperçus que mon premier somme avait déjà commencé. J'ignorais où j'étais. Je me croyais à Paris. Certains repos donnent ces sortes d'oublis risibles. Ayant même, presque aussitôt, perdu de vue la cause principale de mon réveil, je m'étirai voluptueusement, dans une complète inconscience de la situation.

— A propos, me dis-je tout à coup : mais on a frappé ?
— Quelle visite peut bien ?...

A ce point de ma phrase, une notion confuse et obscure que je n'étais plus à Paris, mais dans un presbytère de Bretagne, chez l'abbé Maucombe, me vint à l'esprit.

En un clin d'œil, je fus au milieu de la chambre.

Ma première impression, en même temps que celle du froid aux pieds, fut celle d'une vive lumière. La pleine lune brillait, en face de la fenêtre, au-dessus de l'église, et, à travers les rideaux blancs, découpait son angle de flamme déserte [202] et pâle sur le parquet.

Il était bien minuit.

Mes idées étaient morbides. Qu'était-ce donc ? L'ombre était extraordinaire.

Comme je m'approchais de la porte, une tache de braise, partie du trou de la serrure, vint errer sur ma main et sur ma manche.

Il y avait quelqu'un derrière la porte : on avait réellement frappé.

Cependant, à deux pas du loquet, je m'arrêtai court.

Une chose me paraissait surprenante : la *nature* de la tache qui courait sur ma main. C'était une lueur glacée, sanglante, n'éclairant pas. — D'autre part, comment se faisait-il que je ne voyais aucune ligne de lumière sous la porte, dans le corridor ? — Mais, en vérité, ce qui sortait ainsi du trou de la serrure me causait l'impression du regard phosphorique d'un hibou !

En ce moment, l'heure sonna, dehors, à l'église, dans le vent nocturne.

— Qui est là ? demandai-je, à voix basse.

La lueur s'éteignit : — j'allais m'approcher...

Mais la porte s'ouvrit, largement, lentement, silencieusement.

En face de moi, dans le corridor, se tenait, debout, une forme haute et noire, — un prêtre, le tricorne sur la tête. La lune l'éclairait tout entier, à l'exception de la figure : je ne voyais que le feu de ses deux prunelles qui me considéraient avec une solennelle fixité.

Le souffle de l'autre monde enveloppait ce visiteur, son attitude m'oppressait l'âme. Paralysé par une frayeur qui s'enfla instantanément jusqu'au paroxysme, je contemplai le désolant personnage, en silence.

Tout à coup, le prêtre éleva le bras, avec lenteur, vers moi. Il me présentait une chose lourde et vague. C'était un manteau. Un grand manteau noir, un manteau de voyage. Il me le tendait, comme pour me l'offrir!...

Je fermai les yeux pour ne pas voir cela. Oh! je ne voulais pas voir cela! Mais un oiseau de nuit, avec un cri affreux, passa entre nous, et le vent de ses ailes, m'effleurant les paupières, me les fit rouvrir. Je sentis qu'il voletait par la chambre.

Alors, — et avec un râle d'angoisse, car les forces me trahissaient pour crier, — je repoussai la porte de mes deux mains crispées et étendues et je donnai un violent tour de clef, frénétique et les cheveux dressés!

Chose singulière, il me sembla que tout cela ne faisait aucun bruit.

C'était plus que l'organisme n'en pouvait supporter. Je m'éveillai. J'étais assis sur mon séant, dans mon lit, les bras tendus devant moi; j'étais glacé; le front trempé de sueur; mon cœur frappait contre les parois de ma poitrine de gros coups sombres.

— Ah! me dis-je, le songe horrible!

Toutefois, mon insurmontable anxiété subsistait. Il me fallut plus d'une minute avant d'*oser* remuer le bras pour chercher les allumettes: j'appréhendais de sentir, dans l'obscurité, une main froide saisir la mienne et la presser amicalement.

J'eus un mouvement nerveux en entendant ces allumettes bruire sous mes doigts dans le fer du chandelier. Je rallumai la bougie.

Instantanément, je me sentis mieux; la lumière, cette vibration divine, diversifie les milieux funèbres et console des mauvaises terreurs.

Je résolus de boire un verre d'eau froide pour me remettre tout à fait et je descendis du lit.

En passant devant la fenêtre, je remarquai une chose: la lune était exactement pareille à celle de mon songe, bien que je ne l'eusse pas vue avant de me mettre au lit; et, en allant, la bougie à la main, examiner la serrure de la porte, je constatai qu'un tour de clef avait été donné *en dedans*, ce que je n'avais point fait avant mon sommeil.

A ces découvertes, je jetai un regard autour de moi. Je commençai à trouver que la chose était revêtue d'un caractère bien insolite. Je me recouchai, je m'accoudai, je cherchai à me raisonner, à me prouver que tout cela n'était qu'un accès de somnambulisme très lucide, mais je me rassurai de moins en moins. Cependant la fatigue me prit comme une vague, berça mes noires pensées et m'endormit brusquement dans mon angoisse.

Quand je me réveillai, un bon soleil jouait dans la chambre.

C'était une matinée heureuse. Ma montre, accrochée au chevet du lit, marquait dix heures. Or, pour nous réconforter, est-il rien de tel que le jour, le radieux soleil? Surtout quand on sent les dehors embaumés et la campagne pleine d'un vent frais dans les arbres, les fourrés épineux, les fossés couverts de fleurs et tout humides d'aurore!

Je m'habillai à la hâte, très oublieux du sombre commencement de ma nuitée.

Complètement ranimé par des ablutions réitérées d'eau fraîche, je descendis.

L'abbé Maucombe était dans la salle à manger: assis devant la nappe déjà mise, il lisait un journal en m'attendant.

Nous nous serrâmes la main:

— Avez-vous passé une bonne nuit, mon cher Xavier? me demanda-t-il.

— Excellente! répondis-je distraitement (par habitude et sans accorder attention le moins du monde à ce que je disais).

La vérité est que je me sentais bon appétit: voilà tout.

Nanon intervint, nous apportant le déjeuner.

Pendant le repas, notre causerie fut à la fois recueillie et joyeuse: l'homme qui vit saintement connaît, seul, la joie et sait la communiquer.

Tout à coup, je me rappelai mon rêve.

— A propos, m'écriai-je, mon cher abbé, il me souvient que j'ai eu cette nuit un singulier rêve, — et d'une

étrangeté... comment puis-je exprimer cela ? Voyons...
saisissante ?   étonnante ?   effrayante ? — A   votre
choix ! — Jugez-en.

Et, tout en pelant une pomme, je commençai à lui
narrer, dans tous ses détails, l'hallucination sombre qui
avait troublé mon premier sommeil.

Au moment où j'en étais arrivé au *geste* du prêtre
m'offrant le manteau, et *avant que j'eusse entamé cette
phrase,* la porte de la salle à manger s'ouvrit. Nanon,
avec cette familiarité particulière aux gouvernantes de
curés, entra, dans le rayon du soleil, au beau milieu de la
conversation, et, m'interrompant, me tendit un papier :

— Voici une lettre «très pressée» que le rural vient
d'apporter, à l'instant, pour monsieur ! dit-elle.

— Une lettre ! — Déjà ! m'écriai-je, *oubliant mon
histoire.* C'est de mon père. Comment cela ? — Mon
cher abbé, vous permettez que je lise, n'est-ce pas ?

— Sans doute ! dit l'abbé Maucombe, perdant également l'histoire de vue et subissant, magnétiquement,
l'intérêt que je prenais à la lettre : — sans doute !

Je décachetai.

Ainsi l'incident de Nanon avait détourné notre attention par sa soudaineté.

— Voilà, dis-je, une vive contrariété, mon hôte : à
peine arrivé, je me vois obligé de repartir.

— Comment ? demanda l'abbé Maucombe, reposant
sa tasse sans boire.

— Il m'est écrit de revenir en toute hâte, au sujet
d'une affaire, d'un procès d'une importance des plus
graves. Je m'attendais à ce qu'il ne se plaidât qu'en
décembre : or, on m'avise qu'il se juge dans la quinzaine
et comme, seul, je suis à même de mettre en ordre les
dernières pièces qui doivent nous donner gain de cause, il
faut que j'aille !... Allons ! quel ennui !

— Positivement, c'est fâcheux ! dit l'abbé ; — comme
c'est donc fâcheux !... Au moins, promettez-moi qu'aussitôt ceci terminé... La grande affaire, c'est le salut :
j'espérais être pour quelque chose dans le vôtre — et
voici que vous vous échappez ! Je pensais déjà que le bon
Dieu vous avait envoyé...

— Mon cher abbé, m'écriai-je, je vous laisse mon fusil. Avant trois semaines, je serai de retour et, cette fois, pour quelques semaines, si vous voulez.

— Allez donc en paix, dit l'abbé Maucombe.

— Eh! c'est qu'il s'agit de presque toute ma fortune! murmurai-je.

— La fortune, c'est Dieu! dit simplement Maucombe.

— Et demain, comment vivrais-je, si...

— Demain, on ne vit plus, répondit-il.

Bientôt nous nous levâmes de table, un peu consolés du contretemps par cette promesse formelle de revenir.

Nous allâmes nous promener dans le verger, visiter les attenances du presbytère.

Toute la journée, l'abbé m'étala, non sans complaisance, ses pauvres trésors champêtres. Puis, pendant qu'il lisait son bréviaire, je marchai, solitairement, dans les environs, respirant l'air vivace et pur avec délices. Maucombe, à son retour, s'étendit quelque peu sur son voyage en terre sainte; tout cela nous conduisit jusqu'au coucher du soleil.

Le soir vint. Après un frugal souper, je dis à l'abbé Maucombe:

— Mon ami, l'*express* part à neuf heures précises. D'ici R***, j'ai bien une heure et demie de route. Il me faut une demi-heure pour régler à l'auberge en y reconduisant le cheval; total, deux heures. Il en est sept: je vous quitte à l'instant.

— Je vous accompagnerai un peu, dit le prêtre: *cette promenade me sera salutaire*.

— A propos, lui répondis-je, préoccupé, voici l'adresse de mon père (chez qui je demeure à Paris), si nous devons nous écrire.

Nanon prit la carte et l'inséra dans une jointure de la glace.

Trois minutes après, l'abbé et moi nous quittions le presbytère et nous nous avancions sur le grand chemin. Je tenais mon cheval par la bride, comme de raison.

Nous étions déjà deux ombres.

Cinq minutes après notre départ, une bruine pénétrante, une petite pluie, fine et très froide, portée par un affreux coup de vent, frappa nos mains et nos figures.

Je m'arrêtai court :

— Mon vieil ami, dis-je à l'abbé, non ! décidément, je ne souffrirai pas cela. Votre existence est précieuse et cette ondée glaciale est très malsaine. Rentrez. Cette pluie, encore une fois, pourrait vous mouiller dangereusement. Rentrez, je vous en prie.

L'abbé, au bout d'un instant, songeant à ses fidèles, se rendit à mes raisons.

— J'emporte une promesse, mon cher ami ? me dit-il.

Et, comme je lui tendais la main :

— Un instant ! ajouta-t-il ; je songe que vous avez du chemin à faire — et que cette bruine est, en effet, pénétrante !

Il eut un frisson. Nous étions l'un auprès de l'autre, immobiles, nous regardant fixement comme deux voyageurs pressés.

En ce moment la lune s'éleva sur les sapins, derrière les collines, éclairant les landes et les bois à l'horizon. Elle nous baigna spontanément de sa lumière morne et pâle, de sa flamme déserte et pâle. Nos silhouettes et celle du cheval se dessinèrent, énormes, sur le chemin. — Et, du côté des vieilles croix de pierre, là-bas, — du côté des vieilles croix en ruines qui se dressent en ce canton de Bretagne, dans les écreboissées [203] où perchent les funestes oiseaux échappés du bois des Agonisants, — j'entendis, au loin, un *cri* affreux : l'aigre et alarmant fausset de la freusée [204]. Une chouette aux yeux de phosphore, dont la lueur tremblait sur le grand bras d'une yeuse, s'envola et passa entre nous, en prolongeant ce cri.

— Allons ! continua l'abbé Maucombe, moi, je serai chez moi dans une minute ; ainsi *prenez, — prenez ce manteau !* — J'y tiens beaucoup !... beaucoup ! — ajouta-t-il avec un ton inoubliable. — Vous me le ferez renvoyer par le garçon d'auberge qui vient au village tous les jours... *Je vous en prie.*

L'abbé, en prononçant ces paroles, me tendait son manteau noir. Je ne voyais pas sa figure, à cause de

l'ombre que projetait son large tricorne : mais je distin-
guai ses yeux *qui me considéraient avec une solennelle
fixité*.

Il me jeta le manteau sur les épaules, me l'agrafa, d'un
air tendre et inquiet, pendant que, sans forces, je fermais
les paupières. Et, profitant de mon silence, il se hâta vers
son logis. Au tournant de la route, il disparut.

Par une présence d'esprit, — et un peu, aussi, machinalement, — je sautai à cheval. Puis je restai immobile.

Maintenant j'étais seul sur le grand chemin. J'entendais les mille bruits de la campagne. En rouvrant les
yeux, je vis l'immense ciel livide où filaient de nombreux
nuages ternes, cachant la lune, — la nature solitaire.
Cependant, je me tins droit et ferme, quoique je dusse
être blanc comme un linge.

— Voyons ! me dis-je, du calme ! — J'ai la fièvre et je
suis somnambule. Voilà tout.

Je m'efforçai de hausser les épaules : un poids secret
m'en empêcha.

Et voici que, venue du fond de l'horizon, du fond de
ces bois décriés, une volée d'orfraies, à grand bruit d'ailes, passa, en criant d'horribles syllabes inconnues, au-
dessus de ma tête. Elles allèrent s'abattre sur le toit du
presbytère et sur le clocher dans l'éloignement ; et le vent
m'apporta des cris tristes. Ma foi, j'eus peur. Pourquoi ?
Qui me le précisera jamais ? J'ai vu le feu, j'ai touché de
la mienne plusieurs épées ; mes nerfs sont mieux trempés,
peut-être, que ceux des plus flegmatiques et des plus
blafards : j'affirme, toutefois, très humblement, que j'ai
eu peur, ici — et pour de bon. J'en ai conçu, même, pour
moi, quelque estime intellectuelle. N'a pas peur de ces
choses-là qui veut.

Donc, en silence, j'ensanglantai les flancs du pauvre
cheval, et les yeux fermés, les rênes lâchées, les doigts
crispés sur les crins, le manteau flottant derrière moi tout
droit, je sentis que le galop de ma bête était aussi violent
que possible ; elle allait ventre à terre : de temps en temps
mon sourd grondement, à son oreille, lui communiquait à
coup sûr, et d'instinct, l'horreur superstitieuse dont je
frissonnais malgré moi. Nous arrivâmes, de la sorte, en

moins d'une demi-heure. Le bruit du pavé des faubourgs me fit redresser la tête — et respirer!

— Enfin! je voyais des maisons! des boutiques éclairées! les figures de mes semblables derrière les vitres! Je voyais des passants!... Je quittais le pays des cauchemars!

A l'auberge, je m'installai devant le bon feu. La conversation des rouliers me jeta dans un état voisin de l'extase. Je sortais de la Mort. Je regardai la flamme entre mes doigts. J'avalai un verre de rhum. Je reprenais, enfin, le gouvernement de mes facultés.

Je me sentais rentré dans la vie réelle.

J'étais même, — disons-le, — un peu honteux de ma panique.

Aussi, comme je me sentis tranquille, lorsque j'accomplis la commission de l'abbé Maucombe! Avec quel sourire mondain j'examinai le manteau noir en le remettant à l'hôtelier! L'hallucination était dissipée. J'eusse fait, volontiers, comme dit Rabelais, « le bon compagnon ».

Le manteau en question ne me parut rien offrir d'extraordinaire ni, même, de particulier, — si ce n'est qu'il était très vieux et même rapiécé, recousu, redoublé avec une espèce de tendresse bizarre. Une charité profonde, sans doute, portait l'abbé Maucombe à donner en aumônes le prix d'un manteau neuf: du moins, je m'expliquai la chose de cette façon.

— Cela se trouve bien! — dit l'aubergiste: le garçon doit aller au village tout à l'heure: il va partir; il rapportera le manteau chez M. Maucombe en passant, avant dix heures.

Une heure après, dans mon wagon, les pieds sur la chauffeuse, enveloppé dans ma houppelande reconquise, je me disais, en allumant un bon cigare et en écoutant le bruit du sifflet de la locomotive:

— Décidément, j'aime encore mieux ce cri-là que celui des hiboux.

Je regrettai un peu, je dois l'avouer, d'avoir promis de revenir.

Là-dessus je m'endormis, enfin, d'un bon sommeil,

oubliant complètement ce que je devais traiter désormais de coïncidence insignifiante.

Je dus m'arrêter six jours à Chartres, pour collationner des pièces qui, depuis, amenèrent la conclusion favorable de notre procès.

Enfin, l'esprit obsédé d'idées de paperasses et de chicane — et sous l'abattement de mon maladif ennui, — je revins à Paris, juste le soir du septième jour de mon départ du presbytère.

J'arrivai directement chez moi, sur les neuf heures. Je montai. Je trouvai mon père dans le salon. Il était assis, auprès d'un guéridon, éclairé par une lampe. Il tenait une lettre ouverte à la main.

Après quelques paroles :

— Tu ne sais pas, j'en suis sûr, quelle nouvelle m'apprend cette lettre! me dit-il : notre bon vieil abbé Maucombe est mort depuis ton départ.

Je ressentis, à ces mots, une commotion.

— Hein? répondis-je.

— Oui, mort, — avant-hier, vers minuit, — trois jours après ton départ de son presbytère, — d'un froid gagné sur le grand chemin. Cette lettre est de la vieille Nanon. La pauvre femme paraît avoir la tête si perdue, même, qu'elle répète deux fois une phrase... singulière... à propos d'un manteau... Lis donc toi-même!

Il me tendit la lettre où la mort du saint prêtre nous était annoncée, en effet, — et où je lus ces simples lignes :

« Il était très heureux, — disait-il à ses dernières paroles, — d'être enveloppé à son dernier soupir et enseveli dans le manteau qu'il avait rapporté de son pèlerinage en terre sainte, *et qui avait touché* LE TOMBEAU. »

L'INCONNUE

Paraît dans *Le Spectateur,* juin 1876, avec le surtitre
«Contes crucls». Si le thème de l'aveugle, depuis Tiré-
sias et Œdipe, a souvent été exploité en littérature, y
compris par Villiers lui-même dans *Claire Lenoir* et dans
Vox populi, à son époque par Hugo dans *L'Homme qui
rit,* plus tard encore par Gide *(La Symphonie pastorale)* et
par Giono *(Le Chant du monde, Mort d'un personnage),*
celui du sourd est beaucoup plus rare; et le sourd apparaît, tel Quasimodo dans *Notre-Dame de Paris,* comme
un personnage grotesque, même s'il est également dramatique. *L'Inconnue* est une précieuse et admirable exception. L'héroïne tire de son infirmité une plus grande
acuité d'intelligence et de sensibilité. La réflexion avait
déjà été faite par Gobineau dans *Mademoiselle Irnois*
(1847) : «Les aveugles entendent mieux que personne,
les sourds voient plus loin.» Le dialogue — totalement
invraisemblable et totalement symbolique — entre les
deux amants virtuels exprime de façon poignante ce qui
fut une des obsessions de Villiers : l'impossibilité de
communiquer vraiment avec un être aimé. On songe à la
conclusion d'un des poèmes en prose de Baudelaire,
«Les Yeux des pauvres» : «Tant il est difficile de s'entendre, mon cher ange, et tant la pensée est incommuni-
cable, même entre gens qui s'aiment!»

L'INCONNUE

A Madame la comtesse de Laclos.

> Le cygne se tait toute sa vie pour
> bien chanter une seule fois.
> *Proverbe ancien* [205]

> C'était l'enfant sacré qu'un beau vers fait pâlir.
> ADRIEN JUVIGNY [206].

Ce soir-là, tout Paris resplendissait aux Italiens. On donnait *La Norma*. C'était la soirée d'adieu de Maria-Felicia Malibran [207].

La salle entière, aux derniers accents de la prière de Bellini, *Casta diva*, s'était levée et rappelait la cantatrice dans un tumulte glorieux [208]. On jetait des fleurs, des bracelets, des couronnes. Un sentiment d'immortalité enveloppait l'auguste artiste, presque mourante, et qui s'enfuyait en croyant chanter !

Au centre des fauteuils d'orchestre, un tout jeune homme, dont la physionomie exprimait une âme résolue et fière, — manifestait, brisant ses gants à force d'applaudir, l'admiration passionnée qu'il subissait.

Personne, dans le monde parisien, ne connaissait ce spectateur. Il n'avait pas l'air provincial, mais étranger. — En ses vêtements un peu neufs, mais d'un lustre éteint et d'une coupe irréprochable, assis dans ce fauteuil d'orchestre, il eût paru presque singulier, sans les instinctives et mystérieuses élégances qui ressortaient de toute sa personne. En l'examinant, on eût cherché autour de lui de l'espace, du ciel et de la solitude. C'était

extraordinaire : mais Paris, n'est-ce pas la ville de l'Extraordinaire ?

Qui était-ce et d'où venait-il ?

C'était un adolescent sauvage, un orphelin seigneurial, — l'un des derniers de ce siècle, — un mélancolique châtelain du Nord échappé, depuis trois jours, de la
nuit d'un manoir des Cornouailles.

Il s'appelait le comte Félicien de la Vierge ; il possédait
le château de Blanchelande [209], en Basse-Bretagne. Une
soif d'existence brûlante, une curiosité de notre merveilleux enfer, avait pris et enfiévré, tout à coup, ce chasseur,
là-bas !... Il s'était mis en voyage, et il était là, tout
simplement. Sa présence à Paris ne datait que du matin,
de sorte que ses grands yeux étaient encore splendides.

C'était son premier soir de jeunesse ! Il avait vingt ans.
C'était son entrée dans un monde de flamme, d'oubli, de
banalités, d'or et de plaisirs. Et, *par hasard,* il était arrivé
à l'heure pour entendre l'adieu de celle qui partait.

Peu d'instants lui avaient suffi pour s'accoutumer au
resplendissement de la salle. Mais, aux premières notes
de la Malibran, son âme avait tressailli ; la salle avait
disparu. L'habitude du silence des bois, du vent rauque
des écueils, du bruit de l'eau sur les pierres des torrents et
des graves tombées du crépuscule, avait élevé en poète ce
fier jeune homme, et, dans le timbre de la voix qu'il
entendait, il lui semblait que l'âme de ces choses lui
envoyait la prière lointaine de revenir.

Au moment où, transporté d'enthousiasme, il applau-
dissait l'artiste inspirée, ses mains demeurèrent en sus-
pens ; il resta immobile.

Au balcon d'une loge venait d'apparaître une jeune
femme d'une grande beauté. — Elle regardait la scène.
Les lignes fines et nobles de son profil perdu s'ombraient
des rouges ténèbres de la loge, tel un camée de Florence
en son médaillon. — Pâlie, un gardénia dans ses cheveux
bruns, et toute seule, elle appuyait au bord du balcon sa
main, dont la forme décelait une lignée illustre. Au joint
du corsage de sa robe de moire noire, voilée de dentelles,
une pierre malade, une admirable opale, à l'image de son
âme, sans doute, luisait dans un cercle d'or. L'air soli-

taire, indifférent à toute la salle, elle paraissait s'oublier
elle-même sous l'invincible charme de cette musique.

Le hasard voulut, cependant, qu'elle détournât, vaguement, les yeux vers la foule ; en cet instant, les yeux
du jeune homme et les siens se rencontrèrent, le temps de
briller et de s'éteindre, une seconde.

S'étaient-ils connus jamais ?... Non. Pas sur la terre.
Mais que ceux-là qui peuvent dire où commence le Passé
décident où ces deux êtres s'étaient véritablement déjà
possédés, car ce seul regard leur avait persuadé, cette fois
et pour toujours, qu'ils ne dataient pas de leur berceau.
L'éclair illumine, d'un seul coup, les lames et les écumes
de la mer nocturne, et, à l'horizon, des lointaines lignes
d'argent des flots : ainsi l'impression, dans le cœur de ce
jeune homme, sous ce rapide regard, ne fut pas graduée ;
ce fut l'intime et magique éblouissement d'un monde qui
se dévoile ! Il ferma les paupières comme pour y retenir
les deux lueurs bleues qui s'y étaient perdues ; puis, il
voulut résister à ce vertige oppresseur. Il releva les yeux
vers l'inconnue.

Pensive, elle appuyait encore son regard sur le sien,
comme si elle eût compris la pensée de ce sauvage amant
et comme si c'eût été chose naturelle ! Félicien se sentit
pâlir ; l'impression lui vint, en ce coup d'œil, de deux
bras qui se joignaient, languissants, autour de son
cou. — C'en était fait ! le visage de cette femme venait
de se réfléchir dans son esprit comme en un miroir familier, de s'y incarner, de s'y *reconnaître !* de s'y fixer à
tout jamais sous une magie de pensées presque divines ! Il
aimait du premier et inoubliable amour.

Cependant, la jeune femme, dépliant son éventail, dont
les dentelles noires touchaient ses lèvres, semblait rentrée
dans son inattention. Maintenant, on eût dit qu'elle
écoutait exclusivement les mélodies de *La Norma.*

Au moment d'élever sa lorgnette vers la loge, Félicien
sentit que ce serait une inconvenance.

— Puisque je l'aime ! se dit-il.

Impatient de la fin de l'acte, il se recueillait. — Comment lui parler ? apprendre son nom ? Il ne connaissait
personne. — Consulter, demain, le registre des Italiens ?

Et si c'était une loge de hasard, achetée à cause de cette
soirée ! L'heure pressait, la vision allait disparaître. Eh
bien ! sa voiture suivrait la sienne, voilà tout... Il lui
semblait qu'il n'y avait pas d'autres moyens. Ensuite, il
aviserait ! Puis il se dit, en sa naïveté... sublime : « Si elle
m'aime, elle s'apercevra bien et me laissera quelque
indice. »

La toile tomba. Félicien quitta la salle très vite. Une
fois sous le péristyle, il se promena, simplement, devant
les statues.

Son valet de chambre s'étant approché, il lui chuchota
quelques instructions ; le valet se retira dans un angle et y
demeura très attentif.

Le vaste bruit de l'ovation faite à la cantatrice cessa
peu à peu, comme tous les bruits de triomphe de ce
monde. — On descendait le grand escalier. — Félicien,
l'œil fixé au sommet, entre les deux vases de marbre d'où
ruisselait le fleuve éblouissant de la foule, attendit.

Ni les visages radieux, ni les parures, ni les fleurs au
front des jeunes filles, ni les camails d'hermine, ni le flot
éclatant qui s'écoulait devant lui, sous les lumières, il ne
vit rien.

Et toute cette assemblée s'évanouit bientôt, peu à peu,
sans que la jeune femme apparût.

L'avait-il donc laissée s'enfuir sans la reconnaître !...
Non ! c'était impossible. — Un vieux domestique, pou-
dré, couvert de fourrures, se tenait encore dans le vestibule. Sur les boutons de sa livrée noire brillaient les
feuilles d'ache d'une couronne ducale.

Tout à coup, au haut de l'escalier solitaire, *elle* parut !
Seule ! Svelte, sous un manteau de velours et les cheveux
cachés par une mantille de dentelle, elle appuyait sa main
gantée sur la rampe de marbre. Elle aperçut Félicien
debout auprès d'une statue, mais ne sembla pas se préoccuper davantage de sa présence.

Elle descendit paisiblement. Le domestique s'étant approché, elle prononça quelques paroles à voix basse. Le
laquais s'inclina et se retira sans plus attendre. L'instant
d'après, on entendit le bruit d'une voiture qui s'éloignait.
Alors elle sortit. Elle descendit, toujours seule, les mar-

ches extérieures du théâtre. Félicien prit à peine le temps
de jeter ces mots à son valet de chambre :

— Rentrez seul à l'hôtel.

En un moment, il se trouva sur la place des Italiens, à
quelques pas de cette dame ; la foule s'était dissipée, déjà
dans les rues environnantes ; l'écho lointain des voitures
s'affaiblissait.

Il faisait une nuit d'octobre, sèche, étoilée.

L'inconnue marchait, très lente et comme peu habi-
tuée. — La suivre ? Il le fallait, il s'y décida. Le vent
d'automne lui apportait le parfum d'ambre très faible qui
venait d'elle, le traînant et sonore froissement de la moire
sur l'asphalte.

Devant la rue Monsigny, elle s'orienta une seconde,
puis marcha, comme indifférente, jusqu'à la rue de
Grammont déserte et à peine éclairée.

Tout à coup le jeune homme s'arrêta ; une pensée lui
traversa l'esprit. C'était une étrangère, peut-être !

Une voiture pouvait passer et l'emporter à tout jamais !
Demain, se heurter aux pierres d'une ville, toujours ! sans
la retrouver !

Être séparé d'elle, sans cesse, par le hasard d'une rue,
d'un instant qui peut durer l'éternité ! Quel avenir ! Cette
pensée le troubla jusqu'à lui faire oublier toute considé-
ration de bienséance.

Il dépassa la jeune femme à l'angle de la sombre rue ;
alors il se retourna, devint horriblement pâle et, s'appuyant au pilier de fonte du réverbère, il la salua ; puis,
très simplement, pendant qu'une sorte de magnétisme
charmant sortait de tout son être :

— Madame, dit-il, vous le savez ; je vous ai vue, ce
soir, pour la première fois. Comme j'ai peur de ne plus
vous revoir, il faut que je vous dise — (il défaillait) —
que *je vous aime !* acheva-t-il à voix basse, et que, si vous
passez, je mourrai, sans redire ces mots à personne.

Elle s'arrêta, leva son voile et considéra Félicien avec
une fixité attentive. Après un court silence :

— Monsieur, — répondit-elle d'une voix dont la pureté laissait transparaître les plus lointaines intentions de
l'esprit, — monsieur, le sentiment qui vous donne cette

pâleur et ce maintien doit être, en effet, bien profond, pour que vous trouviez en lui la justification de ce que vous faites. Je ne me sens donc nullement offensée. Remettez-vous, et tenez-moi pour une amie.

Félicien ne fut pas étonné de cette réponse : il lui semblait naturel que l'idéal répondît idéalement[210].

La circonstance était de celles, en effet, où tous deux avaient à se rappeler, s'ils en étaient dignes, qu'ils étaient de la race de ceux qui font les convenances et non de la race de ceux qui les subissent. Ce que le public des humains appelle, à tout hasard, les convenances n'est qu'une imitation mécanique, servile et presque simiesque de ce qui a été vaguement pratiqué par des êtres de haute nature en des circonstances générales.

Avec un transport de tendresse naïve, il baisa la main qu'on lui offrait.

— Voulez-vous me donner la fleur que vous avez portée dans vos cheveux toute la soirée ?

L'inconnue ôta silencieusement la pâle fleur, sous les dentelles, et, l'offrant à Félicien :

— Adieu maintenant, dit-elle, et à jamais.

— Adieu !... balbutia-t-il. Vous ne *m'aimez* donc pas ? — Ah ! vous êtes mariée ! s'écria-t-il tout à coup.

— Non.

— Libre ! O ciel !

— Oubliez-moi, cependant ! Il le faut, monsieur.

— Mais vous êtes devenue, en un instant, le battement de mon cœur ! Est-ce que je puis vivre sans vous ? Le seul air que je veuille respirer, c'est le vôtre ! Ce que vous dites, je ne le comprends plus : vous oublier... comment cela ?

— Un terrible malheur m'a frappée. Vous en faire l'aveu serait vous attrister jusqu'à la mort, c'est inutile.

— Quel malheur peut séparer ceux qui s'aiment !

— Celui-là.

En prononçant cette parole, elle ferma les yeux.

La rue s'allongeait, absolument déserte. Un portail donnant sur un petit enclos, une sorte de triste jardin, était grand ouvert auprès d'eux. Il semblait leur offrir son ombre.

Félicien, comme un enfant irrésistible, qui adore, l'emmena sous cette voûte de ténèbres en enveloppant la taille qu'on lui abandonnait.

L'enivrante sensation de la soie tendue et tiède qui se moulait autour d'elle lui communiqua le désir fiévreux de l'étreindre, de l'emporter, de se perdre en son baiser. Il résista. Mais le vertige lui ôtait la faculté de parler. Il ne trouva que ces mots balbutiés et indistincts :

— Mon Dieu, mais, comme je vous aime !

Alors cette femme inclina la tête sur la poitrine de celui qui l'aimait et, d'une voix amère et désespérée :

— Je ne vous entends pas ! je meurs de honte ! Je ne vous entends pas ! Je n'entendrais pas votre nom ! Je n'entendrais pas votre dernier soupir ! Je n'entends pas les battements de votre cœur qui frappent mon front et mes paupières ! Ne voyez-vous pas l'affreuse souffrance qui me tue ! — Je suis… ah ! je suis SOURDE !

— Sourde, s'écria Félicien, foudroyé par une froide stupeur et frémissant de la tête aux pieds.

— Oui ! depuis des années ! Oh ! toute la science humaine serait impuissante à me ressusciter de cet horrible silence. Je suis sourde comme le ciel et comme la tombe, monsieur ! C'est à maudire le jour, mais c'est la vérité. Ainsi, laissez-moi !

— Sourde, répétait Félicien, qui, sous cette inimaginable révélation, était demeuré sans pensée, bouleversé et hors d'état même de réfléchir à ce qu'il disait. Sourde ?…

Puis, tout à coup :

— Mais, ce soir, aux Italiens, s'écria-t-il, vous applaudissiez, cependant, cette musique !

Il s'arrêta, songeant qu'elle ne devait pas l'entendre. La chose devenait brusquement si épouvantable qu'elle provoquait le sourire.

— Aux Italiens ?… répondit-elle, en souriant elle-même. Vous oubliez que j'ai eu le loisir d'étudier le semblant de bien des émotions. Suis-je donc la seule ? Nous appartenons au rang que le destin nous donne et il est de notre devoir de le tenir. Cette noble femme qui chantait méritait bien quelques marques suprêmes de sympathie ? Pensez-vous, d'ailleurs, que mes applaudissements différaient beaucoup de ceux des *dilettanti* les plus enthousiastes? J'étais musicienne, autrefois!...

A ces mots, Félicien la regarda, un peu égaré et s'efforçant de sourire encore :

— Oh! dit-il, est-ce que vous vous jouez d'un cœur qui vous aime à la désolation? Vous vous accusez de ne pas entendre et vous me répondez!...

— Hélas, dit-elle, c'est que... ce que vous dites, vous le croyez *personnel,* mon ami! Vous êtes sincère; mais vos paroles ne sont nouvelles que pour vous. — Pour moi, vous récitez un dialogue dont j'ai appris, d'avance, toutes les réponses. Depuis des années, il est pour moi toujours le même. C'est un rôle dont toutes les phrases sont dictées et nécessitées avec une précision vraiment affreuse. Je le possède à un tel point que si j'acceptais, — ce qui serait un crime, — d'unir ma détresse, ne fût-ce que quelques jours, à votre destinée, vous oublieriez, à chaque instant, la confidence funeste que je vous ai faite. L'illusion, je vous la donnerais, complète, exacte, *ni plus ni moins qu'une autre femme,* je vous assure! Je serais même, incomparablement, plus réelle que la réalité. Songez que les circonstances dictent toujours les mêmes paroles et que le visage s'harmonise toujours un peu avec elles! Vous ne pourriez croire que je ne vous entends pas, tant je devinerais juste. — N'y pensons plus, voulez-vous?

Il se sentit effrayé, cette fois.

— Ah! dit-il, quelles amères paroles vous avez le droit de prononcer!... Mais, moi, s'il en est ainsi, je veux partager avec vous, fût-ce l'éternel silence, s'il le faut. Pourquoi voulez-vous m'exclure de cette infortune? J'eusse partagé votre bonheur! Et notre âme peut suppléer à tout ce qui existe.

La jeune femme tressaillit, et ce fut avec des yeux pleins de lumière qu'elle le regarda.

— Voulez-vous marcher un peu, en me donnant le bras, dans cette rue sombre? dit-elle. Nous nous figurerons que c'est une promenade pleine d'arbres, de printemps et de soleil! — J'ai quelque chose à vous dire, moi aussi, que je ne redirai plus.

Les deux amants, le cœur dans l'étau d'une tristesse fatale, marchèrent, la main dans la main, comme des exilés.

— Écoutez-moi, dit-elle, vous qui pouvez entendre le son de ma voix. Pourquoi donc ai-je senti que vous ne m'offensiez pas? Et pourquoi vous ai-je répondu? Le savez-vous?... Certes, il est tout simple que j'aie acquis la science de lire, sur les traits d'un visage et dans les attitudes, les sentiments qui déterminent les actes d'un homme, mais, ce qui est tout différent, c'est que je pressente, avec une exactitude aussi profonde et, pour ainsi dire, presque infinie, la valeur et la qualité de ces sentiments ainsi que leur intime harmonie en celui qui me parle. Quand vous avez pris sur vous de commettre, envers moi, cette épouvantable inconvenance de tout à l'heure, j'étais la seule femme, peut-être, qui pouvait en saisir, à l'instant même, la véritable signification.

«Je vous ai répondu, parce qu'il m'a semblé voir luire sur votre front ce signe inconnu qui annonce ceux dont la pensée, loin d'être obscurcie, dominée et bâillonnée par leurs passions, grandit et divinise toutes les émotions de la vie et dégage l'idéal contenu dans toutes les sensations qu'ils éprouvent. Ami, laissez-moi vous apprendre mon secret. La fatalité, d'abord si douloureuse, qui a frappé mon être matériel, est devenue pour moi l'affranchissement de bien des servitudes! Elle m'a délivrée de cette surdité intellectuelle dont la plupart des autres femmes sont les victimes.

«Elle a rendu mon âme sensible aux vibrations des choses éternelles dont les êtres de mon sexe ne connaissent, à l'ordinaire, que la parodie. Leurs oreilles sont murées à ces merveilleux échos, à ces prolongements sublimes! De sorte qu'elles ne doivent à l'acuité de leur ouïe que la faculté de percevoir ce qu'il y a, seulement, d'instinctif et d'extérieur dans les voluptés les plus délicates et les plus pures. Ce sont les Hespérides, gardiennes de ces fruits enchantés dont elles ignorent à jamais la magique valeur! Hélas, je suis sourde... mais elles! Qu'entendent-elles!... Ou, plutôt, qu'écoutent-elles dans les propos qu'on leur adresse, sinon le bruit confus, en harmonie avec le jeu de physionomie de celui qui leur parle! De sorte qu'inattentives non pas au sens apparent, mais à la *qualité,* révélatrice et profonde, au *véritable* sens enfin, de chaque parole, elles se contentent d'y distinguer une intention de flatterie, qui leur suffit amplement. C'est ce qu'elles appellent le « positif de la vie » avec un de ces sourires… Oh! vous verrez, si vous vivez! Vous verrez quels mystérieux océans de candeur, de suffisance et de basse frivolité cache, uniquement, ce délicieux sourire! — L'abîme d'amour charmant, divin, obscur, véritablement étoilé, comme la Nuit, qu'éprouvent les êtres de votre nature, essayez de le traduire à l'une d'entre elles!… Si vos expressions filtrent jusqu'à son cerveau, elles s'y déformeront, comme une source pure qui traverse un marécage. De sorte qu'en réalité cette femme *ne les aura pas entendues.* « La Vie est impuissante à combler ces rêves, disent-elles, et vous lui demandez trop! » Ah! comme si la Vie n'était pas faite par les vivants!

— Mon Dieu! murmura Félicien.

— Oui, poursuivit l'inconnue, une femme n'échappe pas à cette condition de la nature, la surdité mentale, à moins, peut-être, de payer sa rançon d'un prix inestimable, comme moi. Vous prêtez aux femmes un secret, parce qu'elles ne s'expriment que par des actes. Fières, orgueilleuses de ce secret, qu'elles ignorent elles-mêmes, elles aiment à laisser croire qu'on peut les deviner. Et tout homme, flatté de se croire le divinateur attendu, malverse de sa vie pour épouser un sphinx de pierre. Et nul d'entre eux ne peut s'élever *d'avance* jusqu'à cette réflexion qu'un secret, si terrible qu'il soit, s'il n'est *jamais* exprimé, est identique au néant.

L'inconnue s'arrêta.

— Je suis amère, ce soir, continua-t-elle, — voici pourquoi: je n'enviais plus ce qu'elles possèdent, ayant constaté l'usage qu'elles en font — et que j'en eusse fait moi-même, sans doute! Mais vous voici, vous voici, vous qu'autrefois j'aurais tant aimé!… je vous vois!… je vous devine!… je reconnais votre âme dans vos yeux… vous me l'offrez, *et je ne puis vous la prendre!…*

La jeune femme cacha son front dans ses mains.

— Oh! répondit tout bas Félicien, les yeux en pleurs, — je puis du moins baiser la tienne dans le souffle de tes lèvres! — Comprends-moi! Laisse-toi vivre! tu es si belle!... Le silence de notre amour le fera plus ineffable et plus sublime, ma passion grandira de toute ta douleur, de toute notre mélancolie!... Chère femme épousée à jamais, viens vivre ensemble [211]!

Elle le contemplait de ses yeux aussi baignés de larmes et, posant la main sur le bras qui l'enlaçait :

— Vous allez déclarer vous-même que c'est impossible! dit-elle. Écoutez encore! je veux achever, en ce moment, de vous révéler toute ma pensée... car vous ne m'entendrez plus... et je ne veux pas être oubliée.

Elle parlait lentement et marchait, la tête inclinée sur l'épaule du jeune homme.

— Vivre ensemble!... dites-vous... Vous oubliez qu'après les premières exaltations, la vie prend des caractères d'intimité où le besoin de s'exprimer exactement devient inévitable. C'est un instant sacré! Et c'est l'instant cruel où ceux qui se sont épousés inattentifs à leurs paroles reçoivent le châtiment irréparable du peu de valeur qu'ils ont accordée à la *qualité* du sens réel, UNIQUE, enfin, que ces paroles recevaient de ceux qui les énonçaient. « Plus d'illusions! » se disent-ils, croyant, ainsi, masquer, sous un sourire trivial, le douloureux mépris qu'ils éprouvent, en réalité, pour leur sorte d'amour, — et le désespoir qu'ils ressentent de se l'avouer à eux-mêmes.

« Car ils ne veulent pas s'apercevoir qu'ils n'ont possédé que ce qu'ils désiraient! Il leur est impossible de croire que, — hors la Pensée, qui transfigure toutes choses, — toute chose n'est qu'ILLUSION ici-bas. Et que toute passion, acceptée et conçue dans la seule sensualité, devient bientôt plus amère que la mort pour ceux qui s'y sont abandonnés. — Regardez au visage des passants, et vous verrez si je m'abuse. — Mais nous, demain! Quand cet instant serait venu!... J'aurais votre regard, mais je n'aurais pas votre voix! j'aurais votre sourire... mais non vos paroles! Et je sens que vous ne devez point parler comme les autres!...

« Votre âme primitive et simple doit s'exprimer avec
une vivacité presque définitive, n'est-ce pas ? Toutes les
nuances de votre sentiment ne peuvent donc être trahies
que dans la musique même de vos paroles ! Je sentirais
bien que vous êtes tout rempli de mon image, mais la
forme que vous donnez à mon être dans vos pensées, la
façon dont je suis conçue par vous, et qu'on ne peut
manifester que par quelques mots trouvés chaque jour,
— cette forme sans lignes précises et qui, à l'aide de ces
mêmes mots divins, reste indécise et tend à se projeter
dans la Lumière pour s'y fondre et passer dans cet infini
que nous portons en notre cœur, — cette seule réalité,
enfin, je ne la connaîtrai jamais ! Non !... Cette musique
ineffable, cachée dans la voix d'un amant, ce murmure
aux inflexions inouïes, qui enveloppe et fait pâlir, je
serais condamnée à ne pas l'entendre !... Ah ! celui qui
écrivit sur la première page d'une symphonie sublime :
« C'est ainsi que le Destin frappe à la porte ! » avait connu
la voix des intruments avant de subir la même affliction
que moi [212] !

« Il se souvenait, en écrivant ! Mais moi, comment me
souvenir de la voix avec laquelle vous venez de me dire
pour la première fois : « Je vous aime !... »

En écoutant ces paroles, le jeune homme était devenu
sombre : ce qu'il éprouvait, c'était de la terreur.

— Oh ! s'écria-t-il. Mais vous entrouvrez dans mon
cœur des gouffres de malheur et de colère ! J'ai le pied sur
le seuil du paradis et il faut que je referme, sur moi-
même, la porte de toutes les joies ! Êtes-vous la tentatrice
suprême — enfin !... Il me semble que je vois luire, dans
vos yeux, je ne sais quel orgueil de m'avoir désespéré.

— Va ! je suis celle qui ne t'oubliera pas ! répondit-
elle. — Comment oublier les mots pressentis qu'on n'a
pas entendus ?

— Madame, hélas ! vous tuez à plaisir toute la jeune
espérance que j'ensevelis en vous !... Cependant, si tu es
présente où je vivrai, l'avenir, nous le vaincrons ensemble ! Aimons-nous avec plus de courage ! Laisse-toi
venir !

Par un mouvement inattendu et féminin, elle noua ses

lèvres aux siennes, dans l'ombre, doucement, pendant quelques secondes. Puis elle lui dit avec une sorte de lassitude :

— Ami, je vous dis que c'est impossible. Il est des heures de mélancolie où, irrité de mon infirmité, vous chercheriez des occasions de la constater plus vivement encore ! Vous ne pourriez oublier que je ne vous entends pas !... ni me le pardonner, je vous assure ! Vous seriez, fatalement, entraîné, par exemple, *à ne plus me parler,* à ne plus articuler de syllabes auprès de moi ! Vos lèvres, seules, me diraient : « Je vous aime », sans que la vibration de votre voix troublât le silence. Vous en viendriez à m'écrire, ce qui serait pénible, enfin ! Non, c'est impossible ! Je ne profanerai pas ma vie pour la moitié de l'Amour. Bien que vierge, je suis veuve d'un rêve et veux rester inassouvie. Je vous le dis, je ne puis vous prendre votre âme en échange de la mienne. Vous étiez, cependant, celui destiné à retenir mon être !... Et c'est à cause de cela même que mon devoir est de vous ravir mon corps. Je l'emporte ! C'est ma prison ! Puissé-je en être bientôt délivrée ! — Je ne veux pas savoir votre nom... *Je ne veux pas le lire !*... Adieu ! — Adieu !...

Une voiture étincelait à quelques pas, au détour de la rue de Grammont. Félicien reconnut vaguement le laquais du péristyle des Italiens lorsque, sur un signe de la jeune femme, un domestique abaissa le marchepied du coupé.

Celle-ci quitta le bras de Félicien, se dégagea comme un oiseau, entra dans la voiture. L'instant d'après tout avait disparu.

M. le comte de la Vierge repartit, le lendemain, pour son solitaire château de Blanchelande, — et l'on n'a plus entendu parler de lui.

Certes, il pouvait se vanter d'avoir rencontré, du premier coup, une femme sincère, — ayant, enfin, *le courage de ses opinions.*

MARYELLE

Ce texte, intitulé sur un fragment manuscrit *Maryelle ou Conte d'amour,* paru pour la première fois dans l'édition en volume. Comme *Antonie, Maryelle* est une histoire de courtisane, mais ici de courtisane amoureuse. Le thème date de la comédie antique, et se retrouve notamment chez Boccace, chez La Fontaine, chez Balzac (Impéria des *Contes drolatiques,* Aquilina de *La Peau de chagrin,* Esther de *Splendeurs et Misères des courtisanes,* entre autres), chez Hugo *(Marion de Lorme),* chez Gautier *(La Morte amoureuse),* en attendant la Chrysis de l'*Aphrodite* de Pierre Louÿs. Mais Villiers le teinte d'un reflet du XVIIIe siècle; on trouve par exemple chez Chamfort l'histoire d'une femme qui, après avoir eu de nombreux amants, est enfin profondément amoureuse de l'un d'eux, et se refuse alors à son mari; le dialogue avec le mari est remplacé ici par le dialogue avec un des anciens amants. *Maryelle* pourrait manifester les souvenirs d'un Villiers qui n'aurait guère connu l'amour qu'à travers des femmes vénales. En tire-t-il une confirmation de son idée selon laquelle le seul réel est celui de l'idéal? Le conte reste ambigu, Maryelle n'étant pas, comme l'Inconnue du texte précédent, un personnage auquel aille sans réserve la sympathie émue du narrateur ou du lecteur.

MARYELLE

A Madame la baronne de la Salle.

> Avance tes lèvres, dit-elle, mes
> baisers ont le goût d'un fruit qui se
> fondrait dans ton cœur.
>
> GUSTAVE FLAUBERT.
> La Tentation de saint Antoine [213].

Sa disparition de Mabille [214], ses allures nouvelles, la discrète élégance de ses toilettes sombres, ses airs, enfin, de *noli me tangere* [215], joints à des certaines *réticences* qu'employaient désormais ses favorisés en parlant d'elle, tout cela m'intriguait un peu les esprits au sujet de cette séduisante fille, célèbre, jadis, dans ses soupers où son fin et joli babil galvanisait jusqu'aux princes les plus moroses de la *Gomme* [216] — et que je désire appeler Maryelle.

Tout semblant de pudeur n'étant, parfois, pour les femmes ultra-galantes, qu'une dernière dépravation, je résolus, étant désœuvré, d'approfondir l'énigme.

Oui, par un légitime ennui, par une de ces frivolités dont tout philosophe est capable à ses heures (et qu'il ne faut point se hâter de blâmer outre mesure), je formai le dessin de rechercher, dès que s'en offrirait l'occasion, jusqu'à quel degré de l'épiderme cette couche de vernis pudique avait pénétré chez elle, ne doutant pas que les premières égratignures d'une conversation savamment épicée n'en fissent sauter, pour le moins, quelques écailles.

Hier, avenue de l'Opéra, je rencontrai la mystérieuse

enfant, toute moulée de faille noire, une rose rouge-sang
à la ceinture, un gainsborough [217] sur son ovale et fin
visage.

Maryelle compte aujourd'hui vingt-cinq automnes ;
elle n'est qu'un peu pâlie, toujours svelte, excitante, avec
sa beauté de tubéreuse, pimentée d'une distinction de
vicomtesse de théâtre, et son je ne sais quel charme dans
les yeux.

Entre deux banalités de circonstance et la trouvant
moins cérémonieuse que je ne m'y attendais, je l'invitai,
sans autres façons, à venir dîner au Bois, seule à seul,
dans un moulin de couleur quelconque, histoire de s'en-
nuyer de concert, — les premiers soirs de notre énervant
septembre devant aider, pensai-je, à ses expansives
confidences.

Elle déclina d'abord, puis, comme séduite par mon
insouciant ton de réserve, elle accepta. Cinq heures sonnaient. Nous partîmes. .

La promenade, sous les branchages de l'une des plus
désertes allées du Bois, fut silencieuse. Maryelle avait
baissé son voile, craignant soit d'être vue, soit de me
causer quelque gêne. La voiture, d'après son désir, allait
au pas. Je ne remarquai rien d'autrement surprenant dans
la tenue de notre énigmatique amie, sinon, toutefois,
l'attention inusitée dont elle honora le coucher du soleil.

Le dîner fut maintenu sur un diapason tellement officiel, que, transporté en un repas de famille bourgeoise le
jour de la fête du grand-père, il n'y eût choqué personne.
Nous parlâmes, je m'en souviens, du... prochain Salon !
Elle était au fait, semblait s'intéresser. Bref, nous étions
absurdes à plaisir : c'est si amusant de jouer au gandin ! Je
préfère cela aux cartes.

Pour diversifier et l'attirer vers de plus riants domaines
de l'Esprit, je me mis à lui détailler, au dessert, l'aventure de ce hobereau vindicatif, lequel ayant surpris
— (qui ? je vous le donne en mille ?) — sa femme, figurez-vous ! en conversation légère, blessa, mortellement,
le préféré : — puis, pendant que celui-ci rendait l'âme, et
comme la jeune éplorée se penchait, en grand désespoir,
sur l'agonisant, imagina (raffinement extrême !) de cha-

touiller, dans l'ombre, les pieds de l'épouse infidèle, afin de la forcer d'éclater d'un fou rire au nez expirant de l'élu de son cœur.

Cette anecdote, assaisonnée d'incidentes, ayant induit Maryelle à sourire, la glace fut rompue, — et nous commençâmes à nous distraire davantage.

Lorsqu'on nous eut apporté les candélabres, l'éternel café, les boîtes odorantes de La Havane et les cigarettes russes, comme les fenêtres de notre retrait donnaient sur de grands arbres, je lui dis, en lui montrant le croissant qui faisait étinceler les dernières feuilles d'or bruni :

— Ma chère Maryelle, te rappelles-tu, vaguement, l'automne dernier ?

Elle eut un mouvement de tête un peu mélancolique :

— Bah ! répondit-elle. L'hiver suivant, les jolies fleurs de ces deux soirs dont tu parles sont mortes sous la neige. Tiens, n'essayons pas de raviver un bouquet de sensations fanées, — ce serait nous efforcer vers un nul plaisir. Le caprice est envolé ; c'est l'oiseau bleu ! Laissons la cage ouverte, en souvenir, veux-tu ? Restons amis.

L'heure était charmante : Maryelle venait de dire une chose aussi sensée qu'exquise ; quoi de mieux possible, désormais, qu'une causerie ? Elle voyait qu'en cet instant, du moins, j'avais plutôt soúci du mot de son attitude nouvelle que de ses chers abandons... Cependant je me crus obligé, par délicatesse, de prendre un air attristé quelque peu, — simple attention que tout homme bien élevé doit toujours et quand même à une créature gracieuse. Elle me devina, sans doute, et la sympathique alouette voulut bien se laisser prendre au miroir. Nous nous tendîmes la main en souriant ; — et ce fut fini.

Et voici qu'entre deux petites gorgées de menthe blanche, m'ayant élu pour confident sous le fallacieux, peut-être, mais le rassurant prétexte que je ne suis pas « comme les autres » (ce qui était à dire, en réalité, pour causer, à tout prix, de l'intime préoccupation qui l'étouffait), Maryelle me narra la suivante histoire, — après m'avoir arraché cette promesse (que je tiens en ce moment) d'en masquer l'héroïne (s'il m'arrivait d'en parler un jour), sous le loup de velours d'un impénétrable et gracieux anonymat.

Voici l'histoire, sans commentaires. C'est seulement *sa manière d'être banale* qui m'a semblé assez extraordinaire.

L'hiver dernier, au théâtre, Maryelle avait été l'objet, paraît-il, de l'attention d'un très jeune spectateur absolument inconnu du tout Paris des rues Blanche et Condorcet.

Oui, d'un enfant de dix-sept ou dix-huit ans, de mise élégante et simple, et dont la jumelle s'était plusieurs fois levée vers sa loge.

Lorsque la belle Maryelle est habillée en toilette montante, il faut vous dire qu'un provincial pourra toujours la prendre pour quelque échappée d'un salon de moderne préfète.

La dangereuse créature a cela pour elle, qu'elle n'est dénuée ni d'orthographe ni d'un certain tact, grâce auquel elle *devient* selon les gens qui lui parlent — et assez vite pour produire l'illusion. La romance une fois commencée, elle ne détone plus : qualité rare.

Elle s'était accompagnée, ce soir-là, d'une forte marchande à la toilette à qui, dès le premier coup de lorgnette du «monsieur», elle intima, tout bas, la plus rigoureuse tenue.

En sorte que, dès le second acte, Maryelle eût semblé, à des yeux même sagaces, une rentière veuve et indifférente, flanquée d'une parente éloignée.

Le «monsieur» n'était donc autre que cet adolescent de dix-sept ans à peine : de beaux yeux, un air crédule, l'innocence même. Un page. Or, l'aspect imposant et piquant à la fois de la brillante personne ayant ému, ce semble, outre mesure, notre jeune homme, il erra dans les couloirs (sans oser, bien entendu); et pour tout dire, à l'issue de la représentation, il suivit en voiture l'humble fiacre de ces dames.

En fine mouche, Maryelle se réfugia, ce soir-là, chez sa marchande à la toilette. Des ordres furent donnés pour «si l'on venait prendre des renseignements». Bref, elle devint, en deux temps, l'honnête veuve, «de passage à

Paris», du militaire en retraite, âgé, décoré, auquel une
famille intéressée l'avait sacrifiée de bonne heure. Enfin,
rien ne manqua, pas même les deux ans de veuvage, avec
le portrait du défunt, qu'on se procurerait facilement et
d'occasion, s'il y avait lieu de s'en pourvoir. Il est de
tradition que, même de nos jours, cette fastidieuse rengaine ne manque jamais son effet sur les imaginations
jeunes encore. Maryelle s'en tint là, le mieux étant l'ennemi du bien : plus tard, on aviserait.

La nuit ayant affolé les fiévreuses rêveries de son
juvénile amoureux, tout se passa comme, avec son flair
de levrette, notre héroïne l'avait pressenti.

Le jeune provincial, une fois en possession du nom
nouvellement choisi de la dame, écrivit.

(Maryelle, en mettant un pouce léger sur la signature,
me donna cette lettre à lire.) S'il faut l'avouer, je fus
surpris de l'accent sincère de cette épître : elle émanait, à
coup sûr, d'un trop candide, mais très noble garçon.
C'était fou ! mais c'était exquis ! Ah ! le charmant et bon
petit être ! Un respect, une timidité irrésistibles ! Il donnait son premier amour, cet enfant-là, prenant cette fille
bizarre pour la plus réservée des femmes ! J'en fus attristé
moi-même en songeant au dénouement inévitable.

— Il s'appelle, de son petit nom, Raoul, me dit-elle ; il
appartient à une excellente famille de la province : ses
parents, «des magistrats bien honorables», lui laisseront
de l'aisance. Il vient à Paris trois fois par mois, en
s'échappant ! Cela dure depuis six semaines.

Maryelle, allumant une cigarette, continua son histoire, comme se parlant à elle-même.

Ayant des côtés abordables, la belle repentie n'était
point demeurée insensible à cette passion, si «gentiment»
exprimée. Après deux autres «petites lettres d'attendrissement», un voile se déchira pour elle ; son «âme» entre-
vit l'existence sous un jour inconnu. Une Marion Delor-
me [218] s'éveilla dans ce corps jusque-là plongé en des
limbes d'inconscience.

Bref, un rendez-vous fut accordé.

L'enfant, paraît-il, fut inouï, fou de joie, ignorant,
ingénu jusqu'au délire. Et, se sentant pour la première

— et dernière fois, sans doute —, aimée noblement, voilà que cette charmante insensée de Maryelle s' «emballa» elle-même et que l'idylle commença.

Elle en devint folle !

Oh ! rien ne manque au roman ! Ni le secret à chaque voyage de Raoul, ni la petite maison louée dans un faubourg tranquille, avec des fleurs sur le balcon et donnant sur un pâle jardin. Là, seulement, ressuscitée des «autres», elle palpite de toutes les chastetés, de tous les abandons, de tous les bonheurs «ignorés si longtemps ! » (Et, en parlant des larmes brillaient entre les cils de la sentimentale fille.)

Raoul est un Roméo qui ne saura peut-être jamais le fin mot de sa Juliette, car elle compte disparaître un jour. Plus tard.

L'autre femme qui était en elle est morte, à l'entendre ; — ou, plutôt, n'a, pour elle, jamais existé. — Les femmes ont de ces puissances d'oubli momentané ; elles disent à leurs souvenirs : «Vous repasserez demain», et ils obéissent.

Mais, au fond, tout ce qu'affirment les femmes de mœurs un peu libres est-il digne d'autant d'attention que le bruit du vent qui chante dans les feuilles jusqu'à l'hiver ?

Cependant, ses économies se sont dissipées à meubler, d'une façon délicate et modeste, la demeure en question. Raoul n'est encore ni majeur, ni en possession d'une fortune quelconque. D'ailleurs, fût-il riche, il semblerait impossible à Maryelle d'accepter de lui le moindre service d'argent ; elle a peur de l'argent auprès de cet enfant-là. L'argent, cela lui rappellerait les «autres». Lui en parler ? jamais. — Elle aimerait mieux mourir. Positivement. — Elle se trouve justifiée, par son amour, de l'inconvenance assez déplacée, de l'indélicatesse même, qu'elle commet, en ceci, vis-à-vis de ce très innocent garçon.

Lui, la croyant à l'aise, comme une femme de son monde, n'y songe, non plus, en rien ; il consacre tous ses petits louis à lui acheter soit des fleurs, soit de jolies choses d'art qu'il peut trouver, voilà tout. Et c'est, en effet, tout naturel.

Entre eux donc, c'est le ciel! c'est l'estime naïve et pure! c'est le tout simple amour, avec ses ingénues tendresses, ses extases, ses ravissements éperdus!

Daphnis et Chloé balbutiant: voilà leur pendant exact.

A ce point du récit, Maryelle fit une pause, puis, levant vers les nuages lointains, au-delà de la croisée ouverte aux étoiles, des yeux d'une expression virginale:

— Oui, acheva-t-elle, je lui suis fidèle! Et rien, rien! je le sens, ne me ferait cesser de l'être! Oui, JE ME TUERAIS PLUTÔT! — murmura-t-elle avec une énergie froide, et en rougissant de pudeur à la seule idée d'une infidélité imaginaire.

— Hein?... lui répondis-je en relevant la tête et légèrement stupéfait de cet aveu, — tiens, — mais... Georges, cependant, mais Gaston d'Al?... mais ce bel Aurelio? mais Francis X***? Il me semblait que... hein?

Maryelle éclata d'un frais rire aux notes d'or et de cristal.

— D'aimables blagueurs! s'écria-t-elle tout à coup, sans transition. Ah! les importuns obligés, — sombre fête, alors! — Eux? Ah, bien!... Certes!...

(Et elle haussa dédaigneusement les épaules.)

— Est-ce de ma faute s'il faut bien vivre? ajouta-t-elle.

— J'entends: tu lui demeures fidèle... en pensée?

— En pensée comme en sensations! s'écria de nouveau Maryelle, avec un mouvement d'hermine révoltée.

Il y eut un silence.

— Mon cher, continua-t-elle avec un de ces étranges regards féminins où des esprits seuls peuvent lire, si l'on savait jusqu'à quel point mon histoire, en ceci du moins, *devient celle de toutes les femmes!* — Il est si facile de ne point profaner le trésor de joies qui n'appartient qu'à l'amour, à ce sentiment divin que cet enfant et moi nous partageons!... Le reste? — Est-ce que cela nous regarde? — Le cœur y est-il pour quelque chose? Le plaisir pour quelque chose? L'*ennui même* pour quelque chose?... En vérité, mon cher poète, ce dont tu veux parler est moins qu'un rêve et ne signifie rien.

Les femmes ont une façon de prononcer le mot *rêve* et

le mot *poète* qui serait à mourir de rire si on en avait le
temps.

— Aussi, acheva-t-elle, ai-je le droit de dire que je
suis incapable de le tromper.

— Ah! çà, ma chère Maryelle, lui répondis-je en
plaisantant, sans prétendre que le *convenu* de bien des
faveurs me soit inintelligible, quelle que soit ma modestie, quelque désir que j'aie de ne caresser aucune chi-
mère, m'autoriserais-tu, voyons, à JURER que moi-même,
enfin, je n'étreignis jamais que ton fantôme?

A cette folle question, — suggérée, peut-être, par
quelque sensible contrariété, l'animation de son récit
l'ayant rendue, vraiment, des plus ragoûtantes, — elle
s'accouda sur le bord de la table avec mélancolie : le bout
de ses doigts pâles et fins effleurait ses cheveux; elle
regardait, entre ses cils, brûler l'une des bougies du
candélabre, — puis, avec un indéfinissable sourire :

— Très cher, me dit-elle après un assez profond silence, c'est gênant, ce que tu me demandes; mais, vois-tu
bien, *nul n'est plus si prodigue de soi-même*, de nos
jours. Et, entre autres, ni toi, ni moi. Les semblants de
l'amour ne sont-ils pas devenus, pour presque tous, pré-
férables à l'amour même? Ne m'as-tu pas, au fond,
donné l'exemple du méchant sacrilège... que tu voudrais
me reprocher? Entre nous, ne serais-tu pas embarrassé
quelque peu si je t'eusse aimé?... Prends-tu, sérieuse-
ment, le charme, convenu en effet, d'un instant — peut-
être bien solitaire, bien peu partagé peut-être! — pour la
fusible et dévorante joie de l'Amour? — Quoi! tu ravi-
rais, je suppose, un baiser sur les lèvres d'une enfant
endormie et, de ceci, tu la jugerais coupable d'infidélité
à... son fiancé, par exemple? Et, la rencontrant au jour,
tu oserais t'imaginer, sans rire, avoir été le rival de
celui... Ah! je t'atteste que n'ayant pas même ressenti le
frôlement de ce baiser, elle serait dispensée, envers toi,
même de l'oubli. — Si indifférent que tu ne puisses être
en amour, tu peux bien croire, sans grande fatuité, j'ima-
gine que j'ai su distinguer le plaisir qu'a *dû* me causer ta
simple personne, de celui que m'a causé, aussi, ce joli
diamant glissé à mon doigt — (ah! certes, avec une déli-

cate et tout à fait simple apparence de souvenir, je l'accorde!) — mais qui, parlons franc, t'acquittait envers une pauvre fille, galante de son métier, comme ta très humble servante Maryelle. Quant au *surplus,* à ce que je puis t'avoir accordé par enjouement ou par indolence, c'est là l'illusion qu'il faut laisser à jamais envolée, — la poussière brillante des ailes de ce papillon s'étant toujours effacée aux doigts assez cruels qui tentèrent de le ressaisir.

«Mon cher, n'espère pas me persuader que tu n'as connu de l'amour que ces vains abandons mélangés de tristes et nécessaires arrière-pensées. — Tu me demandes si tu n'as jamais pressé dans tes bras que mon fantôme? conclut la belle rieuse: eh bien, permets-moi de te répondre que ta question serait au moins indiscrète et *inconvenante* (c'est le mot, sais-tu?) si elle n'était pas absurde. Car — *cela ne te regarde pas.*

— Va vite retrouver ton Raoul, misérable! m'écriai-je furieux. — A-t-on vu l'impertinente? Je prétends me consoler en essayant d'écrire ta ridicule histoire. Tu es d'une fidélité… à toute épreuve!

— N'oublie pas le pseudonyme! dit, en riant, Maryelle.

Elle mit son chapeau voilé; sa longue mante, se priva de m'embrasser, — par un dernier sentiment des usages, et disparut.

Resté seul, je m'accoudai au balcon, regardant s'éloigner, sous les arbres de l'allée, la voiture qui emportait cette amoureuse vers son amour.

— Voilà, certes, une Lucrèce [219] nouvelle! pensai-je.

L'herbe, toute lumineuse de l'ondée du soir, brillait sous la fenêtre: j'y jetai, par contenance, mon cigare éteint.

LE TRAITEMENT
DU DOCTEUR TRISTAN

Ce texte a paru dans *La République des lettres* en février 1877, sous le titre *Le Traitement du Docteur Tristan Chevassus*. Nouvelle attaque contre la pseudo-science. Le héros est parent de l'abominable docteur Tribulat Bonhomet, héros de la plus virulente satire qui ait jamais été écrite contre un certain esprit bourgeois, matérialiste, borné, hypocrite, cupide, superstitieux, poltron, arrogant et satisfait. Il le rappelle par sa profession, son scientisme, son charlatanisme, la première syllabe de son prénom, ses cure-dents, et son habitude de donner des coups de pied à la « chute des lombes » d'autrui. Villiers se montre d'ailleurs ici un étonnant précurseur, l'électrochoc à des fins psychiatriques n'ayant été utilisé qu'à partir de 1936.

LE TRAITEMENT
DU DOCTEUR TRISTAN

A *Monsieur Jules de Brayer* [220].

> Fili Domini, putasne *vivent* ossa
> ista?
>
> ISAIE [221].

Hurrah! C'en est fait! En joie! *For ever* [222] *!!!* Le Progrès nous emporte en son torrent. Lancés comme nous le sommes, tout temps d'arrêt serait un véritable suicide. Victoire! victoire! La vitesse de notre entraînement prend des proportions de brouillard tellement admirables que c'est à peine si nous avons le loisir de distinguer autre chose que l'extrémité de notre propre nez.

Pour échapper à l'horrible hypnotisme qui pourrait s'en ensuivre, avons-nous d'autres ressources que celle de fermer définitivement les yeux? Non. Pas d'autre. Abaissons donc les paupières et — laissons-nous aller.

Que de découvertes! Que d'inventions, butyreuses [223] pour tous! — L'Humanité devient, entre deux déluges, un fait, positivement divin! Récapitulons:

1° Poudre de riz noire, pour éclairer le teint des nègres marrons;

2° Réflecteurs du Dr Grave, qui vont, dès demain, couvrir d'affiches le vaste mur du ciel nocturne [224];

3° Toiles d'araignée artificielles pour chapeaux de savants;

4° Machine-à-Gloire de l'illustre Bathybius Bottom, le parfait baron moderne [225];

5° L'Ève-nouvelle, machine électro-humaine (presque une bête!...), offrant le clichage du premier amour, —

par l'étonnant Thomas Alva Edison, l'ingénieur améri-
cain, le Papa du Phonographe [226].

— Mais, chut! Voici du nouveau! — Voici encore du
nouveau!... Toujours!... Cette fois, c'est la Médecine
qui va nous éblouir. Écoutons! Un stupéfiant praticien, le
Dr T. Chavassus, vient de trouver un traitement radical
des *Bruits, Bourdonnements,* et tous autres troubles du
canal auditif. Il guérit jusqu'aux personnes qui *entendent
de travers,* maladie devenue contagieuse de nos
jours. — Chavassus, enfin, possédant, à fond, la
connaissance de tous les tambours de l'ouïe humaine,
s'adresse, d'une façon *intellectuelle,* à ces gens nerveux
qui sentent trop vite, comme on dit, la *Puce à l'oreille!* — Il calme les démangeaisons que, par exemple, la
sensation des « outrages » éveille encore derrière l'appendice auriculaire de certains humains en retard et demeurés
trop susceptibles! Mais son triomphe, sa spécialité, c'est
la cure des personnes qui *« entendent des Voix »,* soit les
Jeanne d'Arc, par exemple. — C'est là son titre principal
à l'estime publique.

Le traitement du Dr Chavassus est *tout* rationnel; sa
devise est: « Tout pour le Bon-Sens et par le Bon-Sens! »
Plus d'inspirations héroïques à craindre, avec lui. Ce
prince du savoir empêcherait un malade de distinguer
jusqu'à la voix de sa conscience, au besoin. Et il garantit,
à forfait, que toute Jeanne d'Arc, au sortir de ses mains
éclairées, n'entendra plus aucune espèce de *Voix* (pas
même la sienne), et que les tambours des oreilles seront,
chez elle, aussi voilés que tout tambour sérieux et rationnel doit l'être aujourd'hui.

Plus de ces entraînements irréfléchis, dus, par exemple, à l'excitation que les vieux chants d'une patrie
éveillent, maladivement, dans le cœur de quelques derniers enthousiastes! Plus d'enfantillages! Ne craignons
plus de reconquérir des provinces à l'étourdie [227]! Le
Docteur est là. Seriez-vous tourmenté par quelques lointains appels des sirènes de la Gloire?... Chavassus vous
fera passer ces bourdonnements d'oreilles. — Entendez-
vous des accents sublimes, dans le silence, comme si
l'âme de votre pays vous parlait?... Éprouvez-vous des

sursauts d'honneur révolté lorsque le sentiment du courage vaincu et de l'indomptable espoir des grands lendemains s'allume en votre cœur et fait rougir le lobe de vos oreilles?... — Vite! vite! chez le Docteur: il vous ôtera ces démangeaisons-là!

Ses consultations sont de deux à quatre. Et quel homme affable! charmant! irrésistible! — Vous pénétrez dans son cabinet, pièce décorée avec cette ornementation sévère qui convient à la Science. Pour tout objet de luxe, vous apercevez une botte d'oignons appendue au-dessous d'un buste d'Hippocrate, pour indiquer aux personnes sentimentales qu'elles pourront se procurer, au besoin, des larmes de gratitude après succès.

Chavassus vous indique un fauteuil scellé dans le parquet. A peine y êtes-vous commodément installé que de brusques crampons, pareils à des griffes de tigre, paralysent, à l'instant même, chez vous, le plus léger mouvement. — Le Docteur, alors, vous regarde pendant quelque temps, bien en face, en haussant les sourcils, en poussant sa joue avec sa langue et un cure-dents à la main, vous témoignant, ainsi, du violent intérêt que vous lui inspirez.

— Avez-vous eu souvent *l'oreille basse*, dans la vie? vous demande-t-il.

— Mais... comme tout le monde, aujourd'hui, répondez-vous gaiement. — Souventes fois, pour me distraire.

— Espérez, en ce cas, reprend le Docteur. Ce sont des échos, mon ami; ce ne sont pas des *Voix* que vous avez entendues.

Et soudain, se précipitant sur votre oreille, il y colle sa bouche. Puis, avec une intonation d'abord lente et basse, mais qui ne tarde pas à s'enfler comme le rugissement de la foudre, il y articule ce seul mot: «HUMANITÉ». Les yeux sur son chronomètre, il en arrive, après vingt minutes, à le prononcer dix-sept fois par seconde, sans en confondre les syllabes, résultat conquis par bien des veilles! fruit de nombreux et périlleux exercices.

Il répète donc ce mot, de cette manière surprenante, en votre dite oreille: non point que ce vocable représente, à son esprit, un sens quelconque! Au contraire! (Il ne s'en sert, personnellement, que comme certain chanteur se servait, tous les matins, du mot «Carcassonne», pour se nettoyer le gosier, et voilà tout.) Mais il lui attribue des vertus *magiques* et il prétend que lorsqu'il a bien endormi, châtré et englué le cervelet d'un malade avec ce mot-là, la guérison est aux trois quarts obtenue.

Cela fait, il passe à l'autre oreille et y susurre, avec les inflexions d'une tyrolienne, environ nonante *Queues-de-mots* [228], de sa confection. Ces Queues-de-mots jouent sur les désinences de certains termes, aujourd'hui démodés et dont il est presque impossible de retrouver la signification, — par exemple de mots tels que : Générosité !... Foi !... Désintéressement !... Ame immortelle !... etc., et autres expressions fantastiques. A la fin, vous l'écoutez en remuant doucement la tête de haut en bas ; vous souriez, dans une sorte d'extase.

Au bout d'une demi-heure, le vase de votre entendement étant rempli de la sorte, il devient nécessaire de le *boucher,* n'est-il pas vrai ?... de peur que son précieux contenu ne s'évente. Chavassus, donc, aux approches du moment qu'il juge psychologique, vous introduit dans les oreilles deux fils d'induction tout particulièrement enduits, préparés et saturés d'un fluide *positif* dont il a le secret. — Chut ! ne bougeons plus !... Il touche l'interrupteur d'une pile voisine ; l'étincelle part dans votre oreille. Trente mille cymbales résonnent sur votre crâne. Les crampons et le fauteuil retiennent le bond terrible dont vous savourez, intérieurement, l'élan contenu.

— Eh bien ! — Quoi ?... quoi ?... quoi ?... ne cesse de vous répéter, en souriant, le Docteur.

Seconde étincelle. Crac ! Cela suffit. Victoire !... Le tympan est crevé, — c'est-à-dire ce point mystérieux, ce point malade, ce *point* inquiétant qui, dans le tympan de votre misérable oreille, apportait à votre esprit ces bourdonnements de gloire, d'honneur et de courage. — Vous êtes sauvé. Vous n'entendez plus rien. Miracle ! L'Abstraction et la Queue-de-mot couvrent, en vous, tous cris de colère devant le vieil Idéal assassiné ! L'amour exclusif de votre santé et de vos aises vous inspire un mépris éclairé de toutes les offenses ! vous voici, désormais, à

l'épreuve de dix mille claques. — ENFIN!!! Vous respi-
rez. Chavassus vous délivre une pichenette sur le nez, en
signe de guérison; vous vous levez; — vous êtes LI-
BRE...

Si vous appréhendez quelques puérils regains de dignité, si, en un mot, vous doutez encore, le Docteur
Tristan, tout en mâchonnant son cure-dents, détache, à la
chute de vos lombes, un fort coup de pied, que vous
recevez d'un cœur débordant de gratitude et en regardant
la botte d'oignons. Vous voilà rassuré. Vous partez après
l'avoir couvert d'or. Vous sortez de chez lui, frais, dispos, leste — (en ce bel habit noir, *vulgô* sifflet, *aliàs*
queue-de-pie, avec lequel vous portez, si divinement, le
deuil des mots que vous avez tués); — les mains dans les
poches, au gai soleil, la mine entendue, l'œil
fin, — l'esprit bien délivré de toutes ces *Voix* vaines et
confuses qui, la veille encore, vous harcelaient. Vous
sentez le Bon-sens couler, comme un baume, dans tout
votre être. Votre indifférence... *ne connaît plus de frontières*. Vous êtes sacré par un raisonnement qui vous rend
supérieur à toutes les hontes. Vous êtes devenu un
homme de l'Humanité.

CONTE D'AMOUR

Cet ensemble a une histoire compliquée qu'on trouvera dans l'édition de P.-G. Castex, et que nous résumons. I. *Éblouissement*, sans titre, dans le roman *Isis*, 1862; II. *L'Aveu*, dans *Le Parnasse contemporain*, 1866, sous le titre *A une enfant taciturne*; III. *Les Présents*, dans *Revue des lettres et des arts*, janvier 1868; IV. *Au bord de la mer*, dans *Le Parnasse contemporain*, sous le titre *Hélène*; autres publications sous le titre *Elën*, puis *A une femme*; V, *Réveil*, et VI, *Adieu*, dans *Revue des lettres et des arts*, mars 1868, formant un seul poème très différent, *A Elën*; VI. *Adieu*, dans *La Comédie française*, février 1875, sous le titre *L'Euménide*; VII. *Rencontre*, dans *La Comédie française*, février 1875, sous le titre *In Pace*; autre publication sous le titre *A Sara*. La plupart de ces pièces ont paru encore ailleurs, tantôt séparées, tantôt groupées en ensembles chaque fois différents mais toujours incomplets. Le premier groupement sous le titre *Conte d'amour*, dans l'ordre actuel (mais IV en est absent) date de 1880 dans *La Comédie française*. Les sept poèmes n'ont donc pas été conçus ensemble, écrits dans la même perspective, ni sans doute inspirés par la même femme (les inspiratrices restent d'ailleurs conjecturales, et il n'est pas exclu qu'elles soient en partie imaginaires). Néanmoins Villiers les a réunies parce qu'il y voyait une unité profonde et symbolique : c'est l'itinéraire de ses rapports avec la femme. Les deux pièces initiales (surtout la première, la seule en heptasyllabes) font penser aux chansons de Hugo; les dernières sont d'un ton et d'un vocabulaire très baudelairien. Verlaine admirait beaucoup la quatrième, qu'il a citée intégralement dans ses *Poètes maudits*.

CONTE D'AMOUR

I

ÉBLOUISSEMENT

La Nuit, sur le grand mystère,
Entr'ouvre ses écrins bleus :
Autant de fleurs sur la terre
Que d'étoiles dans les cieux !

On voit ses ombres dormantes
S'éclairer, à tous moments,
Autant par les fleurs charmantes
Que par les astres charmants.

Moi, ma nuit au sombre voile
N'a, pour charme et pour clarté,
Qu'une fleur et qu'une étoile :
Mon amour et ta beauté !

II

L'AVEU

J'ai perdu la forêt, la plaine
Et les frais avrils d'autrefois...
Donne tes lèvres : leur haleine,
Ce sera le souffle des bois !

J'ai perdu l'Océan morose,
Son deuil, ses vagues, ses échos ;
Dis-moi n'importe quelle chose :
Ce sera la rumeur des flots.

Lourd d'une tristesse royale,
Mon front songe aux soleils enfuis...
Oh ! cache-moi dans ton sein pâle !
Ce sera le calme des nuits !

III

LES PRÉSENTS

Si tu me parles, quelque soir,
Du secret de mon cœur malade,
Je te dirai, pour t'émouvoir,
Une très ancienne ballade.

Si tu me parles de tourment,
D'espérance désabusée,
J'irai te cueillir, seulement,
Des roses pleines de rosée.

Si, pareille à la fleur des morts
Qui se plaît dans l'exil des tombes,
Tu veux partager mes remords...
Je t'apporterai des colombes.

IV

AU BORD DE LA MER.

Au sortir de ce bal, nous suivîmes les grèves ;
Vers le toit d'un exil, au hasard du chemin,
Nous allions : une fleur se fanait dans sa main ;
C'était par un minuit d'étoiles et de rêves.

Dans l'ombre, autour de nous, tombaient des flots foncés
Vers les lointains d'opale et d'or, sur l'Atlantique,
L'outre-mer épandait sa lumière mystique ;
Les algues parfumaient les espaces glacés ;

Les vieux échos sonnaient dans la falaise entière !
Et les nappes de l'onde aux volutes sans frein
Écumaient, lourdement, contre les rocs d'airain.
Sur la dune brillaient les croix d'un cimetière.

Leur silence, pour nous, couvrait ce vaste bruit.
Elles ne tendaient plus, croix par l'ombre insultées,
Les couronnes de deuil, fleurs de morts, emportées
Dans les flots tonnants, par les tempêtes, la nuit.

Mais, de ces blancs tombeaux en pente sur la rive,
Sous la brume sacrée à des clartés pareils,
L'ombre questionnait en vain les grands sommeils :
Ils gardaient le secret de la Loi décisive.

Frileuse, elle voilait, d'un cachemire noir,
Son sein, royal exil de toutes mes pensées !
J'admirais cette femme aux paupières baissées,
Sphinx cruel, mauvais rêve, ancien désespoir.

Ses regards font mourir les enfants. Elle passe
Et se laisse survivre en ce qu'elle détruit.
C'est la femme qu'on aime à cause de la Nuit,
Et ceux qui l'ont connue en parlent à voix basse.

Le danger la revêt d'un rayon familier :
Même dans son étreinte oublieusement tendre,
Ses crimes, évoqués, sont tels qu'on croit entendre
Des crosses de fusils tombant sur le palier.

Cependant, sous la honte illustre qui l'enchaîne,
Sous le deuil où se plaît cette âme sans essor,
Repose une candeur inviolée encor
Comme un lys enfermé dans un coffret d'ébène.

Elle prêta l'oreille au tumulte des mers,
Inclina son beau front touché par les années,
Et, se remémorant ses mornes destinées,
Elle se répandit en ces termes amers :

« Autrefois, autrefois, — quand je faisais partie
Des vivants, — leurs amours sous les pâles flambeaux
Des nuits, comme la mer au pied de ces tombeaux,
Se lamentaient, houleux, devant mon apathie.

J'ai vu de longs adieux sur mes mains se briser ;
Mortelle, j'accueillais, sans désir et sans haine,
Les aveux suppliants de ces âmes en peine :
Le sépulcre à la mer ne rend pas son baiser.

Je suis donc insensible et faite de silence
Et je n'ai pas vécu ; mes jours sont froids et vains ;
Les Cieux m'ont refusé les battements divins !
On a faussé pour moi les poids de la balance.

Je sens que c'est mon sort même dans le trépas :
Et, soucieux encor des regrets ou des fêtes,
Si les morts vont chercher leurs fleurs dans les tempêtes,
Moi, je reposerai, ne les comprenant pas. »

Je saluai les croix lumineuses et pâles.
L'étendue annonçait l'aurore, et je me pris
A dire, pour calmer ses ténébreux esprits
Que le vent du remords battait de ses rafales

Et pendant que la mer déserte se gonflait :
— « Au bal vous n'aviez pas de ces mélancolies
Et les sons de cristal de vos phrases polies
Charmaient le serpent d'or de votre bracelet.

Rieuse et respirant une touffe de roses
Sous vos grands cheveux noirs mêlés de diamants,
Quand la valse nous prit, tous deux, quelques moments,
Vous eûtes, en vos yeux, des lueurs moins moroses ?

J'étais heureux de voir sous le plaisir vermeil
Se ranimer votre âme à l'oubli toute prête,
Et s'éclairer enfin votre douleur distraite,
Comme un glacier frappé d'un rayon de soleil. »

Elle laissa briller sur moi ses yeux funèbres,
Et la pâleur des morts ornait ses traits fatals.
— « Selon vous, je ressemble aux pays boréals,
J'ai six mois de clartés et six mois de ténèbres ?

Sache mieux quel orgueil nous nous sommes donnés !
Et tout ce qu'en nos yeux il empêche de lire...
Aime-moi, toi qui sais que, sous un clair sourire,
Je suis pareille à ces tombeaux abandonnés. »

V

RÉVEIL

O toi, dont je reste interdit,
J'ai donc le mot de ton abîme !
N'importe quel baiser t'anime :
Un passant ; de l'or ; tout est dit.

Tu n'aimes que comme on se venge ;
Tu mens en cris délicieux ;
Et tu te plais, riant des cieux,
A ces vains jeux de mauvais ange.

En tes baisers nuls et pervers
Si j'ai bu vos sucs, jusquiames,
Enchanteresse entre les femmes,
Sois oubliée, en tes hivers!

VI

ADIEU

Un vertige épars sous tes voiles
Tenta mon front vers tes bras nus.
Adieu, toi par qui je connus
L'angoisse des nuits sans étoiles!

Quoi! ton seul nom me fit pâlir!
— Aujourd'hui, sans désirs ni craintes,
Dans l'ennui vil de tes étreintes
Je ne veux plus m'ensevelir.

Je respire le vent des grèves,
Je suis heureux loin de ton seuil;
Et tes cheveux couleur de deuil
Ne font plus d'ombre sur mes rêves.

VII

RENCONTRE

Tu secouais ton noir flambeau;
Tu ne pensais pas être morte;
J'ai forgé la grille et la porte
Et mon cœur est sûr du tombeau.

Je ne sais quelle flamme encore
Brûlait dans ton sein meurtrier,
Je ne pouvais m'en soucier:
Tu m'as fait rire de l'aurore.

Tu crois au retour sur les pas ?
Que les seuls sens font les ivresses ?...
Or, je bâillais en tes caresses :
Tu ne ressusciteras pas.

SOUVENIRS OCCULTES

Paru dans *Le Parnasse*, juin 1878. Villiers avait commencé par écrire un poème en prose, sous le titre nervalien d'*El Desdichado* (« Le Déshérité ») ; il parut dans *La Lune* en avril 1867. On le trouvera en appendice p. 357 ; près de la moitié des expressions de ce poème se retrouvent littéralement dans le conte. Le narrateur — à l'égard duquel Villiers prend ses distances par le « me dit-il » de la première phrase — est un peu celui que Villiers aurait pu être s'il était resté en Bretagne sans écrire. L'Inde où se déroule le récit, et qui annonce la nouvelle postérieure d'*Akëdysséril*, est largement rêvée : c'est une civilisation somptueuse et imaginaire comme celles que forgera Saint-John Perse. L'or (comme dans *Axël*) et les pierreries y jouent un rôle symbolique. Selon un témoignage d'Adolphe Racot, Villiers aurait rêvé d'aller aux Indes s'emparer de diamants ; Balzac avait connu également ce genre de fantasmes. Villiers est donc aussi présent ici dans l'ardent aventurier que dans son mélancolique descendant.

SOUVENIRS OCCULTES

A Monsieur Franc Lamy [230].

> Et il n'y a pas, dans toute la
> contrée, de château plus chargé de
> gloire et d'années que mon mélan-
> colique manoir héréditaire.
>
> EDGAR POE [231].

Je suis issu, me dit-il, moi, dernier Gaël, d'une famille
de Celtes, durs comme nos rochers. J'appartiens à cette
race de marins, fleur illustre d'Armor, souche de bizarres
guerriers, dont les actions d'éclat figurent au nombre des
joyaux de l'Histoire.

L'un de ces devanciers, excédé, jeune encore, de la
vue ainsi que du fastidieux commerce de ses proches,
s'exila pour jamais, et le cœur plein d'un mépris oublieux, du manoir natal. C'était lors des expéditions
d'Asie ; il s'en alla combattre aux côtés du bailli de
Suffren et se distingua bientôt, dans les Indes, par de
mystérieux coups de main qu'il exécuta, seul, à l'intérieur des *Cités-mortes*.

Ces villes, sous des cieux blancs et déserts, gisent,
effondrées au centre d'horribles forêts. Les faréoles,
l'herbe, les rameaux secs jonchent et obstruent les sen-
tiers qui furent des avenues populeuses, d'où le bruit des
chars, des armes et des chants s'est évanoui.

Ni souffles, ni ramages, ni fontaines en la calme horreur de ces régions. Les bengalis, eux-mêmes, s'éloi-
gnent, ici, des vieux ébéniers, ailleurs leurs arbres. Entre
les décombres, accumulés dans les éclaircies, d'immen-

ses et monstrueuses éruptions de très longues fleurs, calices funestes où brûlent, subtils, les esprits du Soleil, s'élancent, striées d'azur, nuancées de feu, veinées de cinabre, pareilles aux radieuses dépouilles d'une myriade de paons disparus. Un air chaud de mortels arômes pèse sur les muets débris : et c'est comme une vapeur de cassolettes funéraires, une bleue, enivrante et torturante sueur de parfums.

Le hasardeux vautour qui, pèlerin des plateaux du Caboul, s'attarde sur cette contrée et la contemple du faîte de quelque dattier noir, ne s'accroche aux lianes, tout à coup, que pour s'y débattre en une soudaine agonie.

Çà et là, des arches brisées, d'informes statues, des pierres, aux inscriptions plus rongées que celles de Sardes, de Palmyre ou de Khorsabad. Sur quelques-unes, qui ornèrent le fronton, jadis perdu dans les cieux, des portes de ces cités, l'œil peut déchiffrer encore et reconstruire le zend [232], à peine lisible, de cette souveraine devise des peuples libres d'alors :

« ... ET DIEU NE PRÉVAUDRA [233] ! »

Le silence n'est troublé que par le glissement des crotales [234], qui ondulent, parmi les fûts renversés des colonnes, ou se lovent, en sifflant, sous les mousses roussâtres.

Parfois, dans les crépuscules d'orage, le cri lointain de l'hémyone, alternant tristement avec les éclats du tonnerre, inquiète la solitude.

Sous les ruines se prolongent des galeries souterraines aux accès perdus.

Là, depuis nombre de siècles, dorment les premiers rois de ces étranges contrées, de ces nations, plus tard sans maîtres, dont le nom même n'est plus. Or, ces rois, d'après les rites de quelque coutume sacrée sans doute, furent ensevelis sous ces voûtes, *avec leurs trésors*.

Aucune lampe n'illumine les sépultures.

Nul n'a mémoire que le pas d'un captif des soucis de la Vie et du Désir ait jamais importuné le sommeil de leurs échos.

Seule, la torche du brahmine, — ce spectre altéré de Nirvanah, ce muet esprit, simple *témoin* de l'universelle germination des devenirs, — tremble, imprévue, à de certains instants de pénitence ou de songeries divines, au sommet des degrés disjoints et projette, de marche en marche, sa flamme obscurcie de fumée jusqu'au profond des caveaux.

Alors les reliques, tout à coup mêlées de lueurs, étincellent d'une sorte de miraculeuse opulence !... Les chaînes précieuses qui s'entrelacent aux ossements semblent les sillonner de subits éclairs. Les royales cendres, toutes poudreuses de pierreries, scintillent ! — Telle la poussière d'une route que rougit, avant l'ombre définitive, quelque dernier rayon de l'occident.

Les Maharadjahs font garder, par des hordes d'élite, les lisières des forêts saintes et, surtout, les abords des clairières où commence le pêle-mêle de ces vestiges. — Interdits de même sont les rivages, les flots et les ponts écroulés des euphrates qui les traversent. — De taciturnes milices de cipayes, au cœur de hyène, incorruptibles et sans pitié, rôdent, sans cesse, de toutes parts, en ces parages meutriers.

Bien des soirs, le héros déjoua leurs ruses ténébreuses, évita leurs embûches et confondit leur errante vigilance !... — Sonnant subitement du cor, dans le nuit, sur des points divers, il les isolait par ces alertes fallacieuses, puis, brusque, surgissait sous les astres, dans les hautes fleurs, éventrant rapidement leurs chevaux. Les soldats, comme à l'aspect d'un mauvais génie, se terrifiaient de cette présence inattendue. — Doué d'une vigueur de tigre, l'Aventurier les terrassait alors, un par un, d'un seul bond ! les étouffait, tout d'abord, à demi, dans cette brève étreinte, — puis, revenant sur eux, les massacrait à loisir.

L'Exilé devint, ainsi, le fléau, l'épouvante et l'extermination de ces cruels gardes aux faces couleur de terre. Bref, c'était celui qui les abandonnait, cloués à de gros arbres, leurs propres yatagans dans le cœur.

S'engageant, ensuite, au milieu du passé détruit, dans les allées, les carrefours et les rues de ces villes des vieux âges, il gagnait, malgré les parfums, l'entrée des sépulcres non pareils où gisent les restes de ces rois hindous.

Les portes n'en étant défendues que par des colosses de jaspe, sortes de monstres ou d'idoles aux vagues prunelles de perles et d'émeraudes, — aux formes créées par l'imaginaire de théogonies oubliées, — il y pénétrait aisément, bien que chaque degré descendu fît remuer les longues ailes de ces dieux.

Là, faisant main basse autour de lui, dans l'obscurité, domptant le vertige étouffant des siècles noirs dont les esprits voletaient, heurtant son front de leurs membranes, il recueillait, en silence, mille merveilles. Tels, Cortez, au Mexique, et Pizarre, au Pérou, s'arrogèrent les trésors des caciques et des rois, avec moins d'intrépidité.

Les sacoches de pierreries au fond de sa barque, il remontait, sans bruit, les fleuves en se garant des dangereuses clartés de la lune. Il nageait, crispé sur ses rames, au milieu des ajoncs, sans s'attendrir aux appels d'enfants plaintifs que larmoyaient les caïmans à ses côtés.

En peu d'heures, il atteignait ainsi une caverne éloignée, de lui seul connue, et dans les retraits de laquelle il vidait son butin.

Ses exploits s'ébruitèrent. — De là, des légendes, psalmodiées encore aujourd'hui dans les festins des nababs, à grand renfort de théorbes, par les fakirs. Ces vermineux trouvères, — non sans un vieux frisson de haineuse jalousie ou d'effroi respectueux, y décernent à cet aïeul le titre de Spoliateur de tombeaux.

Une fois, cependant, l'intrépide nocher se laissa séduire par les insidieux et mielleux discours du seul ami qu'il s'adjoignît jamais, dans une circonstance tout spécialement périlleuse. Celui-ci, par un singulier prodige, en réchappa, lui! — Je parle du bien nommé, du trop fameux colonel Sombre [235].

Grâce à cet oblique Irlandais, le bon Aventurier donna dans une embuscade. — Aveuglé par le sang, frappé de balles, cerné de vingt cimeterres, il fut pris à l'improviste et périt au milieu d'affreux supplices.

Les hordes hymalayennes, ivres de sa mort et dans les bonds furieux d'une danse de triomphe, coururent à la caverne. Les trésors une fois recouvrés, ils s'en revinrent

dans la contrée maudite. Les chefs rejetèrent pieusement
ces richesses au fond des antres funèbres où gisent les
mânes précités de ces rois de la nuit du monde. Et les
vieilles pierreries y brillent encore, pareilles à des regards
toujours allumés sur les races.

J'ai hérité, — moi, le Gaël, — des seuls éblouissements, hélas! du soldat sublime, et de ses espoirs.
— J'habite, ici, dans l'Occident, cette vieille ville fortifiée, où m'enchaîne la mélancolie. Indifférent aux soucis
politiques de ce siècle et de cette patrie, aux forfaits
passagers de ceux qui les représentent, je m'attarde quand
les soirs du solennel automne enflamment la cime rouillée
des environnantes forêts. — Parmi les resplendissements
de la rosée, je marche, seul, sous les voûtes des noires
allées, comme l'Aïeul marchait sous les cryptes de l'étincelant obituaire! D'instinct, aussi, j'évite, je ne sais
pourquoi, les néfastes lueurs de la lune et les malfaisantes
approches humaines. Oui, je les évite quand je marche
ainsi, avec mes rêves!... Car je sens, *alors,* que je porte
dans mon âme le reflet des richesses stériles d'un grand
nombre de rois oubliés.

L'ANNONCIATEUR

Paru dans *La Liberté*, juin 1869, sous le titre *Azraël*. Très admiré à l'époque par Mallarmé, et sans doute aussi par Villiers puisqu'il l'a choisi pour clore son recueil, *L'Annonciateur* paraît aujourd'hui très artificiel et démodé, malgré quelques admirables phrases (en particulier celles qui évoquent l'arrivée d'Azraël). C'est ici la tradition de *Salammbô* et de Leconte de Lisle, avec sa flamboyante « couleur locale » et son vocabulaire sophistiqué. Comme l'a prouvé E. Drougard, Villiers a pris sa documentation à la fois dans la Bible, dans la Kabbale, chez Flavius Josèphe, et surtout dans *Palestine* de Salomon Munk (1845) et dans les *Légendes de l'Ancien Testament* de Collin de Plancy (1861). De ce dernier ouvrage provient la donnée de base : Azraël venant chercher un prince qui, effrayé, se fait, grâce à la magie de Salomon, transporter au loin — précisément à l'endroit où il est écrit qu'Azraël viendra le prendre. Azraël figure comme ange dans les apocryphes ; mais, en tant qu'ange de la mort, il n'appartient qu'à la tradition musulmane ; et il est plusieurs fois mentionné par Poe. La conception que se fait de l'univers la sagesse de Salomon vient en partie de la Kabbale, mais l'idée de Dieu comme nécessité est plutôt hégélienne. La chronologie et la documentation sont traitées par Villiers avec une grande liberté.

ÉPILOGUE

L'ANNONCIATEUR [236]

A Monsieur le marquis de Salisbury [237].

> Habal habalim, vêk'hol
> habal !
>
> SCHELOMO.
> *Qobéleth* [238].

Au faîte des tours tutélaires de la cité de Jébus [239] veillent les guerriers de Juda, les yeux fixés sur les collines.

Au pied des remparts s'étendent, intérieurement, les constructions asmonéennes [240], les grottes royales, les vignobles encombrés de ruches, les tertres de supplice [241], le faubourg des nécromans, les avenues montueuses conduisant à Ir-David [242].

Il fait nuit.

Avoisinant les fosses d'animaux féroces, les cénacles de justice, bâtis sous le règne de Schaôul [243], apparaissent, blancs et carrés, aux angles des chemins, comme des sépulcres.

Près des canaux de Siloë [244], le miroir des piscines probatiques reflète les basses hôtelleries aux cours plantées de figuiers : elles attendent les caravanes d'Elamm [245] et de Phénicie.

Vers l'orient, sous les allées de sycomores, sont les demeures des princes de Judée; — aux extrémités des routes centrales, des touffes de palmiers font flotter leurs larges feuilles au-dessus des citernes, abreuvoirs des éléphants.

Du côté de l'Hébron [246], entrée de ceux qui viennent

du Jourdain, fument les tuyaux de briques des armuriers, des fabricants d'aromates et des orfèvres. — Plus loin, les habitations aux ceintures de vigne, maisons natales des riches d'Israël, étagent leurs terrasses, leurs bains contigus à de frais vergers. Au septentrion s'allonge le quartier des tisserands, où les dromadaires, montés par les marchands d'Asie, viennent, chargés de bois de sétim, de pourpre et de fin lin, plier, d'eux-mêmes, les genoux.

Là, vivent les marchands étrangers qui ont accompagné les idoles. Ils entretiennent la mollesse des bourgades de Magdala, de Naïm, de Schumën et s'approprient le sud de la ville.

Ils vendent les vins épais et dorés, les esclaves habiles dans l'art de la toilette, la liqueur amère des mandragores du Carmel pour les illusions du désir, les coffrets de bois de camphrier pour serrer les présents, les baumes de Guilëad, les singes, stupeur d'Israël, mais amusement de ses vierges, importés des rives de l'Indus par les flottes de Tadmor [247], — les épices subtiles, les verreries d'Akkô, les objets de santal ouvragé, les captives, les perles, les essences de fleurs pour les bains, le bedollah [248] pour embaumer les morts, les pâtes de pierres écrasées pour polir la peau, les légumes rares, les ombrageux chevaux de race iranienne, les ceintures brodées de sentences profanes, les roselles d'Asie aux plumages de saphir, les serpents de luxe tout charmés, venus de Suse, les lits de plaisir et les grands miroirs de métal entourés de branches d'ébène.

Au-delà des retranchements, environnée de tombeaux et de fossés, plus haut que le circuit de Jaïr ou des Illuminations, se déroule, immense, la cité de David. Douze cents chariots de guerre gardent ses douze portes. Hiérouschalaïm [249], sous les ombres du ciel, éclaire les milliers d'arches de ses aqueducs, entrecroise ses rues circulaires, élève jusqu'aux nuées les dômes d'airain de ses édifices.

Sur les places publiques rougeoient les casques de la milice de nuit. Çà et là, deux feux, encore allumés, indiquent des caravansérails, des logis de pythonisses, des marchés d'esclaves. Puis, tout se perd dans l'obscurité. Et le souffle sacré des prophètes passe, dans le vent, à travers les ruines des murs chananéens [250].

Ainsi est endormie, sous la solennité des siècles, aux bruits proches des torrents, la citadelle de Dieu, Sion la Prédestinée.

*
* *

A l'horizon, sur les hauteurs de Millô [251], tout enveloppé d'une brume lumineuse, un étrange palais superpose ses jardins suspendus, ses galeries, ses chambres sacerdotales aux solivages de bois précieux, ses pavillons entourés d'oliviers, ses haras de basalte aux terrains sillonneux pour l'élève des étalons de guerre, ses tours aux coupoles de cuivre. Il se dresse confusément au-dessus des vallons de Bethsaïde, sous le silence étoilé.

Là, c'est un soir de fête ! Les esclaves d'Éthiopie, sveltes dans leurs tuniques d'argent, balancent des encensoirs sur les marches de marbre qui conduisent des jardins d'Etham au sommet de l'enceinte : les eunuques portent des amphores et des roses ; les muets, à travers les arbres, avivent des charbons enflammés pour les autels de parfums.

Contre les cintres des vestibules, des nains safranés, les gamaddim [252], flottant dans leurs robes jaunes, soulèvent, par instants, les tentures antiques.

Alors les trois cents boucliers d'or, cloués aux cèdres entre les haches madianites [253], réfléchissent les feux brusques des lampes apparues, les merveilles, les clartés !

Sur les esplanades, aux abords des portiques, des cavaliers aux lances de feu, guerriers nomades des plages de la mer Morte, contiennent leurs lourds coursiers gomorrhéens, aux harnais de pierres précieuses, qui se cabrent, puissamment, dans les étincelles !...

Au-dessus d'eux, à hauteur des feuillages extérieurs, la mystérieuse Salle des Enchantements, œuvre des Chaldéens, la Salle où mille statues de jaspe font brûler une forêt de torches d'aloès, la haute Salle des festins, aux colonnades mystiques, exposée à tous les vents de l'espace, prolonge, au milieu du ciel, le vertige de ses profondeurs triangulaires : les deux côtés de l'angle initial s'ouvrent, en face du Moria [254], sur la ville ensevelie dans l'ombre du Temple, tiare lumineuse de Sion.

*
* *

Au fond de la Salle, sur une chaise de cyprès que soutiennent les pointes des ailes révulsées de quatre chroubim [255] d'or, le roi Salomon, perdu en des songes sublimes, semble prêter l'oreille aux cantiques lointains des lévites. Les Nebiim [256] sur le mont du Scandale, exaltent les versets du Sépher [257], qui retracent la création du monde.

Sur la mitre du Roi, séparant les bandelettes de justice, resplendit l'Étoile-à-six-rayons, signe de puissance et de lumière. L'Ecclésiaste [258], sur sa tunique de byssus [259], porte le rational, parce qu'il peut offrir les holocaustes expiatoires, l'éphod [260], parce qu'il est le Pontife, et sur ses pieds pacifiques se croise le lacis de bronze des sandales de bataille, parce qu'il est le Guerrier.

Il célèbre l'Anniversaire pascal, en mémoire de ses pères guidés par Moïse au sortir de Misraïm [261], la Maison de servitude ; l'anniversaire du grand soir où, bravant les chars furieux et les armées, ils s'enfuirent vers la Terre promise ; l'anniversaire du sinistre lever de lune où IAHVÉ, l'Être-des-dieux, confondit, au milieu des vagues de la mer Rouge, le cheval et le cavalier [262].

Oui, le Roi consacre le festin du soir !.., Sa droite s'appuie sur l'épaule séculaire du médiateur Helcias [263], l'interprète des symboles, le ministre des pouvoirs occultes.

Helcias, fils de Schellüm et de Holda [264], la prophétesse, est pareil au désert, plus stérile encore après les tombées de la manne. Il a franchi les épreuves et les a bénies comme l'arbre du Liban [265] parfume la hache qui le frappe ; mais il porte, au-dessus de ses larges orbites, la marque de son œuvre accomplie : le temps a dénudé ses sourcils, les sourcils accordés à l'Homme seulement pour que la sueur qui doit rouler de son front ne ruisselle pas jusqu'en ses yeux et ne l'aveugle pas [266].

* * *

L'eau lustrale tombe, resplendissante, dans les bassins d'or. Les captives royales, chargées d'anneaux et de bracelets d'ambre, et les saras [267], princesses de parfums, agenouillées au milieu des coussins, font brûler, avec des gestes sabbatiques [268], les poudres de myrrhe et de santal rouge, les aromates arabes, les grains d'encens mâle, sur les cassolettes émaillées de pierres de Tharsis.

Aux deux côtés du trône, les Sars-d'armées [269], songeant toujours à la gloire de David, regardent, par instants, luire, autour d'eux, les herrebs [270] des anciens d'Israël, qui, à travers les batailles, supportaient l'Arche du Sabaoth [271], — la Barque-d'alliance [272], où s'entrecroisent les deux stèles de la Loi sous le rouleau de la Thora écrit de la main même de Bar-Iokabëd [273], le moschë sublime, le Libérateur.

Autour de l'estrade, les nègres, vêtus d'écarlate, font osciller des flabelles [274] d'autruche, incrustées par des sardoines aux tiges de longs roseaux d'or; ils invoquent, tout bas, leur dieu Baal-Zéboub [275], le Seigneur des Mouches.

Sur les degrés, des lynx féroces, bondissant dans leurs chaînes, veillent sur le lourd trépied d'onyx, œuvre d'Adoniram [276] et de ses ciseleurs, où repose le spectre d'Orient. Nul ne saurait séduire par des caresses, ni fléchir par des offrandes, les chiens mystérieux du Roi.

Entre les statues latérales, sous les candélabres à sept branches, les fleurs et les fruits de l'Hermon [277] s'écroulent dans les porphyres. La table, chargée des présents de la reine Makédeïa [278], l'enchanteresse venue de la saba libyenne pour proposer des similitudes [279] au roi de la Judée, ploie sous les coupes précieuses, les pannags [280] de la Samarie, les herbes amères, les gazelles, les paons, les cédrats, les pains de proposition [281], les oiseaux et les buires de vins de Chanaan.

Sur un siège de cèdre, aux pieds des chroubïm lumineux du Trône et entouré de ses rudes guibborim [282], est assis, voûté, pâle et sans boire, et le glaive sur les genoux, le Sar-des-gardes Ben-Jëhu [283]. C'est l'antique exécuteur du rebelle Adônia, ce frère du Maître, préféré d'Abischag la Sulamite ; — c'est le grand serviteur militaire, le meurtrier d'Ebyathar et du sar Simëi ! et de Joab, le vieux Pontife ! — c'est le vivant herrëb du Roi, celui qui frappe les victimes désignées, même suspendues, avec des mains suppliantes, aux coins de l'Autel.

Auprès de lui, debout, le front éclairé par la torche d'une statue, se tient muet, les mains crispées sur les bras et comme attendant quelque moment obscur, l'héritier d'Israël, l'impolitique fils de Naëma, la princesse ammonite, le funeste Réhabëam [284], qui ne doit régner que sur Juda.

Au loin, sur les tapis du trône sont étendues deux très jeunes vierges de Millô, deux schoschannas [285], destinées aux encensements dans les cryptes souterraines du Temple devant la Pierre fondamentale, l'Ebën-Schëtiya [286], que ne touchèrent pas les eaux du Déluge. Entre elles est assis, vêtu de pourpre noire fleurie d'or, le prince Hayëm, l'adolescent olivâtre, le baalkide [287] aux cheveux tressés, l'énigmatique rejeton que la reine du Sud, dès son retour en Libye, avait envoyé au beau Sage, seigneur des Hébreux, en accompagnant ce fils d'une suite d'éléphants chargés d'arbustes, d'étoffes, d'essences, d'aromates et de pierres brillantes. Hayëm, d'une voix très basse, chantonne un chant inconnu ! Et quand les syllabes découvrent, entre ses rouges lèvres, ses dents, celles-ci sont toutes pareilles à celles de la pâle épousée du Sir-Hasirim [288], blanches comme des brebis sortant du bain.

Autour de la table se tient debout, mangeant comme les pèlerins, l'assemblée étincelante des Sophêtim [289], patriarches de la Sagesse.

Derrière eux resplendissent les Industriels de l'or d'Ophir [290], les Négociants des Vingt-villes de Schabul, les Ambassadeurs de la mécontente Idumée, — les Envoyés de Zour et le Collège des docteurs de Saddoc.

Toutes les tribus, toutes les montagnes d'Israël ont livré leurs richesses. Les grenades du mont Sanir, les gâteaux de raisins de Cypre, les grappes de troène du Galaad [291], les dattes et les mandragores d'En-gaddi [292] débordent les aiguières.

Là-bas, près des gradins de cette terrasse jusqu'où montent les feuillages d'Etham, — au centre d'un groupe de guerriers du pays d'Ezion-Güéber, avec lesquels il boit, en riant, le vin de Hébron, — un élancé jeune homme à l'armure de cuir parfumé, au visage de femme et vêtu en Sar-des-cavaleries, parle, en étendant la main vers l'horizon. C'est le favori du palais de Millô, — l'ennemi ! — le futur diviseur du royaume de Dieu, le subtil Iarobëam [293] qui doit régner sur Israël et qui, déjà, s'enquiert, sans se laisser distraire par la fête, des frontières d'Ephraïm [294].

Mais, voici : les Musiciennes des Chants-défendus, objuratrices d'amour, inviolées comme le lis de leurs seins, s'avancent, pâles sous leurs pierreries, au son des kinnors, des tymbrils [295] et des cymbales. Soudain cessent les cantiques des chanteuses de la tribu d'Issachar et les harpes.

Parées d'étoffes sombres et le bandeau de perles au front, les Femmes-du-second-rang s'accoudent, avec des poses abandonnées, sur les lits de pourpre, — et, lorsqu'elles respirent leurs sachets de besham [296], tintent les clochettes d'argent qui bordent la frange de leurs syndônes.

Au loin, mes Charmeuses-nephtaliennes, aux tresses rousses, les vierges de la Palestine, les Hébreuses, blanches comme les narcisses de Schârons [297], les courtisanes sacrées venues de la Babylonie, nageuses dorées de l'Euphrate, les Sulamites, plus hâlées que les tentes du Cédar [298], les Thébaïennes, aux lignes déliées, au teint d'un rouge sombre, — suivantes, autrefois, de l'épouse morte du roi Mage, de la fille de Psousennès, le pharaon, — enfin, les Iduméennes, filles de délices, fleurs-vives de la sauvage contrée aux brumes irisées, qu'à peine peut

percer, la nuit, le feu des étoiles, dansent, au nombre de
trois mille, en agitant des voiles tyriens, des herrebim [299],
des reptiles et des guirlandes, devant l'Élu magnifique de
la Judée, le Maçon du Seigneur.

* *
*

Mais le troisième côté de la Salle donne sur la Nuit. Il
plonge dans l'obscurité ses esplanades désertes au-dessus
des régions de Josaphat.

Et voici que l'épaule du Médiateur a tressailli sous la
main du Roi, car les ombres de la plate-forme solitaire
deviennent, d'instant en instant, plus solennelles; elles
s'épaississent et s'émeuvent comme sous l'action d'un
soudain prodige.

A l'aspect des tourbillons précurseurs des épouvante-
ments, le Grand-ministre détourne sa face de marbre vers
les femmes terrifiées et vers les guerriers pâles; il s'écrie :

— Prêtres, ravivez la flamme septénaire des Chandeliers d'or! Qu'on allume les Sept-Chandeliers des conjurations funèbres. — De vaines fumées, tout à l'heure,
vont apparaître, qui se dissiperont d'elles-mêmes si on ne
les interroge pas. Que les nuages de vos encensoirs, ô
filles de Judée, vous épargnent les obsessions inquiètes
des Esprits de l'éternelle Limite! Exultez, avant que
l'Heure vous rappelle au sein de la terre.

Il dit. Et la fête reprend son allégresse : on défie les
sortilèges de l'Assyrie! ses mages noirs avaient-ils su
délivrer, avant l'heure, Nëbou-Kudurri-Ousour, son roi,
— son roi, visionnaire de baalïm [300] d'or aux pieds d'argile, — qui, marqué d'une réprobation d'ELOHIM, erra,
sept années, sous le poil bestial, loin de son opulence, à
travers ces diluviennes forêts qui enserrent l'immense
Schëunaar-aux-quatre-fleuves [301]? — Les danses de Ma-
ha-Naïm [302] secouent leurs palmes en fleur, les coupes
scintillent; les Nephtaliennes entrelacent les éclairs de
leurs javelots rassemblés, font siffler leurs colliers de
serpents; les torches jettent des reflets de sang sur les
chevelures; des cris d'amour, des hymnes idolâtres re-

tentissent vers le Pacifique !... Soudain, en mémoire de
Jéricho, les Capitaines des cavaliers de Sodome font
sonner sept fois leurs tubals[303] de fer, et les Rhoïms[304]
couronnés d'hysope, les Cohènes[305] de la souveraine-
Sacrificature, en longs vêtements blancs, apparaissent,
précédant l'Agneau-pascal.

Alors le feu de l'ivresse envahit la multitude étincelante ! On maudit le nom de l'horrible statue qui, frappée
du soleil, appelait, aux travaux des Pharaons, les ancêtres[306], — lorsque, accédant à la menace, levée sur eux
toujours, de ces roseaux brûlants que dévora le bâton de
l'Échappé-des-eaux[307], ils se résignaient à creuser, sur le
granit rose des pyramidions[308], malgré la défense des
Livres-futurs, — malgré la prohibition du Lévitique !
— les simulacres des ibis, des criosphynx[309], des phœ-
nix et des licornes, êtres en horreur au Saint-des-saints,
ou, en durs hiéroglyphes, les hauts faits (nombreux
comme le sable, évanouis comme lui), et les noms
d'abomination de ces dynasties oubliées, filles de Menès
le Ténébreux[310]. On maudit les oignons du salaire, les
levains du pain de Memphis. Malgré l'alliance avec le roi
Nëchao[311], les Plaies sont évoquées dans les acclamations.

On heurte les cymbales sacrées, prises au trésor du
Temple, les cymbales de triomphe que portait la vieille
sœur d'Aaron, lorsque, sous ses cheveux gris, elle dan-
sait, ivre de la colère de Dieu, devant l'armée, sur les
rivages de la mer[312]. Des poignées de roses sont lancées
par les gamaddim à la face des idoles abjurées. Les
eunuques simulent des menaces dérisoires contre les
Égyptiens ; un rugissement de délivrance et de joie, pareil
au murmure lointain du tonnerre, passe, dans les nuées,
au-dessus de Hiérouschalaïm.

*
* *

Cependant le Grand-Initié, ayant une seconde fois relevé la tête et considéré, plus attentif, le caractère des
ombres, est devenu soucieux.

La flamme des Sept-Chandeliers qui brûlent, espacés, devant l'esplanade, s'est renversée contre l'assemblée : les sept langues de feu, recourbées en arrière sur leurs tiges d'or, palpitent, allongées et haletantes, avec un bruit de fléaux.

Les serpents des Nephtaliennes se sont dénoués et se cachent dans les replis des chevelures. Les lynx, maintenant blottis autour du vieillard redouté, le regardent, inquiets et pleins de grondements.

Mais lui s'efforce de pénétrer le sens des présages : croisant ses phylactères [313] sacerdotaux sur les plis de son pallah [314] d'hyacinthe, il délibère. Vainement il a consulté, d'un regard, les téraphim [315] mystérieux ; avec le son de l'or vierge les lames révélatrices se sont brisées.

Sur l'épaule du Médiateur est demeurée la main radieuse du Roi. Les yeux de Helcias la rencontrent : il voit l'Anneau, le joyau-d'Alliance où s'allume la première clavicule [316], la clef-cruciale, figure de l'Abîme partagé en quatre voies.

Le puissant pantacle [317] est entouré par la forme même de l'Anneau. Il est emprisonné dans l'éclair de l'Anneau, figure du Cercle-universel.

L'âme de Salomon, germe divin, est mêlée aux reflets de ce signe victorieux où s'épure, doucement, la lueur des étoiles.

La clavicule est l'expression où le Mage a concentré une partie des efforts de sa pensée, une somme des pouvoirs conquis dans le triomphe des épreuves, afin d'agir plus directement sur les forces intimes de l'Univers.

Ce Talisman de la Croix-stellaire que contemple Helcias est pénétré d'une énergie capable de maîtriser la violence des éléments. Dilué, par myriades, sur la terre, ce Signe, en son poids spirituel, exprime et consacre la valeur des hommes, la science prophétique des nombres, la majesté des couronnes, la beauté des douleurs. Il est l'emblème de l'autorité dont l'Esprit revêt, secrètement, un être ou une chose. Il détermine, il rachète, il précipite à genoux, il éclaire !... Les profanateurs eux-mêmes fléchissent devant lui. Qui lui résiste est son esclave. Qui le méconnaît étourdiment souffre à jamais de ce dédain. Partout il se dresse, ignoré des enfants du siècle, mais inévitable.

La Croix est la forme de l'Homme lorsqu'il étend les bras vers son désir ou se résigne à son destin. Elle est le symbole même de l'Amour, sans qui tout acte demeure stérile. Car à l'exaltation du cœur se vérifie toute nature prédestinée. Lorsque le front seul contient l'existence d'un homme, cet homme n'est éclairé qu'au-dessus de la tête : alors son ombre jalouse, renversée toute droite au-dessous de lui, l'attire par les pieds, pour l'entraîner dans l'Invisible. En sorte que l'abaissement lascif de ses passions n'est, strictement, que le revers de la hauteur glacée de ses esprits. C'est pourquoi le Seigneur dit : Je connais les pensées des sages et je sais jusqu'à quel point elles sont vaines [318].

*
* *

A peine le Grand-Médiateur a-t-il considéré l'infaillible, le céleste Anneau, qu'aussitôt, en face de lui, les sept flammes des Chandeliers d'or se tendent et se prolongent, immobiles, pareilles à sept épées brûlantes.

Le conjurateur reconnaît, enfin, les concordances dénonciatrices d'un Être du plus haut ciel. Son visage, plus impassible que celui des idoles, prend, silencieusement, la couleur des sépulcres. Il sent que le mandataire d'un Ordre incommutable s'approche, dans l'*intérieur* des airs, franchissant et refoulant les profondeurs : la tempête de son vol motive l'amoncellement des ombres. Une colonne s'écroule, soudain, près de l'esplanade ; le flamboiement d'une signature occulte sillonne les ruines...

Helcias a recouvré l'intrépidité de son âme. Avec un frémissement de joie auguste, il a constaté le salëm [319] de Dieu, le signe d'ELOHIM, le pantacle de la Mort. — Celui qui vient, c'est Azraël.

Et la multitude livide s'écrie, dans la Salle :

— Un éclair !

— La foudre vient de tomber sur la vallée !...

— C'est un orage qui passe.

*
* *

Les voix se sont tues sur le mont des Offenses ; c'est la douzième heure de la nuit : un souffle très froid parcourt, de toutes parts, l'embrasement de la joie pascale.

La foule veut se rapprocher des terrasses : le malaise devient supplice.

L'aspect de la Salle change avec la soudaineté des visions : des flots vivants refluent vers le Trône et des clameurs, sans nombre, en désordre :

— Éveille-toi, Fort d'Israël !

— Pomme d'or !

— Très Élevé !

Et les épouses de la tribu de Ruben, les compagnes de Bath-Schëba[320], la royale mère, saisies de frayeur :

— Roi, voici la lèpre qui vient du désert !

Et les femmes de la reine Naëma[321], les radieuses Ammonites, ajoutent, en dialecte jébuséen :

— Fils de l'amour ! Un signe de ta droite puissante vers la contrée du fléau !

Dès les premiers ordres d'Helcias, Iarobëam, bondissant sur l'un des chevaux du roi, s'est précipité à travers les dalles des terrasses et a disparu vers Ir-David.

L'atmosphère semble chargée d'un poids très lourd : elle cesse lentement d'être de celles que peut respirer l'Humanité.

Comme aux soirs du Déluge, une pluie inconnue tombe, au-dehors, en larges gouttes pressées : la nuit, cependant, reste claire au-dessus des ombres, dans les cieux.

Les Médecins de la ville-basse qui sont demeurés assis, avec des sourires, se dressent brusquement et, bégayant en mémoire du Législateur, montrent, du bout de leurs bâtons d'olivier, les danseuses de Nephtali[322] :

— Ce sont les violatrices des étrangers. Elles portent le ferment des contagions, allumé par les anciens adultères ! Ce sont ces femmes de qui proviennent les émanations mortelles ! Consultez le livre des Sophêtim ! A la croix, ces lépreuses ! Elles ont empoisonné les urnes du palais, les vieilles coupes de David.

En entendant cette accusation, les Nécromanciennes du pays de Moâb[323] reconnaissables à l'aileron de corbeau qu'elles portent sur le front pour toute parure et, la nuit, sur les champs de bataille, pour tout vêtement :

— Helcias ! Prononce-toi contre elles devant les grands d'Israël, et que la progéniture de Khamôs [324] invoque son père !

Mais le Ministre regarde fixement les nuées au-dessus de Josaphat.

Le prince Réhabëam, n'osant dire «Mon père !» au Roi-des-Mages, regarde aussi, mais avec un tremblement, l'effrayant aspect de l'espace :

— Quel nouveau visage prend la Nuit ! s'écrie-t-il.

Ceux de Lévi — les sectateurs du *Que faut-il faire ? Je le fais !* — trébuchant de frayeur dans leurs robes sacrées, s'efforcent de haranguer les convives ; des cris les interrompent : ce sont les Industriels de l'or d'Ophir, hommes pleins de ruses, fort au-dessus des superstitions, mais qui estiment la science du Roi :

— Cent talents à qui réveillera le Maître !

Ils ne disent pas si les talents seront d'argent ou d'or, et l'argent, sous le règne de Salomon, est, comme les pierres, sans aucune valeur [325].

De toutes parts, ce sont des poitrines plus oppressées.

Les pâles musiciennes de Sidon, présent du roi Hiram, s'embrassent, dans l'ombre, avec de longs adieux : elles se disent à l'oreille, sur un rythme monotone, leur chant de mort où revient sans cesse le nom d'Astarté.

Les saras se tordent les bras et, contemplant l'Ecclésiaste :

— Rouvre les yeux, fils de David !

— Il nous abandonne ! Il est perdu devant la face même d'Addôn-aï [326] ! s'écrient les Amorrhéennes plus amères que la Mort [327].

Et les Sars-d'armées :

— IAHVÉ cède à la prière indignée des nabis, qui, perdus au fond des cavernes de l'Idumée ou sur les monts, te menacent !

— Un ordre contre les vieux rebelles, Schëlomo !

— Songe que David, le triomphateur de Séïr [328], en expirant, te disait : «Que leurs cheveux blancs descendent, ensanglantés, dans le schëol [329] !»

Et les Négociants des Vingt-Villes :

— Yoschua [330], cette nuit, eût hâté le retour de l'Astre, lui qui obtint d'en prolonger la lumière sur les combats !... Il n'est plus, le Pasteur d'Israël !

A ce nom, les Capitaines des cavaliers de Sodome s'émeuvent en vociférations horribles : ils se souviennent des victoires ! Leurs voix dominent, un instant, toutes les rumeurs de la Salle :

— C'était lui, le Précurseur !

— Qui marcha dans Chanaan !

— Qui tua trente-deux rois, incendia deux cent trois villes !

— Et qui, à l'instigation de l'ÊTRE-DES-DIEUX, fit passer au fil de l'épée les femmes, les guerriers, les mulets, les vieillards, les ambassadeurs, les enfants et les otages !

— Puis s'endormit, en Éphraïm, avec ses pères, rassasié de jours et satisfait !

Un silence douloureux succède à ces lourdes clameurs militaires ; l'on n'entend plus, devant le Trône, que la paisible respiration du prince Hayëm, qui s'est endormi sur des coussins, entre les schoschannas aussi ensommeillées, et qui, naïves, le front sur son sein, tiennent encore, comme lui, des osselets d'ébène entre leurs doigts d'enfants surpris par le naturel repos.

— Déchirons nos vêtements ! crient les Hébreuses épouvantées. — De la cendre, esclaves !...

Tel le vent d'orage courbe les plantes et leur souffle des mots sans suite.

*
* *

Mais le roi Salomon n'est, essentiellement, ni dans la Salle, ni dans la Judée, ni dans les mondes sensibles, — ni, même, dans le Monde.

Depuis longtemps son âme est affranchie ; — elle n'est plus celle des hommes ; — elle habite des lieux inaccessibles, au-delà des sphères révélées.

Vivre ? Mourir ?... Ces paroles ne touchent plus son esprit passé dans l'Éternel.

Le Mage n'est que par accident où il paraît être. Il ne connaît plus les désirs, les terreurs, les plaisirs, les colères, les peines. Il voit; il pénètre. Dispersé dans les formes infinies, lui seul est libre. Parvenu à ce degré suprême d'impersonnalité qui l'identifie à ce qu'il contemple, il vibre et s'irradie en la totalité des choses.

Salomon n'est plus dans l'Univers que comme le jour est dans un édifice.

*
* *

Où sont, à présent, les danses du Bourg-de-Volupté? les éclats des cymbales? le bourdonnement des lyres?... Un souffle a dissipé ce rêve.

On étouffe, on chancelle sur les tapis sombres, on assiège le Trône.

Ben-Jëhu, le sar-des-gardes, a fait un signe : ses guibborim vont tendre leurs lances d'airain contre la foule...

Mais les lynx invulnérables grondent; leurs trente-trois têtes forment une hydre pareille à la queue d'un paon qui se déploie : on recule; la frayeur distend toutes les prunelles.

Aveuglés par l'ivresse des consternations subites, les convives ne se sont pas aperçus de ce qui se passe autour d'eux. Pourtant sur eux pèse une influence souveraine.

Insensiblement les torches ont pâli; les glaives ont perdu leurs reflets; les parfums des encensoirs sont devenus amers; l'eau du Temps mortel a cessé de couler des horloges; les rumeurs ne trouvent plus dans l'air ni vibrations, ni échos. — Voici : des chuchotements, par milliers, et, cependant, très distincts, se répondent : la foule hurlante semble parler à voix basse.

Une intensité croissante d'obscurité a suffoqué les lampes, les torches, les lumières; on se heurte dans des vagues de brouillard : le palais de Salomon, depuis la base jusqu'au faîte, semble enveloppé de cette brume qui, au pied du crayeux Nébo, couvre la mer Morte.

Et les formes humaines s'effacent sous les statues.

*
* *

Tout à coup, sur la trame crépusculaire de l'espace, transparaît le Violateur de la Vie, le Visiteur-aux-mains éteintes !... Il est debout sur l'esplanade devant les Sept-Chandeliers ; il tressaille et flamboie. Ses bras fluides sont chargés de ruissellements d'orage. Ses yeux d'aurores boréales s'abaissent sur la fête ; sa chevelure, que le vent n'ose effleurer, couvre ses épaules surnaturelles, comme le feuillage des saules sur les eaux d'argent, la nuit ; — déjà les dalles se fendent sous la glace des pieds nus du mélancolique Azraël ! — Et, à travers le crêpe des six ailes qui tremblent encore sur l'horizon, les astres ne sont plus que des points rouges, des charbons fumant çà et là dans les abîmes.

Instantanément les lambris d'ivoire se ternissent comme sous le poids des siècles.

Les ouvertures des draperies tendues entre les colonnes par les torsades de bronze laissent passer tristement, dans la Salle, un long triangle de clarté.

Le croissant glisse entre les nuées du ciel, illuminant, parmi des groupes confus, la face pâle d'un sophet [331], étendu dans ses vêtements sacerdotaux.

Par instants, une escarboucle jette sa lueur livide ; des chevelures, des cymbales d'or, des voiles, des blancheurs éparses scintillent ; ce sont les musiciennes entrelacées, qui n'ont pas jeté de plaintes.

Aux pieds des lits de pourpre, contre le gland des coussins, sur les tapis, des pierreries brûlent, isolées.

Et là-bas, perdu sous les profondeurs des colonnades, un lynx, ayant au cou le tronçon de sa chaîne, hurle, vacillant, sur les épaules d'une statue. — Il tombe ; sa chute résonne un moment, puis s'étouffe... C'est le dernier bruit.

Tout s'ensevelit dans la solennité des noirs silences, dans le sommeil sans rêves.

Sous l'ombre d'Azraël, la Salle est devenue immémoriale.

Seuls, aux trois angles, sous les lampes d'argile consacrées au Nom, les sphynx d'Égypte ont soulevé lentement leurs paupières et, faisant évoluer leurs prunelles de granit, glissent vers le Messager leur regard éternel.

* *
*

Ainsi qu'un foudre radieux qui a traversé des torrents de vapeurs fumantes, ce soir, moulant sur l'épaisseur de nos airs mortels sa forme nébuleuse, le fatal Chëroub est là, debout, sur cette terrasse du palais de Salomon.

Impénétrable à des yeux d'argile, la face du Messager ne peut être perçue que par l'esprit. Les créatures éprouvent seulement les influences qui sont inhérentes à l'entité archangélique.

Aucun espace ne pourrait contenir un seul de ces esprits que proféra l'IRRÉVÉLÉ en deçà des temps et des jours. Efflux éternisés de la Nécessité divine, les Anges ne *sont,* en substance, que dans la libre sublimité des Cieux-absolus, où la réalité s'unifie avec l'idéal. Ce sont des pensers de Dieu, discontinués en êtres distincts par l'effectualité de la Toute-Puissance. — Réflexes, ils ne s'extériorisent que dans l'extase qu'ils suscitent et *qui fait partie d'Eux-mêmes*.

Cependant, de même qu'en un miroir d'airain, posé à terre, se reproduisent, en leur illusion, les profondes solitudes de la nuit et ses mondes d'étoiles, ainsi les Anges, à travers les voiles translucides de la vision, peuvent impressionner les prunelles des prédestinés, des saints, des mages ! C'est la terre seule, brouillard oublié, que ne distinguent plus ces prunelles élues; elles ne répercutent que l'infinie-Clarté.

C'est pourquoi, dans son regard sacré, le roi Salomon a le pouvoir de réfléchir la face même d'Azraël.

*
* *

Au sentiment des approches de l'Exterminateur, Helcias a tressailli d'espérance. Abîmé en soi-même, il songe que le dernier chaînon qui le rattache encore à la vie va se briser tout à l'heure.

Dans la hiérarchie suprême des intelligences purifiées, n'a-t-il pas conquis le rang précis et légitime où il pouvait parvenir ? N'a-t-il pas atteint sa limite glorieuse et suffi à ses futurs destins ?

Voici donc l'instant de sa vocation vers de plus hautes natures ! Son cercle est enfin révolu. De nouveaux efforts, désormais stériles, ne le rendraient que pareil à ces grands oiseaux solitaires qui, jaloux d'élévations toujours plus radieuses, battent inutilement des ailes dans des hauteurs irrespirables, devenues trop éthérées pour supporter leur poids et que leur vol ne dépasse plus.

Il attend le souffle libérateur d'Azraël.

*
* *

Il attend !

Tout lui prouve la visitation de Dieu.

Il a souffert, pieusement, les dernières minutes d'angoisses bénies qui précèdent le salut.

Il va donc recevoir le prix de ses épreuves !... Il goûte déjà, sans doute, les joies suprêmes de l'Élection !

L'espérance de l'évasion prochaine le transfigure à tel point que le long éclair de ses prunelles, traversant la profondeur des ombres, sous les voûtes, suspend, un instant, le sommeil funèbre de la foule.

Çà et là, dans la brume, des yeux presque ressuscités le contemplent avec une religieuse épouvante.

Une seconde encore et le terme sera franchi de toute servitude !...

— Mais comment se fait-il que, la seconde étant passée, il n'ait pu s'évanouir en la Vision divine ?

D'où vient que, à peine ranimée, la foule de ces êtres muets défaille de nouveau, et s'assombrisse, et s'immobilise, et se confonde avec la nuit ?

C'est que le·vieil Initié a perdu, tout à coup, la splendeur de sa sérénité. Il s'émeut, en effet, — et l'étrange indécision de son regard dénonce le vertige de ses sensations.

— Ah! c'est qu'il se sent toujours palpiter dans les entraves de la Vie!... C'est que le divin anéantissement *ne s'est pas* accompli.

Déjà les doutes l'assaillent; déjà, pareils à la fumée d'une torche, les hordes inquiètes des samaëls [332], qui importunent les accesseurs du Parvis-Occulte, s'émeuvent, tentateurs aux suggestions désolatrices, autour de lui : son front s'enténèbre au frôler de leurs ailes mortes. Il se ressouvient, en un désespoir jaloux, que des éternités le séparent de cet état de pureté sublime où, dès ce monde et à travers toutes les joies, est parvenu Salomon.

Le sentiment de cette différence entre sa consécration et celle du Royal-Inspiré suscite en lui des terreurs nouvelles dont l'intensité s'augmente à chaque battement de ses tempes glacées.

Comment l'horreur de ces instants lui est-elle infligée, s'il a mérité la Lumière!...

Il subit un intervalle inconnu.

Il est pareil à une pierre volcanique qui, animée d'une impulsion terrible, serait retenue au bord du cratère par la vertu d'une loi miraculeuse, et qui se consumerait de sa vitesse intérieure, sans se désagréger ni se dissoudre.

L'heure passe, vague, lourde, insaisissable...

Il s'interroge. Certes, un trouble se produit, à son sujet, au fond des lois divines?...

Épouvantée de l'hésitation du Ciel, son intelligence retombe et tournoie dans un délire d'inquiétudes surnaturelles. Un vaste effroi neutralise la vertu de ses pensées.

Ainsi l'influence d'Azraël immobile se manifeste pour Helcias sous la forme de ces anxiétés effroyables.

Le vieillard, maintenant éperdu, ressemble à un prêtre qui survivrait à ses dieux morts. Il ne peut déserter l'habitacle charnel où il est surpris et rivé par le regard d'un Être dont la conception totale dépasse la hauteur de son esprit. Le voici haletant comme une victime. Ce qui le précipite du Seuil de Domination et le replonge dans la vieille poussière oubliée des sensations humaines, ce n'est pas la présence de l'Exterminateur même, c'est l'impénétrable inaction, en son attribut essentiel, d'un Être de cette origine.

Inconscient de ses actes, il agite autour de lui le faisceau redoutable des conjurations, oubliant leur vanité devant ce Messager ! Mais sa voix n'est déjà plus celle qui obtient toujours sans jamais prier.

Ses obsécrations, refoulées par les Sept-Flammes de l'esplanade, retombent autour de lui, peuplant l'air, tristement, de larves et de fantômes ! Son aspect actuel annonce qu'il est né en des âges plus anciens que l'heure de sa naissance terrestre. Il ramène sur son front un pan du manteau du Roi d'Israël et, abandonnant sa volonté au sombre Destin :

— Ellël [333] ! invoque-t-il, — si la foudre, en frappant tes yeux, n'y devient qu'une lueur de plus, soulève, de tes doigts impérissables, les paupières du Roi !...

Tel, autrefois, sous les voûtes d'Endor [334], sa mère Holda, sur le trépied des évocations, aboya des formules qui firent surgir, devant la muraille, l'ombre de Schemouël [335].

*
* *

Cependant Salomon, ayant enfin relevé ses longues paupières, considérait en silence le Génie des Vallées-futures.

Mais ce n'était pas sur le visage du Roi que les yeux fixes de l'Ange se tendaient, éblouissants comme les flèches qui volent dans le soleil.

L'Envoyé regardait Helcias avec l'anxieux frémissement d'une surprise mystérieuse : il semblait que le Misaël, hésitant à se rapprocher du vieillard, médítât, pour la première fois, depuis les temps, sur l'ordre qu'ON lui avait donné.

C'est pourquoi le front du Roi-divin se couvrit de nuages au-dessus du vieil Initié, ainsi que, mille années plus tard et à cette heure même, l'étoile d'Éphrata sur la Judée sanglante, le soir des Innocents.

Sans force, même pour se prosterner, éperdu sous le

regard invisiblement torride qui brûlait sa vie sans délier son âme, le Grand-Médiateur s'écria :

— Postérité de David, cache-moi de ses deux yeux !

Et, comme le silence du Maître-des-Prodiges pouvait signifier :

— Où l'Homme peut-il fuir la présence d'Azraël ?

Helcias, rassemblant ses plus anciens souvenirs, tendit les mains vers le Roi et murmura suppliant :

— *Il est, dans les bois vastes et sombres, aux bords de l'Euphrate, une clairière dévastée où, pendant la première nuit du monde, se recueillit le Serpent.*

Le Roi, devinant l'obscure pensée du vieillard, lui toucha le front de son anneau constellé :

— Va !... dit-il.

Helcias disparut dans une fulguration.

*
* *

Alors Salomon descendit de son trône et marcha vers Azraël.

Et sa tunique de pierreries traînait sur le pelage bigarré des lynx assoupis, sur les glaives sans rayons des guerriers étendus. A travers les groupes des blanches épouses d'autrefois et des négresses habiles dans la science des prestiges [336], écrasant les guirlandes flétries sous les flammes des torches, que soutenaient à peine les bras affaissés des statues, il s'avançait dans la Salle démesurée où semblaient maintenant sommeiller des souvenirs de siècles passés.

Et la haute stature du Roi-prophète, de l'Époux du Cantique des Cantiques, apparaissait, éblouissante et bleuâtre, au milieu des senteurs amères qui fumaient autour des encensoirs.

Lorsque le Roi fut, enfin, arrivé aux limites de la Salle, il entra sur le parvis solitaire où rayonnait, ayant le sourire des enfants, le Chëroub taciturne.

Le Roi vint s'accouder, en sa tristesse, sur les ruines de la colonne brisée par la foudre ; il contempla longuement Azraël. Au-dessous des deux présences, le vent, accouru

en toute hâte des mers et des montagnes, entre-heurtait
convulsivement les rameaux fatidiques du Jardin des Oliviers.

Et Salomon :

— Ineffable Azraël ! Mes yeux sont fatigués des univers ! Mon âme a soif de l'ombre de tes ailes !

La voix de l'Archange morose, mille fois plus mélo-
dieuse que celle des vierges du ciel, vibra dans l'esprit de
Salomon :

— Au nom de Celui qui fut engendré avant la Lumière
et sera les prémisses de ceux qui dorment, ressaisis ton
âme ! L'Heure de Dieu n'est pas venue pour toi.

*
* *

Alors le souci de ce prolongement d'exil, où, captif de
la Raison, le Mage, avant de s'unir à la Loi des Êtres,
avait encore à détruire l'ombre qu'il projetait sur la Vie,
passa sur l'âme du Roi.

L'Étoile des bergers, à travers les cheveux de l'Ecclésiaste, scintillait dans l'infini. Silencieux, il abaissa ses
regards vers les collines de la fille de Sion, endormie à
ses pieds...

— Quel souffle amer t'a donc porté vers nous ?... dit
le Prédestiné.

La forme de la Vision s'effaçait déjà sur l'espace ; une
voix perdue parvint à Salomon ; il entendit ces paroles
terribles où transparaissait la Prescience-Divine :

— O Roi ! chantait au fond des nuits le mélancolique
Azraël, — à travers la durée et les sphères, j'ai senti le
pieux abandon de ta pensée, et, dans le mystérieux oubli
d'un Ordre du Très-Haut, j'ai voulu te saluer, ô toi, le
Bien-Aimé du Ciel... Mais, sous ta main pacifique,
s'abritait encore l'ancien confident de ton œuvre de lumière, Helcias, l'Intercesseur. Je connus alors l'Inattendu. Ce n'était pas *ici* que j'avais reçu mission de le
délivrer de l'Univers ! Et je compris que le Tout-Puissant
m'avertissait de me ressouvenir, par la grâce de ce premier étonnement, d'aller, enfin, — selon l'Ordre déjà

prescrit — selon l'Ordre dont ma visitation sainte avait différé l'accomplissement, — appeler cet homme par son nom véritable, *en ces bois vastes et sombres, au bord de l'Euphrate, en cette clairière dévastée, où, pendant la première nuit du monde, se cacha le Serpent.*

APPENDICE

EL DESDICHADO

I

Je suis issu d'une famille de Celtes, dure comme les rochers. J'appartiens à cette race de marins, fleur illustre d'Armor, souche de bizarres guerriers, dont le dernier me nbre, mon aïeul (mon vieux père n'étant qu'un agronome), combattit aux côtés du bailli de Suffren, lors des expéditions d'Asie, et se distingua, spécialement dans les Indes, comme un spoliateur de tombeaux.

II

L'aventurier se risquait, de nuit, au milieu des sépulcres des anciens rois de ces contrées pacifiques et, les sacoches de pierreries au fond de la barque, remontait les fleuves au clair de lune. Séduit, toutefois, par les mielleux discours du colonel Sombre, il donna dans une embuscade, et périt au milieu d'affreux supplices. Les hordes himalayennes disséminèrent ses trésors dans les cavernes, au sommet des montagnes; et les vieilles pierreries y brillent encore, pareilles à des regards toujours allumés sur les races.

III

J'ai hérité, moi, des éblouissements du soldat funèbre — et de ses Terreurs. J'habite une ville ancienne et fortifiée où m'enchaîne la mélancolie. Je m'attarde, quand les soirs du solennel automne allument la cime rouillée des forêts. Parmi les resplendissements de la rosée, je me promène, sous les clartés de la lune, dans les noires allées, comme l'aïeul se promenait dans les tombeaux et je sens, alors, que je porte dans mon âme les richesses stériles d'un grand nombre de rois oubliés.

NOTES

N.B. La substance d'un grand nombre des notes qui suivent a été empruntée à l'édition que M. P.-G. Castex a donnée des *Contes cruels*. Pour m'éviter de le mentionner à chaque pas, il a bien voulu m'autoriser à ne le faire qu'une fois pour toutes. Qu'il trouve ici l'expression de ma gratitude.

1. C'est-à-dire, en argot de l'époque, les tricheurs.

2. Villiers prend le nom de la ville pour celui du pays, l'Afghanistan.

3. Croisement comique : « au mieux avec » et « du dernier bien avec ».

4. Le café de Madrid, en face des Variétés, fréquenté par Villiers.

5. Gambetta, habitué de ce café, avait été ministre de l'Intérieur et de la Guerre en 1870-1871.

6. Villiers a pu connaître à Fougères une famille Bienfilâtre, mais le nom évoque surtout le poète « maudit » Malfilâtre (1732-1767), qui a mal tourné alors qu'Olympe et Henriette tournent bien.

7. Plaisanterie : un cénotaphe est vide par définition.

8. Le comte et la comtesse d'Ormoy appartenaient aux milieux légitimistes.

9. L'épigraphe reprend presque une phrase de *Claire Lenoir* (dans *Tribulat Bonhomet*) qu'E. Drougard a retrouvée chez Véra, traducteur de Hegel, attribuée à Cuvier.

10. Cantique des cantiques, VIII, 6.

11. Le nom est réellement celui d'une grande famille écossaise. Le héros de *L'Ève future*, lord Ewald, possédera le château d'Athelwold.

12. Cf. Baudelaire, « Recueillement » :
    « Entends, ma chère, entends la douce nuit qui marche. »

13. De même, dans *L'Ève future*, lord Ewald songe à s'enfermer avec Hadaly.

14. Un personnage de ce nom figure dans *La Mandragore* de Machiavel (reprise par La Fontaine dans ses *Contes*) ; mais c'est un jeune

libertin qu'on verrait mal évoqué ici. Peut-être est-ce pourtant d'après ce souvenir que Villiers a forgé le « fabliau » en question.

15. « Chérie. »

16. C'est sur ces mots que se terminait le conte dans sa première version, très idéaliste. L'addition du nouveau dénouement marque un revirement implicite vers le spiritualisme.

17. C'est-à-dire, apparemment, que le destin du peuple s'accomplit dans les ténèbres. L'attribution de la phrase à un héros de la guerre franco-prussienne semble une plaisanterie de Villiers.

18. En 1868, douze ans avant la publication du conte.

19. « Salubre » au sens peu courant de « salvatrice ».

20. Allusion au proverbe latin : « Deux augures ne peuvent se regarder sans rire. »

21. Expression du fondateur de la *Revue des Deux Mondes*, François Buloz, reprise par Musset dans son poème « Le songe d'un reviewer ».

22. Les noms de deux feuilletonistes à succès triomphal mais de bas étage, Xavier de Montépin (1823-1902), auteur de *La Porteuse de pain*, et Ponson du Terrail (1820-1871), créateur de Rocambole, encadrent comiquement celui de Victor Hugo.

23. Villiers faisait de l'escrime et de la boxe ; selon certains, il lui arriva même parfois de gagner sa vie comme moniteur de boxe.

24. Citation célèbre du *Cid*.

25. « Printemps de la vie. »

26. Ce mot est attesté au XVIIe siècle et dans des parlers régionaux sous l'orthographe *malva* et *malvas*, avec divers sens péjoratifs. Il pourrait venir de « mal-va » (renseignements aimablement communiqués par R.-L. Wagner). Ici, il désigne évidemment un mauvais sujet. Il est également employé par Villiers dans « Ce Mahoin » *(Histoires insolites)*.

27. « Noir sur blanc. »

28. Balzac parlait de médiocratie dans *Les Paysans*.

29. Le premier des héroïques Bourgeois de Calais.

30. Ces deux répliques, selon certains, auraient été réellement échangées entre un vieux Breton et Villiers.

31. Alcibiade sera à nouveau évoqué par Villiers dans « Sagacité d'Aspasie » *(L'Amour suprême)*. L'allusion au siège de Potidée vient du *Banquet* de Platon.

32. Ce proverbe rappelle une phrase de *L'Annonciateur* (p. 343).

33. Pianiste et compositeur (1839-1908), familier du salon de Nina de Villard que fréquenta aussi Villiers.

34. « Vous serez semblables aux dieux », phrase du serpent pour tenter Adam et Ève *(Genèse, III, 5)*.

35. La croix aperçue dans le ciel par l'empereur Constantin, et qu'il fit placer sur son étendard à la place de l'aigle romain traditionnel.

36. La montagne allemande où la légende plaçait le sabbat des sorcières, et nombre d'autres faits extraordinaires.

37. « Affectation » et « gonflement ». Ces mots anglais étaient courants en France dès l'époque romantique.

38. Le texte initial de Villiers portait « A l'Hérissé », enseigne d'un chapelier réel du boulevard de Sébastopol.

39. Villiers équivoque, à propos des modèles du sculpteur, sur la lettre grecque dont le nom se lit « nu ».

40. La phrase fait allusion à la fois au procédé Collas de réduction pour la reproduction des sculptures, et à Lucie de Kaulla, qui fut impliquée dans une affaire d'espionnage et était de petite taille.

41. Régulus est la plus brillante des étoiles de la constellation du Grand Lion, et l'Épi (ou Spica) de celles de la constellation de la Vierge ; Villiers plaisante, une étoile ne pouvant avoir une pointe.

42. Sorte de lanterne magique.

43. Archaïsme désignant un tintement des oreilles.

44. La première version nommait les hommes politiques visés ici, Barodet et Rémusat. Qu'ils soient placés sous l'étoile dont le nom se lit « bêta » suffit à préciser l'opinion que Villiers avait d'eux.

45. Rosalie Duthé (1752-1820) fut une courtisane célèbre, maîtresse de plusieurs très grands seigneurs. Le prince de Ligne fut un des hommes d'esprit les plus célèbres du XVIIIe siècle.

46. *Papelito*, nom espagnol du papier à cigarettes ; le pheresli est un tabac turc.

47. « Ainsi monte-t-on aux étoiles » (c'est-à-dire à l'immortalité). Citation de Virgile, *Énéide*, chant IX, vers 641.

48. Bathybius : qui vit dans les profondeurs. *Bottom* désigne en anglais les fesses ; c'est aussi le nom que Shakespeare a donné au tisserand affligé d'une tête d'âne dans *Le Songe d'une nuit d'été*.

49. *L'Honneur et l'Argent* est en réalité une pièce de Ponsard (1853). Villiers le sait fort bien, mais feint de confondre deux auteurs également méprisables à ses yeux.

50. Cf. Baudelaire, Avertissement des *Épaves* (1866) : « (...) les deux cent soixante lecteurs qui figurent à peu près (...) le public littéraire en France, depuis que les bêtes y ont décidément usurpé la parole sur les hommes. »

51. « J'appelle un chat un chat, et Rolet un fripon » (Boileau, *Satires*, I, vers 52).

52. Sans doute Émile Abraham, secrétaire du théâtre à l'époque, critique dramatique et auteur de nombreuses pièces.

53. Dans la mythologie grecque, le dieu marin Protée pouvait se

métamorphoser à son gré; le géant Briarée avait cinquante têtes et cent bras.

54. Depuis le *Germanicus* d'Arnault (1817), les claqueurs étaient appelés « les Romains ». Voir un article de P. de Kock, « Les Romains », dans *La Grande Ville* (1844), t. I, p. 283.

55. Dans *Aladin ou la lampe merveilleuse*.

56. Lacrymogènes.

57. Les gravures illustrant *Les Mystères de la main révélés et expliqués* du chiromancien Desbarrolles (1859).

58. Gaston de Foix, captal de Buch, mort en 1512 à Ravenne, dans une bataille contre les troupes espagnoles et pontificales. La phrase est incorrecte; peut-être Villiers a-t-il écrit d'abord « qui fut tué dans l'assaut de Ravenne », et omis par la suite de rectifier la fin.

59. Le mot est inconnu des dictionnaires et des lexicologues.

60. La « bataille » de *Tannhäuser* eut lieu en 1861.

61. Double plaisanterie : les « Gaulois » (wagnériens) avaient contre eux les Romains (la claque) et les oies (les bourgeois).

62. Dangeau, qui rédigea le *Journal de la cour de Louis XIV*, était un niais doublé d'un flagorneur.

63. L'ingénieur et industriel François Coignet, ancien phalanstérien, créateur du béton aggloméré et de diverses autres inventions.

64. « Couronnes. »

65. Acte II, scène 2. Ce sont les paroles par lesquelles Hamlet salue les comédiens à leur arrivée.

66. A. W. Raitt a montré que Villiers a par erreur attribué ce texte, qui est celui de l'épigraphe du *Rendez-vous* de Poe, à l'auteur de l'épigraphe d'un autre conte du même écrivain, *Lionnerie*.

67. Le cinquième duc de Portland portait en réalité les prénoms de William John.

68. Henri VI régna de 1422 à 1461.

69. Erreur de Villiers. Westminster est le palais du Parlement et non celui de la Reine.

70. L'anglais de Villiers est incertain : un duc ne peut être désigné par « lord » suivi de son prénom, appellation réservée aux cadets.

71. C'est-à-dire catholique, par opposition à l'« hérésie » anglicane.

72. Le mot « lépreux » vient du nom de Lazare.

73. Augusta Holmès (1847-1903), d'origine irlandaise, filleule de Vigny, élève de Franck, amie de Saint-Saëns, connaissait bien Villiers, avec qui, en 1870, elle se trouva auprès de Wagner, dont elle était une ardente admiratrice. Elle a composé des opéras, des poèmes symphoniques, des chœurs et des mélodies.

74. « Sous le silence amical de la lune » (*Énéide*, chant II, vers 256).

75. Marie-Anne Gaillard, devenue par mariage Mme Hector de Callias, dite Nina de Villard, a écrit des poèmes et de la musique. Elle avait un salon dont Jean Richepin et Germain Nouveau étaient, comme Villiers, des habitués. Elle devait mourir en 1884. Villiers lui a consacré quelques pages dans *Chez les passants*.

76. 1864 (voir p. 142). C*** est sans nul doute Catulle Mendès.

77. Le second Johann Strauss (1825-1899), le compositeur du *Beau Danube bleu*; il lui arriva de diriger à Paris son propre orchestre en tournée, ainsi que celui de l'Opéra.

78. Un des plus célèbres restaurants des boulevards, à l'angle de la rue Laffitte.

79. Noms traditionnels de valets de comédie. Baptiste était en outre un « personnage blanc » du mime Deburau ; est-ce par ironie que Susannah a surnommé ainsi son tigre métis (voir p. 132) ?

80. Baudelaire et Verlaine avaient lancé la mode saturnienne.

81. Criminel réel, vainement recherché par la police.

82. Voir n. 1.

83. Catulle Mendès était blond (flave), et bouclé comme Apollon, parfois appelé Sminthée.

84. Un des trois cents chevaliers admis à l'origine, sous Saint Louis, à l'hospice des Quinze-Vingts.

85. Penthésilée était la reine des Amazones au temps de la guerre de Troie.

86. « Voiles. »

87. Akkad, en Mésopotamie du Nord, siège d'une des plus anciennes civilisations du Moyen Orient. Xisouthros (ou Xixouthros) était déjà cité par Gautier dans « Le Pied de momie » (1840) comme un roi contemporain du Déluge. Villiers devait l'évoquer encore dans *L'Ève future* (1. I, chap. x) comme « un prince touranien qui vécut voici sept mille ou huit mille ans ».

88. Jules Oppert (1825-1905), orientaliste, spécialiste de l'écriture cunéiforme.

89. Comportant des alliances de tonalités jusque-là proscrites.

90. Le prince Soltykov, figure parisienne connue, amant, semble-t-il, de Céline Montaland, le modèle possible de Clio la Cendrée.

91. Blanche Pierson avait tenu un rôle de Susannah qui lui avait valu la notoriété.

92. Longues piques des armées lacédémoniennes. Voir p. 161, « les regards aigus comme des javelots » de la foule de Sparte.

93. Sans doute Carrier-Belleuse.

94. Bouquet oriental dont l'ordonnance révèle un message.

95. Nom réel du maître d'hôtel de la Maison dorée.

96. *La Sortie du bal masqué ou le duel de Pierrot* (Salon de 1857);
Arlequin y a tué Pierrot devant Colombine.

97. Villiers avait une mémoire prodigieuse.

98. Faisant la toilette. Villiers semble donner au mot le sens de
«raccourcir». Peut-être se souvient-il d'un texte de Mme de Sévigné sur
l'exécution de la Brinvilliers, où l'empoisonneuse est miraudée.

99. Le docteur Edmond-Désiré Couty de la Pommerais, meurtrier de sa
belle-mère et de sa maîtresse, fut exécuté le 9 juin 1864. Villiers l'a mis en
scène dans «Le Secret de l'échafaud», un des contes de *L'Amour suprême*.
Le père de Villiers avait établi l'arbre généalogique du docteur.

100. Stendhal lisait en fait «deux ou trois pages du Code civil».
Mais le Code pénal est mieux adapté au ton du conte de Villiers.

101. Trace d'une version précédente du conte, où le baron s'appelait
non Von H***, mais Van H***.

102. Manteau polonais garni de fourrure.

103. Nasser-ed-Din (1831-1896) était monté sur le trône de Perse en
1848. Il devait venir à Paris en 1873.

104. Feth-Ali-shah (1762-1834) avait commencé son règne en 1797.
Il ne fut pas le successeur immédiat de Nasser-ed-Din, qui succéda à son
père, Méhémet-Shah.

105. Torquemada et Arbuez d'Espila, inquisiteurs fameux, ont été
mis en scène par Villiers, le premier dans «Les Amants de Tolède»
(Histoires insolites), l'autre dans «La Torture par l'espérance» *(Nouveaux Contes cruels)*. Le duc d'Albe est connu pour avoir férocement
réduit les soulèvements de Flandre sous Philippe II. Richard, duc
d'York, exerça également une dure répression en Angleterre au XVe siècle, pendant la guerre des Deux-Roses.

106. Les exécuteurs de sentences religieuses étaient en fait toujours
des laïcs.

107. Henry de Bornier (1825-1901), poète et dramaturge.

108. Dans «Les Aveugles».

109. Cf. Baudelaire: «Je hais le mouvement qui déplace les lignes»
(«La Beauté»).

110. La Morgue, derrière Notre-Dame.

111. L'incendie de la salle Le Peletier, en 1873; le café est probablement le Café Divan de l'Opéra.

112. *La Vie est un songe* est un drame de Calderón de la Barca
(1600-1681).

113. Il s'agit ici, une variante l'atteste, des robinets d'où coule la
bière destinée aux consommateurs.

114. Villiers venait de faire en 1876 la connaissance de Hugo, qui
s'apprêtait à publier dans *La Légende des Siècles* (nouvelle série) «Les
Trois Cents», poème consacré aux héros des Thermopyles.

115. Cette citation se trouve bien dans les fragments conservés de Simonides, poète lyrique grec (v. 556-467 av. J.-C.).

116. Cf. Baudelaire, dans « Le Reniement de saint Pierre » :
>   Lorsque je vis cracher sur ta divinité
>   La crapule du corps de garde et des cuisines (…)

117. L'alliance d'épithètes peut venir de la *Symphonie funèbre et triomphale* de Berlioz (1840).

118. Cette allusion transparente à Wagner est ironique pour ses détracteurs.

119. Également appelé *pavillon chinois,* cet instrument militaire, datant de 1775, était un cercle sur le tour duquel étaient pendus des croissants et des clochettes de métal, et qui était secoué en cadence à l'aide du bâton à l'extrémité duquel il était accroché. Il n'a guère été utilisé par d'autres grands compositeurs que Berlioz *(Symphonie funèbre et triomphale).* Gavarni lui a consacré un dessin.

120. A. Lebois a montré que cette nomenclature comique de singuliers-pluriels venait sans doute d'un récit de Léon Gozlan, « Le Fifre ».

121. On prête ces propos sur le silence en musique au musicien Cabaner ; mais ses idées n'étaienť nullement rétrogrades.

122. « Pas un fifrelin », c'est-à-dire rien. Mais Villiers donne au mot, par association avec *fifre,* le sens d'un des éléments qui composent le chapeau chinois.

123. Ce compositeur médiocre (1808-1866), professeur d'harmonie au Conservatoire, était surtout connu pour avoir été élu contre Berlioz à l'Institut en 1854.

124. Ami intime et fidèle de Villiers, qui lui dédiera encore « Le Tueur de Cygnes » *(Tribulat Bonhomet)* et lui attribuera une des épigraphes de *L'Ève future* (1. I, chap. XVII) : « Les sots ont cela d'impardonnable qu'ils rendent indulgents pour les méchants. »

125. Cf. Nerval : « Un pur esprit s'accroît sous l'écorce des pierres » (« Vers dorés », dans *Les Chimères*).

126. Le mot est normalement féminin.

127. Le traducteur cité ici de la *Vie d'Ésope* de Planude est La Fontaine, fort peu universitaire.

128. Bail à long terme.

129. Cette initiale ne permet pas d'identifier un lieu précis : il s'agit de n'importe quelle petite ville de province.

130. Biens de l'épouse non compris dans la dot.

131. Êtres à ailes de phénix.

132. Nom de quatre gastronomes romains. Il s'agit sans doute ici de celui qui écrivit sous l'Empire un traité *De l'Art culinaire*.

133. Amers purgatifs (rhubarbe, séné) ou apéritifs (orange amère, gentiane) ? De toute façon, il est d'une exagération comique de les prendre huit jours à l'avance.

134. Comédie bouffonne chez les Romains.

135. Avant partage de la succession du conjoint décédé.

136. Dans Virgile (*Bucoliques,* III, vers 65), Galatée s'enfuit sous les saules en cherchant à être auparavant aperçue.

137. Double sens : il feint de pleurer son confrère, et regrette de ne pouvoir jouir de son triomphe devant l'ennemi vaincu.

138. Ce médiocre et fracassant poète parnassien avait épousé Judith Gautier, et aurait donc été le beau-frère de Villiers si celui-ci avait comme il l'espéra un moment épousé Estelle, l'autre fille de Théophile Gautier. Villiers l'a mis en scène dans *Le Convive des dernières fêtes.*

139. Citation quelque peu inexacte de l'avant-dernière réplique du drame (a. V, sc. 5) ; c'est l'hommage rendu par Antoine à son adversaire Brutus après sa mort.

140. L'action se situe donc peu après les événements de 1870-1871.

141. Les portes principales ayant été déjà fermées, les derniers clients sortent par la petite porte, réservée en principe au personnel.

142. Ces deux premiers noms font songer au *Lorenzaccio* de Musset, et au *Lorenzino* de Dumas.

143. Il y avait eu trois frères Lepeintre qui s'étaient illustrés comme comédiens entre 1817 et 1854.

144. Le grand acteur romantique (1800-1876) avait cessé de jouer depuis 1864.

145. Il s'agit non de personnages, mais d'emplois ou de types de voix : la Dugazon et Laruelle chantèrent au XVIIIe siècle, et Elleviou était mort en 1842.

146. A. Lebois rappelle Hugo *(Tristesse d'Olympio)* :
     Comme un essaim chantant d'histrions en voyage
     Dont le groupe décroît derrière le coteau.

147. Une Mme Leperdrix, dite Mésange (?-1895) joua à Paris dans différents théâtres à partir de 1843, jusqu'en 1877 au moins.

148. Villiers, admirateur de Poe, songe peut-être ici à « La Lettre volée », où la meilleure cachette est la plus évidente.

149. « Nos côtes », à nous Bretons, pense le breton Villiers.

150. Rengaine célèbre du personnage du Bilboquet dans *Les Saltimbanques* de Dumersan et Varin (1838) ; elle n'est pas dans le texte imprimé ; il s'agit sans doute d'une improvisation du célèbre comique Odry, qui tenait le rôle.

151. Dans « Claire Lenoir » *(Tribulat Bonhomet),* les sauvages Ottysors sont pilleurs de naufrages au bord d'une mer lointaine.

152. Poète parnassien (1838-1912), fidèle ami de Villiers.

153. « L'utile à l'agréable. » Citation d'Horace (Horatius Flaccus, que Villiers s'amuse à désigner par son nom le moins connu) dans *L'Art poétique,* vers 343, à propos de la poésie.

154. Parodie du mot célèbre attribué à Simon de Montfort durant la croisade des Albigeois : « Tuez tout ! Dieu reconnaîtra les siens. »

155. Villiers s'amuse ici à mêler deux titres de Sade (qualifié de « moraliste ») : *Justine ou les infortunes de la vertu* et *Juliette ou les prospérités du vice*. Plusieurs scènes s'y déroulent dans un couvent.

156. Berlioz évoque dans son feuilleton des *Débats* du 29 décembre 1860, recueilli en 1862 dans le volume *A travers chants*, « un artiste d'origine allemande qui, dans la crainte de voir substituer à son nom tudesque un autre qui ne lui plairait pas, mit sur ses cartes de visite : Schneitshoeffer, prononcez Bertrand » (éd. Guichard, p. 282). Schneitshoeffer (1785-1852), connu comme humoriste, se moquait ainsi d'un pianiste d'origine flamande qui s'était fait faire des cartes au nom de « Woets, prononcez Outs ». (*Revue et gazette musicale*, octobre 1852.)

157. Phrase attestée dès la fin du XVIIIe siècle, sous la plume de Benjamin Franklin.

158. « Escoffier » a toujours signifié « tuer » en argot. Villiers, peut-être influencé par « escamoter », semble prendre le verbe au sens de « faire disparaître ».

159. *Le Tintoret peignant sa fille morte*, célèbre toile de Léon Cogniet, exposée au Salon de 1845.

160. Dans « Claire Lenoir », Tribulat Bonhomet parlait déjà du « Polype-Humanité ».

161. C'est-à-dire Villiers lui-même et ses amis comme Mallarmé.

162. Voir p. 217, où Nuremberg est orthographié, conformément à la graphie allemande, Nürnberg.

163. Liqueur analogue à la chartreuse, et fabriquée en Algérie.

164 La croyance en l'acheminement du système solaire vers la constellation d'Hercule faisait partie des idées astronomiques largement vulgarisées au XIXe siècle.

165. Henri Roujon (1853-1914), beau-frère de Jean Marras et ami de Villiers, plus tard directeur des Beaux-Arts, écrivain et académicien.

166. L'attribution à Sully du mot célèbre de l'abbé Sieyès en 1789 semble fantaisiste.

167. Nérac est une sous-préfecture du Lot-et-Garonne, Pibrac une localité de la Haute-Garonne. Mais la localisation de Villiers est fantaisiste. Il a pris dans *Sur Catherine de Médicis* de Balzac l'exclamation poussée par un personnage : « Nérac, Pibrac ! »

168. Hymne de la révolution de Juillet, pour lequel Casimir Delavigne a mis des paroles sur un air populaire vraisemblablement d'origine allemande, assez mal adapté à cette nouvelle fonction.

169. Voir n. 8.

170. L'*Histoire universelle d'Égypte* de Manéthon, garde des archives du Pharaon (III° siècle av. J.-C.) est perdue. Les textes publiés sous son nom datent du XIII° siècle de notre ère.

171. Situé dans l'actuelle rue Vieille-du-Temple.

172. Cette expression, qui ne figure pas dans les dictionnaires consultés, est expliquée dans la suite de la phrase.

173. C'est en 1396 que Jean de Bourgogne fut fait prisonnier à Nicopolis (actuellement Nikopol en Bulgarie) lors d'une défaite subie par Sigismond de Luxembourg, roi de Hongrie, dans une croisade contre le sultan Bajazet I°. C'est là, semble-t-il, et non à l'Hesbaie en Belgique, qu'il gagna son surnom de Jean sans Peur.

174. Les tensons étaient des dialogues poétiques où les interlocuteurs échangeaient invectives ou arguments ; le mot est normalement féminin. Les virelais étaient des pièces de quatre strophes dont la première était reprise entièrement ou partiellement après chacune des trois autres.

175. Les sires des Fleurs de Lys sont les princes du sang. Louis, duc d'Orléans, dont il est question ici, ne doit pas être confondu avec son fils, le poète Charles d'Orléans.

176. Allusion à la formule « Lassata sed non satiata », « épuisée mais non rassasiée », par laquelle Juvénal flétrit Messaline et ses amours déchaînées. Le texte avait été cité entre autres par Montaigne (*Essais*, l. III, chap. V), par Baudelaire (« Sed non satiata » dans *Les Fleurs du Mal*), par Banville (*Évohé*, satire 5).

177. Médecin, en vieux français.

178. « O ma vie, ma belle vie ! » dit peu avant sa mort le Raphaël de *La Peau de chagrin* (*La Comédie humaine*, Bibl. de la Pléiade, t. X, p. 220). Villiers, grand admirateur de Balzac, a pu se souvenir de ce texte.

179. Célèbre acteur (1848-1909). Voir p. 169.

180. Brébant, sur le boulevard, au coin du faubourg Montmartre.

181. Adolphe Dennery (1811-1899), auteur à succès.

182. Agent général de la Société des auteurs et compositeurs dramatiques ; il s'était montré obligeant pour Villiers.

183. Victor-Laurent Esliard dit Surville (1808-1883), ancien acteur du théâtre de la Gaîté.

184. L. Badesco a montré que Villiers se souvient probablement d'un passage des *Parisiens* de Théodore Barrière (1854) où un personnage se bat pour une injure faite à sa mère.

185. Pièce vouée à l'insuccès ; on ne la jouait qu'en été, lorsque les théâtres sont déserts, d'où son nom, tiré de l'hibernation des ours, selon Lorédan Larchey (*Dictionnaire de l'argot parisien*).

186. Mélodrame célèbre de Frédéric Soulié (1846), repris en 1875.

187. Maurice Coste (1811-1876) avait joué les rôles de grands per-

sonnages, notamment Charles IX et Napoléon, ce qui, selon certains, avait contribué à le rendre fou ; il s'était suicidé.

188. Roman d'Alexandre Dumas fils dont on avait tiré un drame ; le héros est un artiste qui tue sa femme pour échapper au déshonneur.

189. Bocage (1799-1862) était né à Rouen ; mais il vint à Paris dès 1820, et ne semble pas avoir par la suite rejoué régulièrement dans sa ville natale.

190. Alexandre-Joseph Landrol (1828-1888) joua pendant quarante ans au Gymnase, dans plus de trois cents pièces. C'était un acteur sûr, mais sans éclat.

191. Charles-Antoine Cambon (1802-1875) peignait des décors particulièrement lumineux.

192. Voir n. 144.

193. Allusion aux paroles du Christ : « S'il n'est pas possible que ce calice s'éloigne sans que je le boive, que votre volonté soit faite » (Évangile selon saint Matthieu, XXVI, 42).

194. Oncle de l'écrivain, recteur de Ploumilliau (Côtes-du-Nord). Voir la notice.

195. « Considère, homme, ce que tu as été avant ton lever et ce que tu seras jusqu'à ton coucher. Certes, il y a eu un temps où tu n'existais pas. Puis, fait d'une vile matière, nourri de sang menstruel dans la matrice de ta mère, ton vêtement a été le placenta. Puis, enroulé dans une vile guenille, tu es venu vers nous les hommes, ainsi revêtu et orné ! Et tu ne te souviens pas de ton origine. L'homme n'est rien d'autre que du sperme fétide, un sac d'ordures, une nourriture pour les vers. Sans Dieu, science, sagesse, raison passent comme des nuages. Après l'homme, le ver. Après le ver, la puanteur et l'horreur. Ainsi tout homme est transformé en un quelque chose qui n'est plus humain. Pourquoi orner et peindre cette chair qu'en quelques jours les vers dévoreront dans les tombeaux, alors que tu n'ornes pas ton âme — laquelle devra se présenter dans les cieux à Dieu et à ses Anges ! »

196. Il n'existe pas de solstice d'automne. Villiers a-t-il voulu dire équinoxe ? Mais l'équinoxe d'automne tombe en septembre, et nous sommes à la fin d'octobre.

197. Robert d'Arbrissel, fondateur de l'abbaye de Fontevrault, aurait dormi chastement dans le lit des religieuses afin de vaincre la chair.

198. Les Samoyèdes, peuple du groupe finnois, habitent les régions qui bordent l'océan Arctique au nord de la Sibérie.

199. Cette géographie semble fictive.

200. Ce renversement de termes figurait déjà dans « Claire Lenoir » à la fin du chapitre XII.

201. Nom usuel du *xestobium rufavillosum*, insecte de la famille des vrillettes ou anobies, rongeurs de bois.

202. Cet emploi poétique de l'adjectif « déserte » aurait été, selon Valéry, admiré par Huysmans et par Mallarmé.

203. Déformation, selon E. Drougard, de *croix-boissée*, mot qui désigne de grandes croix garnies de buis et situées aux carrefours ou au milieu des cimetières en Bretagne.

204. La freusée ou freux est une sorte de corneille.

205. Villiers a bâti sur cette idée « Le Tueur de cygnes », un de ses contes les plus parfaits, sur lequel s'ouvre *Tribulat Bonhomet*.

206. Adrien Juvigny, poète mort jeune, avait publié des vers dans la même revue que Villiers.

207. La Malibran est morte en 1836 à Manchester, des suites d'une chute de cheval, et n'a donc donné de soirée d'adieu ni à Paris ni ailleurs. Villiers semble croire qu'elle a été emportée par la phtisie, ou par l'excès de passion qu'elle mettait dans son chant.

208. *La Norma* a été créée à Milan en 1831. La Malibran l'a effectivement chantée à la Scala en 1834, mais jamais à Paris semble-t-il.

209. Un M. de Blanchelande est mentionné dans *Bug-Jargal* de V. Hugo (début du chap. v). Il existe dans le Cotentin une abbaye de Blanchelande, que Barbey d'Aurevilly évoque à plusieurs reprises dans *L'Ensorcelée* (1854).

210. Hadaly, la femme parfaite fabriquée par Edison dans *L'Ève future*, a un nom qui signifie « idéal ».

211. Cf. Baudelaire, « L'Invitation au voyage » : « Mon enfant, ma sœur, / Songe à la douceur / D'aller là-bas vivre ensemble. »

212. Paroles de Beethoven sur les notes initiales de la 5e Symphonie en ut mineur.

213. Paroles de la reine de Saba à saint Antoine (fin de la scène II ; éd. Pléiade, p. 85).

214. Le bal Mabille, aux Champs-Élysées.

215. « Ne me touche pas » (Évangile selon saint Jean, XX, 17).

216 Le monde élégant des boulevards. Le mot a presque disparu et seul l'adjectif « gommeux » a survécu.

217. Large chapeau comme ceux que portaient les femmes dans les portraits de Gainsborough.

218. L'héroïne du drame de V. Hugo à qui l'amour a refait une virginité.

219. La vertueuse Romaine Lucrèce, violée par Sextus Tarquin, s'était poignardée.

220. Musicien, familier d'Augusta Holmès.

221. « Fils du Seigneur, penses-tu que ces ossements puissent revivre ? » Villiers cite la Vulgate de mémoire : ce texte n'est pas dans Isaïe,

mais dans Ézéchiel, XXXVII, 3, et ses premiers mots sont *fili hominis*, « fils de l'homme ».

222. « Pour toujours. »

223. « Qui est comme du beurre », peut-être parce que les inventeurs font leur beurre. Petrus Borel, dans « Passereau » *(Champavert)* parlait, à propos d'inventions également, « d'en faire une vache à lait, et d'en tirer un revenu très butineux ». Villiers s'est-il souvenu de ce texte ?

224. Voir *L'Affichage céleste.*

225. Voir *La Machine à gloire.*

226. *L'Ève nouvelle* était le titre sous lequel *L'Ève future* avait été publiée en feuilleton en 1880. Edison en est un des principaux personnages.

227. L'Alsace et la Lorraine, perdues en 1871.

228. Par exemple, semble-t-il, du parler en *-rama* chez les pensionnaires de la Maison Vauquer dans *Le Père Goriot,* ou des terminaisons argotiques en *-muche.*

229. A la fin de la strophe 24 de ce poème, qui date de 1823.

230. Désiré-Eugène Franc, dit Franc-Lamy (1855-1919), paysagiste et portraitiste.

231. Citation, faite de mémoire, d'une des *Histoires extraordinaires,* « Bérénice ».

232. Nom, d'ailleurs impropre, de la langue de l'Avesta (ve siècle av. J.-C.).

233. Cf. l'inscription de Caïn : « Défense à Dieu d'entrer ! » dans « La Conscience » de V. Hugo (*Légende des siècles,* II, 2).

234. Il n'y a de crotales qu'en Amérique.

235. Walter Reinhart (1714-1778), Allemand d'origine, vécut aux Indes depuis 1760 environ. D'abord mercenaire sous le nom de colonel Sombre, il se fit connaître par des exécutions sauvages, puis se tailla un territoire dont il fut le nabab.

236. Dans ce texte, Villiers emploie, à des fins plus poétiques que descriptives, et parfois de façon fantaisiste, un grand nombre de noms de lieux, que nous ne nous astreindrons pas à identifier tous. Le contenu d'une large part des notes relatives à *L'Annonciateur* vient de l'édition critique d'E. Drougard.

237. Robert Gascoyne Cecil, troisième marquis de Salisbury (1803-1903) avait été secrétaire d'État pour l'Inde, et devait par la suite être plusieurs fois premier ministre. Villiers avait été en relations avec lui.

238. « Vanité des vanités, tout est vanité » (*L'Ecclésiaste,* I, 2 et XII, 8). Schelomo est Salomon. Qohéleth désigne l'Ecclésiaste.

239. Ancien nom de Jérusalem au temps des Jébusiens, avant l'installation d'Israël.

240. Ces constructions datent de la famille des Maccabées, bien après Salomon.

241. Le seul tertre de supplice, le Golgotha, était hors des faubourgs.

242. La ville de David, c'est-à-dire l'ancienne ville jébusienne, conquise par David.

243. Saül. Comme Flaubert et Leconte de Lisle, Villiers restitue souvent — mais pas constamment — les graphies originelles.

244. Source d'eau vive de Jérusalem.

245. La Perse.

246. Hébron est en fait une ville.

247. Palmyre, qui, contrairement à ce que pourrait laisser croire le texte, était dans l'intérieur des terres.

248. Sorte de gomme.

249. Graphie de Jérusalem; le nom signifie « héritage de la paix ».

250. Dus aux habitants de Canaan, avant l'arrivée des Hébreux en Palestine.

251. Millô est un rempart et non une colline.

252. « Êtres minuscules. »

253. Trophées conquis par Gédéon sur les Madianites.

254. Une des hauteurs qui dominent Jérusalem.

255. Chérubins, avec une face humaine, des ailes, et parfois un corps emprunté à tel ou tel animal.

256. Prophètes.

257. Le Livre; soit la Genèse, soit le livre de la création de la Kabbale.

258. Villiers considère, ce qui n'est plus admis aujourd'hui, que Salomon est l'auteur du livre de l'Ecclésiaste.

259. Pourpre tirée d'un coquillage.

260. Le rational ou pectoral, carré d'étoffe précieuse orné de pierreries et porté sur la poitrine, et l'éphod, vêtement sacré attaché aux épaules, sont décrits par Dieu à Moïse comme destinés à Aaron (*Exode*, XXVIII, 6-26).

261. L'Égypte.

262. Cf. *Exode*, XV, 1-2.

263. Helcias, nom hellénisé de Hilkia, grand-prêtre sous Josias, roi de Juda, qui régna entre 640 et 609 av. J.-C., trois cents ans après Salomon.

264. Schellüm (ou Schalloum) était gardien des habits; Holda (ou Houldah), prophétesse, était sa femme. Hilkia était leur contemporain mais non leur fils. Tous ces personnages sont cités dans le 2e livre des Rois, chap. XXII.

265. Le cèdre.

266. Cf. *Genèse*, III, 19.

267. Princesses.

268. Gestes dignes du jour sacré du sabbat.

269. Chefs d'armée.

270. Glaives.

271. «Iahveh Sabaoth», le Dieu des armées.

`272. L'arche d'alliance, sorte de coffre, n'avait rien d'une barque. Une association d'idées semble s'être produite dans l'esprit de Villiers avec l'arche de Noé.

273. Bar-Iokabëd, «le fils de Jokébed», celle-ci étant la mère de Moïse; moschë, «sauvé des eaux», graphie originelle de Moïse.

274. «Éventails.» Le mot est purement latin.

275. Divinité révérée par les Philistins; son nom a donné celui du démon Belzébuth.

276. Appelé aussi Adoram, et directeur des travaux du Temple; il existait un ciseleur Hiram, mais Villiers a dû préférer un nom plus sonore, et de consonance plus religieuse.

277. Massif montagneux aux confins de la Syrie et du Liban.

278. La reine de Saba (en Arabie du Sud), appelée Balkis dans la tradition musulmane, et Makédeia dans celle d'Abyssinie.

279. Des énigmes.

280. Sortes de pâtisseries.

281. Les douze pains déposés chaque semaine dans le sanctuaire.

282. «Guerriers vaillants.»

283. Ce personnage, appelé aussi Benayahou, chef des gardes de David puis de Salomon, exécuta effectivement Adôniah, quatrième fils de David et frère aîné de Salomon, parce qu'il avait demandé en mariage Abisag la Sulamite (ou Sunamite) qui avait réchauffé la vieillesse de David; il exécuta aussi Simëi (ou Shimëi), qui avait insulté David, et le grand-prêtre Joab. En revanche, selon le 1er livre des Rois, dont le chapitre II relate cette partie de la vie de Salomon, Ebyatham (ou Abyatham) fut seulement banni.

284. Ou Roboam, premier fils de Salomon.

285. Jeunes filles.

286. Cette pierre est mentionnée dans la Kabbale. Jetée par Dieu lors de la création du monde, une de ses extrémités émergea du chaos, et le monde fut bâti là-dessus.

287. Fils de Balkis (voir n. 278). On ne sait d'où Villiers a tiré Hayëm.

288. Le *Cantique des Cantiques;* l'allusion aux brebis sortant du bain est au chapitre IV, 2.

289. Ou Shophêtim, « juges ».

290. Pays producteur d'or, situé sans doute en Arabie du Sud, bien que certaines traditions l'aient placé en Inde ou en Afrique.

291. Montagne de Transjordanie.

292. Région vinicole de la Palestine.

293. Ou Jéroboam.

294. Une des tribus d'Israël, dont le territoire a varié au cours de l'histoire; il semble s'agir ici des montagnes de l'anti-Liban.

295. Le kinnor est une sorte de lyre ou de harpe; le tymbril (le mot hébreu est une transcription tardive du grec) est un tambourin.

296. En fait *bosham*, parfum. Gautier, dans *Le Roi Candaule*, parle du *syndon* comme d'un pantalon phénicien de pourpre.

297. Cf. *Cantique des Cantiques*, II, 1.

298. Cf. *ibid.*, I, 5.

299. Voir n. 277.

300. Pluriel de baal, « maître » ou « dieu ».

301. Plaine où s'élevait Babylone.

302. Ville aux limites des territoires de Gad et de Manassé.

303. « Trompettes. »

304. « Voyants. »

305. « Prêtres. »

306. La statue de Memnom, une des sept merveilles du monde, qui émettait sous le soleil des sons harmonieux.

307. Moïse (voir n. 274).

308. Petite pyramide triangulaire surmontant un obélisque.

309. Sphinx à corps de bélier.

310. Fondateur légendaire de la 1re dynastie de pharaons.

311. Il s'agit sans doute de Néchao II, qui tua au combat Josias, roi de Juda. Villiers continue à mêler l'époque de Salomon et celle de Josias (voir n. 263 et 264). Les plaies sont les sept plaies d'Égypte.

312. Miriam, la prophétesse, chanta, un tambourin à la main, lorsque l'armée de Pharaon eut été engloutie par les eaux de la mer Rouge (*Exode*, XV, 20).

313. Bandelettes portant des inscriptions sacrées.

314. Mot qui semble avoir été formé par Villiers sur le latin *palla*, « manteau », en y ajoutant un *h* d'allure hébraïque.

315. Idoles du foyer, comparables aux Pénates des Romains.

316. Les clavicules de Salomon sont des livres de magie qui lui ont été attribués à tort. Il ne s'agit pas de cela ici, mais, semble-t-il, d'une clé en forme de croix; le symbole paraît avoir été inventé par Villiers.

317. Villiers écrit toujours ainsi le mot *pentacle* : étoile à cinq branches formée par des lignes égales qui se croisent en reliant les pointes.

318. C'est du Nouveau Testament que Villiers s'inspire ici : 1re Épître aux Corinthiens, III, 20.

319. « Salut. » Élohim est le Dieu créateur.

320. Bethsabée, mère de Salomon.

321. Femme de Salomon, mère de Jéroboam.

322. Une des tribus d'Israël, établie près des sources du Jourdain.

323. Plaines de vignobles à l'est du Jourdain.

324. Le dieu national des Moabites.

325. Voir le 1er livre des Rois, X, 21.

326. « Mon Seigneur », autre nom de Dieu.

327. Du pays d'Amourrou ; le terme désigne, en babylonien, l'ouest de l'Euphrate. Les mots « plus amères que la mort » se trouvent dans l'*Ecclésiaste*, VII, 26. Villiers joue sur le rapprochement de leur sonorité avec celle du mot « amorrhéen ».

328. Il n'est pas question dans la Bible de David comme triomphateur de Séïr.

329. Citation du 1er livre des Rois, II, 9. Il s'agit de Siméi (voir n. 283). Le Shëol est le monde infernal souterrain.

330. Josué.

331. Voir n. 289.

332. Samaël est ordinairement un nom propre désignant le démon.

333. « Dieu ! »

334. Endor, en territoire de Manassé. Sa pythonisse nécromancienne, consultée par Saül (Samuel, XXVII, 7-25) n'a rien de commun avec Holda (voir n. 264).

335. Samuel.

336. Illusions provoquées par magie.

TABLE DES MATIÈRES

DERNIÈRES PARUTIONS

ALLAIS
À se tordre (1149)
BALZAC
Eugénie Grandet (1110)
BEAUMARCHAIS
Le Barbier de Séville (1138)
Le Mariage de Figaro (977)
CHATEAUBRIAND
Mémoires d'outre-tombe, livres I à V (906)
COLLODI
Les Aventures de Pinocchio (bilingue) (1087)
CORNEILLE
Le Cid (1079)
Horace (1117)
L'Illusion comique (951)
La Place Royale (1116)
Trois Discours sur le poème
dramatique (1025)
DIDEROT
Jacques le Fataliste (904)
Lettre sur les aveugles. Lettre sur les
sourds et muets (1081)
Paradoxe sur le comédien (1131)
ESCHYLE
Les Perses (1127)
FLAUBERT
Bouvard et Pécuchet (1063)
L'Éducation sentimentale (1103)
Salammbô (1112)
FONTENELLE
Entretiens sur la pluralité des mondes (1024)
FURETIÈRE
Le Roman bourgeois (1073)
GOGOL
Nouvelles de Pétersbourg (1018)
HUGO
Les Châtiments (1017)
Hernani (968)
Quatrevingt-treize (1160)
Ruy Blas (908)
JAMES
Le Tour d'écrou (bilingue) (1034)
LAFORGUE
Moralités légendaires (1108)
LERMONTOV
Un héros de notre temps (bilingue)
(1077)
LESAGE
Turcaret (982)
LORRAIN
Monsieur de Phocas (1111)

MARIVAUX
La Double Inconstance (952)
Les Fausses Confidences (978)
L'Île des esclaves (1064)
Le Jeu de l'amour et du hasard (976)
MAUPASSANT
Bel-Ami (1071)
MOLIÈRE
Dom Juan (903)
Le Misanthrope (981)
Tartuffe (995)
MONTAIGNE
Sans commencement et sans fin. Extrait
des Essais (980)
MUSSET
Les Caprices de Marianne (971)
Lorenzaccio (1026)
On ne badine pas avec l'amour (907)
PLAUTE
Amphitryon (bilingue) (1015)
PROUST
Un amour de Swann (1113)
RACINE
Bérénice (902)
Iphigénie (1022)
Phèdre (1027)
Les Plaideurs (999)
ROTROU
Le Véritable Saint Genest (1052)
ROUSSEAU
Les Rêveries du promeneur solitaire (90
SAINT-SIMON
Mémoires (extraits) (1075)
SOPHOCLE
Antigone (1023)
STENDHAL
La Chartreuse de Parme (1119)
TRISTAN L'HERMITE
La Mariane (1144)
VALINCOUR
Lettres à Madame la marquise *** sur
Princesse de Clèves (1114)
WILDE
L'Importance d'être constant (bilingue)
(1074)
ZOLA
L'Assommoir (1085)
Au Bonheur des Dames (1086)
Germinal (1072)
Nana (1106)

GF Flammarion

07/07/130853 – Impr. MAURY Imprimeur, 45330 Malesherbes.
N° d'édition LO1EHPNFG0340C011. – 1er trimestre 1980. – Printed in France.